rowohlt
POLARIS

GLENNON DOYLE
UNGEZÄHMT

Aus dem Englischen von
Sabine Längsfeld

ROWOHLT POLARIS

Die Originalausgabe erschien 2020 unter dem Titel
«Untamed» bei The Dial Press, New York.

3. Auflage Dezember 2020
Deutsche Erstausgabe
Veröffentlicht im Rowohlt Taschenbuch Verlag,
Hamburg, Dezember 2020
Copyright © 2020 by Rowohlt Verlag GmbH, Hamburg
«Untamed» Copyright © 2020 by Glennon Doyle
Covergestaltung HAUPTMANN & KOMPANIE Werbeagentur, Zürich,
nach dem Original von Penguin Random House; Design: Lynn Buckley
Coverabbildung Leslie David
Satz aus der Karmina
Gesamtherstellung CPI books GmbH, Leck, Germany
ISBN 978-3-499-00621-0

Die Rowohlt Verlage haben sich zu einer nachhaltigen Buchproduktion verpflichtet. Gemeinsam mit unseren Partnern und Lieferanten setzen wir uns für eine klimaneutrale Buchproduktion ein, die den Erwerb von Klimazertifikaten zur Kompensation des CO_2-Ausstoßes einschließt.
www.klimaneutralerverlag.de

INHALT

Prolog · Gepardin – 9

ERSTER TEIL · IM KÄFIG 13

Funkeln – 15 Äpfel – 20 Blowjobs – 23
Wegweiser – 25 Eisbären – 27 Strichlisten – 31
Algorithmen – 35 Versammlungen – 37
Regeln – 39 Drachen – 40 Waffen – 43

ZWEITER TEIL · SCHLÜSSEL 55

Fühlen – 61 Wissen – 66 Imaginieren – 74
Verbrennen lassen – 85

DRITTER TEIL · FREI 91

Schmerzen – 93 Gespenster – 105 Lächeln – 109
Ziele – 112 Adam und Keys – 114 Ohren – 115
Bedingungen – 120 Erikas – 127 Strandhäuser – 133
Temperaturen – 137 Spiegel – 139 Augen – 141
Gärten – 146 Gelübde – 150 Touch Trees – 159
Eimer – 163 Flugbegleiterinnen – 165
Anleitungen – 168 Gedichte – 171 Jungen – 175
Gespräche – 187 Wälder – 190 Frischkäse – 193

Voraussetzungen – 195   Inseln – 203   Felsblöcke – 210
Blutbad – 213   Rassisten – 218   Fragen – 238
Sondergenehmigungen – 243   Zugeständnisse – 246
Knoten – 249   Abziehbilder – 252   Göttinnen – 261
Konflikte – 262   Flüsse – 265   Lügen – 269
Päckchen – 270   Invasoren – 287   Komfortzonen – 298
Elmer's – 303   Glückspilze – 313   Schmetterlinge – 315
Sandburgen – 320   Gitarren – 322   Zöpfe – 326
Profis – 330   Ideen – 335   Seitenlinien – 337
Ebenen – 339   *Epilog* · Menschsein – 343

Dank – 345
Über Together Rising – 348
Quellennachweis – 350

*Für jede Frau, die sich selbst zu
neuem Leben erweckt
Für die Mädchen, die niemals
begraben werden*

Besonders für Tish

PROLOG

GEPARDIN

Im Sommer vor zwei Jahren war ich mit meiner Frau und unseren Töchtern im Zoo. Beim Spaziergang über das Gelände entdeckten wir ein Schild mit dem Hinweis auf *das* Ereignis im Park: das Gepardenrennen. Wir gingen an den Familien vorbei, die sich bereits die besten Plätze suchten, und fanden irgendwo entlang der Strecke eine freie Stelle. Amma, unsere Jüngste, ergatterte den besten Aussichtspunkt, auf den Schultern meiner Frau.

Eine dynamische junge Mitarbeiterin in Khakiweste erschien. Sie hielt ein Megaphon in der Hand und hatte einen hellbraunen Labrador-Retriever an der Leine. Ich war verwirrt. Ich kenne mich mit Tieren nicht besonders gut aus, aber falls sie vorhatte, meinen Kindern den Hund als Gepard zu verkaufen, wollte ich mein Geld zurück.

Dann war es so weit. «Willkommen! Gleich geht es los, und ihr lernt unsere Gepardendame Tabitha kennen. Glaubt ihr, das hier ist Tabitha?»

«Neeeeeiiin!», schrien die Kinder im Chor.

«Das hier ist Minnie. Minnie ist ein Labrador und Tabithas beste Freundin. Wir haben die beiden zusammengebracht, als Tabitha noch ein kleines Baby war, und haben sie zusammen aufgezogen. Minnie hat uns geholfen, Tabitha zu zähmen. Tabitha will alles machen, was Minnie macht.»

Die Tierpflegerin zeigte auf den Jeep, der hinter ihr parkte. An der Ladeklappe hing an einem ausgefransten Seil ein rosarotes Stoffkaninchen.

Sie fragte: «Wer von euch hat einen Labrador zu Hause?»
Kleine Hände schossen in die Höhe.
«Und wessen Labrador liebt es zu jagen?»
«Meiner!», riefen die Kinder.
«Genau. Und Minnie jagt am liebsten dieses Kaninchen! Wir machen jetzt Folgendes: Zuerst absolviert Minnie den Gepardenlauf, und Tabitha sieht zu, damit sie sich erinnert, wie es geht. Dann zählen wir alle zusammen rückwärts, ich mache Tabithas Käfig auf, und sie rennt los. Und am Ende der Bahn, hundert Meter da entlang, wartet ein köstliches Steak auf sie.»

Die Tierpflegerin deckte Tabithas Käfig ab und brachte die vor Vorfreude hechelnde Minnie zur Startlinie. Sie gab dem Fahrer ein Zeichen, und der Jeep fuhr los. Dann machte sie die Leine los, und wir sahen zu, wie ein hellbrauner Labrador fröhlich hinter einem dreckigen rosaroten Stoffkaninchen herrannte. Die Kinder klatschten begeistert. Die Erwachsenen wischten sich den Schweiß von der Stirn.

Dann war Tabithas großer Moment gekommen. Zusammen zählten wir rückwärts: «Fünf, vier, drei, zwei, eins …» Die Tierpflegerin öffnete den Käfig, und das Kaninchen startete die nächste Runde. Tabitha schoss heraus, völlig auf das Stofftier fokussiert, ein verschwommener, gefleckter Pfeil. Binnen Sekunden hatte sie die Ziellinie erreicht. Die Wärterin pfiff und warf ihr ein Steak zu. Tabitha angelte sich ihre Belohnung mit großen Pranken aus der Luft, kauerte sich in den Staub und machte sich darüber her, während die Menge klatschte.

Ich klatschte nicht. Mir war mulmig zumute. Die Dressur von Tabitha kam mir … vertraut vor.

Ich sah der Gepardin zu, die im Staub des Zoos an ihrem Steak kaute, und dachte: *Tag für Tag jagt dieses wilde Tier dreckstarrenden rosa Kaninchen hinterher auf dem wohlvertrauten, schmalen Trampelpfad, den man zu diesem Zweck für sie freigemacht hat.*

Kein Blick nach links, kein Blick nach rechts. Erwischt nie das verfluchte Kaninchen und begnügt sich stattdessen mit gekauftem Steak und dem gelangweilten Applaus verschwitzter Fremder. Gehorcht jedem Befehl ihrer Wärterin, genau wie Minnie, die Labradorhündin, die sie zu sein glaubt, weil man sie dazu gebracht hat. Nicht ahnend, dass sie, würde sie sich ihrer Wildheit erinnern – nur einen Augenblick lang –, sämtliche Zoowärterinnen* in Fetzen reißen könnte.

Als Tabitha ihr Steak gefressen hatte, öffnete die Tierpflegerin ein Gatter zu einem kleinen umzäunten Gehege. Tabitha durchschritt das Tor, und die Wärterin schloss es hinter ihr. Dann nahm sie das Megaphon und bat um Fragen. Ein Mädchen, vielleicht neun Jahre alt, hob die Hand und fragte: «Ist Tabitha nicht traurig? Vermisst sie die Wildnis nicht?»

«Es tut mir leid, ich kann dich nicht hören», sagte die Tierpflegerin. «Kannst du das bitte wiederholen?»

Die Mutter des Mädchens sagte mit lauter Stimme: «Sie will wissen, ob Tabitha die Wildnis vermisst.»

Die Zoowärterin lächelte. «Nein», sagte sie. «Tabitha ist hier geboren. Sie kennt es nicht anders. Sie hat die Wildnis nie erlebt. Tabitha hat bei uns ein gutes Leben. Hier ist es für sie viel sicherer als draußen in der Wildnis.»

Während die Tierpflegerin uns mit Fakten über in Gefangenschaft geborene Geparden beglückte, stieß Tish, meine ältere Tochter, mich in die Seite und zeigte auf Tabitha. In ihrem Ge-

---

* AdÜ: Übersetzerin und Lektorin haben mit Einverständnis der Autorin entschieden, Substantive, die im deutschen Sprachgebrauch üblicherweise im Maskulinum stehen und das Femininum selbstredend mit einschließen, dort, wo eindeutig alle Gender gemeint sind, in ihrer femininen Form zu verwenden. Dies schließt selbstredend das Maskulinum so wie alle anderen Gender mit ein.

hege, abseits von Minnie und den Wärtern, hatte Tabitha plötzlich eine völlig andere Körperhaltung angenommen. Sie trug den Kopf hoch und stolzierte über das Gelände, immer an der vom Zaun gesetzten Grenze entlang. Zurück und vor, zurück und vor. Ab und zu blieb sie stehen und richtete den Blick in die Ferne jenseits des Zauns. Es war, als würde sie sich an etwas erinnern. Sie sah majestätisch aus. Und ein bisschen angsteinflößend.

Tish flüsterte mir zu: «Mommy! Sie ist wieder wild geworden.»

Ich nickte zustimmend und sah Tabitha weiter beim Stolzieren zu. «Was geht gerade in dir vor?», hätte ich sie gern gefragt.

Ich wusste, was sie antworten würde. Sie würde sagen: «Mit meinem Leben stimmt was nicht. Ich spüre Unruhe und Frustration in mir. Ich habe das Gefühl, eigentlich müsste doch alles viel schöner sein. Ich sehe endlos weite Savannen ohne Zäune vor meinem inneren Auge. Ich will rennen und jagen und töten. Ich will unter einem tintenschwarzen, mit Sternen übersäten, stillen Himmel liegen. *Es ist so echt, dass ich es schmecken kann.*»

Dann würde sie sich zu dem Käfig umdrehen, dem einzigen Zuhause, das sie je kennengelernt hat. Sie würde die lächelnden Zoowärter ansehen, die gelangweilten Besucher und ihre hechelnde, springende, bettelnde Freundin, die Labradorhündin. Seufzend würde sie sagen: «Ich sollte dankbar sein. Ich habe ein gutes Leben hier. Es ist verrückt, sich nach etwas zu sehnen, das gar nicht existiert.»

Und ich würde sagen:

Tabitha. Du bist nicht verrückt.

Du bist eine gottverdammte Gepardin!

ERSTER TEIL
IM KÄFIG

15

FUNKELN

Vor vier Jahren, als ich noch mit dem Vater meiner drei Kinder verheiratet war, verliebte ich mich in eine Frau.

Sehr viel später, an einem Sonntagmorgen, sah ich dieser Frau nach, als sie das Haus verließ, um mit meinen Eltern über ihr Vorhaben zu sprechen, mir einen Heiratsantrag zu machen. Sie dachte, ich wüsste nicht, was los war, aber sie hatte sich getäuscht.

Als ich ihr Auto zurückkommen hörte, setzte ich mich aufs Sofa, nahm ein Buch in die Hand und versuchte, mein rasendes Herz zu beruhigen. Sie kam durch die Tür, ging direkt auf mich zu, beugte sich über mich und gab mir einen Kuss auf die Stirn. Sie schob meine Haare beiseite und atmete den Geruch an meinem Hals ein, wie sie es immer tat. Dann richtete sie sich auf und verschwand im Schlafzimmer. Ich ging in die Küche, um ihr eine Tasse Kaffee einzuschenken, und als ich mich umdrehte, kniete sie plötzlich vor mir, mit einem Ring in Händen. Ihre Augen waren bestimmt und bittend, groß und scharf fokussiert, himmelblau, bodenlos.

«Ich konnte nicht mehr warten», sagte sie. «Ich konnte keine einzige Minute länger warten.»

Später, im Bett, mein Kopf lag auf ihrer Brust, erzählte sie mir, wie der Vormittag gelaufen war. Sie hatte zu meinen Eltern gesagt: «Ich liebe eure Tochter und eure Enkelkinder, wie ich noch nie in meinem Leben einen Menschen geliebt habe. Ich war mein ganzes Leben auf der Suche, ich habe mich mein ganzes Leben lang auf sie vorbereitet. Ich verspreche euch, dass ich sie immer lieben und beschützen werde.» Mit vor Angst und Mut zitternder Unterlippe hatte meine Mutter geantwortet: «Abby, ich habe meine Tochter nicht mehr so lebendig gesehen, seit sie zehn Jahre alt war.»

Abby und meine Eltern hatten an diesem Vormittag noch über vieles andere gesprochen, aber die erste Reaktion meiner Mutter sprang mir entgegen wie ein Satz in einem Roman, der darum fleht, unterstrichen zu werden:

Ich habe meine Tochter nicht mehr so lebendig gesehen, seit sie zehn Jahre alt war.

Meine Mutter hatte miterlebt, wie das Funkeln in meinen Augen während meines zehnten Jahrs auf Erden verloschen war. Jetzt, dreißig Jahre später, erlebte sie mit, wie dieses Funkeln wiederkam. In den vergangenen Monaten hatte sich meine ganze Körperhaltung verändert. Ich wirkte plötzlich majestätisch. Und ein bisschen angsteinflößend.

An dem Tag fing ich an, mich zu fragen: *Wohin verschwand mein Funkeln, als ich zehn war? Wie bin ich mir selbst abhandengekommen?*

Ich habe die Frage gründlich untersucht und bin zu folgender Erkenntnis gelangt: Im Alter von zehn lernen wir, brave Mädchen und echte Jungs zu sein. Mit zehn Jahren fangen Kinder an, ihr wahres Selbst zu verstecken, um so zu werden, wie die Welt sie haben will. Zehn ist das Alter, in dem wir mit unserer inneren Zähmung beginnen.

Ich war zehn Jahre alt, als die Welt mir befahl, mich hinzusetzen, still zu sein, und mir die Richtung zu meinem Käfig wies:

Diese Gefühle darfst du nicht ausdrücken.
Eine Frau hat sich so zu benehmen und nicht anders.
So sieht der Körper aus, den du anstreben musst.
Daran sollst du glauben.
Diese Menschen darfst du lieben.

Diese Menschen musst du fürchten.
Dies ist das Leben, das du wollen sollst.

Pass dich an. Am Anfang ist es ungewohnt und ein bisschen unbequem, aber mach dir keine Sorgen – irgendwann vergisst du, dass du in einen Käfig gesperrt bist. Schon bald wird dein Käfig sich ganz normal anfühlen. Wie das Leben.

Weil ich ein braves Mädchen sein wollte, fing ich an, mich selbst an die Leine zu legen. Ich suchte mir eine Persönlichkeit, einen Körper, einen Glauben und eine Sexualität, die so eng und winzig waren, dass ich die Luft anhalten musste, um hineinzupassen. Und wurde prompt sehr krank.

Ich wurde mehr als nur ein braves Mädchen, ich wurde Bulimikerin. Kein Mensch kann ewig die Luft anhalten. In der Bulimie atmete ich auf. In der Bulimie weigerte ich mich, mich zu fügen, schwelgte im Hunger, gab meiner Wut Ausdruck. In meinen täglichen Fressorgien wurde ich zum Tier. Danach hängte ich mich über die Kloschüssel und gab alles wieder von mir, denn schließlich muss ein braves Mädchen möglichst klein bleiben, damit es in seinen Käfig passt. Es darf auf keinen Fall sichtbare Spuren für seinen riesengroßen Hunger hinterlassen. Brave Mädchen sind nicht hungrig, wütend oder wild. Alles, was eine Frau menschlich macht, sind die schmutzigen Geheimnisse eines braven Mädchens.

Damals dachte ich, die Bulimie sei der Beweis dafür, dass ich verrückt war. Als ich während der Highschool ein Praktikum in einer psychiatrischen Klinik absolvierte, fand ich meinen Verdacht bestätigt.

Inzwischen habe ich ein anderes Bild von mir.

Ich war nur ein Mädchen in einem Käfig, das für den grenzenlosen Himmel gemacht war.

Ich war nicht verrückt. Ich war eine gottverdammte Gepardin.

Als ich Abby begegnete, kam die Erinnerung an meine Wildheit zurück. Ich wollte diese Frau, und es war das erste Mal in meinem Leben, dass ich etwas wollte, das außerhalb der Konditionierung dessen lag, was ich zu wollen hatte. Ich liebte sie, und es war das erste Mal, dass ich jemanden liebte, die sich außerhalb des Kreises jener befand, die zu lieben von mir erwartet wurde. Mir ein Leben mit ihr zu erschaffen, war die erste wahrhaftig eigene Idee, die ich je hatte, und meine erste Entscheidung als freie Frau. Nach dreißig Jahren, in denen ich mich selbst deformiert und klein gemacht hatte, um anderer Leute Vorstellungen von Liebe zu entsprechen, erlebte ich endlich eine Liebe, die zu mir passte – eine Liebe, die maßgeschneidert war, für mich und von mir. Endlich stellte ich mir die Frage, was ich wollte, anstatt zu fragen, was die Welt von mir wollte. Ich fühlte mich lebendig. Ich hatte die Freiheit gekostet, und ich wollte mehr.

Ich nahm alles unter die Lupe – meinen Glauben, meine Freundschaften, meine Arbeit, meine Sexualität, mein ganzes bisheriges Leben – und fragte mich: Wie viel davon war meine Idee? Will ich all das wirklich, oder wurde ich dazu konditioniert, es zu wollen? Welche Überzeugungen habe ich selbst kreiert und welche wurden mir einprogrammiert? Wie viel von der Frau, die ich geworden bin, gehört von Natur aus zu mir und wie viel von ihr sind lediglich übernommene Konzepte? Wie viel von meinem Aussehen und meiner Art zu sprechen und mich zu benehmen wurde mir von anderen antrainiert? Wie viele Dinge, denen ich mein Leben lang hinterherjagte, sind in Wirklichkeit nur dreckstarrende rosarote Kaninchen? Wer war ich, ehe ich die wurde, die zu sein mir die Welt befahl?

Ich habe meinen Käfig im Laufe der Zeit verlassen, habe ein zweites Mal geheiratet, eine neue Form des Glaubens und eine neue Weltsicht entwickelt, einen neuen Sinn gefunden, mir eine neue Familie und eine neue Identität erschaffen – nicht mehr die

Werkseinstellung, sondern eine Eigenkreation. Aus Imagination heraus statt aus Indoktrination. Aus meiner wilden Natur heraus, nicht aufgrund meiner Zähmung.

Was jetzt folgt, sind Geschichten darüber, wie ich in meinen Käfig gesperrt wurde – und wie ich mich daraus befreite.

ÄPFEL

Ich bin zehn Jahre alt, ich sitze mit zwanzig anderen Kindern in einem kleinen Nebenraum der Nativity Catholic Church. Ich besuche den Bibelunterricht der Confraternity of Christian Doctrine, weil meine Eltern mich jeden Mittwochabend herschicken, damit ich was über Gott lerne. Unsere Lehrerin ist die Mutter einer Klassenkameradin. An ihren Namen kann ich mich nicht mehr erinnern, nur noch daran, dass sie uns mal erzählt hat, sie wäre eigentlich Buchhalterin. Weil ihre Familie gemeinnützige Arbeit leisten musste, hatte sie sich freiwillig für den Andenkenladen der Kirche gemeldet. Stattdessen steckte die Kirche sie in Zimmer 423, Bibelunterricht für Fünftklässler. Also erzählt sie jetzt – immer mittwochs von 18 Uhr 30 bis 19 Uhr 30 – den Kindern was von Gott.

Wir sollen uns auf den Teppich vor ihrem Stuhl setzen, denn sie wird uns jetzt erklären, wie Gott die Menschen gemacht hat. Ich beeile mich, damit ich einen Platz ganz vorne bekomme. Ich bin sehr neugierig darauf zu erfahren, wie und warum ich gemacht wurde. Mir fällt auf, dass unsere Lehrerin weder eine Bibel noch sonst ein Buch auf dem Schoß hat. Sie wird aus dem Gedächtnis erzählen. Ich bin beeindruckt.

Dann fängt sie an.

«Gott schuf Adam und setzte ihn in einen wunderschönen Garten. Adam war Gottes Lieblingsgeschöpf, und Er sagte zu Adam, seine einzige Aufgabe wäre es, glücklich zu sein, über den Garten zu herrschen und den Tieren ihre Namen zu geben. Adams Leben war fast perfekt. Nur, dass er einsam war und sehr viel zu tun hatte. Er wünschte sich Gesellschaft und jemanden, der ihm half, die Tiere zu benennen. Deshalb sagte er Gott, dass er Gesellschaft und Hilfe wolle. Eines Nachts half Gott Adam dabei, Eva zur Welt zu bringen. Aus Adams Körper heraus wurde eine Frau geboren.» Unsere Lehrerin sagt, deshalb wäre das englische Wort für Frau *Woman*. Weil die Frauen aus dem Schoß – *Womb* – des Mannes stammt. *Womb-Man* eben.

Ich bin so baff, dass ich vergesse, die Hand zu heben.

«Moment. Adam hat *Eva* geboren? Ich dachte, die Menschen kommen durch den Körper der Frau zur Welt? Eigentlich müssten doch eher Jungen Woman heißen? Sollten nicht alle Menschen Woman heißen?»

Die Lehrerin sagt: «Heb die Hand, Glennon.»

Ich hebe die Hand. Sie gibt mir ein Zeichen, die Hand wieder herunterzunehmen. Der Junge, der links von mir sitzt, rollt mit den Augen.

Unsere Lehrerin erzählt weiter.

«Adam und Eva waren sehr glücklich, und eine Weile war alles wunderbar.

Doch dann sagte Gott ihnen, dass es einen Baum gibt, von dem sie auf keinen Fall essen dürfen: der Baum der Erkenntnis. Und obwohl es das Einzige im ganzen Garten Eden war, das Eva nicht wollen durfte, wollte sie ausgerechnet einen Apfel von diesem Baum. Also pflückte sie eines Tages, als sie hungrig war, den Apfel vom Baum der Erkenntnis und biss hinein. Dann brachte sie Adam mit einem Trick dazu, auch einen Bissen zu nehmen. In dem Moment, als Adam in den Apfel biss, verspürten Adam und Eva zum allerersten Mal im Leben Scham, und sie versuchten, sich vor Gott zu verstecken. Aber Gott sieht alles, deshalb wusste Gott auch, was sie getan hatten. Gott vertrieb Adam und Eva aus dem Garten. Dann verfluchte Er sie und ihre künftigen Kinder, und so kam das Leid auf die Welt. Das ist der Grund, warum wir heute immer noch leiden: weil die Erbsünde Evas immer noch in uns lebendig ist. Die Sünde besteht darin, mehr wissen zu wollen, als wir wissen sollen, von allem mehr zu wollen, anstatt dankbar für das zu sein, was wir haben, und sie besteht darin, zu tun, was wir wollen, anstatt zu tun, was wir sollen.»

Nach dieser gewissenhaften Erläuterung der Dinge hatte ich keine weiteren Fragen mehr.

BLOWJOBS

Als mein Mann mir gestanden hatte, dass er mit anderen Frauen geschlafen hatte, suchten wir uns eine Therapeutin. Jetzt heben wir uns unsere Probleme auf und tragen sie dienstagabends zu ihr auf die Couch. Wenn Freunde mich fragen, ob sie gut ist, sage ich: «Keine Ahnung, vielleicht. Immerhin sind wir noch verheiratet.»

Ich habe darum gebeten, den heutigen Termin allein wahrnehmen zu dürfen. Ich bin müde und nervös, weil ich die ganze Nacht wach lag und insgeheim geübt habe, wie ich sagen soll, was ich zu sagen habe.

Ich sitze still in meinem Sessel, die Hände gefaltet auf dem Schoß. Sie sitzt aufrecht im Sessel gegenüber. Sie trägt einen schlichten weißen Hosenanzug, vernünftige Absätze, kein Makeup. Hinter ihr ragt kerzengerade ein hölzernes Bücherregal, voll mit Büchern und gerahmten Diplomen. Ihr gezückter Stift schwebt über dem ledernen Notizbuch auf ihrem Schoß, bereit, mich schwarz auf weiß aufs Papier zu nageln. Stumm ermahne ich mich: *Sprich ruhig und selbstbewusst, Glennon, benimm dich wie eine Erwachsene.*

«Ich muss Ihnen etwas Wichtiges sagen. Ich habe mich verliebt. Bis über beide Ohren. Ihr Name ist Abby.»

Meiner Therapeutin bleibt der Mund offen stehen, gerade so weit, dass ich es sehen kann. Einen ewigen Augenblick lang ist sie stumm. Dann holt sie tief Luft, atmet aus und sagt: «Okay.»

Sie hält inne, fasst sich, fängt noch mal von vorne an. «Glennon, Ihnen ist doch klar, dass das nicht echt ist, was immer da vor sich geht? Diese Gefühle sind *nicht echt*. Was für eine Zukunft

Ihnen auch vor Augen schweben mag: Auch die ist nicht echt. Das ist lediglich ein großes, gefährliches Ablenkungsmanöver. Das kann nicht gut ausgehen. Sie müssen es beenden.»

Ich will «Sie verstehen das nicht. Das ist was anderes» sagen, doch dann muss ich an die vielen Menschen denken, die vor mir in diesem Sessel saßen und darauf beharrten: *Bei mir ist das was anderes.*

Wenn sie mir Abby verwehrt, muss ich zumindest dafür einstehen, mich endgültig meinem Mann zu verwehren.

«Ich kann nicht mehr mit ihm schlafen», sage ich. «Sie wissen selbst, dass ich alles versucht habe. Manchmal denke ich, ich hätte ihm verziehen. Aber dann legt er sich auf mich drauf, und plötzlich ist der Hass wieder da. Es ist Jahre her, und ich will keine Zicke sein, also mache ich die Augen zu und versuche, meinen Körper zu verlassen, bis es vorbei ist. Aber dann lande ich versehentlich doch wieder in meinem Körper, und zwar in einem Zustand weißglühender Wut. Es ist ungefähr so: Ich versuche, mich innerlich abzutöten, aber leider ist in mir immer noch ein bisschen Leben übrig, und dieses bisschen Leben macht Sex unerträglich für mich. Ich kann beim Sex nicht lebendig sein, aber tot genug bin ich auch nicht dabei, also ist das keine Lösung. Ich – ich will das einfach nicht mehr.»

Ich bin wütend, weil mir die Tränen kommen, aber das interessiert meine Tränen nicht. Ich beginne zu flehen. Gnade, bitte.

Zwei Frauen. Ein weißer Hosenanzug. Sechs gerahmte Diplome. Ein aufgeschlagenes Notizbuch. Ein gezückter Kugelschreiber.

Dann: «Glennon, haben Sie mal versucht, ihm stattdessen einfach einen zu blasen? Viele Frauen empfinden Blowjobs als weniger intim.»

WEGWEISER

Ich habe einen Sohn und zwei Töchter, es sei denn, sie korrigieren mich diesbezüglich irgendwann.

Für meine Kinder ist die Dusche ein magisches Ideenportal. Neulich sagte meine Jüngste zu mir: «Mom, manchmal habe ich den ganzen Tag keine einzige Idee, aber wenn ich unter der Dusche stehe, habe ich plötzlich lauter cooles Zeug im Kopf. Ich glaube, das liegt am Wasser.»

«Kann sein, dass es am Wasser liegt», antwortete ich. «Oder es liegt daran, dass die Dusche der einzige Ort ist, an dem du nicht verkabelt bist – deshalb kannst du dort deine Gedanken hören.»

Sie sah mich an und machte: «Hä?»

«Ich meine das, was dir in der Dusche passiert, Honey. Das nennt man *Denken*. Weißt du, das haben die Menschen früher gemacht, vor Google. Denken ist wie ... wie in deinem eigenen Gehirn rumzugoogeln.»

«Oh», sagte sie. «Cool.»

Dasselbe Kind klaut mir jede Woche mein sündhaft teures Shampoo, weshalb ich mich neulich in das Bad schlich, das sie sich mit ihrem Teenie-Bruder und ihrer Schwester teilt, um es mir zurückzuklauen. Ich schob den Duschvorhang beiseite und stieß auf zwölf leere Plastikflaschen, die den Duschwannenrand vermüllten. Sämtliche Flaschen auf der rechten Seite waren rot, weiß und blau. Sämtliche Flaschen auf der linken Seite waren rosa und lila.

Ich nahm eine rote Flasche von der Seite, die eindeutig die Seite meines Sohnes war. Die Flasche war groß, kantig, klobig. In roten, weißen, blauen Großbuchstaben schrie sie mir entgegen:

3 x GRÖSSER
RAUBT DIR DEINE WÜRDE NICHT
HÜLLT DICH IN EINEN PANZER
AUS MÄNNLICHKEIT
MACHT SCHLUSS MIT SCHMUTZ UND DRECK
UND SCHICKT LÄSTIGEN KÖRPERGERUCH
AUF DIE MATTE

Ich dachte: *Was soll die Scheiße? Wo bin ich hier? In einem Badezimmer oder einem militärischen Ausbildungslager?*

Ich nahm eine der schmalen, rosaroten Metallicflaschen von der Mädchenseite. Anstatt gebellter Marschbefehle flüsterte die Flasche mir mit kursiv gesetzter, zarter Schreibschrift unzusammenhängende Adjektive zu: *verführerisch, duftend, zart, rein, leuchtend, verlockend, berührbar, sanft, cremig.* Kein Verb in Sicht, nur eine Liste erstrebenswerter Eigenschaften.

Ich sah mich zweifelnd um, um sicherzugehen, dass die Dusche nicht doch ein magisches Portal war, das mich in eine andere Zeit befördert hatte. Nein. Hier stand ich, mitten im einundzwanzigsten Jahrhundert, wo Jungen immer noch beigebracht wird, dass echte Männer groß sind, tapfer, brutal, unverletzlich, angeekelt von ihrer weiblichen Seite und dazu verpflichtet, sämtliche Frauen der Welt zu erobern. Wo Mädchen immer noch lernen, dass richtige Frauen still, hübsch, klein, schlank, passiv und begehrenswert zu sein haben, um es wert zu sein, erobert zu werden. Da wären wir also. Unsere Söhne und Töchter werden, wie immer schon, in ihrem vollständigen Menschsein bloßgestellt und beschämt, noch ehe sie sich morgens angezogen haben.

Unsere Kinder sind viel zu groß, um sich in diese starren, in Massen produzierten Flaschen zu quetschen. Und auch sie werden sich in dem Versuch, es trotzdem zu tun, selbst abhandenkommen.

EISBÄREN

Vor ein paar Jahren rief Tishs Vorschullehrerin mich an und sagte, im Unterricht hätte es einen «Zwischenfall» gegeben. Sie hatte den Kindern während einer Diskussion über die Tierwelt erzählt, dass die Eisbären wegen der schmelzenden Polarkappen Heimat und Nahrungsquellen verloren, und ihnen als Beispiel für die Auswirkungen der globalen Erwärmung das Foto eines verhungernden Eisbären gezeigt.

Der Rest der Schülerinnen fand das zwar traurig, aber nicht so traurig, um nicht, na ja, trotzdem fröhlich in die Pause zu hopsen. Im Gegensatz zu Tish. Die Lehrerin erzählte mir, dass Tish, als die Stunde vorbei war und alle Kinder aufsprangen und fröhlich hinausliefen, als Einzige sitzen blieb, mit weit aufgesperrtem Mund, wie gelähmt. Ihr standen die Gedanken offen ins entsetzte Gesicht geschrieben:

«WAS? Haben Sie gerade gesagt, dass die Eisbären *sterben*? Weil *die Erde schmilzt?* Die Erde, auf der wir leben? Und haben Sie uns dieses kleine Häppchen Terror mal eben so im Sitzkreis präsentiert?»

Irgendwann schaffte Tish es dann doch noch nach draußen, aber sie war an dem Tag nicht mehr in der Lage, mit den anderen Kindern zu spielen. Ihre Freundinnen versuchten, sie von der Bank zu locken, aber sie blieb in der Nähe der Lehrerin sitzen und fragte mit großen Augen: «Wissen die Erwachsenen das? Was tun sie dagegen? Sind noch mehr Tiere in Gefahr? Wo ist die Mama von dem hungrigen Eisbär?»

Von dem Moment an drehte sich unser ganzes Familienleben um Eisbären. Wir kauften Eisbärenposter und tapezierten Tishs

Zimmer damit. «Um mich zu erinnern, Mom – das darf ich nie mehr vergessen.» Wir sponsorten online vier Eisbären. Wir sprachen beim Abendessen über Eisbären, beim Frühstück, beim Autofahren, auf Partys. Genauer gesagt, wir redeten ununterbrochen darüber, es gab kein anderes Thema mehr als Eisbären, und nach ein paar Wochen fing ich an, Eisbären aus tiefstem Herzen zu hassen. Ich verfluchte den Tag in der Evolution, an dem der Eisbär das Licht der Welt erblickt hatte. Ich versuchte alles, was mir irgendwie einfiel, um Tish aus ihrem Eisbärenabgrund zu retten. Ich kuschelte mit ihr, ich schimpfte mit ihr, und am Ende log ich sie an.

Ich bat einen Freund, mir eine «offizielle» E-Mail zu schicken, so zu tun, als wäre er der «Präsident von Antarktika», und zu verkünden, dass die Eiskappen ein für alle Mal wieder festgefroren wären, wo sie hingehörten, und sämtliche Eisbären plötzlich wieder tipptopp in Ordnung wären. Ich öffnete die Mail mit den Fake News und rief in Tishs Zimmer hinüber: «Ach du meine Güte, Baby! Schnell, komm her! Schau mal, was ich eben bekommen habe! Das sind ja wunderbare Neuigkeiten!» Stumm las Tish die Mail, drehte sich langsam zu mir um und bedachte mich mit einem vernichtenden Schmähblick. Sie wusste genau, dass die Mail ein Fake war, denn Tish ist sensibel, nicht dumm. Die Eisbärensaga ging weiter, ungebremst und mit Vollgas.

Eines Abends brachte ich Tish ins Bett und schlich mit der Freude einer Mutter, die nur noch eine Haaresbreite vom Gelobten Land entfernt ist, auf Zehenspitzen aus dem Zimmer. (Alle sind im Bett, und ich habe meine Couch für mich. Meine Couch und Kohlehydrate und Netflix, und niemand darf mich anfassen oder ansprechen bis morgen Früh die Sonne wieder aufgeht. Halleluja.) Ich zog gerade die Tür hinter mir zu, als ich Tish flüstern hörte. «Warte! Mom.»

Verfluchter Mist!

«Was ist denn, Honey?»

«Es ist wegen den Eisbären.»

VERFLUCHTE HÖLLE! NEIN!

Ich machte kehrt, ging zurück an ihr Bett und starrte sie an, ein bisschen manisch. Tish schaute zu mir hoch und sagte: «Mommy. Weißt du, was ich die ganze Zeit denken muss? Jetzt sind es die Eisbären. Und es ist allen egal. Als Nächstes sind wir dran.»

Dann drehte sie sich auf die Seite, schlief ein und ließ mich im Dunkeln allein zurück. Jetzt war ich stocksteif und wie gelähmt. Ich stand über sie gebeugt, die Augen weit aufgerissen, und schlang die Arme um mich. «O Gott! Die Eissssbäääääreeen! Wir müssen die verdammten Scheißbären retten! Wir sind als Nächstes dran. Was ist *los* mit uns?»

Ich sah auf meine kleine, unglaubliche Tochter hinunter und dachte: *Du bist nicht verrückt, weil dir die Eisbären das Herz brechen; der Rest der Welt ist verrückt, weil es uns nicht so geht.*

Tish konnte nicht in die Pause gehen, weil sie ihrer Lehrerin zugehört hatte. Sobald sie die Geschichte von den Eisbären hörte, ließ sie das Gefühl von Entsetzen in sich zu, das Wissen um die unglaubliche Ungerechtigkeit, und sie stellte sich die unausweichlichen Folgen vor. Tish ist empfindsam, und das ist ihre Superkraft. Das Gegenteil von empfindsam ist nicht mutig. Es ist nämlich nicht besonders mutig, sich einfach zu weigern, zuzuhören, wegzusehen, etwas nicht zu fühlen und zu wissen und sich vorzustellen. Das Gegenteil von empfindsam ist empfindungslos, und damit schmückt man sich nicht.

Tish fühlt, spürt, nimmt wahr. Obwohl die Welt versucht, an ihr vorbeizurasen, nimmt sie die Dinge langsam auf. *Stopp, Moment! Das, was du da eben über die Eisbären gesagt hast ... hat bei mir ein Gefühl ausgelöst, ich muss darüber nachdenken. Können wir bitte einen Moment dabei bleiben? Ich habe Gefühle. Ich habe Fragen. Ich bin noch nicht bereit, raus in die Pause zu laufen.*

In den meisten Kulturen werden Leute wie Tish früh identifiziert und dazu bestimmt, Schamaninnen zu werden, Medizinmenschen, Dichterinnen, Geistliche. Sie werden zwar als exzentrisch betrachtet, aber auch als absolut notwendig für das Überleben der Gemeinschaft, weil sie in der Lage sind, Dinge zu hören, die andere nicht hören, und Dinge zu sehen, die andere nicht sehen, und Dinge zu fühlen, die andere nicht fühlen. Die ganze Kultur hängt von der Empfindsamkeit einiger weniger ab, weil nichts heilen kann, das nicht zuerst gefühlt worden ist.

Doch unsere Gesellschaft ist derart versessen auf Wachstum, Macht und Leistung um jeden Preis, dass Typen wie Tish – oder ich – eher stören. Wir bremsen die Welt. Wir stehen mit ausgestrecktem Arm am Bug der *Titanic* und schreien aus vollem Hals: «Eisberg! Eisberg!», während die anderen aus dem Ballsaal unter Deck zurückrufen: «Wir wollen weitertanzen!» Es ist einfacher, uns als kaputt zu bezeichnen und wegzuschieben, als den Gedanken zuzulassen, dass wir lediglich angemessen auf eine kaputte Welt reagieren.

Meine kleine Tochter ist nicht kaputt. Sie ist eine Prophetin. Ich möchte weise genug sein, gemeinsam mit ihr innezuhalten, sie zu fragen, was sie fühlt, und auf das zu hören, was sie weiß.

STRICHLISTEN

Es ist mein letztes Highschool-Jahr, und ich wurde immer noch nicht für den Homecoming-Court nominiert.

Der Homecoming-Court besteht aus den zehn beliebtesten Schülerinnen und Schülern jedes Jahrgangs. Diese zehn werfen sich in Schale und fahren während der Homecoming-Parade in Cabriolets offen durch die Stadt, werfen sich in Schale und laufen in der Halbzeit übers Spielfeld, werfen sich in Schale und stolzieren mit ihren Homecoming-Court-Schärpen durch die Hallen. Das Homecoming ist die jährliche Highschool Fashion Week, und wir anderen sitzen auf unseren Plätzen im Schatten und himmeln die Mitglieder des Court oben auf dem Laufsteg an.

Im Englischunterricht werden Stimmzettel verteilt, mit der Aufforderung, diejenigen unter uns zu wählen, die in den Court aufsteigen sollen. Jahr für Jahr stimmen wir in Massen für dieselben Goldenen Zehn. Wir wissen alle, wer sie sind. Es fühlt sich an, als wären wir schon mit dem Wissen um sie zur Welt gekommen. Die Goldenen stehen – wie die Sonne – in einem fest geschlossenen Kreis zusammen: auf den Fluren, bei Football-Spielen, in der Shopping-Mall und in unserer Vorstellung. Es ist uns nicht gestattet, sie direkt anzusehen, was nicht leicht ist, denn sie haben glänzendes Haar, und ihre Körper sind verführerisch, hell und strahlend. Unter ihnen gibt es keine Tyranninnen. Denn jemanden zu tyrannisieren, würde viel zu viel Aufmerksamkeit für eine andere Person und viel zu viel Anstrengung erfordern. Sie stehen weit über solchen Dingen, jenseits davon. Ihre Aufgabe besteht darin, den Rest von uns zu ignorieren, und unsere Aufgabe ist es, uns an den von ihnen gesetzten Standards zu messen. Unsere Existenz macht sie golden, und ihre Existenz macht uns unglücklich. Trotzdem wählen wir sie Jahr für Jahr wieder, weil die Regeln uns sogar in der Intimsphäre der geheimen Wahl im Griff haben. *Wählt die Goldenen. Sie haben die Regeln perfekt befolgt, sie sind, was und wie wir alle sein sollten, sie müssen die Wahl gewinnen. Fair ist fair.*

Ich bin nicht Golden, aber ab und zu fällt die Reflexion der leuchtenden Strahlen der Goldenen auch auf mich, so oft, dass ich ein bisschen davon abbekommen habe. Sie laden mich hin und wieder zu ihren Partys ein, und ich gehe hin, auch wenn sie dann so gut wie nicht mit mir sprechen. Ich glaube, ich bin mit dabei, weil sie ein bisschen Nichtgold um sich brauchen, um ihr Goldensein spüren zu können. Goldensein erfordert *Kontrast*. Also lassen sie mich, wenn sie bei einem Football-Spiel im Kreis stehen, mit hinein, aber auch dann sprechen sie nicht mit mir. Ich fühle mich in diesen Kreisen immer furchtbar unwohl, ausgeschlossen und lächerlich. Ich rede mir ein, dass unwichtig ist, was in diesen Kreisen tatsächlich passiert. Wichtig ist nur die Vorstellung, die Menschen außerhalb des Kreises sich von dem machen, was dort passiert. Wichtig ist nicht, was echt ist, sondern was ich *anderen* als echt verkaufen kann. Wichtig ist nicht, wie ich mich im Inneren fühle, sondern welche Gefühle ich nach außen transportiere. Wie ich *vorgebe, mich zu fühlen*, bestimmt, welche Gefühle andere für mich hegen. Wichtig ist, was andere für mich empfinden. Also benehme ich mich wie jemand, die sich Golden fühlt.

Mitte September hat die Aufregung um die Homecoming-Vorbereitungen ihren Höhepunkt erreicht. Wir haben abgestimmt, und in der sechsten Stunde werden die Gewinnerinnen bekanntgegeben. Ich bin Teil der Schülermitverwaltung, und unsere Aufgabe besteht darin, die Stimmen auszuzählen. Meine Freundin Lisa zieht die Stimmzettel einzeln aus einer Schachtel und liest laut die Namen vor, während ich die Strichliste führe. Es sind wieder und wieder die gleichen Namen: Tina. Kelly. Jessa. Tina. Kelly. Jessa. Susan. Jessa. Susan. Tina, Tina, Tina. Und dann Glennon. Und wieder ... Glennon. Glennon. Lisa sieht mich an, zieht die Augenbrauen hoch, lächelt. Ich verdrehe die Augen und sehe weg, aber das Herz rast in meiner Brust. *Heilige Scheiße. Die halten mich für Golden.* Die Wahlurne ist inzwischen fast leer, aber das Rennen ist knapp, und ich könnte es tatsächlich schaffen. Ich könnte es schaffen. Mir fehlen nur noch zwei Stimmen. Ich werfe Lisa einen Blick zu, sie schaut gerade woandershin. Mit dem Bleistift setze ich zwei Striche neben meinen Namen. Eins. Zwei. Lisa und ich zählen die Stimmen. Ich bin in den Homecoming-Court berufen worden.

Ich gehöre jetzt zu denen, die noch mit vierundvierzig die Augen verdrehen und, ganz nebenbei natürlich, erzählen können, sie wären im Homecoming-Court gewesen. Die anderen werden ebenfalls die Augen verdrehen (Ach ja, damals, die Highschool!), aber gleichzeitig registrieren sie: *Ah. Du warst Golden.* Golden zu sein, entscheidet sich früh im Leben, und es bleibt an einem haften, selbst wenn wir erwachsen sind und es inzwischen besser wissen, inzwischen so viel mehr wissen und verstanden haben. Einmal Golden, immer Golden.

Ich spreche jetzt seit mehr als zehn Jahren offen und öffentlich über Sucht, Sex, Untreue und Depressionen. Schamlosigkeit ist meine spirituelle Praxis. Trotzdem habe ich außer meiner Frau noch nie einem Menschen gestanden, dass ich in der Highschool betrogen habe. Als ich ihr erzählte, dass ich diese Geschichte endlich zu Papier gebracht hätte, zuckte sie zusammen. «Bist du sicher, Babe?», fragte sie. «Bist du ganz sicher, dass du das erzählen solltest?»

Ich glaube, was diese Geschichte unverzeihlich macht, ist die

Verzweiflung, diese unglaublich große Sehnsucht, dazugehören zu wollen. Wenn man nicht Golden sein kann, muss man unbedingt so tun, als wäre es einem egal, als wollte man gar nicht dazugehören. Es ist uncool, megamäßig uncool, so dringend dazugehören zu wollen, dass man bereit ist, dafür zu betrügen. Doch genau das habe ich getan.

Ich habe eine Wahl gefälscht, um Golden zu sein. Ich habe sechzehn Jahre meines Lebens mit dem Kopf in der Kloschüssel verbracht, um dünn zu sein. Ich habe mich zehn Jahre lang stumpf gesoffen, um sympathisch zu sein. Ich habe Arschlöcher becirct und mit ihnen geschlafen, um berührbar zu sein. Ich habe mir auf die Zunge gebissen, bis es blutete, um nett zu sein. Ich habe Tausende für Zaubertränke und Gift ausgegeben, um jung zu sein. Ich habe mich selbst jahrzehntelang verleugnet, um echt zu sein.

ALGORITHMEN

Mehrere Monate, nachdem ich herausgefunden hatte, dass mein Mann mich immer wieder betrogen hatte, wusste ich immer noch nicht, ob ich gehen oder bleiben würde. Ich wusste ja nicht mal, ob das neue Dekokissen auf meiner Couch gehen oder bleiben würde. Ich war eine schrecklich unentschlossene Frau. Als ich der Beratungslehrerin an der Schule meiner Kinder gestand, wie unentschlossen ich war, sagte sie zu mir: «Kinder gehen nicht an harten Entscheidungen kaputt, sondern an Unentschlossenheit. Ihre Kinder müssen wissen, in welche Richtung es weitergeht.»

«Das können sie aber nicht wissen, ehe ich es weiß», antwortete ich.

Sie sagte: «Dann müssen Sie rausfinden, *wie Sie es wissen* werden.»

Damals waren Umfragen und Recherchen die einzige Methode, die ich kannte, *an Wissen zu kommen*. Ich fing mit Umfragen an. Ich rief alle meine Freundinnen an, in der Hoffnung, dass sie wissen würden, was ich tun sollte. Danach kam die Recherche. Ich las jeden Artikel über Ehebruch, Scheidung und Kinder, den ich in die Finger bekam, in der Hoffnung, dass die Expertinnen wissen würden, was ich tun sollte. Die Ergebnisse meiner Umfragen und Recherchen waren unerträglich uneindeutig.

Schließlich wandte ich mich ans World Wide Web, um rauszufinden, ob ein unsichtbares Konglomerat an Fremden, Trollen und Bots womöglich wusste, was ich mit meinem einen wilden, wunderbaren und wertvollen Leben tun sollte. Und so fand ich mich um drei Uhr morgens schlaflos im Bett wieder und tippte, während ich mir löffelweise Ben & Jerry's in den Mund schaufelte, folgende Frage in die Google-Suchzeile:

Was soll ich tun, wenn mein Mann mich betrügt und trotzdem ein toller Vater ist?

VERSAMMLUNGEN

Mein siebzehnjähriger Sohn Chase sitzt mit seiner Clique im Wohnzimmer vor dem Fernseher. Ich habe versucht, sie in Ruhe zu lassen, aber es fällt mir schwer. Ich weiß, dass die meisten Teenager ihre Mütter extrem uncool finden, aber ich bin überzeugt, dass ich die Ausnahme bin.

Ich stehe an der Tür und luge hinein. Die Jungs liegen hingelümmelt kreuz und quer auf dem Sofa. Die Mädchen haben sich auf dem Fußboden zu kleinen ordentlichen Päckchen zusammengefaltet. Meine jüngeren Töchter liegen den älteren Mädchen in stummer Anbetung zu Füßen.

Mein Sohn entdeckt mich und lächelt schief. «Hi, Mom.»

Ich brauche eine Entschuldigung für meine Anwesenheit, also frage ich: «Hat jemand Hunger?»

Die Reaktion scheint sich in Zeitlupe zu entfalten.

Jeder einzelne Junge ruft, ohne auch nur eine Sekunde den Blick vom Bildschirm zu nehmen: «JA!»

Die Mädchen reagieren nicht sofort. Langsam löst sich ein Blick nach dem anderen vom Fernseher und mustert die Gesichter der anderen Mädchen. Jede von ihnen sucht im *Gesicht einer Freundin* die Antwort auf die Frage, *ob sie selbst hungrig ist*. Zwischen ihnen vollzieht sich eine Art Telepathie. Sie starten eine Umfrage. Sie recherchieren. Sie sammeln Konsens – Erlaubnis oder Ablehnung.

Auf geheimnisvolle Weise bestimmt das Kollektiv stumm eine sommersprossige Sprecherin mit französischem Zopf. Sie löst den Blick von den Gesichtern ihrer Freundinnen und sieht mich an. Sie lächelt und sagt: «Wir möchten nichts, vielen Dank.»

Die Jungen haben im Innen nach einer Antwort gesucht. Die Mädchen im Außen.

Wir haben vergessen zu wissen, als wir lernten, zu gefallen.

Das ist der Grund, weshalb wir mit Hunger leben.

REGELN

Meine Freundin Ashley hat neulich zum ersten Mal eine Yogastunde besucht. Sie betrat den Raum, rollte ihre Matte aus, setzte sich und wartete darauf, dass etwas geschah.

«In dem Raum war es fürchterlich heiß», erzählte sie mir hinterher.

Als die Yogalehrerin – jung und selbstbewusst – schließlich den Raum betrat, war Ashley bereits schweißgebadet. Die Frau verkündete Folgendes: «Wir fangen gleich an. Es wird sehr heiß werden, aber ihr dürft den Raum nicht verlassen. Egal, wie ihr euch fühlt, bleibt stark. Geht nicht aus dem Raum. Das ist die Übung.»

Die Stunde begann, und nach ein paar Minuten hatte Ashley das Gefühl, die Wände kämen immer näher. Ihr wurde schwindlig und schlecht. Ihr fiel das Atmen schwer. Zweimal sah sie bunte Punkte, und ihr wurde kurz schwarz vor Augen. Sie schaute zur Tür und verspürte den verzweifelten Drang, aus dem Raum zu rennen. Sie verbrachte neunzig Minuten in grauenvoller Angst, kurz vor dem Hyperventilieren, den Tränen nahe. Trotzdem ging sie nicht aus dem Raum.

Im selben Moment, als die Lehrerin die Stunde beendete und die Tür öffnete, sprang Ashley von ihrer Matte und rannte hinaus auf den Flur. Sie hielt sich verzweifelt den Mund zu, bis sie die Toilette gefunden hatte. Sie riss die Tür auf und spuckte alles voll: das Waschbecken, die Wand, den Fußboden.

Während sie auf Händen und Knien mit Papierhandtüchern ihr eigenes Erbrochenes aufwischte, fragte sie sich: *Was stimmt nicht mit mir? Wieso bin ich da dringeblieben und habe gelitten? Die Tür war nicht mal abgeschlossen.*

DRACHEN

Als ich ein kleines Mädchen war, schenkte meine Großmutter mir zum Geburtstag eine Schneekugel. Sie war klein und rund, eine handtellergroße Kristallkugel. In der Mitte stand ein roter Drache mit glitzernden Schuppen, leuchtend grünen Augen und feuerroten Flügeln. Ich nahm ihn mit nach Hause und stellte ihn auf meinen Nachttisch. Aber dann lag ich nachts wach und konnte nicht einschlafen, weil ich Angst hatte vor dem Drachen, der da im Dunkeln direkt in meiner Nähe existierte. Also stand ich eines Nachts auf und verbannte die Schneekugel auf das höchste Regalbrett in meinem Zimmer.

Ab und zu, aber nur tagsüber, wenn es ganz hell war, schob ich den Schreibtischstuhl vors Regal, kletterte hinauf und holte die Schneekugel herunter. Ich schüttelte sie, wurde ganz still und sah zu, wie die Schneeflocken herumwirbelten. Wenn sie sich langsam niederließen, tauchte in der Mitte der Schneekugel der feuerrote Drache auf, und mich überkam ein Frösteln. Dieser Drache war magisch und beängstigend, er war immer da, regungslos, wartete.

Meine Freundin Megan ist nach zehn Jahren Alkohol- und Drogenmissbrauch seit fünf Jahren clean. Seit kurzem versucht sie, herauszufinden, was mit ihr passiert ist – wie es dazu kommen konnte, dass die Sucht das Leben einer so starken Frau übernahm.

Am Tag ihrer Hochzeit saß Megan in der hintersten Reihe der Kirche und wusste, dass sie den Mann, der da vorne auf sie wartete, nicht heiraten wollte. Sie wusste es mit jeder Faser ihres Wesens.

Sie heiratete ihn trotzdem. Weil sie schon fünfunddreißig war und die Heirat nun mal von ihr erwartet wurde. Sie heiratete ihn trotzdem, weil sie mit einer Absage sonst so viele Menschen enttäuscht hätte. Sie selbst gab es nur einmal, also enttäuschte sie stattdessen lieber sich. Sie sagte «Ja, ich will», während ihr Inneres «Nein, ich will nicht» sagte, und verbrachte die nächsten zehn Jahre mit dem Versuch, nicht zu wissen, was sie wusste: dass sie sich selbst betrogen hatte und ihr Leben erst dann richtig anfangen würde, wenn sie mit dem Selbstbetrug aufhörte. Die einzige Möglichkeit, nicht zu wissen, war, sich volllaufen zu lassen und in diesem Zustand zu bleiben. Also fing sie in den Flitterwochen heftig an zu trinken. Je betrunkener sie wurde, desto größer wurde der Abstand zu dem Drachen in ihrem Inneren. Nach einer Weile wurden Alkohol und Drogen zu einem Problem, was sehr angenehm war, weil sie sich nicht mehr mit ihrem echten Problem auseinandersetzen musste.

Wir sind wie Schneekugeln: Wir verwenden unsere Zeit, unsere Energie, unsere Worte und unser Geld darauf, einen Schneesturm zu erzeugen, in dem Versuch, nicht zu wissen, und sorgen dafür, dass die Schneeflocken sich niemals setzen und wir der feurigen Wahrheit in unserem Inneren – massiv und regungslos – nie ins Gesicht sehen müssen.

Die Beziehung ist am Ende. Der Wein gewinnt. Die Tabletten sind längst nicht mehr gegen die Rückenschmerzen. Er kommt nie zurück. Das Buch schreibt sich nicht von selbst. Dieser Schritt ist die einzige Möglichkeit. Das ist Missbrauch. Du hast nie um ihn getrauert. Wir haben seit einem halben Jahr nicht mehr miteinander geschlafen. Sie ein Leben lang zu hassen, ist kein Leben.

Wir halten uns alle in permanenter Bewegung, weil im Inneren von uns allen Drachen lauern.

Eines Abends, meine Kinder waren noch klein, lag ich in der Badewanne und las einen Gedichtband. Ich stolperte über ein Gedicht mit dem Titel «A Secret Life» über die tiefen Geheimnisse, die wir alle in uns tragen. Ich dachte: *Ich nicht, seit ich wieder nüchtern bin. Ich hüte keine Geheimnisse mehr.* Das war ein gutes Gefühl. Doch dann stieß ich auf folgende Zeilen:

> *Es ist das, was du am meisten schützen würdest*
> *Würde die Regierung sagen, nur eins*
> *darfst du behalten, der Rest ist unser ...*
> *Es ist das,*
> *was sich verströmt und was sehr weh tun kann*
> *wenn man ihm zu nahe kommt.*

Ich hörte auf zu lesen und dachte: *Oh. Moment.*

Eine Sache gibt es.

Eine Sache, die nicht mal meine Schwester weiß.

Mein sich verströmendes, schmerzhaftes Geheimnis lautet, dass ich Frauen unendlich unwiderstehlicher und attraktiver finde als Männer. Mein Geheimnis ist die Vermutung, dass ich dazu gemacht bin, eine Frau zu lieben und eine Frau im Arm zu halten und mich auf eine Frau zu verlassen und an der Seite einer Frau zu leben und zu sterben.

Als Nächstes dachte ich: *Wie seltsam. Das kann nicht sein. Du hast einen Mann und drei Kinder. Dein Leben ist mehr als gut genug.*

Als ich aus der Badewanne stieg und mir die Haare trockenschüttelte, sagte ich mir: *Vielleicht in einem anderen Leben.*

Ist das nicht eigenartig?

Als hätte ich mehr als eines zur Verfügung.

WAFFEN

Ich sitze auf einen kalten Plastikstuhl am Abfluggate, starre meinen Koffer an, trinke Flughafenkaffee. Bitter und schwach. Durchs Fenster ist das Flugzeug zu sehen. In wie viele Flugzeuge werde ich im kommenden Jahr steigen? Hundert? Ich bin bitter und schwach wie der Kaffee.

Wenn ich einsteige, wird dieses Flugzeug mich nach Chicago O'Hare befördern, wo ich nach einem Schild mit meinem Namen (nein, stimmt nicht, dem meines Mannes) in der Hand eines Fahrers Ausschau halten werde. Ich werde meine Hand heben und das Erstaunen auf seinem Gesicht registrieren, weil ich eine kleine Frau in Jogginghose bin und kein großgewachsener Mann im Anzug. Der Fahrer wird mich ins Palmer House Hotel bringen, dem Veranstaltungsort einer nationalen Bücherschau. Dort werde ich mich in einem Ballsaal auf eine Bühne stellen und mehreren hundert Bibliothekaren von *Love Warrior* erzählen, meinen demnächst erscheinenden Memoiren.

Love Warrior – die Geschichte der dramatischen Zerstörung und des mühevollen Wiederaufbaus meiner Familie – wird als eine *der* Neuerscheinungen des Jahres gehandelt. Ich werde das Buch auf der Bühne und in sämtlichen Medien bewerben, und zwar gefühlt bis in alle Ewigkeit.

Ich versuche, mir über meine Gefühle klarzuwerden. Angst? Aufregung? Scham? Es gelingt mir nicht, etwas Spezifisches zu isolieren. Ich starre durchs Fenster zu dem Flugzeug hinaus und frage mich, wie ich es schaffen soll, einem Meer aus Fremden innerhalb der mir zugewiesenen sieben Minuten die intimste, komplizierteste Erfahrung meines ganzen Lebens nahezubringen. Ich habe ein Buch geschrieben, und jetzt wird von mir erwartet, mich in die Werbesendung für das von mir geschriebene Buch zu verwandeln. Was hat es für einen Sinn, Schriftstellerin zu sein, wenn ich Worte über die Worte machen muss, die ich bereits geschrieben habe? Müssen Maler Bilder über ihre Bilder malen?

Ich war schon einmal an diesem Punkt. Vor drei Jahren veröffentlichte ich mein erstes Buch. Mit dem bin ich ebenfalls durchs Land getingelt, um den Leuten zu erzählen, wie ich mein persönliches Happy End fand, indem ich meine lebenslange Ess-Brech- und Alkoholsucht gegen einen Sohn, einen Ehemann und die Schriftstellerei eintauschte. Ich stand damals auf Bühnen im ganzen Land und wiederholte vor erwartungsvollen Frauen die Botschaft meines Buchs: *Gib nicht auf. Das Leben ist hart, aber du bist eine Kriegerin. Eines Tages wird sich auch für dich alles fügen.*

Die Tinte des ersten Buchs war kaum getrocknet, da saß ich im Sprechzimmer eines Therapeuten und hörte mir an, dass mein Mann seit unserer Hochzeit mit anderen Frauen geschlafen hatte.

Ich hielt den Atem an, als er sagte: «Es hat andere Frauen gegeben», und als ich wieder Luft holte, hing der Geruch von Riechsalz in der Luft. Er konnte nicht aufhören, sich zu entschuldigen, den Blick auf die Hände gesenkt, und sein hilfloses Gestammel ließ mich laut auflachen. Mein Gelächter war den beiden Männern – meinem Ehemann und seinem Therapeuten – sichtlich unangenehm. Ihr Unbehagen verlieh mir ein Gefühl von Macht. Ich schaute zur Tür und zwang das Adrenalin, mich aus dem Gebäude zu tragen, über den Parkplatz und weiter bis zu meinem Minivan.

Dort saß ich eine Weile auf dem Fahrersitz, und mir wurde klar, dass das Geständnis meines Mannes in mir nicht etwa das Gefühl einer verzweifelten Frau mit gebrochenem Herzen hinterlassen hatte. In mir tobte die Wut einer Schriftstellerin, der man soeben den Plot versaut hatte. Die Hölle selbst kann nicht wüten wie eine Frau, deren Ehemann ihr gerade die frisch gedruckten Memoiren kaputtgemacht hat.

Ich glühte seinetwegen vor Zorn und war empört über mich selbst. Ich war unachtsam geworden und hatte darauf vertraut, dass die Charaktere meiner Geschichte wie vorgesehen agieren würden und sich die Handlung gemäß meinen Skizzen entwickelte. Ich hatte meine eigene Zukunft ans Messer geliefert und meine Kinder verletzbar gemacht, indem ich einer anderen Figur die kreative Kontrolle über die Geschichte überließ. Was für eine Idiotin! Nie wieder. Ich würde mir die vollständige Kontrolle zurückholen, und zwar sofort. Das war meine Geschichte und meine Familie, und ich bestimmte, wie es endete. Ich würde den Haufen Mist, den man mir in die Arme gedrückt hatte, annehmen, und ich würde ihn zu Gold spinnen.

Ich holte mir die Kontrolle mit Worten, Sätzen, Kapiteln und mit Manuskripten zurück. Ich rollte die Geschichte vom Ende her auf, die wiederauferstandene Familie im Kopf – eine heile, ganze Familie – und arbeitete mich von dort aus rückwärts durch. Die Zutaten waren Zorn, Schmerz, Therapie, Selbsterkenntnis, Vergebung, zögerliches Vertrauen und schließlich: neue Intimität und Erlösung. Ich weiß nicht, ob ich die darauffolgenden Jahre durchlebte und dann darüber schrieb oder ob ich die nächsten Jahre zu Papier brachte und anschließend zum Leben erweckte. Es spielte keine Rolle. Alles, was zählte, war, dass ich mir am Ende dieser nebelverhangenen Zeit eine düstere Liebesgeschichte erschaffen hatte – ein Drama voll von Betrug und Vergebung, von Schmerz und Erlösung, von Zerrissenheit und Heilung. In Buchform und in Familienform. Tja, Leben: Spiel, Satz und Sieg!

In Ann Patchetts Memoiren *Truth & Beauty* tritt eine Leserin zu ihr an den Signiertisch und fragt: «Wie machen Sie das, sich an so vieles zu erinnern?»

«Ich erinnere mich nicht daran», antwortete sie. «Ich *schreibe* es.»

Als *Love Warrior* fertig war, drückte ich Craig das Manuskript in die Hand und sagte: «Bitte sehr. Hier hast du den Sinn. Ich habe der ganzen Sache eine Bedeutung gegeben. Wir haben den Krieg gewonnen. Unsere Familie hat es überlebt. Unsere Geschichte ist doch eine Liebesgeschichte. Gern geschehen.»

Jetzt ist der Krieg also vorbei, und ich will nur noch nach Hause. Nur, dass «zu Hause» in Wahrheit immer noch ein Schützengraben ist, dass Craig und ich einander ansehen und uns fragen: Und was jetzt? Was haben wir eigentlich erreicht?

Ich rufe meine Schwester an und frage, ob ich den PR-Termin in Chicago absagen kann. Ich will, dass sie mir sagt, schon in Ordnung, gar kein Problem. Sie sagt: «Wir können absagen, aber das wäre dann ein Problem. Du hast dich vertraglich verpflichtet.»

Also tue ich, was ich immer tue. Von außen sieht es vermutlich aus, als würde ich mich aufrichten, steif werden. Innen fühlt es sich an, als würde ich mein flüssiges Ich erstarren lassen. Wasser zu Eis. *Glennon ist nicht mehr im Hause.* Ich hab's im Griff. Ich steige in das Flugzeug, um eine Geschichte zu erzählen, an die ich vielleicht selbst nicht mehr glaube.

Alles wird gut. Ich werde eine Geschichte erzählen anstelle eines Lebens. Als läge das Ende bereits hinter mir, als wäre ich nicht irgendwo mittendrin festgefahren. Ich werde die Wahrheit erzählen, allerdings ein wenig verzerrt: Ich werde mir selbst ausreichend Schuld geben; ihn in möglichst sympathischem Licht darstellen, eine Verbindung von meiner Bulimie zu meiner Frigidität und von meiner Frigidität zu seiner Untreue herstellen. Ich werde erzählen, wie der Ehebruch zu Selbstreflexion führte, Selbstreflexion zu Vergebung und Schmerz zu Erlösung. Ich werde die Geschichte so erzählen, dass die Zuhörerinnen von selbst drauf kommen: *Klar. Es lief von vornherein auf dieses Ende hinaus. Verstehe. Es musste alles genau so passieren.* Dieselbe Schlussfolgerung, die auch ich daraus ziehen werde.

Der Bogen der Moral in unserem Leben neigt sich der Bedeutung zu – vor allem, wenn wir ihn verbissen mit aller Kraft in diese Richtung biegen und zerren.

Ich lande in Chicago und treffe mich im Palmer House Hotel, wo die Abendveranstaltung stattfinden wird, mit meiner Presseagentin. Dieses Wochenende ist das literarische Äquivalent zum Super Bowl, und sie surrt förmlich vor Aufregung. Wir sind auf dem Weg zu einem Abendessen, wo sich zehn Autorinnen und Autoren kennenlernen werden, ehe wir in den Ballsaal auf die Bühne gehen und die Werbetrommel für unsere neusten Werke rühren. Dieses Abendessen, von dem ich erst vor ein paar Stunden erfahren habe, hat meinen inneren Terroralarm der Introvertierten von Gelb auf Rot springen lassen.

Der Raum, in dem wir uns zum Essen versammeln, ist klein. Zwei lange Konferenztische wurden zusammengeschoben und bilden ein Quadrat. Die Leute sitzen nicht, sondern schlendern herum. Zwischen mir fremden Menschen herumzuschlendern, ist meine persönliche Vorstellung der Hölle auf Erden. Ich schlendere nicht. Ich gehe schnurstracks zum Getränketisch und schenke mir ein Glas Eiswasser ein. Eine berühmte Schriftstellerin kommt auf mich zu, stellt sich vor und fragt: «Sind Sie Glennon? Mit Ihnen wollte ich sprechen. Sie sind doch die gläubige Christin, richtig?»

Ja. Die bin ich.

«Mein neues Buch handelt von einer Frau, die sich nach einer religiösen Erfahrung dem Christentum zuwendet. Können Sie das glauben? Eine glühende Christin! Für sie fühlt es sich total real an! Ich weiß nicht, wie meine Leserinnen reagieren werden: Werden die Leute sie ernst nehmen? Was glauben Sie? Haben Sie das Gefühl, die Leute nehmen Sie ernst?»

Ich antworte ihr, so ernst ich nur kann, und entschuldige mich.

Ich mustere den Tisch. Keine Tischkärtchen. Mist! An einem Tischende sitzt stumm George Saunders. Er wirkt sanft und freundlich, und ich würde mich gern neben ihn setzen, aber er ist ein Mann, und ich weiß nicht, wie man sich mit Männern unterhält. Ein Stück weiter weg sitzt eine junge Frau mit ruhiger Ausstrahlung. Ich setze mich neben sie. Sie ist in den Zwanzigern und veröffentlicht gerade ihr erstes Kinderbuch. Ich stelle ihr Frage um Frage, während ich mir dabei insgeheim vorstelle, wie wunderbar es wäre, wenn die Veranstalter einfach unsere Bücher auf den Tisch legen würden. Dann könnten wir einander stumm lesend kennenlernen. Wir buttern unsere Brötchen. Der Salat wird serviert. Als ich nach dem Dressing greife, sieht die Kinderbuchautorin zur Tür. Ich auch.

Plötzlich steht, wo eben noch das blanke Nichts war, eine Frau. Sie füllt den gesamten Türrahmen aus, den gesamten Raum, das gesamte Universum. Sie hat kurze Haare, oben platinblond, die Seiten raspelkurz. Sie trägt einen langen Wollmantel, einen roten Schal, ein leises, warmes Lächeln und kühles, eisernes Selbstvertrauen. Sie steht einen Moment lang regungslos da und macht eine Bestandsaufnahme des Raums. Ich starre sie an und mache eine Bestandsaufnahme meines gesamten Lebens.

Jede Faser meines Wesens sagt:

Da ist sie.

Dann verliere ich die Kontrolle über meinen Körper. Ich stehe auf und breite die Arme aus.

Sie sieht zu mir rüber, legt den Kopf schief, zieht die Augenbrauen hoch, lächelt mich an.

Fuck! Fuck! Fuck! Warum stehe ich plötzlich? Wieso sind meine Arme ausgebreitet? O Gott, was tue ich hier?

Ich setze mich wieder hin.

Sie geht um den Tisch und gibt allen die Hand. Als sie zu mir kommt, stehe ich wieder auf, drehe mich um, sehe sie an. «Ich bin Abby», sagt sie.

Ich frage, ob ich sie umarmen darf, denn was, wenn das meine einzige Chance ist? Sie lächelt und breitet die Arme aus. Dann: der Geruch, der mein Zuhause werden wird – Haut wie zarter Puder, gemischt mit der Wolle ihres Mantels und ihrem Parfüm und etwas, das nach frischer Luft riecht, nach draußen, nach klarem Himmel, nach Baby und Frau und Mann und nach der ganzen Welt.

Der letzte freie Platz liegt am anderen Ende des Tisches, also verlässt sie mich und setzt sich. Später wird sie mir erzählen, dass sie nichts gegessen und sich nicht unterhalten hat, weil sie all ihre Kraft brauchte, um mich nicht anzustarren. Ich meine auch.

Dann ist das Abendessen vorbei, und es wird wieder geschlendert. O Gott, noch mehr Schlenderei, und jetzt auch noch mit einer Revolution im Raum. Ich entschuldige mich, um auf die Toilette zu verschwinden, und schlage dort zwei schlendernde Minuten tot. Als ich wieder rauskomme, steht sie auf dem Flur, den Blick auf die Toilettentür gerichtet, und wartet. Sie winkt. Ich sehe kurz hinter mich, um sicherzugehen, dass sie mich meint. Sie lacht. Sie *lacht*.

Dann wird es Zeit, sich in den Saal zu begeben. Irgendwie trennen wir uns vom Rudel. Einen Meter vor uns gehen Menschen, einen Meter hinter uns auch, und trotzdem gehen wir allein, zu zweit. Ich will so dringend interessant sein. Und sie ist einfach nur cool, aber ich weiß nicht, wie cool sein geht. Ich war noch nie in meinem Leben auch nur einen einzigen Tag lang cool. Im Gegenteil. Mir ist heiß – ich verbrenne –, der Schweiß durchtränkt jetzt schon meine Bluse.

Sie fängt an zu reden, Gott sei Dank. Sie erzählt mir von dem Buch, das sie gerade veröffentlicht. Sie sagt: «Aber im Moment ist es ziemlich schwer. Du hast es sicher schon gehört.»

«Was gehört? Nein, nichts habe ich gehört. Was hätte ich denn hören sollen und wo?»

Sie sagt: «In den Sportnachrichten vielleicht? Auf ESPN?»

«Hm, nein. Ich habe keine Nachrichten auf ESPN gehört», sage ich.

Sie fängt an zu erzählen, zuerst langsam, dann sprudelt es aus ihr heraus.

«Ich bin Fußballerin. *War* Fußballerin. Ich habe vor kurzem meine Karriere beendet, deshalb weiß ich nicht genau, was ich jetzt bin. Letzten Monat haben sie mir wegen Alkohol am Steuer den Führerschein weggenommen. Es war überall in den Nachrichten. Ich habe tagelang auf allen Kanälen mein Polizeifoto gesehen. Ich kann selbst nicht fassen, dass mir das passiert ist. Ich war in den letzten Jahren ziemlich fertig und depressiv, und ich … ich hab's einfach verkackt. Für mich hatte Ehre immer einen total hohen Stellenwert, und jetzt habe ich mein gesamtes Vermächtnis ruiniert. Ich habe alle im Stich gelassen. Vielleicht habe ich der ganzen Mannschaft geschadet. Und jetzt wollen sie eine Sportlerheldenlegende von mir, aber ich denke die ganze Zeit: ‹Was, wenn ich einfach ehrlich bin? Was, wenn ich ihnen die Wahrheit über mein Leben erzähle?›»

Es tut mir leid für sie, aber nicht für mich. Im Gegenteil. In vier gemeinsamen Minuten hat sie die drei Themen angesprochen, mit denen ich mich wirklich auskenne. Trinken, Schreiben, Scham. *Das ist genau meine Musik.* Das kann ich. Krasser Scheiß!

Ich lege ihr die Hand auf den Arm. Elektrische Wellen. Ich lasse wieder los und bekomme mich so weit in den Griff, um zu sagen: «Hör mal. Mein Vorstrafenregister ist so lang wie dein Arm. Ich würde alles mit reinnehmen. Ich würde ehrlich sein. Ich kenne mich in der Sportwelt zwar nicht besonders gut aus, aber ich weiß, dass wir da draußen in der echten Welt auf echte Menschen stehen.»

Sie bleibt stehen, also bleibe ich auch stehen. Sie dreht sich zu mir um und sieht mir direkt in die Augen. Es sieht aus, als wollte sie mir etwas sagen. Ich halte den Atem an. Dann wendet sie sich ab und geht weiter. Ich atme weiter und setze mich ebenfalls in Bewegung. Wir betreten den Saal und folgen den anderen durch ein Meer aus runden Tischen, weißer Tischwäsche, zehn Meter hohen Decken, Kronleuchtern. Wir erreichen das Podium, steigen hinauf und stellen fest, dass man uns direkt Seite an Seite platziert hat. Wir gehen zu unseren Plätzen, und als wir ankommen, legt sie ihre Hand auf die Rückenlehne meines Stuhls. Sie kann sich nicht entscheiden, ob sie ihn für mich zurechtrücken soll. Dann tut sie es. «Danke sehr», sage ich.

Wir setzen uns, und der Autor neben Abby fragt sie, woher sie kommt.

«Wir leben in Portland», antwortet Abby.

Der Autor sagt: «Oh, ich liebe Portland.»

Abby sagt: «Ja.»

Etwas an der Art, wie sie es sagt, ein wenig zu langgezogen, veranlasst mich, sehr, sehr genau hinzuhören.

«Ich weiß nicht, wie lange ich noch dortbleiben werde. Wir sind da hingezogen, weil wir dachten, es wäre ein guter Ort, um eine Familie zu gründen.»

Die Art, wie sie das sagt, verrät mir, dass es kein *wir* mehr gibt. Um sie vor peinlichen Nachfragen zu bewahren, sage ich. «Oh, Leute wie wir können nicht in Portland leben. Wir sind im Innen Portland. Wir brauchen im Außen dringend Sonnenschein.»

Mir ist sofort unfassbar peinlich, was ich da eben gesagt habe. *Im Innen Portland?* Was zum Teufel soll das überhaupt heißen? *Leute wie wir?* Warum habe ich *wir* gesagt? *Wir?* Wie unfassbar dreist, das Konzept von wir überhaupt anzusprechen. Wir.

Wir. Wir. Wir.

Sie sieht mich an, ihre Augen werden groß, und sie lächelt. Ich ändere meine Meinung. Ich habe zwar keine Ahnung, was ich gemeint habe, aber ich bin froh, dass ich es gesagt habe. Mir wird bewusst, dass der Himmel aus allen Worten besteht, die dieser Frau dieses Lächeln entlocken.

Die Veranstaltung beginnt. Als ich an der Reihe bin, verwerfe ich die Hälfte meines vorbereiteten Vortrags und spreche über Scham und Freiheit, weil ich will, dass Abby es hört. Ich schaue nach unten zu den Hunderten Menschen im Saal und habe nur die eine im Kopf, die hinter mir sitzt. Als ich fertig bin, nehme ich wieder Platz, und Abby sieht mich an. Sie hat gerötete Augen.

Dann ist die Veranstaltung vorbei, und Leute kommen zu uns an den Tisch. Vor Abby bildet sich eine Schlange von mindestens fünfzig Personen. Sie dreht sich zu mir und bittet mich, ein Exemplar meines Buchs für sie zu signieren. Ich tue es. Dann wendet sie sich wieder der Menge zu und fängt an zu lächeln, zu signieren, Smalltalk zu machen. Sie ist ungezwungen, selbstbewusst, liebenswürdig. Sie kann so was.

Eine Frau mit Locken, die beim Abendessen hinter Abby den Raum betreten hatte, nähert sich unserem Tisch. Sie möchte offensichtlich mit mir sprechen. Ich winke sie mit einem Lächeln zu mir. Sie beugt sich über mich, so nah wie möglich, und fängt an zu flüstern. «Es tut mir leid. Ich habe so was noch nie getan. Aber ich kenne Abby wirklich gut, sie ist fast so was wie eine Schwester für mich. Ich weiß nicht, was hier eben passiert ist, aber so habe ich sie noch nie erlebt. Ich – ich habe das Gefühl, Abby braucht Sie in ihrem Leben. Irgendwie. Das ist total schräg. Tut mir leid.» Die Frau ist völlig aufgelöst, hat Tränen in den Augen. Sie gibt mir ihre Karte. Mir ist bewusst, dass meine Antwort sehr wichtig für sie ist.

Ich sage: «Okay. Ja. Ja, klar, natürlich.»

Meine Freundin Dynna vom Verlag wartet schon auf mich, wir

wollen gemeinsam gehen. Ich werfe einen Blick zu Abby hinüber. Vor ihr stehen immer noch vierzig Fans.

Ich bin nicht traurig darüber, Abby zu verlassen. Ich freue mich darauf, sie zu verlassen, weil ich dann an sie denken kann. Ich freue mich, zu gehen, weil mir klar ist, dass ich mich noch nie in meinem Leben so lebendig gefühlt habe. Ich will jetzt einfach nur raus in die Welt und mit diesem Gefühl der Lebendigkeit durch die Gegend laufen. Ich will sofort anfangen, dieser neue Mensch zu sein, der ich eben gerade geworden bin; plötzlich, einfach so.

Ich sage: «Bye, Abby.» O Gott, ich habe ihren Namen gesagt. *Abby.* Ich frage mich, ob ich das darf oder ob ich sie um Erlaubnis hätte bitten müssen, dieses Wort zu benutzen, dieses Wort, das mir Schockwellen durch den Körper jagt. Sie dreht sich zu mir um, lächelt, winkt. Sie wirkt *gespannt.* Ihr Gesicht stellt mir eine Frage, die ich eines Tages beantworten werde.

Dynna und ich verlassen den Ballsaal durch den Hauptausgang und betreten ein großes Foyer. Sie bleibt stehen und fragt: «Was meinst du, wie ist es gelaufen?»

Ich sage: «Es war toll!»

Dynna sagt: «Finde ich auch. Du warst da oben Feuer und Flamme. Anders irgendwie.»

«Ach, du meinst den Vortrag. Ich meinte den ganzen Abend. Es war total seltsam. Ich hatte die ganze Zeit das Gefühl, zwischen Abby und mir gäbe es eine Verbindung.»

Dynna packt mich am Arm und sagt: «Dass du das sagst! Ich schwöre bei Gott, ich hatte denselben Eindruck. Ich habe vom anderen Ende des Saals aus gespürt, dass zwischen euch beiden irgendwas passiert. Das ist wirklich krass.»

Ich starre sie an. «Ja. War es. Ist es. Der ganze Abend … diese Verbindung zwischen uns … irgendwie, als wären wir …»

Dynna sieht mich eindringlich an, dann sagt sie: «Als wärt ihr beide in einem anderen Leben zusammen gewesen?»

ZWEITER TEIL
SCHLÜSSEL

Hafiz

Die kleinmütige Frau
baut Käfige für alle
die sie
kennt.
Die weise Frau hingegen,
die den Kopf einziehen muss,
wenn der Mond tief steht,
lässt die ganze Nacht lang Schlüssel fallen
für all die
schönen
ungestümen
Gefangenen.

Ich war nie vollständig weg. Mein Funke glomm immer, tief in mir verborgen. Trotzdem war ich mir eine höllisch lange Zeit selbst abhandengekommen. Die Bulimie meiner Kindheit verwandelte sich in Alkohol- und Drogensucht, und sechzehn Jahre lang war ich vollkommen betäubt. Dann, mit sechsundzwanzig, wurde ich schwanger und abstinent. Die Abstinenz war das Feld, in dem ich anfing, mich meiner Wildheit zu erinnern.

Das ging folgendermaßen vor sich: Ich begann, mir die Art Leben aufzubauen, wie es von einer Frau erwartet wird. Ich wurde eine gute Ehefrau, Mutter, Tochter, gläubige Christin, Mitbürgerin, Autorin, Frau. Doch während ich Pausenbrote schmierte, meine Memoiren schrieb, durch Abflughallen eilte, mich mit Nachbarn unterhielt, mein äußeres Leben weiterführte, sirrte in mir eine spannungsgeladene Rastlosigkeit. Es fühlte sich an wie permanentes Donnergrollen *direkt* unter der Haut – ein Donner aus Freude und Schmerz und Wut und Verlangen und einer

Liebe, die zu groß, zu lodernd und zu zart war für diese Welt. Ich fühlte mich wie siedendes Wasser, das ständig kurz vor dem Überkochen war.

Ich hatte Angst vor dem, was in mir war. Es fühlte sich stark genug an, um das schöne Leben, das ich mir aufgebaut hatte, völlig zu zerstören. Ungefähr vergleichbar damit, dass ich mich auf einem Balkon noch nie wirklich sicher gefühlt habe, weil: *Was, wenn ich springe?*

Es ist alles gut, redete ich mir ein. Ich beschütze mich und die Meinen, indem ich mein Inneres verborgen und unter Verschluss halte.

Ich war erstaunt, wie leicht das ging. Obwohl ich randvoll war mit elektrostatischem Donner, siedendem Wasser, feurigem Rot und Gold, musste ich nichts weiter tun, als zu lächeln und zu nicken, und die Welt hielt mich für locker luftig leicht. Manchmal fragte ich mich, ob ich vielleicht nicht die Einzige war, die ihre Haut benutzte, um sich im Zaum zu halten. Vielleicht sind wir in Wirklichkeit alle in Haut gewickeltes, loderndes Feuer, das nach außen hin versucht, cool zu sein.

In dem Augenblick, als Abby durch die Tür trat, war mein Siedepunkt erreicht. Ich sah sie an und konnte mich nicht länger im Zaum halten. Ich verlor die Kontrolle. Feuerrote und goldene blubbernde Blasen aus Schmerz und Liebe und Sehnsucht füllten mich aus, hoben mich vom Stuhl, rissen meine Arme auseinander und wussten nur eins: *Da. Ist. Sie.*

Ich dachte lange, mir wäre an jenem Tag eine Art Märchenzauber widerfahren. Ich dachte, die Worte *Da ist sie* wären von ganz oben über mich gekommen. Inzwischen weiß ich, dass *Da ist sie* von innen kam. Die wilde Ungezügeltheit, die so lange tief in mir gebrodelt hatte, sich dann zu Worten formte und mich schließlich vom Stuhl hochhob, war *ich*. Die Stimme, die ich an jenem Tag endlich wieder hörte, war meine eigene – war das Mädchen, das ich mit zehn Jahren weggesperrt hatte, das Mädchen, das ich war, ehe die Welt mir sagte, wer ich zu sein hatte –, und sie sagte: *Ich bin hier. Ab jetzt übernehme ich.*

Als Kind fühlte ich, was ich fühlen musste, ich folgte meiner Intuition, und meine Pläne entsprangen allein meiner Vorstellungskraft. Ich war wild, bis die Scham mich zähmte. Bis ich anfing, meine Gefühle zu verstecken und zu betäuben, aus Angst, zu viel zu sein. Bis ich anfing, mich dem Rat anderer zu fügen, anstatt meiner eigenen Intuition zu vertrauen. Bis ich der festen Überzeugung war, dass meine Vorstellungskraft lächerlich war und meine Wünsche egoistisch. Bis ich mich freiwillig einsperren ließ – in den Käfig der Erwartungen anderer Leute, kultureller Konditionierungen und institutioneller Treuepflichten. Bis ich die begrub, die ich war, um die zu werden, die ich sein sollte. Als ich lernte zu gefallen, kam ich mir selbst abhanden.

Die Abstinenz war meine mühevolle Wiederauferstehung. Meine Rückkehr in die Wildnis. Ein einziger, langer Erinnerungsprozess. Die Erkenntnis, dass der heiße, elektrostatische Donner, den ich unter meiner Haut surren und grollen spürte, *ich* selbst war – ich, die versuchte, meine Aufmerksamkeit zu erregen, mich anflehte, mich zu erinnern, beharrlich: *Ich bin immer noch hier drin.*

Und schließlich nahm ich den Schlüssel, schloss den Käfig auf und ließ sie von der Leine. Ich ließ mein wunderschönes, ungehobeltes, wahres, wildes Selbst frei. Ich hatte mich, was ihre Macht betraf, nicht getäuscht. Sie war zu groß für das Leben, das ich lebte, also demontierte ich es systematisch, jedes einzelne Stück.

Und baute mir dann mein eigenes Leben.

Das tat ich, indem ich all die Teile von mir wiederauferstehen ließ, denen ich zu misstrauen gelernt hatte, die ich versteckt und im Stich gelassen hatte, damit andere sich wohlfühlen:

Meine Gefühle
   Meine Intuition
   Meine Vorstellungskraft
   Meinen Mut

Dies sind die Schlüssel zur Freiheit
   Dies ist unser wahres Selbst.
   Haben wir den Mut, die Schlösser unseres Käfigs selbst zu entriegeln?
   Haben wir den Mut, uns selbst zu befreien?
   Werden wir am Ende tatsächlich aus unserem Käfig heraustreten und zu uns selbst, zu unseren Leuten und zur ganzen Welt sagen: *Hier bin ich?*

FÜHLEN

DER ERSTE SCHLÜSSEL: ALLE GEFÜHLE FÜHLEN

Am sechsten Tag meiner Abstinenz ging ich zu meinem fünften Gruppentreffen. Ich saß auf einem kalten Plastikstuhl, zitternd und elend, und versuchte zu verhindern, dass der Kaffee aus dem Pappbecher und meine Gefühle aus meiner Haut rausschwappten. Sechzehn Jahre lang hatte ich dafür gesorgt, dass nichts mich berühren konnte, und plötzlich berührte mich alles auf der Welt. Ich war ein freigelegter Nerv. Alles tat mir weh.

Obwohl es mir peinlich war, irgendwem zu erzählen, welche Schmerzen ich litt, war ich fest entschlossen, zu versuchen, mich den Leuten in diesem Kreis zu erklären. Sie waren die Ersten, denen ich mich vollständig zumutete, weil sie die Ersten waren, von denen ich jemals die ganze Wahrheit gehört hatte. Sie hatten mir ihr Innerstes offenbart, also offenbarte ich ihnen meines. Ich sagte so was Ähnliches wie: «Ich bin Glennon, und ich bin seit sechs Tagen trocken. Ich fühle mich schrecklich. Ich glaube, dieses Gefühl ist der Grund, warum ich überhaupt angefangen habe zu trinken. Mich beunruhigt der Gedanke, dass mein Problem nicht der Alkohol war; dass es viel tiefer liegt. Dass ich selbst es war. Ich habe das Gefühl, am Leben zu sein, ist für andere Menschen viel weniger schwer als für mich. Es fühlt sich an, als gäbe es irgendein Lebensgeheimnis, das ich nicht kenne. Als würde ich alles falsch machen. Danke fürs Zuhören.»

Als das Meeting vorbei war, kam eine Frau zu mir und setzte sich neben mich. Sie sagte: «Danke fürs Teilen. Ich kann das nachempfinden. Ich möchte dir gern etwas mit auf den Weg geben, das jemand am Anfang zu mir gesagt hat. Es ist okay, zu fühlen, was du fühlst. Alles. Du wirst wieder menschlich, das ist alles. Du machst nichts falsch mit dem Leben, du machst es richtig. Falls es wirklich ein Geheimnis gibt, das du nicht kennst, dann, dass es sehr schwer ist, alles richtig zu machen. Deine Gefühle zu fühlen, ist schwer, aber dazu sind sie nun mal da. Gefühle sind dazu da, gefühlt zu werden. Alle. Auch die harten. Das Geheimnis lautet, du machst alles richtig, und es richtig zu machen, tut manchmal weh.»

Bis zu diesem Zeitpunkt hatte ich nicht gewusst, dass alle Gefühle dazu da sind, gefühlt zu werden. Ich wusste nicht, dass ich *alles* fühlen sollte. Ich dachte, die Aufgabe lautete, mich *glücklich* zu fühlen. Ich dachte, Glück wäre dazu da, gefühlt zu werden, und Schmerz wäre dazu da, behoben und betäubt und umgangen und versteckt und verdrängt und ignoriert zu werden. Ich dachte, wenn das Leben schwer wurde, läge es daran, dass ich etwas falsch gemacht hatte. Ich dachte, Schmerz wäre Schwäche und meine Aufgabe würde lauten: *Augen zu und runter damit.* Aber das Problem war, je mehr Schmerz ich runterschluckte, desto mehr Nahrung und Alkohol musste ich hinterherschlucken.

An jenem Tag begann die Rückkehr zu mir selbst – zitternd und voller Angst, schwanger und seit sechs Tagen trocken, im Kellerraum einer Kirche mit schrecklicher Neonbeleuchtung und grässlichem Kaffee –, als eine mitfühlende Frau mir offenbarte, dass ein ganzer Mensch zu sein nichts damit zu tun hat, sich glücklich zu fühlen, sondern nur damit, alles zu fühlen, was es zu fühlen gibt. Von dem Tag an übte ich das Fühlen. Ich fing an, auf meinem Recht und meiner Verantwortung zu bestehen, alles zu fühlen, auch wenn ich, weil ich mir die Zeit und die Energie nahm, meine Gefühle zu fühlen, ein bisschen uneffizienter wurde, ein bisschen unbequemer, ein bisschen unangenehmer.

In den letzten achtzehn Jahren habe ich zwei Dinge über Schmerz gelernt.

Erstens: Ich kann alles fühlen und überlebe trotzdem.

All das, von dem ich einst glaubte, es würde mich umbringen, hat mich nicht umgebracht. Wann immer ich zu mir sagte *Ich ertrage es nicht mehr*, lag ich falsch. Die Wahrheit lautete, dass ich alles ertragen konnte und ertrug – und trotzdem überlebte. Wieder und wieder zu überleben, reduzierte die Angst vor mir selbst, die Angst vor anderen Menschen, die Angst vor dem Leben. Ich lernte, dass ich zwar nie frei von Schmerz sein würde, wohl aber frei von der Angst vor Schmerz, und das war genug. Ich hörte endlich auf, den Flammen auszuweichen, um mich nicht zu verbrennen, und daraus lernte ich, dass ich bin wie der brennende Dornbusch: Das Feuer des Schmerzes wird mich nicht vernichten. Ich kann brennen und brennen und trotzdem leben. Ich kann im Feuer leben. Ich bin feuerfest.

Zweitens: Ich kann den Schmerz nutzen, um zu werden.

Ich bin hier, um immer wahrhaftiger zu werden, eine immer schönere Version meiner selbst zu werden, bis in alle Ewigkeit. Am Leben zu sein, bedeutet, sich in einem fortwährenden Stadium der Revolution zu befinden. Alles, was ich brauche, um die Frau zu werden, die mir als Nächstes zu sein bestimmt ist, ist in meinen jetzigen Gefühlen zu finden. Das Leben ist reinste Alchemie, und die Gefühle sind das Feuer, das mich in Gold verwandelt. Ich kann nur weiterhin werden, wenn ich jeden Tag eine Million Mal der Versuchung widerstehe, mich auszulöschen. Wenn es mir gelingt, im Feuer meiner Emotionen sitzenzubleiben, werde ich auch weiterhin werden.

Die Verheißung der Konsumkultur lautet, uns von Schmerz freikaufen zu können – sie behauptet, dass wir nicht deshalb traurig und wütend sind, weil Menschsein nun mal weh tut, sondern weil wir keine Designerküche besitzen, nicht *ihre* Beine, nicht diese eine Markenjeans. Auf diese Weise lässt sich wunderbar ein Wirtschaftssystem führen, aber kein Leben. Konsum lenkt ab, hält auf Trab, betäubt. Taubheit hindert uns zu werden.

Aus dem Grund sagen uns alle großen spirituellen Lehrerinnen über das Menschsein und den Schmerz immer wieder dasselbe: Weiche dem Schmerz nicht aus. Werden braucht Entwicklung. Und wir sind hier, um zu werden.

Wie Buddha, der ein Leben in Luxus und Bequemlichkeit hinter sich lassen musste, um alle möglichen Formen menschlichen Leids zu erfahren, ehe er Erleuchtung erlangte.

Wie Moses, der vierzig Jahre lang durch die Wüste wanderte, ehe er das Gelobte Land erblickte.

Wie Westley aus dem Film *Die Braut des Prinzen*, der sagte: «Das Leben besteht aus Schmerz, Hoheit. Wer das Gegenteil behauptet, der will Euch reinlegen.»

Wie Jesus, der sein Kreuz auf sich nahm und seiner eigenen Kreuzigung entgegenging.

Erst der Schmerz, dann das Warten, dann der Aufstieg. Unser Leiden rührt allein daher, dass wir versuchen, Wiederauferstehung zu erlangen, ohne uns zuvor ans Kreuz schlagen zu lassen.

Der einzige Weg zur Herrlichkeit führt direkt durch die eigene Geschichte. Mitten hindurch.

Schmerz ist nicht tragisch, Schmerz ist magisch. Leiden ist tragisch. Leiden geschieht, wenn wir den Schmerz vermeiden und in der Konsequenz unser Werden verpassen. Und das kann und muss ich um jeden Preis verhindern: meine eigene Entwicklung zu verpassen, weil die Angst vor dem Prozess zu groß ist. Weil das Vertrauen in mich selbst so gering ist, dass ich mich betäube oder verstecke oder mir wieder und wieder meinen Weg aus den feurigen Gefühlen herauskonsumiere. Mein Ziel lautet deshalb, damit aufzuhören, mich selbst im Stich zu lassen – und dazubleiben. Darauf zu vertrauen, dass ich stark genug bin, um den

Schmerz auszuhalten, der für den Prozess des Werdens notwendig ist. Denn wovor ich höllische Angst habe, viel mehr Angst als vor dem Schmerz, ist, mein ganzes Leben lang mein Werden zu verpassen. Was mir viel größere Angst macht, als alles zu fühlen, ist, alles zu verpassen.

Inzwischen gibt es mich, wenn der Schmerz sich meldet, zweimal.

Es gibt das unglückliche Ich, das Angst hat, und es gibt das neugierige Ich voller Aufregung. Dieses zweite Ich ist keine Masochistin, sie ist mein weiser Anteil. Sie erinnert sich. Sie erinnert sich daran, dass ich, auch wenn ich nicht wissen kann, was das Leben mir als Nächstes bringt, weiß, was im Prozess als Nächstes folgt. Ich weiß, wenn Schmerz und Warten da sind, ist Wachstum schon auf dem Weg. Natürlich hoffe ich, dass der Schmerz schnell wieder vergeht, aber ich sitze ihn auf alle Fälle aus, weil ich inzwischen genug Erfahrung damit gesammelt habe, um ihm zu vertrauen. Und weil die, die ich morgen sein werde, so unvorhersehbar und einzigartig ist, dass ich jedes einzelne Teilchen der heutigen Lektion brauchen werde, um sie zu werden.

An meinem Badezimmerspiegel klebt ein Zettel, auf dem steht: *Fühle. Alles.*

Er erinnert mich daran, dass ich mich, auch wenn ich vor achtzehn Jahren wieder lebendig wurde, jeden Tag zu neuem Leben erwecke, und zwar in jedem Augenblick, in dem ich mir erlaube, zu fühlen und zu werden. Er ist meine tägliche Erinnerung daran, mich zu Asche verbrennen zu lassen und neu daraus emporzusteigen.

WISSEN

DER ZWEITE SCHLÜSSEL: STILL SEIN UND WISSEN

Vor ein paar Jahren, mitten in der Nacht, konnte ich wieder mal nicht schlafen. Es war drei Uhr morgens, und ich saß mit wildem Blick da, zittrig, flügelschlagend, verzweifelt auf der Suche nach Antworten wie eine Ertrinkende, die nach Luft schnappt. Ich hatte gerade folgenden Text in die Google-Suchzeile getippt:

> Was soll ich tun, wenn mein Mann mich betrügt und trotzdem ein toller Vater ist?

Ich starrte den Computer an und dachte: *Okay. Das ist definitiv ein neuer Tiefpunkt. Ich habe gerade das* Internet *bei der wichtigsten und persönlichsten Entscheidung meines Lebens um Rat gefragt. Wieso traue ich jedem anderen auf der Welt mehr als mir selbst?* WO ZUM TEUFEL IST MEIN ICH? *Wann habe ich die Verbindung zu ihr verloren?*

Ich klickte mich trotzdem durch einen Artikel nach dem anderen. Jeder erzählte mir etwas anderes. Die religiösen Expertinnen beharrten drauf, dass eine gute Christin bei ihrem Mann bliebe. Die Feministinnen argumentierten, dass eine starke Frau gehen würde. Erziehungsratgeber predigten, dass eine gute Mutter allein das Wohl ihrer Kinder in den Mittelpunkt stellen würde. Die vielen unterschiedlichen Meinungen sagten mir, dass ich es unmöglich allen recht machen konnte. Das war erleichternd. Wenn eine Frau endlich begreift, dass es unmöglich ist, die Welt zufriedenzustellen, hat sie endlich die Freiheit, zu lernen, sich selbst zufriedenzustellen.

Ich betrachtete die vielen widersprüchlichen Meinungen und dachte: *Falls es für dieses Dilemma tatsächlich ein objektives Richtig oder Falsch gibt, warum gibt es dann so viele unterschiedliche Meinungen darüber, wie ein Mensch sich verhalten sollte?* Ich erlebte eine Offenbarung: All die Überzeugungen von *sollte* und *müsste* und *sollte nicht*, von *richtig* und *falsch*, von *gut* und *schlecht* sind nicht wahrhaftig. Sie sind nicht echt. Sie sind nichts weiter als kulturell konstruierte, künstliche, sich ständig umformende Käfige, einzig zur Aufrechterhaltung von Institutionen geschaffen. Mir wurde bewusst, dass die Vorstellungen von richtig und falsch in jeder Familie, in jeder Gesellschaft oder Religion als elektrische Viehtreiber fungieren, als bellende Schäferhunde, die die Massen im Zaum halten. Sie sind die Gitterstäbe, die uns gefangen halten.

Mir wurde etwas klar: Wenn ich weiter das «Richtige» tat, würde ich mein Leben damit verbringen, die Anleitungen anderer zu befolgen anstatt meine eigenen. Ich wollte mein Leben nicht leben, ohne mein Leben zu leben. Ich wollte meine eigene Entscheidung treffen, als freie Frau, aus meinem Innersten heraus, nicht aufgrund meiner Konditionierung. Das Problem war nur, dass ich nicht wusste, wie.

Ein paar Wochen später bekam ich von einer Freundin eine Karte, auf der in dicken, fetten schwarzen Lettern stand:

SEI STILL UND WISSE

Ich kannte diesen Sinnspruch, hatte ihn schon oft gelesen, aber plötzlich kam er mir vollkommen neu vor. Er besagte nicht «Befrage deine Freunde und wisse» und auch nicht «Lies Ratgeber von Experten und wisse» oder «Wühl dich durchs Internet und wisse». Nein. Der Spruch riet zu einem anderen Ansatz, um zu Wissen zu gelangen: *Hör. Einfach. Auf.*

Hör auf! Dich-zu-bewegen-zu-reden-zu-suchen-panisch-zu-sein-zu-zappeln.

Wenn du aufhörst zu tun, fängst du an zu wissen.

Das klang zwar nach esoterischem Unsinn, aber verzweifelte Frauen ergreifen verzweifelte Maßnahmen. Ich beschloss, ein Experiment zu wagen. Sobald die Kinder morgens aus dem Haus waren, sperrte ich mich in mein Ankleidezimmer, setzte mich auf ein Handtuch, machte die Augen zu und atmete. Sonst nichts. Zehn Minuten lang. Am Anfang kam mir jede Sitzung vor wie zehn Stunden. Ich warf alle paar Sekunden einen Blick auf mein Telefon, formulierte Einkaufszettel und stellte im Geiste die Wohnzimmermöbel um. Das Einzige, was ich auf dem Fußboden meines Ankleidezimmers wirklich zu «wissen» schien, war, dass ich Hunger hatte und zappelig war und plötzlich den Drang verspürte, die Wäsche zusammenzulegen und in der Vorratskammer auszumisten. Ich war ein Input-Junkie auf Entzug. Ich kämpfte jede Sekunde gegen den Drang, aufzugeben, aber ich war streng mit mir: *Zehn Minuten am Tag mit der Suche nach dir selbst zu verbringen, ist nicht zu viel verlangt, Glennon! Du verbringst jeden Tag achtzig Minuten mit der Suche nach deinem Schlüsselbund, Himmel noch mal!*

Nach ein paar Wochen gelang es mir, ähnlich einer Turnerin, die sich nach jedem Training einen Millimeter weiter dehnen kann, mich bei jeder Ankleidezimmersession ein bisschen tiefer in mich selbst zu versenken. Irgendwann sank ich so tief, dass ich in mir eine neue Ebene entdeckte, von deren Existenz ich bisher nichts geahnt hatte. Ein Ort jenseits der Oberfläche: weit unten, tief, ruhig, still. Es gibt keine Stimmen dort, nicht mal meine eigene. Nur meinen Atem kann ich dort hören.

Es war, als wäre ich am Ertrinken gewesen, hätte panisch um

Hilfe gerufen, nach Luft geschnappt, an der Oberfläche herumgezappelt und hätte schließlich erkannt, dass ich mich, um mich wirklich zu retten, sinken lassen musste. Das muss der Grund sein, weshalb wir «beruhige dich» sagen. Weil es unter dem Lärm der tosenden Brandung einen Ort gibt, an dem alles ruhig und klar und still ist.

Weil sich in dieser Tiefe auch das Chaos beruhigt, konnte ich dort etwas spüren, das an der Oberfläche nie zu spüren gewesen war. Es war wie in diesem Raum der Stille in Dänemark – einem der stillsten Orte der Welt –, wo man tatsächlich das Blut in seinen Ohren rauschen hören kann. Dort, in der Tiefe, hörte ich etwas in mir fließen. Ein tiefes *Wissen*.

Auf dieser Ebene in mir ist es möglich, Dinge zu *wissen*, die mir an der chaotischen Oberfläche verborgen bleiben. Wenn ich mir hier unten eine Frage zu meinem Leben stelle – ob in Worten oder abstrakten Bildern –, spüre ich einen inneren Anstoß. Dieser Impuls zeigt mir die Richtung zu dem, was als Nächstes dran ist, und wenn ich diesen inneren Anstoß still würdige, füllt er mich vollkommen aus. Das innere Wissen fühlt sich an wie warmes, flüssiges Gold, das durch meine Adern fließt und sich gerade genug verfestigt, um mir ein stabiles Gefühl von Gewissheit zu verleihen.

Ich habe herausgefunden (und scheue mich fast, es auszusprechen), dass Gott in dieser Tiefe in mir zu Hause ist. Wenn ich Gottes Gegenwart und Führung in mir erkenne und anerkenne, feiert Gott mich, indem Sie mich mit warmem, flüssigem Gold flutet.

Also kehrte ich Tag für Tag in mein Ankleidezimmer zurück, setzte mich auf den mit Klamotten vermüllten Boden und übte mich im Sinkenlassen. Unten in der Tiefe erwartete mich das innere Wissen und gab mir den Impuls für das, was als Nächstes dran war. Immer nur eins nach dem anderen. Auf diese Weise begann ich zu lernen, wie der nächste stimmige Schritt aussah. Ich begann, klarer durch mein Leben zu gehen, stabiler und sicherer.

Ein Jahr später irgendwann saß ich an einem langen Konferenztisch inmitten einer Besprechung. Wir diskutierten über eine wichtige Entscheidung, die getroffen werden musste, und alle Blicke waren auf der Suche nach Führung auf mich gerichtet. Ich fühlte mich unsicher. Fast wäre ich in mein altes Muster zurückverfallen: im Außen nach Anerkennung, Erlaubnis, Konsens zu suchen. Doch dann fiel mein Blick auf die Tür zur Abstellkammer, und ich erinnerte mich an meine neue Art, zu Einsicht zu gelangen.

Ich fragte mich, was mein Team sagen würde, wenn ich mich entschuldigte und für ein paar Minuten in der Abstellkammer verschwand. Stattdessen holte ich tief Luft, wandte mich mit geöffneten Augen nach innen und versuchte mich zu versenken, gleich dort am Tisch. Es funktionierte. Ich spürte den Impuls, und sobald ich ihm Raum gab, durchströmte mich warmes, flüssiges Gold. Ich kehrte an die Oberfläche zurück, lächelte und sagte: «Ich weiß jetzt, was wir machen.» Ruhig und voller Selbstvertrauen erklärte ich den anderen meinen Plan. Die Panik im Raum verschwand. Alle atmeten auf und wirkten sofort entspannt und sicher. Wir machten weiter.

Gott ist aus ihrem Versteck gekommen, und ich kann Sie jetzt überall mit hinnehmen.

Inzwischen folge ich nur noch meinem inneren Wissen. Ob ich mit einer beruflichen, persönlichen oder familiären Entscheidung konfrontiert bin – wann immer Unsicherheit aufsteigt, begebe ich mich in die Tiefe. Ich lasse mich hinabsinken, unter die tosende Brandung aus Worten, Ängsten, Erwartungen, Konditionierungen und Ratschlägen – und erspüre das innere Wissen.

Ich versenke mich täglich hundert Mal. Das ist notwendig, weil das Wissen mir keinen Fünfjahresplan offenbart. Es kommt mir vor wie eine freundliche, verspielte Ratgeberin, und ich glaube, sie offenbart mir immer nur das, was als Nächstes dran ist, weil sie will, dass ich immer wieder zu ihr zurückkehre, weil sie mein Leben gemeinsam mit mir gestalten will. Im Laufe der Jahre habe ich eine intime Beziehung zu meinem inneren Wissen entwickelt: Wir haben gelernt, einander zu vertrauen.

Wenn ich solche Sachen sage, sieht mich meine Frau mit hochgezogener Augenbraue an und fragt: «Bist du sicher, dass du da unten nicht einfach nur Selbstgespräche führst?» Kann schon sein. Wenn das, was ich in der Tiefe gefunden habe, nur mein eigenes Selbst ist – wenn ich in Wirklichkeit nicht gelernt habe, mit Gott zu kommunizieren, sondern mit meinem Selbst – und wenn ich für den Rest meines Lebens, egal, wie sehr ich mich verirre, immer genau weiß, wo und wie ich mich wiederfinde, na, dann. Für mich ist das Wunder genug.

Wieso machen wir uns Gedanken darüber, wie wir das innere Wissen *benennen*, anstatt einander beizubringen, wie wir mit diesem Wissen *in Kontakt treten*? Ich kenne viele Menschen, die diese Ebene in sich entdeckt haben und sich allein davon leiten lassen. Manche nennen das Wissen Gott oder Weisheit oder Intuition oder Quelle des tiefsten Selbst. Eine meiner Freundinnen, die ein ernsthaftes Thema mit Gott hat, nennt es Sebastian. Gott, welchen Namens auch immer, ist ein ebenbürtiges Wunder und eine Befreiung. Es ist nicht wichtig, ob und wie wir unser inneres Wissen benennen. Wenn wir unser einzigartiges Leben leben wollen, ist nur wichtig, dass wir das Wissen herbeirufen.

Eines habe ich inzwischen verstanden: Wenn ich wachsen und emporsteigen will, muss ich vorher versinken. Anstatt mir Zustimmung im Außen zu suchen und auf das zu hören, was andere mir sagen, muss ich auf die Stimme der inneren Weisheit lauschen, ihr vertrauen, mich auf sie verlassen. Das bewahrt mich davor, das Leben anderer Leute zu leben. Außerdem erspart es mir eine Menge Zeit und Kraft. Ich tue einfach nur das, was als Nächstes dran ist, offenbart von meinem inneren Wissen, eins nach dem anderen. Ich frage vorher nicht um Erlaubnis, weil auch das nur wieder eine schrecklich erwachsene Art ist zu leben. Und das Beste daran: Weil das innere Wissen jenseits von Sprache ist, habe ich auch keine Sprache, um es für irgendwen zu übersetzen. Da das innere Wissen keine Worte nutzt, um sich mir mitzuteilen, habe auch ich damit aufgehört, mich der Welt mit Worten zu erklären. Es ist das Revolutionärste, was eine Frau tun kann: Tun, was als Nächstes zu tun ist, eins nach dem anderen, ohne um Erlaubnis zu bitten oder sich zu erklären. Diese Art zu leben ist berauschend.

Mir ist klargeworden, dass niemand auf der Welt weiß, was ich tun und was ich lassen sollte. Die Expertinnen wissen es nicht, die Politikerinnen nicht, nicht die Therapeutinnen, die Zeitschriften nicht, die Schriftstellerinnen nicht, nicht meine Eltern, nicht meine Freundinnen, niemand weiß es. Nicht mal die, die mir am nächsten stehen. Weil niemand das Leben, das ich mit meinen Gaben und Herausforderungen, mit meiner Vergangenheit und meinen Leuten zu leben versuche, je gelebt hat oder jemals leben wird. Jedes einzelne, individuelle Leben ist ein noch nie dagewesenes Experiment. Dieses Leben gehört nur mir. Ich habe mir abgewöhnt, andere um die Wegbeschreibung zu Orten zu bitten, an denen sie selbst noch nie gewesen sind. Es gibt keine Landkarte. Wir sind alle Pioniere.

Ich trage diesen zweiten Schlüssel als Tätowierung auf meinem Handgelenk:

Sei still

Sie erinnert mich täglich daran, dass ich, wenn ich bereit und willens bin, in Stille mit mir selbst zu sitzen, immer wissen werde, was ich tun soll. Dass die Antworten auf meine Fragen niemals von außen kommen werden. Sie sind mir so nah wie mein Atem und so vertraut wie mein Herzschlag. Alles, was ich tun muss, ist mit dem Gezappel aufhören, mich tief unter die Oberfläche hinabsinken lassen und den Impuls und das Gold ertasten. Und dann muss ich vertrauen, so unlogisch oder beängstigend mir das, was als Nächstes dran ist, auch erscheinen mag. Je konsequenter, mutiger und genauer ich dem inneren Wissen folge, desto stimmiger und schöner entfaltet sich mein Leben im Außen. Je mehr ich nach meinem inneren Wissen lebe, desto mehr wird mein Leben mein eigenes und desto mehr reduziert sich meine Angst. Ich vertraue darauf, dass das innere Wissen mich auf all meinen Wegen begleiten wird, mir immer den Impuls für das geben wird, was als Nächstes stimmig ist, einen Schritt nach dem anderen, bis ganz nach Hause.

SO FUNKTIONIERT WISSEN:
Ein Augenblick der Unsicherheit taucht auf.
Atme, wende dich nach innen, lass dich sinken.
Taste nach dem Wissen.
Spüre den inneren Impuls in Richtung des nächsten stimmigen Schritts.
Lass es für sich selbst stehen. (Erkläre nichts.)
Mach immer so weiter. Ein Schritt nach dem anderen.

(Für den Rest deines Lebens: Lass die Lücke zwischen Wissen und Tun immer kleiner werden.)

IMAGINIEREN

DER DRITTE SCHLÜSSEL: ES WAGEN, SICH DINGE VORZUSTELLEN

Mit sechsundzwanzig fand ich mich eines Tages auf einem dreckigen Badezimmerfußboden wieder, in meiner Hand einen positiven Schwangerschaftstest. Ich starrte auf das kleine blaue Kreuz und dachte: *Das kann nicht sein. Es gibt keine ungeeignetere Kandidatin fürs Muttersein als mich auf der Welt.* Seit sechzehn Jahren litt ich mehrmals täglich unter Essanfällen mit anschließendem Erbrechen. In den letzten sieben Jahren hatte ich mich jeden Abend bewusstlos getrunken. Ich hatte meine Leber zerstört, meinen Ruf, meinen Lebenslauf, meinen Zahnschmelz und sämtliche Beziehungen. Mein dröhnender Kopf, die leeren Bierflaschen auf dem Boden, mein Bankkonto, meine zitternden, ringlosen Singlefinger, sie alle schrien: *Nein! Nicht du!*

Und trotzdem flüsterte etwas in mir: *Ja. Ich.*

Entgegen allen Erwartungen konnte ich mir mich selbst als nüchterne, blühende, erfolgreiche Mutter *vorstellen*.

Ich wurde trocken, und dann wurde ich Mutter, Ehefrau, Schriftstellerin.

Schnellvorlauf. Vierzehn Jahre später. Zur Erinnerung: Ich bin inzwischen vierzig. Ich habe einen Ehemann, zwei Hunde und drei Kinder, die ihren Vater vergöttern. Ich habe außerdem eine sensationell erfolgreiche Karriere als Schriftstellerin, die zu einem guten Teil meinem traditionellen Familienmodell und meinem christlichen Glauben zu verdanken ist. Ich befinde mich auf einer Veranstaltung, um mein neustes Buch vorzustellen, die mit Spannung erwarteten Memoiren über die Rettung meiner Ehe. Auf dieser Veranstaltung betritt eine Frau den Raum, ich sehe sie an und verliebe mich im selben Augenblick Hals über Kopf. Meine Situation, meine Angst, mein Glaube, meine Karriere – alles in mir schreit: *Nein! Nicht sie!*

Und doch flüstert etwas leise in mir: *Ja. Sie.*

Dieses Etwas in mir war meine Vorstellungskraft.

Entgegen allen Erwartungen war ich dazu in der Lage, mir mich selbst als Frau an Abbys Seite *vorzustellen*. Ich konnte mir eine Form von Liebesbeziehung vorstellen, in der ich vollständig gesehen, erkannt und geliebt werde.

Die Fakten befanden sich sichtbar vor mir, unmittelbar.

Doch die Wahrheit war spürbar in mir, auch unmittelbar.

Sie wogte tief in mir, drängte, insistierte: *Für dich ist ein Leben bestimmt, das wahrhaftiger ist als das, das du lebst. Aber um das zu erreichen, musst du es dir selbst formen. Du musst das, was du dir im Inneren vorstellst, im Außen erschaffen. Nur du kannst das hervorbringen. Und es wird dich alles kosten.*

Ich habe gelernt, im Glauben zu leben, was nicht bedeutet, dass ich nach einem Dogma oder nach unerschütterlichen Glaubenssätzen lebe, die vor ewigen Zeiten von Männern festgelegt wurden, um sich ihre Macht zu sichern, indem sie andere kontrollieren. Mein Glaube hat nichts mehr mit Religion zu tun. Für mich bedeutet, im Glauben zu leben, dem Wogen und Drängen in mir die Erlaubnis zu geben, meine Worte und Entscheidungen im Außen zu leiten. Weil Gott für mich nichts außerhalb von mir ist: Gott ist das Feuer, der Impuls, das warme, flüssige Gold, das in mir wogt und drängt.

Genau genommen ist meine Lieblingsvorstellung von Glauben *der Glaube an die unsichtbare Ordnung der Dinge.*

Es gibt zwei Ordnungen der Dinge:

Da ist die *sichtbare* Ordnung, die sich Tag für Tag auf unseren Straßen und in den Nachrichten vor uns entfaltet. In dieser sichtbaren Ordnung regiert die Gewalt, Kinder werden in ihren Schulen erschossen, Kriegstreiber gedeihen und ein Prozent der Welt hortet fünfzig Prozent von allem, was wir haben. Diese Ordnung der Dinge bezeichnen wir als Realität. «So ist es», sagen wir. Wir sind in der Lage, nur diese Ordnung zu sehen, weil wir nie etwas anderes gesehen haben. Und doch lehnt etwas in uns diese Ordnung der Dinge ab. Unser Instinkt sagt uns: Das ist nicht die gewollte Ordnung der Dinge. Wir wissen, dass es eine bessere, wahrhaftigere, ursprünglichere Art und Weise geben muss.

Diese bessere Art und Weise ist die *unsichtbare Ordnung* in unserem Inneren. Es ist die Vision einer wahrhaftigeren, schöneren Welt, die wir in unserer Vorstellung mit uns tragen – eine Welt, in der alle Kinder genug zu essen haben, in der wir einander nicht mehr umbringen und Mütter nicht länger Wüsten durchqueren müssen, ihre Kinder auf den Rücken gebunden. Diese bessere Vorstellung nennen die Juden Schalom, die Buddhisten Nirwana und die Christen Himmel. Bei den Muslimen heißt sie Salām und bei vielen Agnostikern Frieden. Es handelt sich nicht um einen Ort im *Außen* – noch nicht; es ist das hoffnungsvolle Wogen *direkt hier, in uns*, das durch unsere Haut drängt, darauf insistiert, dass doch alles viel schöner gemeint war, als es ist. Und das kann es auch sein – wenn wir uns weigern, zu warten, bis wir sterben und «in den Himmel kommen», und stattdessen den Himmel in uns finden und ihn im Hier und Jetzt zur Welt bringen. Wenn wir daran arbeiten, die in unserem Inneren wogende Vision der unsichtbaren Ordnung der Dinge in unserem Leben, in unserem Zuhause und in unseren Nationen sichtbar zu machen, gestalten wir damit eine schönere Wirklichkeit. Auf Erden wie im

Himmel. In unserer materiellen Welt, so wie sie sich in unserer Vorstellung gestaltet.

Tabitha.
Sie wurde in Gefangenschaft geboren. Die einzige sichtbare Ordnung, die sie kennt, besteht aus Gitterstäben und dreckstarrenden rosaroten Kaninchen und gelangweiltem, mauem Applaus. Tabitha hat die Wildnis nie kennengelernt. Und doch *weiß* Tabitha um die Wildnis. Sie trägt die Wildnis *in* sich. Sie spürt das Drängen der unsichtbaren Ordnung wie eine immerwährende Ahnung. Vielleicht ist für uns wie für Tabitha die tiefste Wahrheit nicht das, was wir sehen können, sondern das, was wir uns vorstellen können. Vielleicht ist unsere Imagination keine Flucht aus der Wirklichkeit, sondern der Ort, an den wir uns begeben, um uns daran zu erinnern. Vielleicht sollten wir, wenn wir den wahren Plan für unser Leben, unsere Familie, unsere Welt kennenlernen wollen, nicht das befragen, was wir vor uns haben, sondern das, was in uns ist.

Persönliche und weltumspannende Revolutionen beginnen mit Vorstellungskraft.

«Ich habe einen Traum», sagte Martin Luther King.

«Zu träumen ist auch eine Art des Planens», sagte Gloria Steinem.

Um unsere Gesellschaft voranzubringen, mussten Revolutionäre aus der unsichtbaren Ordnung in ihrem Inneren heraus sprechen und planen. Für all diejenigen von uns, die bei der Erschaffung der sichtbaren Ordnung nie um Rat gefragt wurden, bleibt die Entzündung der eigenen Vorstellungskraft die einzige Möglichkeit, über das hinauszublicken, was dazu erschaffen wurde, uns außen vor zu lassen. Wenn sich die, die nicht an der Erschaffung der Realität beteiligt waren, bei der Auslotung ihrer Möglichkeiten allein auf diese Realität verlassen, wird sie sich nie verändern. Dann werden wir uns weiter um einen Platz an ihrer Tafel zanken, anstatt unsere eigenen Tische zu zimmern. Wir werden uns weiter die Köpfe an ihren gläsernen Decken stoßen, anstatt im Freien unser eigenes riesiges Zelt aufzuschlagen. Wir werden weiter in dem Käfig verharren, den die Welt uns hingestellt hat, anstatt unseren rechtmäßigen Platz als Mitgestalterinnen einzunehmen.

Wir wurden alle geboren, um etwas in die Welt zu bringen, das vorher nicht existierte: eine Art zu sein, eine Familie, eine Idee, Kunst, eine Gemeinschaft – etwas völlig Neues. Wir sind hier, um uns selbst vollkommen sichtbar zu machen, um uns und unsere Ideen und Gedanken und Träume der Welt aufzudrängen, sie durch das, was wir sind und was wir aus unseren Tiefen hervorbringen, unwiderruflich zu verändern. Deshalb können wir uns nicht winden und krümmen und kleinmachen, um uns in die sichtbare Ordnung zu zwängen. Wir müssen uns entfesseln und dabei zusehen, wie die Welt sich vor unseren Augen neu ordnet.

Ich habe die Aufgabe, Frauen genau zuzuhören. Viele Frauen erzählen mir von dem schmerzhaften, schweren Gefühl, das in ihnen zu Hause ist, ein Gefühl, das ihnen sagt, ihr Leben, ihre Beziehungen und die Welt sollten schöner sein, als sie es sind.

Sie fragen sich: «Müsste meine Ehe nicht viel liebevoller sein, als sie es ist? Müsste mein Glaube nicht viel lebendiger und gütiger sein, als er es ist? Müsste meine Arbeit nicht bedeutender sein und meine Gemeinschaft verbundener? Müsste die Welt, die ich meinen Kindern hinterlasse, nicht viel weniger brutal sein? War das alles in Wahrheit nicht viel schöner gemeint?»

Diese Frauen mit ihren Fragen erinnern mich an Tabitha. Sie pirschen an den Grenzen ihres Lebens entlang und fühlen sich unzufrieden. Ich finde das aufregend, denn diese Unzufriedenheit ist das Genörgel der Vorstellungskraft. Unzufriedenheit ist der Beweis dafür, dass die Vorstellungskraft einen noch nicht im Stich gelassen hat. Sie drängt noch immer, wogt, versucht, sich Beachtung zu verschaffen, indem sie flüstert: «Das nicht.»

«Das nicht» ist ein sehr wichtiges Stadium.

Allerdings ist zu wissen, was wir nicht wollen, nicht dasselbe, wie zu wissen, was wir wollen.

Wie also können wir von *Das nicht* zu *Lieber das* gelangen? Wie können wir vom *Fühlen* der Unzufriedenheit zum *Erschaffen* eines neuen Lebens und neuer Welten gelangen? Mit anderen Worten: Wie können wir damit beginnen, aus unserer Imagination anstatt aus unserer Indoktrination heraus zu leben?

Die Sprache ist mein Lieblingswerkzeug, und ich nutze sie, um Menschen dabei zu helfen, eine Brücke von dem zu bauen, was vor ihnen ist, hin zu dem, was in ihnen ist. Wenn wir die Stimme der Vorstellungskraft hören wollen, müssen wir selbst, das habe ich inzwischen gelernt, eine Sprache sprechen, die sie versteht.

Wenn wir wissen wollen, zu wem wir bestimmt waren, ehe die Welt uns sagte, wer wir zu sein haben –

Wenn wir wissen wollen, welches Ziel uns bestimmt war, ehe die Welt uns auf unseren Platz verwies –

Wenn wir anstelle von Kontrolle die Freiheit schmecken wollen –

müssen wir die Muttersprache unserer Seele neu erlernen.

Wenn Frauen mir in der Sprache der Indoktrination schreiben – mit Begriffen wie *gut* und *sollte* und *richtig* und *falsch* –, versuche ich ihnen in der Sprache der Vorstellungskraft zu antworten.

Wir sind alle zweisprachig. Wir sprechen die Sprache der Indoktrination, doch unsere Muttersprache ist die der Imagination. Wenn wir die Sprache der Indoktrination verwenden – also *sollen, müssen* und *dürfen* sagen, *nicht sollen, nicht dürfen, richtig* und *falsch*, *gut* und *schlecht* –, füttern wir damit unseren Verstand. Aber hier geht es nicht um unseren Verstand, denn der wurde von unserer Konditionierung verdorben. Um über unsere Konditionierung hinauszugelangen, müssen wir unsere Phantasie aktivieren. Unser Verstand ist auf Ausreden spezialisiert, unsere Phantasie auf Geschichten. Anstatt uns zu fragen, was richtig und was falsch ist, müssen wir uns die Frage stellen:

Was ist wahrhaftig und schön?

Auf diese Frage hin wird sich die Vorstellungskraft in uns melden, sich dafür bedanken, dass wir sie nach so vielen Jahren doch noch zu Rate ziehen, und uns eine Geschichte erzählen.

Vor einiger Zeit hat Clare mir geschrieben. Sie ist Anwältin und Tochter eines Alkoholikers. Als sie sich hinsetzte, um mir eine E-Mail zu schreiben, war sie gerade aufgewacht, noch ein bisschen benebelt von ihren allabendlichen Gläsern Wein, die sie trank, um der Welt die Schroffheit zu nehmen. Sie schrieb, dass sie die meiste Zeit betäubt oder benebelt oder beschämt sei. «G, ich habe das Gefühl, ich verschwende mein Leben», schrieb sie. «Was soll ich tun?»

«Clare», schrieb ich zurück. «Wie lautet die wahrhaftigste, schönste Geschichte über dein Leben, die du dir vorstellen kannst?»

Sasha schrieb, um mir von ihrer Ehe zu erzählen. Sie hatte einen Mann geheiratet, der genauso abweisend und kalt ist, wie ihr Vater es war. Sasha verbrachte die meisten Tage damit, der Liebe ihres Mannes hinterherzuhecheln, so wie ihre Mutter der Liebe ihres Vaters hinterhergehechelt war. Sie schrieb: «Ich bin so müde und einsam. Was wäre in meiner Situation das Richtige?»

Ich antwortete: «Sasha, erzählst du mir eine Geschichte? Die Geschichte über die schönste, wahrhaftigste Ehe, die du dir vorstellen kannst?»

Neulich schrieb mir Danielle, eine vierunddreißigjährige ehemalige Erzieherin. Sie verbringt ihre Tage und Nächte damit, dabei zuzusehen, wie ihr sieben Jahre alter Sohn langsam in ihren Armen stirbt, gequält von derselben Krankheit, die vor drei Jahren ihren ersten Sohn ums Leben brachte. Tag und Nacht sitzt sie am Bett ihres Kindes – sie füttert ihn, sie singt ihm vor, sie tröstet ihn. «Ich bin kaputt, Glennon», schrieb sie mir. «Ich weiß nicht, was ich tun soll.»

Ich antwortete ihr: «Danielle, wie lautet die wahrhaftigste, schönste Geschichte über eine Mutter und ihre Söhne, die du dir vorstellen kannst?»

Sie antworteten mir alle. Clare schrieb eine Geschichte über eine Frau, die sich nie im Stich gelassen hatte, die das Leben so nahm, wie es kam, und die immer für sich da war, für ihre Leute, für ihr Leben. Ihr Glaube an diese Vision war stark genug, um sich in Therapie zu begeben und in einem sicheren Rahmen all den Schmerz an die Oberfläche zu lassen, den sie mit Wein zu ertränken versucht hatte. Monate später schrieb sie mir noch einmal, um zu erzählen, dass ihre neue Seinsweise härter sei als alles, was sie bisher erlebt hatte, dass es aber die richtige Form von Härte sei. Sie verpasst jetzt ihr eigenes Leben nicht mehr. Sie kann jetzt ihrem Blick im Spiegel standhalten. Sie ist jetzt eine Frau, die sich selbst in die Augen sehen kann.

Sasha verbrachte mehrere Abende damit, eine Geschichte über die wahrhaftigste und schönste Ehe zu schreiben, die sie sich vorstellen kann. Sie verbrachte eine ganze Woche damit, genug Mut zu sammeln, mir diese Geschichte zu schicken, weil sie Angst davor hatte, einer Außenstehenden zu zeigen, wie es in ihrem Inneren aussieht. Irgendwann druckte sie ihre Geschichte aus und legte sie ihrem Mann aufs Kopfkissen. Dann, eines Abends, fand sie auf ihrem Kopfkissen eine Einladung von ihm. Er bat sie, mit ihr ein Eheseminar zu besuchen. Wie sich herausstellte, konnten sie sich beide etwas Schöneres vorstellen. Sie waren bereit, es Wirklichkeit werden zu lassen.

Danielle schrieb mir vom Krankenbett ihres Sohnes zurück: «Ich habe die ganze Woche über deine Frage nachgedacht. Ich kann mir tausend leichtere Geschichten über Mütter und Söhne vorstellen. Und eine Million glücklichere. Aber ich kann mir keine einzige Geschichte vorstellen, die wahrhaftiger oder schöner wäre als die herzzerreißende Geschichte, die ich mit meinen Söhnen erlebe.»

«Ich auch nicht», schrieb ich zurück. «Ich auch nicht.»

Das wahrhaftigste, schönste Leben verspricht niemals, ein leichtes zu sein. Wir müssen uns von der Lüge verabschieden, es hätte leicht zu sein.

Jede dieser Frauen hat begonnen, aus ihrer Vorstellungskraft zu leben. Wie? Indem sie sich ihrer Unzufriedenheit stellte. Sie blendete die Unzufriedenheit nicht länger aus, begrub sie nicht, verlagerte sie nicht, leugnete sie nicht, schob die Schuld niemand anderem in die Schuhe und befahl sich nicht, den Mund zu halten und gefälligst dankbar zu sein. Sie hörte ihr inneres Wissen «Das nicht» flüstern und gestand sich ein, dass sie das Raunen gehört hatte. Dann saß sie eine Zeitlang damit. Schließlich wagte sie es, das leise innere Raunen laut auszusprechen. Sie teilte ihre Unzufriedenheit mit einem anderen Menschen.

Und als sie dann bereit war, sich von *Das nicht* zu *Lieber das* weiterzubewegen, wagte sie es, sich an ihre Phantasie zu wenden, auf dass sie ihr die Geschichte erzählte, für die sie geboren worden war. Sie erträumte sich, wie es aussehen würde, ihre spezielle Version von Wahrheit und Schönheit zum Leben zu erwecken. Sie suchte nach dem Bauplan, mit dem sie geboren worden war und dessen Existenz sie vergessen hatte. Sie brachte ihre unsichtbare Ordnung ans Tageslicht: ihren ursprünglichen Plan.

Dann – und dieser Schritt ist entscheidend – griff sie zu Stift und Papier. Die Menschen, die sich ihr wahrhaftigstes, schönstes Leben erschaffen, vollziehen normalerweise diesen Zwischenschritt. Der Sprung vom Träumen zum Tun ist schwer. Wie alle Architekten oder Designer wissen, liegt zwischen Vision und Realität ein entscheidender Schritt. Ehe die Phantasie dreidimensional wird, muss sie im Normalfall zweidimensional werden. So, als ob die unsichtbare Ordnung Dimension für Dimension lebendig werden muss.

Im Laufe der Jahre haben viele Frauen mir ihre zweidimensionalen Träume geschickt. Sie sagen: «Für mich sieht die wahrhaftigste, schönste Welt, Familie, Lebensform so aus ...»

Ich staune über die unfassbare Vielfalt und Unterschiedlichkeit dieser Geschichten. Sie sind der Beweis dafür, dass unser Leben nie dazu bestimmt war, eine kulturell konstruierte, nullachtfünfzehn genormte Blaupause eines Ideals zu sein. Die eine Art zu leben, lieben, Kinder großzuziehen, eine Familie zu gründen, eine Schule zu leiten, eine Gemeinschaft, eine Nation zu führen, gibt es nicht. Jemand hat diese Normen erschaffen, und wir sind alle jemand. Wir können unsere eigene Form von normal gestalten. Wir können die alten Regeln über Bord werfen und unsere eigenen Regeln aufstellen. Wir können unser Leben von innen nach außen gestalten. Wir können aufhören zu fragen, was die Welt von uns will, und uns stattdessen fragen, was wir für unsere Welt wollen. Wir können innehalten und so lange aufhören, auf das zu schauen, was vor uns ist, bis wir entdecken, was in uns ist. Wir können uns der lebensverändernden, beziehungsverändernden, weltverändernden Kraft unserer eigenen Imagination erinnern und sie entfesseln. Mag sein, dass wir ein ganzes Leben dazu brauchen. Welch ein Glück, dass uns exakt die Zeitspanne eines ganzen Lebens zur Verfügung steht.

Beschwören wir also aus den tiefsten Tiefen unserer Seele herauf:

Das wahrhaftigste, schönste Leben, das wir uns vorstellen können.

Die wahrhaftigste, schönste Familie, die wir uns träumen können.

Die wahrhaftigste, schönste Welt, auf die wir hoffen können.

Und bringen all das zu Papier.

Und sehen uns an, was wir geschrieben haben, und fassen den Entschluss, dass dies keine Luftschlösser sind; dies ist unser Marschbefehl. Dies ist der Bauplan für unser Leben, unsere Familie und die Welt.

Möge die unsichtbare Ordnung sichtbar werden.

Mögen unsere Träume Pläne werden.

VERBRENNEN LASSEN

DER VIERTE SCHLÜSSEL: DINGE KREIEREN UND VERBRENNEN

Wenn wir uns das Fühlen erlauben, transformiert sich unser inneres Selbst. Wenn wir nach unserem inneren Wissen und unserer Vorstellungskraft handeln, transformiert sich die Welt um uns. Aus unserer Innenwelt heraus zu leben, wird unsere Außenwelt verändern. Und hier liegt der Hase im Pfeffer: Destruktion ist die essenzielle Voraussetzung für Konstruktion. Wenn wir Neues erschaffen wollen, müssen wir das Alte verbrennen. Wir müssen bereit sein, nur an der Wahrheit festzuhalten. Wir müssen uns entscheiden: Wenn unsere innere Wahrheit einen Glaubenssatz, eine Familienstruktur, einen Betrieb, eine Religion, einen Wirtschaftszweig in Flammen aufgehen lassen kann – muss uns klar sein, dass diese oder dieser schon gestern zu Asche hätte werden sollen.

Wenn wir fühlen, wissen und imaginieren, wird unser Leben, unsere Familie und unsere Welt eine wahrhaftigere Version seiner respektive ihrer selbst werden. *Mit der Zeit.* Am Anfang aber ist es sehr beängstigend. Denn sobald wir fühlen, wissen und es wagen, uns mehr für uns selbst vorzustellen, können wir nichts davon wieder ungeschehen machen. Es gibt keinen Weg zurück. Wir haben uns in den Abgrund hinuntergelassen – jenem Raum zwischen dem nicht ausreichend wahrhaftigen Leben, das wir führen, und dem wahrhaftigeren Leben, das ausschließlich in unserem Inneren existiert. «Es ist wahrscheinlich doch sicherer zu bleiben, wo ich bin», sagen wir dann. «Das ist zwar nicht wirklich wahrhaftig, aber eventuell gut genug.» Doch genau dieses «gut genug» ist der Grund, weshalb Menschen zu viel trinken und zu viel lästern und verbittern und krank werden und in stiller Verzweiflung leben, bis sie irgendwann auf dem Sterbebett liegen und sich fragen: *Welches Leben, welche Beziehung / Familie / Welt hätte ich erschaffen, hätte ich mehr Mut gehabt?*

Die Erschaffung des Wahren und Schönen bedeutet die Zerstörung von allem mit der Aufschrift *gut genug*. Wiedergeburt bedeutet Tod. Sobald in uns eine wahrhaftigere, schönere Vision geboren wurde, richtet sich das *Leben* auf diese Vision aus. An dem festzuhalten, was nicht mehr wahr genug ist, birgt keine Sicherheit; im Gegenteil: Es ist der gefährlichste Schritt überhaupt, weil es den sicheren Tod all dessen bedeutet, zu dem wir bestimmt waren. Wir sind nur in dem Maße lebendig, wie wir bereit sind, vernichtet zu werden. Unser nächstes Leben kostet uns immer das jetzige. Wenn wir tatsächlich lebendig sind, verlieren wir fortwährend die, die wir eben noch waren, das, was wir eben noch erschufen, eben noch glaubten, eben noch für die Wahrheit hielten.

Ich habe Identitäten, Glaubenssätze und Beziehungen verloren, deren Verlust sehr schmerzhaft war. Ich habe inzwischen eines gelernt: Wenn ich in Übereinstimmung mit meinen Gefühlen, meinem inneren Wissen und meiner Vorstellungskraft lebe, verliere ich permanent. Ich verliere immer das, was nicht mehr wahrhaftig genug ist, damit ich das, was jetzt wahrhaftig ist, mit beiden Händen greifen kann.

Ich habe mich lange kleingemacht, verdreht und verzerrt, um nach einem Satz uralter Anleitungen zu leben, der mir in die Hand gedrückt worden war, um mich zu lehren, wie man eine erfolgreiche Frau wird, eine stabile Familie gründet, eine solide berufliche Laufbahn einschlägt, einen festen Glauben entwickelt. Weil ich diese Anleitungen für die universelle Wahrheit hielt, ließ ich mich in Befolgung dieser Anleitungen selbst im Stich, *ohne je auf die Idee zu kommen, sie bei Licht zu betrachten und gründlich zu untersuchen.* Als ich sie irgendwann endlich aus meinem Unterbewusstsein befreite und unter die Lupe nahm, stellte ich fest, dass diese Anleitungen mit der Wahrheit nicht das Geringste zu tun hatten – sie waren nichts weiter als die willkürlichen Erwartungen, die meine spezifische Kultur an mich hatte. In dem hektischen Bemühen, diesen Anleitungen Folge zu leisten, flog ich auf Autopilot in Richtung einer nie von mir selbst gewählten Zielvorgabe. Also nahm ich das Steuer wieder selbst in die Hand. Ich hörte auf, mich selbst im Stich zu lassen, nur um den Anleitungen zu folgen. Ich ließ stattdessen die Anleitungen im Stich und fing an, mich selbst anzuerkennen. Ich fing an, das Leben einer Frau zu führen, der die Anleitungen der Welt nie ausgehändigt worden waren.

Ich ließ die Anleitung in Flammen aufgehen, die Selbstlosigkeit als Gipfel der Weiblichkeit definiert, doch vorher verzieh ich mir selbst, dass ich diese Lüge so lange geglaubt hatte. Ich hatte mich selbst aus Liebe im Stich gelassen. Mir war die Überzeugung eingeimpft worden, Selbstaufgabe im Dienste anderer wäre für eine Frau der beste Weg, ihren Partner, ihre Familie und ihre Gemeinschaft zu lieben. Damit erwies ich mir und der Welt einen Bärendienst. Ich habe gesehen, was in der Außenwelt und im Inneren von Beziehungen geschieht, wenn Frauen betäubt bleiben, gefügig, still und klein. Selbstlose Frauen ermöglichen zwar eine effiziente Gesellschaft, aber keine, die schön ist, wahrhaftig oder gerecht. Wenn Frauen sich selbst verlieren, verliert die Welt ihre Richtung. Wir brauchen nicht noch mehr selbstlose Frauen. Was wir brauchen, sind noch viel mehr Frauen, die sich der Erwartungen der Welt so gründlich entledigt haben, dass sie bis zum Rand nur noch mit sich selbst angefüllt sind. Was wir brauchen, sind Frauen, *die sich selbst wichtig nehmen*. Eine Frau, die sich wichtig nimmt, kennt und vertraut sich selbst genug, um zu sagen und zu tun, was getan werden muss. Den Rest lässt sie in Flammen aufgehen.

Ich ließ die Anleitung in Flammen aufgehen, die uns verantwortungsvolle Mutterschaft als Märtyrertum verkauft. Ich beschloss, dass der Ruf der Mutterschaft darin besteht, Vorbild zu werden, nicht Märtyrerin. Ich verlernte, eine Mutter zu sein, die im Namen ihrer Kinder einen langsamen Tod stirbt, und lernte, eine Mutter voller Verantwortung zu werden: eine, die ihren Kindern beibringt, voll und ganz lebendig zu sein.

Ich ließ die Anleitung in Flammen aufgehen, die behauptet, der einzige Weg, mit dem eine Familie dem Zusammenbruch entgeht, besteht darin, mit allen Mitteln ihre Struktur zu erhalten. Ich erlebte Familien, die sich mit aller Macht an ihre alten Strukturen klammerten und in Wahrheit durch und durch kaputt waren. Und ich erlebte Familien, deren Strukturen sich verändert hatten und die gesund und lebendig waren. Ich entschied, dass es nichts mit der Struktur einer Familie zu tun hatte, ob sie gesund oder kaputt war. Eine kaputte Familie ist eine Familie, in der jedes Mitglied sich selbst zerstören muss, um ins System zu passen. Eine gesunde Familie ist eine Familie, in der jedes Mitglied sich so an den Tisch setzen darf, wie es ist, in dem Wissen, dass es dort immer geborgen und gleichzeitig frei sein wird. Ich entschied, der Struktur meiner Familie den Freiraum zu geben, sich in ein sich frei entfaltendes Ökosystem zu verwandeln. Ich verabschiedete mich von der Frau, die an einer vorgeschriebenen Familienstruktur festhielt, und verwandelte mich in eine Frau, die sich am Recht jedes einzelnen Familienmitglieds auf seine volle Menschlichkeit orientiert: inklusiver meiner selbst. Anstatt zuzulassen, dass auch nur einer von uns daran zerbricht, werden wir unsere Familienstruktur wieder und wieder zerstören.

Ich verabschiedete mich von der Idee, dass eine erfolgreiche Ehe nur diejenige ist, die erst vom Tod geschieden wird, selbst wenn einer von beiden an dieser Ehe stumm zugrunde geht. Ich entschied, anstatt mich per Gelübde einem anderen Menschen zu versprechen, mir selbst ein Gelübde zu geben: Ich werde mich nicht im Stich lassen. Nie wieder. Ich und mein Selbst, bis dass der Tod uns scheide. Wir werden alle anderen verlassen, um selbst ganz zu bleiben. Ich verlernte, eine Frau zu sein, die glaubte, durch einen anderen Menschen ganz zu werden, als ich zu dem Schluss kam, dass ich als Ganzes geboren worden war.

Ich ließ meine in Ehren gehaltene, bequeme Vorstellung von Amerika als Land der Freiheit und Gerechtigkeit für alle in Flammen aufgehen. Stattdessen verhalf ich einer wahrhaftigeren, weiteren Perspektive zum Leben, eine, die auch die amerikanischen Lebenserfahrungen von Menschen beinhaltet, die anders aussehen als ich.

Ich verfasste für mich eine neue Anleitung hinsichtlich dessen, was es bedeutet, einen festen Glauben zu haben. Für mich bedeutet Glaube nicht das öffentliche Bekenntnis zu einer Reihe äußerer Überzeugungen, sondern die intime Hingabe an das innere Wissen. Ich habe aufgehört, an Mittelsmänner oder Hierarchien zwischen mir und Gott zu glauben. An die Stelle von Überzeugung und Defensive sind Neugier und Staunen getreten. Aus geballten Fäusten wurden ausgebreitete Arme. Ich ging vom flachen Ende ins Tiefe. Für mich bedeutet, im Glauben zu leben, alles in Flammen aufgehen zu lassen, das mich von dem Wissen trennt, um eines Tages sagen zu können: *Ich und die Mutter sind eins.*

Die Anleitungen, die ich für mich verfasst habe, sind weder richtig noch falsch; es sind meine. Weiter nichts. Sie sind nicht in Stein gemeißelt, sie stehen in Sand geschrieben, damit ich sie revidieren kann, wann immer ich für mich einen wahrhaftigeren, schöneren Plan fühle, weiß, imaginiere. Ich werde diese Anleitungen immer wieder revidieren, bis zu meinem letzten Atemzug.

Ich bin ein menschliches Wesen, zu immerwährendem Werden bestimmt. Wenn ich mutig lebe, besteht mein Leben aus unzähligen Toden und Wiedergeburten. Mein Ziel lautet nicht, zu bleiben, wie ich bin, sondern so zu leben, dass jeder Tag, jedes Jahr, jeder Moment, jede Beziehung, jedes Gespräch und jede Krise der Stoff sein kann, aus dem ich eine wahrhaftigere, schönere Version meiner selbst erschaffen kann. Das Ziel ist, die, die ich eben noch war, aufzugeben, permanent, um die zu werden, die zu sein der nächste Augenblick mir abverlangt. Ich werde an keiner einzigen bestehenden Vorstellung, Meinung, Identität, Geschichte oder Beziehung festhalten, die mich daran hindert, neu zu entstehen. Ich darf mich nicht zu sehr ans Flussufer klammern. Ich muss das Ufer immer wieder loslassen, um tiefer reisen und weiter sehen zu können. Wieder und wieder und dann wieder. Bis zum endgültigen Tod, zur endgültigen Wiedergeburt. Bis dahin, ohne Unterlass.

DRITTER TEIL
FREI

SCHMERZEN

Ich bin dreizehn Jahre alt und Bulimikerin, weshalb ich die Hälfte meines Lebens damit verbringe, mir mit dem Lockenstab die Ponyfransen zu verschönern, und die andere Hälfte mit Fressorgien und Erbrechen. Weil Locken und Spucken kein akzeptables Leben sind, fährt meine Mutter mich freitags nach der Schule in die Stadt zur Therapeutin. Sie wartet draußen, ich betrete das Sprechzimmer allein, setze mich in einen braunen Ledersessel und warte darauf, dass meine Therapeutin mich fragt: «Wie geht es dir heute, Glennon?»

Ich lächle und sage: «Alles okay. Wie geht es *Ihnen* heute?» Sie atmet mit ihrem ganzen Körper ein und aus. Dann schweigen wir.

Auf dem Schreibtisch meiner freundlichen, frustrierten Therapeutin entdecke ich das Foto eines kleinen, rothaarigen Mädchens. Ich frage, wer sie ist. Sie folgt meinem Blick, berührt den Rahmen und sagt: «Das ist meine Tochter.» Als sie mich wieder ansieht, ist ihr Gesicht traurig und sanft. Sie sagt: «Glennon, du sagst, dass alles okay ist, aber das stimmt nicht. Deine Essstörung könnte dich umbringen. Das weißt du. Aber was du nicht weißt: Weil du dich weigerst, deine Gefühle zuzulassen, weil du dich weigerst, dich uns anderen hier im Land der Lebenden anzuschließen, bist du bereits jetzt halbtot.»

Ich fühle mich angegriffen. In mir wird es heiß, alles weitet sich aus, ist nur noch schwer zu kontrollieren. Ich halte die Luft an und ziehe alles in mir krampfhaft zusammen.

«Ja, und? Vielleicht *gebe ich mir Mühe*, dass mit mir alles okay ist? Vielleicht mache ich den ganzen Tag nichts anderes, als das zu versuchen? Vielleicht gebe ich mir einfach nur viel mehr Mühe als alle anderen?»

Sie sagt: «Du solltest vielleicht damit aufhören, es zu versuchen. Vielleicht ist im Leben einfach nicht alles okay, und vielleicht wird es das auch niemals sein. Vielleicht ist okay gar nicht das richtige Ziel. Was wäre, wenn du aufhören würdest, dir so viel Mühe zu geben, okay zu sein, und stattdessen einfach ... lebst?»

«Ich weiß nicht, wovon Sie sprechen», sage ich.

Ich weiß genau, wovon sie spricht. Sie redet vom Großen Schmerz.

Ich weiß nicht, wann ich den Großen Schmerz entdeckt habe, doch als ich zehn bin, ist er längst zu meinem ständigen Unterbrecher geworden.

Wenn meine Katze Co-Co zu mir auf die Couch springt, reibt sie ihr Gesicht so sanft an meinem, schnurrt so zart, dass ich am liebsten mit ihr verschmelzen möchte. Sofort kommt der Große Schmerz und unterbricht den Fluss: *Pass auf! Sie wird nicht mehr lange leben. Bald musst du sie begraben.*

Wenn meine Großmutter Alice den abendlichen Rosenkranz raunt, sehe ich ihr heimlich dabei zu. Sie ist die Meisterin des Universums, wie sie da sitzt in ihrem Schaukelstuhl, sie hat alles auf Erden unter Kontrolle, sie ist mein sicherer Hafen. In dem Moment, als das Schaukeln mich einlullt und Frieden zum Greifen nahe ist, hebt der Große Schmerz den Zeigefinger und sagt: *Pass auf! Siehst du die braunen Flecken auf ihrer Hand, siehst du die dünne Haut? Siehst du, wie ihre Hände zittern?*

Wenn meine Mutter sich über mich beugt, um mir einen Gutenachtkuss zu geben, atme ich den Duft ihrer Hautcreme ein. Ich spüre das weiche Laken unter mir und die warme Decke um mich herum, und ich atme tief ein. In Ruhe wieder auszuatmen, gelingt mir allerdings nur selten. Der Große Schmerz kommt und lähmt mich: *Du weißt, wie es enden wird. Sie wird gehen, und das überlebst du nicht.*

Ich weiß nicht, ob der Große Schmerz mich beschützen oder terrorisieren will. Ich weiß nicht, ob er mich liebt oder hasst, ob er schlecht ist oder gut. Ich weiß nur, dass es seine Aufgabe ist, mich permanent an die essenziellste Tatsache des Lebens zu erinnern, die da lautet: *Es geht vorbei. Binde dich nicht zu eng daran.* Und wenn ich zu weich werde, zu getröstet, wenn ich der Liebe zu nahekomme, schickt mir der Große Schmerz eine Erinnerung. Das geschieht immer mit Worten (sie wird sterben) oder einem Bild (ein Anruf, eine Beerdigung), und mein Körper reagiert sofort darauf. Ich erstarre, halte den Atem an, drücke die Wirbelsäule steif durch, beende jeglichen Blickkontakt, wende mich ab. Dann habe ich alles wieder unter Kontrolle. Der Große Schmerz sorgt dafür, dass ich immer gefasst bin, kühl, in Sicherheit. Der Große Schmerz sorgt dafür, dass ich okay bin, und okay ist nur ein anderes Wort für halbtot.

Ein lebendiges menschliches Wesen braucht ungeheuer viel Kraft, um halbtot zu sein. Ich brauche dazu außerdem sehr viel zu essen. Als ich im Alter von zehn das Vollstopfen und Erbrechen für mich entdecke, wird die Sucht nach Essen für mich zu einem Leben, das ich führen kann, ohne dass es das Geringste mit dem wahren Leben zu tun hat. Die Bulimie hält mich auf Trab, hält mich auf Abstand, lenkt mich ab. Ich bin den ganzen Tag damit beschäftigt, meine nächste Fressorgie zu planen, und wenn ich einen ungestörten Ort gefunden habe und anfange zu essen, wird meine Raserei im Innen und im Außen zu einem Wasserfall – tosend, viel zu tosend, um irgendwie unterbrochen zu werden. Dann gibt es keine Erinnerungen mehr, keinen Großen Schmerz, es gibt nur noch Völlerei. Wenn ich dann endgültig vollgestopft bin bis zum Gehtnichtmehr, kommt das Erbrechen. Auch das ist wieder ein Wasserfall, wieder tosend, nichts als Tosen, bis ich auf dem Boden liege, am Ende, kaputt, zu erschöpft, um zu fühlen und zu denken und mich an irgendwas zu erinnern. Es ist perfekt.

Doch meine Bulimie vollzieht sich nur im Privaten. Ich brauche auch in der Öffentlichkeit einen Weg, um den Großen Schmerz zum Schweigen zu bringen. Dazu gibt es den Alkohol. Der Alkohol überwältigt den Großen Schmerz. Anstatt die Liebe nur zu unterbrechen, blockiert er sie ganz. Weil keine Beziehung mehr echt ist, gibt es auch kein Risiko mehr, das der Große Schmerz unterbrechen müsste. Im Laufe der Jahre mache ich Bekanntschaft mit der Gratiszugabe von Alkohol: Er zerstört alle meine Beziehungen, bevor ich es selbst tun kann. Man kann niemanden verlieren, der einen nie gefunden hat.

Mit fünfundzwanzig bin ich bereits des Öfteren von der Polizei verhaftet worden. Ich huste regelmäßig Blut. Meine Familie hat sich zu ihrem eigenen Schutz von mir distanziert. Alle Gefühle in mir sind abgetötet, und ich könnte nicht weiter vom Land der Lebenden entfernt sein. Das Land der Lebenden ist den Dummköpfen und den Masochisten vorbehalten. Ich bin nicht dumm. Ich habe das Leben in seinem eigenen Spiel geschlagen. Ich habe gelernt, zu existieren, ohne zu leben, und bin vollkommen frei – ich habe nichts mehr zu verlieren. Ich bin so gut wie tot, aber, bei Gott, ich bin in Sicherheit! Nimm das, Leben!

Und dann, an jenem Morgen im Mai, finde ich mich mit einem positiven Schwangerschaftstest in der Hand auf einem kalten Badezimmerboden wieder. Ich bin definitiv überrascht, schwanger zu sein, aber meine Reaktion darauf haut mich fast um. Ich spüre den tiefen Wunsch in mir, ein Kind auszutragen, zur Welt zu bringen und großzuziehen.

Es sind fremdartige, verwirrende Gedanken. Ich stehe auf, schaue in den Spiegel, betrachte mein verquollenes, schmutziges Gesicht und denke: *Warte! Moment, was? Du, hallo, du da im Spiegel! Du magst das Leben doch nicht mal. Du willst es ja nicht mal selbst versuchen. Warum, bitte, bist du dann plötzlich so verzweifelt darauf erpicht, einem anderen Wesen das Leben zu schenken, als wäre es tatsächlich genau das, ein Geschenk?*

Die einzige Antwort, die ich darauf habe, ist: Weil ich es jetzt schon liebe. Ich will, dass dieses Wesen lebt, weil ich es liebe. Und wieso will ich dann für mich selbst kein Leben? Ich will auch ein Wesen sein, das ich liebe.

Wild und grausam fährt der Große Schmerz dazwischen und ruft: *Gefahr! Gefahr! Pass auf! Mach dich doch nicht lächerlich!* Das Atmen fällt mir schwer. Und trotzdem will ich – dreckig, krank, kaputt, randvoll mit Schmerz, nach Luft keuchend – hier, in diesem Badezimmer, Mutter werden. Mir wird klar, dass es in mir etwas gibt, eine Instanz, die tiefer und wahrhaftiger und mächtiger ist als der Große Schmerz. Denn diese tiefere Instanz gewinnt. Diese tiefere Instanz ist meine Sehnsucht, Mutter zu werden. Das will ich mehr, als ich in Sicherheit bleiben will: Ich will die Mutter dieses Wesens sein.

Und so beschließe ich, direkt an Ort und Stelle, auf dem kalten Fliesenboden, trocken zu werden und mich zurück ins Land der Lebenden zu begeben. Ich vermute, dass der Mut, den ich aufbringe, um diese Entscheidung zu treffen, zu einem großen Teil der Tatsache geschuldet ist, dass ich von letzter Nacht noch völlig besoffen bin. Ich stehe auf und wanke aus dem Badezimmer hinaus und zurück ins Leben.

Das Leben ist haargenau wie in meiner Erinnerung: einfach nur schlimm. Während ich im exakt selben lächerlichen Moment versuche, ein Mensch *zu werden* und einen Menschen *auszutragen*, unterrichte ich zu allem Überfluss an einer Grundschule eine dritte Klasse. Jeden Tag um die Mittagszeit ist mir gleich aus drei verschiedenen Gründen schwindlig: Schwangerschaftsübelkeit, Entzug und der unerträgliche Zustand eines Alltags ohne

Fluchtmöglichkeit. Jeden Tag um die Mittagszeit gehe ich mit meiner Klasse den langen Weg zum Pausenraum, damit ich einen Blick in das Klassenzimmer meiner Freundin Josie und auf das Schild werfen kann, das bei ihr über dem Fenster hängt. Darauf steht in dicken, fetten, schwarzen Buchstaben: WIR KÖNNEN SCHWERE DINGE TUN.

Der Satz wird mein Mantra. Ich rezitiere ihn stündlich. Er ist die Bestätigung dafür, dass es tatsächlich schwer ist, dieses Leben zu den absurden Bedingungen des Lebens zu leben. Das Leben ist nicht schwer, weil ich schwach bin oder Fehler mache oder weil ich irgendwann irgendwo falsch abgebogen bin. Es ist schwer, weil das Leben für Menschen eben schwer ist, und ich ein Mensch bin, der endlich richtig lebt. «Wir können schwere Dinge tun» beharrt darauf, dass ich die Schwere aushalten kann und muss, weil fürs Dableiben eine Belohnung winkt. Ich weiß zwar noch nicht, welche, aber für mich fühlt sich das mit der Belohnung stimmig an, und ich will wissen, was es ist. Vor allem das *Wir* tröstet mich. Ich weiß nicht, wer sich hinter diesem *Wir* verbirgt; es genügt, daran zu glauben, dass es irgendwo ein *Wir* gibt, entweder, um mir in meinen schweren Dingen beizustehen oder um seine eigenen schweren Dinge zu tun, während ich mit meinen kämpfe. Auf diese Weise überlebe ich die Anfänge der Abstinenz, die sich als eine einzige elende Rückkehr zum Großen Schmerz entpuppt. Alle paar Minuten sage ich mir: *Es ist schwer. Wir können schwere Dinge tun.* Und dann tue ich sie.

Schnellvorlauf. Zehn Jahre später. Ich habe drei Kinder, einen Mann, ein Haus und eine erfolgreiche Schriftstellerinnenlaufbahn. Ich bin nicht nur eine abstinent lebende, aufrechte Bürgerin, ich bin, offen gesagt, ziemlich *beliebt*. Ich habe allem Anschein nach gelernt, erfolgreich ein Mensch zu sein. Während einer Signierstunde in jener Zeit kommt ein Journalist zu meinem

Vater, zeigt auf die lange Schlange Menschen, die darauf warten, mir zu begegnen, und sagt: «Sie müssen sehr stolz auf Ihre Tochter sein.» Mein Vater sieht ihn an und antwortet: «Ganz ehrlich? Wir sind froh, dass sie nicht im Gefängnis sitzt.» Wir sind alle sehr froh, dass ich nicht im Gefängnis sitze.

Eines Tages, ich bin noch in meinem kleinen Ankleidezimmer und ziehe mich an, klingelt das Telefon. Ich hebe ab. Meine Schwester ist am Apparat. Sie spricht langsam und wohlüberlegt, weil sie in den Wehen liegt. Sie sagt: «Es ist so weit, Sissy. Das Baby kommt. Kannst du nach Virginia kommen?»

Ich sage: «Ja, kann ich. Ich komme! Ich bin gleich da!» Dann lege ich auf und starre den großen Jeansstapel vor mir im Regal an. Ich habe keine Ahnung, was ich als Nächstes tun soll. Ich habe in den vergangenen zehn Jahren gelernt, viele schwere Dinge zu tun, aber wie man die einfachen Dinge tut, zum Beispiel einen Flug buchen, weiß ich immer noch nicht. Normalerweise erledigt meine Schwester die einfachen Dinge für mich. Ich denke nach und denke nach und komme zu dem Schluss, dass es wahrscheinlich keine gute Idee ist, sie zurückzurufen und zu fragen, ob sie zufällig ein paar gute Airline-Angebote kennt. Ich denke noch ein bisschen nach und frage mich, ob vielleicht irgendjemand anders eine Schwester hat, die mir helfen könnte. Dann klingelt zum zweiten Mal das Telefon. Diesmal ist meine Mutter am Apparat. Auch sie spricht langsam und wohlüberlegt. Sie sagt: «Liebling, du musst sofort nach Ohio kommen. Es ist Zeit, dich von deiner Großmutter zu verabschieden.»

Ich sage nichts.

Sie sagt: «Liebling? Bist du noch dran? Geht es dir gut?»

Wie geht es dir heute, Glennon?

Ich befinde mich immer noch in meinem Ankleidezimmer und starre meinen Hosenstapel an. Ich weiß noch, dass das mein erster Gedanke war: *Ich besitze sehr viele Jeans.*

Dann erwacht der Große Schmerz und klopft an meine Tür. Meine Großmama Alice liegt im Sterben. Ich bin dazu aufgerufen, dem Sterben *entgegenzufliegen*.

Wie geht es dir heute, Glennon?

Ich sage nicht: «Es geht mir gut, Mom.»

Ich sage: «Mir geht es nicht gut, aber ich komme. Ich liebe dich.»

Ich lege auf, gehe an den Computer und google «Wie kauft man ein Flugticket?». Ich kaufe aus Versehen gleich drei Tickets, aber ich bin trotzdem stolz auf mich. Ich gehe in mein Ankleidezimmer zurück und fange an zu packen. Ich packe und sehe mir gleichzeitig beim Packen zu, und mein Selbst, das zusieht, sagt: *Wow! Sieh dir das an. Du tust es. Du siehst aus wie eine Erwachsene. Nicht aufhören, nicht denken, einfach weitermachen. Wir können schwere Dinge tun.*

Interessanterweise fühle ich mich jetzt, wo der Große Schmerz keine Phantasie mehr ist, sondern endlich Wirklichkeit, relativ stabil. Der Umgang mit der eingetretenen Katastrophe ist offensichtlich weniger lähmend als das Warten darauf.

Ich rufe meine Schwester an und sage ihr, dass ich zuerst nach Ohio fliegen muss. Sie weiß es schon. Meine Mom holt mich in Cleveland am Flughafen ab und fährt mit mir ins Altersheim. Unsere Begegnung ist von Sanftheit und Ruhe geprägt. Keine sagt, dass es ihr gut geht. Wir erreichen das Altersheim, durchqueren den lauten Eingangsbereich, gehen einen Flur entlang, in dem es nach Desinfektionsmittel riecht, und betreten das warme, dunkle, katholische Zimmer meiner Großmutter. Ich gehe an ihrem elektrischen Rollstuhl vorbei und bemerke das graue Klebeband über dem «Turboknopf». Den darf sie nicht mehr bedienen, seit das Tempo, mit dem sie über die Flure raste, anfing, den anderen Heimbewohnerinnen Angst einzujagen. Ich setze mich auf den Stuhl neben Großmamas Bett. Ich berühre sacht die Marienstatue auf ihrem Nachttisch, die tiefblauen Glasperlen des Rosenkranzes, der um Marias Hände geschlungen ist. Mein Blick fällt an die Wand hinter den Nachttisch. Dort ist ein kleiner Bildkalender aufgehängt, «Scharfe Priester» lautet das Motto. Jeden Monat ziert ihn ein anderer Geistlicher in vollem Ornat mit einem glühenden Lächeln im Gesicht. Der Kalender wurde für irgendeinen guten Zweck verkauft. Wohltätigkeit ist meiner Großmutter immer sehr wichtig gewesen.

Meine Mutter steht ein Stückchen abseits, gibt meiner Großmutter und mir Zeit und Raum.

Noch nie in meinem Leben habe ich den Großen Schmerz deutlicher gespürt als in diesem Moment, während meine Mutter hinter mir steht und mir dabei zusieht, wie ich die Dinge ihrer Mutter berühre und dabei genau weiß, welcher Erinnerung ich mit jeder zögernden Berührung gedenke. Sie weiß, dass ihre Tochter sich bereit macht, sich von ihrer Mutter zu verabschieden, und ihre Mutter sich bereit macht, sich von ihrer Tochter zu verabschieden.

Meine Großmutter beugt sich zu mir, legt ihre Hand auf meine und sieht mich eindringlich an.

Das ist der Moment, als der Große Schmerz zu mächtig wird, um mich ihm zu widersetzen. Ich bin aus der Übung. Ich erstarre nicht. Ich halte nicht die Luft an. Ich wende den Blick nicht ab. Ich lasse los und gebe mich hin.

Als Erstes führt er mich zu dem Gedanken, dass eines nicht allzu fernen Tages die Rollen vertauscht sein werden. Dann werde ich an der Stelle meiner Mutter sein und meiner Tochter dabei zusehen, wie sie sich bereit macht, von meiner Mutter Abschied zu nehmen. Dann, wiederum nicht sehr viel später, wird es meine Tochter sein, die ihrer Tochter dabei zusieht, wie sie sich bereit macht, von mir Abschied zu nehmen. Ich denke diese Gedanken. Ich habe diese Bilder vor Augen. Und ich fühle sie. Sie sind schwer und tief.

Der Große Schmerz nimmt mich weiter mit sich, und plötzlich bin ich woanders. Ich befinde mich in ihm. Im Großen Schmerz. Ich bin mittendrin, im Inneren des einen Großen Schmerzes von Liebe-Weh-Schönheit-Zärtlichkeit-Sehnsucht-Verlangen-Abschied, und ich bin gemeinsam mit meiner Großmutter und meiner Mutter hier, und plötzlich wird mir klar, dass ich auch mit jeder anderen hier bin. Irgendwie bin ich mit allen hier, die jemals gelebt und geliebt und verloren haben. Ich habe mich mitten hineinbegeben in einen Ort, den ich immer für den Tod gehalten hatte, und plötzlich stellt sich dieser Ort als das Leben selbst heraus. Ich habe mich allein in den Großen Schmerz hineinbegeben und bin in seinem Inneren allen anderen begegnet. In der Hingabe an den Großen Schmerz der Einsamkeit habe ich die Nicht-Einsamkeit entdeckt. Hier, im Großen Schmerz, befinde ich mich an der Seite all jener, die je ein Kind willkommen hießen, einer sterbenden Großmutter die Hand hielten oder von einer großen Liebe Abschied nahmen. Mit ihnen allen bin ich hier. Hier ist das *Wir*, das aus Josies Schild zu mir sprach. Im Inneren des großen Schmerzes ist das *Wir*. Wir können schwere Dinge tun, wie lebendig sein, innig lieben und alles verlieren, weil wir diese schweren Dinge an der Seite all jener tun, die einst mit offenen Augen, Armen und Herzen auf Erden wandelten, wandeln und wandeln werden.

Der Große Schmerz ist kein Makel. Der Große Schmerz ist der Ort, an dem wir aufeinandertreffen. Das Clubhaus der Mutigen. Hier sind alle Liebenden versammelt. Der Große Schmerz ist der Ort, an den du dich allein begibst, um der Welt zu begegnen. Der Große Schmerz ist die Liebe selbst.

Die Warnung an mich lautete nie: *Es geht vorbei, also geh*. Die Warnung lautete: *Es geht vorbei, also bleib*.

Ich blieb. Ich hielt meiner Großmutter Alice Flaherty die durchscheinenden Hände. Ich berührte die zwei Eheringe, die sie sechsundzwanzig Jahre nach dem Tod meines Großvaters noch immer übereinander trug. «Ich liebe dich, meine Süße», sagte sie. «Ich liebe dich auch, Grandma», sagte ich. «Pass für mich auf dieses Baby auf», sagte sie.

Das war alles. Es fiel kein einziges bedeutendes Wort. Ich lernte, dass sehr viel Abschiednehmen durch die Berührung von Dingen geschieht: Rosenkränze. Hände, Erinnerungen, Liebe. Ich gab meiner Großmutter einen Kuss, spürte ihre warme, weiche Stirn an meinen Lippen. Dann stand ich auf und verließ das Zimmer. Meine Mutter folgte mir. Sie schloss die Tür hinter uns, und wir standen auf dem Flur, hielten einander im Arm und bebten. Wir hatten gemeinsam eine lange Reise gemacht, bis hin zu dem Ort, an den die Mutigen gehen, und sie hatte uns verändert.

Meine Mutter fuhr mich zum Flughafen zurück. Ich bestieg wieder ein Flugzeug, diesmal nach Virginia. Mein Vater holte mich ab und fuhr mit mir in die Geburtsklinik. Ich betrat das Zimmer meiner Schwester, und sie sah mich vom Bett aus an. Dann schaute sie hinunter auf das winzige Paket in ihren Armen und wieder zurück zu mir. Sie sagte: «Darf ich vorstellen, Sister? Deine Nichte, Alice Flaherty.»

Ich nahm die kleine Alice in die Arme, und wir setzten uns in den Schaukelstuhl neben dem Bett meiner Schwester. Als Erstes berührte ich Alice Flahertys durchscheinende blaurote Hände. Dann bemerkte ich ihre graublauen Augen, die direkt in meine sahen. Sie sahen aus wie die Augen der Meisterin des Universums. Sie sagten zu mir: *Hallo. Hier bin ich. Das Leben geht weiter.*

Seit ich nüchtern wurde, bin ich nie wieder okay gewesen, keinen einzigen Augenblick. Ich bin erschöpft und verängstigt und wütend gewesen. Ich bin überwältigt und gelangweilt und über alle Maßen depressiv und nervös gewesen. Ich bin voller Staunen und Ehrfurcht gewesen und begeistert und zum Platzen glücklich. Und bin dabei permanent vom Großen Schmerz erinnert worden: *Es geht vorbei; bleib hier.*

Ich bin nicht okay, ich bin lebendig.

GESPENSTER

*Ich bin schon ein bisschen kaputt auf die Welt
gekommen, mit einer Extraportion Sensibilität.*

Irgendein Megamist, den ich in meinen ersten
Memoiren über mich verzapft habe

In meinen Zwanzigern dachte ich, es gäbe irgendwo die vollkommene Frau. Sie war bereits beim Aufwachen wunderschön, nie verquollen, mit reiner Haut, elastischem Haar, sie hatte Glück in der Liebe, war furchtlos, gelassen und zuversichtlich. Ihr Leben war ... leicht. Sie suchte mich heim wie ein Gespenst. Ich tat alles, um zu ihr zu werden.

In meinen Dreißigern zeigte ich dem Gespenst den Mittelfinger. Ich gab den Versuch auf, die vollkommene Frau zu werden, und beschloss, «meine Unvollkommenheit zu feiern». Ich erhob Anspruch auf eine neue Identität: die menschliche Havarie! Ich verkündete allen, die es hören wollten, Folgendes: «Ich bin kriegsversehrt, ich bin chaotisch, und ich bin stolz auf meine Fehler! Ich liebe die armselige Version von Menschlichkeit, die ich repräsentiere! Ich bin defekt und wunderschön! Vollkommene Frau, du kannst mich mal!»

Das Problem war nur, dass ich immer noch glaubte, es gäbe die ideale Frau, nur ich wäre sie eben nicht. Das Problem war, dass ich mich noch immer von Gespenstern heimsuchen ließ. Ich hatte lediglich beschlossen, unter Missachtung der Vollkommenheit zu leben, anstatt sie weiter anzustreben. Rebellion ist genauso ein Käfig wie Angepasstsein. Beides bedeutet, in Reaktion auf die

Vorgaben anderer zu leben, anstatt sich seinen eigenen Weg zu bahnen. Freiheit bedeutet nicht, sich für oder gegen ein Ideal zu entscheiden, sondern sich eine von Grund auf eigene Existenz zu erschaffen.

Vor ein paar Jahren interviewte mich Oprah Winfrey zu meinen ersten Memoiren. Sie schlug das Buch auf und las mir meine eigenen Worte vor: *Ich bin schon ein bisschen kaputt auf die Welt gekommen.* Dann machte sie eine Pause, hob den Blick und fragte: «Würden Sie sich immer noch auf diese Weise beschreiben? Als kaputt?» Ihre Augen funkelten. Ich sah sie an und erwiderte: «Nein, eigentlich nicht. Das ist lächerlich. Ich glaube, solcher Aussagen wegen hat Jesus ausschließlich in den Sand geschrieben.»

Kaputt bedeutet: *funktioniert nicht, erfüllt den Zweck nicht, zu dem er/sie/es geschaffen wurde.* Ein kaputter Mensch ist jemand, die *nicht dem Zweck entsprechend funktioniert, zu dem Menschen geschaffen wurden.* Wenn ich über meine Erfahrung als Mensch nachdenke und über das, was aufrichtige Menschen mir über ihre menschlichen Erfahrungen erzählt haben und über die Erfahrungen jedes einzelnen historischen oder gegenwärtigen menschlichen Wesens, mit dem ich mich je auseinandergesetzt habe, wird offensichtlich, dass wir alle auf die gleiche Art und Weise funktionieren:

Wir verletzen andere und werden von anderen verletzt. Wir fühlen uns ausgeschlossen, neidisch, nicht gut genug, krank und erschöpft. Wir haben unerfüllte Wünsche, und es gibt Dinge, die wir zutiefst bedauern. Wir sind uns sicher, dass wir zu mehr bestimmt waren, und glauben gleichzeitig, wir hätten nicht einmal das, was wir haben, verdient. Wir fühlen uns erst wie im Rausch und dann betäubt. Wir wünschten, unsere Eltern hätten uns besser behandelt. Wir wünschten, wir könnten unsere Kinder besser behandeln. Wir betrügen und werden betrogen. Wir lügen und werden belogen. Wir verabschieden uns von Tieren, Orten und Menschen, ohne die wir nicht leben können. Wir haben furchtbare Angst zu sterben. Und: furchtbare Angst zu leben. Wir haben uns verliebt und wieder entliebt, und andere haben sich in uns verliebt und wieder entliebt. Wir fragen uns, ob das, was uns in jener Nacht geschah, bedeutet, dass wir uns nie wieder ohne Angst berühren lassen können. Wir leben mit brodelnder Wut. Wir sind verschwitzt, aufgebläht, flatulent, fettig. Wir lieben unsere Kinder, wir sehnen uns nach Kindern, wir möchten auf keinen Fall Kinder. Wir befinden uns im Krieg mit unserem Körper, unserem Geist, unserer Seele. Wir befinden uns im Krieg miteinander. Wir wünschten, wir hätten ihnen all das gesagt, als sie noch da waren. Sie sind noch da, aber wir sagen ihnen all das trotzdem nicht. Wir wissen, dass wir es niemals tun werden. Wir verstehen uns selbst nicht. Wir verstehen nicht, weshalb wir die verletzen, die wir lieben. Wir wünschen uns Vergebung. Wir können nicht vergeben. Wir verstehen Gott nicht. Wir glauben. Wir glauben auf gar keinen Fall. Wir sind einsam. Wir wollen alleingelassen werden. Wir wollen dazugehören. Wir wollen geliebt werden. Wir wollen geliebt werden.

Wenn diese Erfahrungen allen Menschen gemeinsam sind, woher kommt dann die seltsame Vorstellung, es gäbe eine andere, bessere, perfektere, weniger kaputte Art und Weise, Mensch zu sein? Wo ist dieses menschliche Wesen, das «korrekt» funktioniert und mit dem wir alle uns ständig vergleichen? Wer ist sie? *Wo* ist sie? Was, wenn ihr Leben in Wirklichkeit doch nicht so ist?

Ich befreie mich in dem Augenblick, als mir klarwurde, dass mein Problem nicht darin besteht, als Mensch nicht gut genug zu sein; mein Problem besteht darin, dass ich als Gespenst nicht gut genug bin. Da ich kein Gespenst sein muss, habe ich kein Problem.

Wenn man sich unwohl fühlt – große Schmerzen leidet, vor Sehnsucht vergeht, wütend oder durcheinander ist –, dann hat man kein Problem, man ist lebendig. Ein Mensch zu sein, ist nicht deshalb schwer, weil man es falsch macht, es ist schwer, weil man es richtig macht. Die Tatsache, dass Menschsein schwer ist, lässt sich nicht ändern. Deshalb ist es unerlässlich, die Vorstellung aufzugeben, dass es jemals leicht gemeint war.

Ich werde mich nie wieder als kaputt, mangelhaft oder unvollkommen bezeichnen. Ich werde aufhören, Gespenstern hinterherzujagen, weil die Jagd nach Gespenstern mich ermüdet hat. Und weil ich eine Frau bin, die nicht mehr an Gespenster glaubt.

Ich bitte also um Erlaubnis, meine Selbstbeschreibung neu zu formulieren:

Ich bin vierundvierzig Jahre alt. Ich bin, inklusive der Haare an meinem Kinn und meines Schmerzes und meiner Widersprüchlichkeiten, makellos und unkaputt. Es gibt mich nur so.

Ich werde von nichts mehr heimgesucht.

LÄCHELN

Vor zwei Jahren schenkten meine Schwester und ich unseren Eltern zu Weihnachten eine Reise nach Paris, und zwar in Form eines Schecks. Sie waren so gerührt und stolz, dass sie den Scheck, anstatt ihn einzulösen, rahmten und ihn sich ins Wohnzimmer an die Wand hängten. Also setzten wir im nächsten Jahr noch eins drauf. Wir buchten vier Flugtickets nach Paris und beschlossen, unsere Eltern persönlich in der Stadt ihrer Träume abzuliefern. Wir wohnten in einem winzigen Apartment mit Blick auf den Eiffelturm. Ich war noch nie in Europa gewesen. Ich war verzaubert.

Paris ist elegant und alt. In Paris zu sein, gab mir ein Gefühl von Eleganz und Jugendlichkeit. Es half mir, Amerika unsere Arroganz und unsere Raserei zu verzeihen. In Paris, umgeben von den Überresten antiker Thermen, historischen Guillotinen und mehr als tausend Jahre alten Kirchen, entfalten sich Makel und Schönheit der Menschheit wie ein Wandbild. Wir in Amerika sind immer noch so neu. Wir halten uns immer noch für Eroberer und Abtrünnige. Wir versuchen immer noch, ständig überall die «Ersten» zu sein. Ist das zu glauben? Wir wetteifern um die Aufmerksamkeit unserer Eltern, obwohl wir gar keine haben. Deswegen sind wir so nervös. Paris ist nicht nervös. Paris ist ruhig und gelassen. Sie lässt sich durch nichts so leicht aus der Fassung bringen und kennt bereits die Texte sämtlicher Lieder. Wohin ich in Paris auch schaute, ich fand überall den Beweis, dass Oberhäupter kommen und gehen, Bauten entstehen und verfallen, Revolutionen beginnen und enden; nichts – so großartig es auch sein mag – währt ewig. Paris sagt mir: Wir sind nur so kurz hier.

Wieso nehmen wir nicht einfach eine Weile Platz, bei einer guten Tasse Kaffee, netter Gesellschaft, etwas zu essen? Hier hat man mehr Zeit, Mensch zu sein, weil man mehr Zeit hatte zu lernen, wie Mensch sein geht.

Bei unserem Besuch im Louvre betraten wir auch den *Mona-Lisa*-Saal. Vor dem berühmten Gemälde tummelten sich Hunderte Menschen, rempelnd, drängelnd, Selfies schießend.

Ich sah mir das Bild aus der Ferne an und versuchte, ihm gerecht zu werden. Ich begriff nicht, was die ganze Aufregung sollte. Ich fragte mich, ob die vielen drängelnden Menschen es wussten oder ob sie alle nur so taten als ob. Eine Frau kam zu mir und stellte sich neben mich.

Sie sagte: «Es gibt eine Theorie zu Mona Lisas Lächeln. Möchten Sie sie hören?»

«Ja, bitte», sagte ich.

«Mona Lisa und ihr Ehemann hatten ein Kind verloren. Einige Zeit später beauftragte ihr Mann den Maler da Vinci mit diesem Porträt, zur Feier der Geburt eines neuen Kindes. Mona Lisa saß Leonardo Modell, doch sie lächelte nicht. Jedenfalls lächelte sie nie ganz. Es heißt, da Vinci wollte sie zu einem breiteren Lächeln überreden, aber Mona Lisa weigerte sich. Sie wollte nicht, dass die Freude über das neue Kind den Schmerz über den Verlust des gestorbenen auslöschte. In diesem halben Lächeln steckt ihre halbe Freude. Vielleicht steckt aber auch ihre ganze Freude darin und gleichzeitig ihr ganzer Schmerz. Sie sieht aus wie eine Frau, für die gerade ein Traum in Erfüllung geht und die den verlorenen Traum noch in sich trägt. Sie wollte, dass ihr Gesicht ihr ganzes Leben widerspiegelt. Sie wollte, dass sich alle anderen ebenfalls daran erinnern, damit sie selbst nicht heucheln muss.»

Jetzt verstehe ich den Hype um dieses Bild. Mona Lisa ist die Schutzheilige der ehrlichen, entschlossenen, vollkommen menschlichen Frauen – Frauen, die fühlen, und Frauen, die wissen. Sie spricht uns aus der Seele:

Sag mir nicht, dass ich lächeln soll.

Ich werde nicht gefällig sein.

Sogar in diesem aufs Zweidimensionale reduzierten Zustand kannst du in meinem Gesicht die Wahrheit lesen.

In meinem Gesicht ist die Brutalität und die Schönheit meines Lebens zu sehen.

Die Welt wird ihren Blick nicht davon abwenden können.

ZIELE

Als ich mit Chase schwanger wurde und aufhörte zu trinken, Drogen zu nehmen, mich zu erbrechen, dachte ich, das wäre vielleicht meine letzte Chance, damit aufzuhören, ein schlechter Mensch zu sein, und endlich gut zu werden. Ich heiratete den Vater von Chase und lernte kochen und putzen und das Vortäuschen von Orgasmen. Ich war eine gute Ehefrau. Ich bekam drei Kinder und stellte deren Bedürfnisse so weit über meine eigenen, dass ich vergaß, dass ich überhaupt Bedürfnisse hatte. Ich war eine gute Mutter. Ich begann zur Kirche zu gehen, lernte Gott fürchten und denen, die von sich behaupteten, Gott zu repräsentieren, nicht zu viele Fragen zu stellen. Ich war eine gute Christin. Ich verfolgte aufmerksam sämtliche Schönheitstrends, färbte mir die Haare und bezahlte dafür, mir Gift in die Stirn spritzen zu lassen, damit man mir die Erschöpfung nicht ansah, welche die große Kraftanstrengung mit sich brachte, auch auf dem Gebiet der Schönheit gut zu sein. Ich fing an zu schreiben und veröffentlichte Bestseller und sprach im ganzen Land vor ausverkauften Rängen. Weil es einer Frau nicht gut gehen darf, wenn sie nicht auch Gutes tut, wurde ich zum Gutmenschen für die Welt. Ich sammelte zig Millionen Dollar für Menschen in Not und für mich selbst ein Schlafdefizit von zehn Jahren, um die Post wildfremder Menschen zu beantworten.

Du bist eine *gute* Frau, Glennon, sagten sie.

War ich auch. Ich war furchtbar gut. Und ich war erschöpft, nervös und wusste nicht mehr weiter. Ich dachte, es läge daran, dass ich immer noch nicht gut genug war; ich musste mich einfach noch ein bisschen mehr anstrengen.

Die Untreue meines Mannes war ein zweischneidiges Geschenk, weil sie mich dazu zwang, zu erkennen, dass es nicht reichte, eine gute Ehefrau zu sein, um meine Ehe zu retten. Dass es nicht reichte, eine gute Mutter zu sein, um meine Kinder vor Schmerz zu bewahren. Dass es nicht reichte, eine gute Weltretterin zu sein, um meine eigene Welt zu retten.

Schlecht zu sein, hatte mich fast umgebracht. Aber dasselbe galt auch fürs Gutsein.

Ich erinnere mich an das Gespräch mit einer guten Freundin, damals zu der Zeit. Sie sagte zu mir: «G, erinnerst du dich an dieses wunderbare Zitat von Steinbeck? ‹Weil du nicht vollkommen sein musst, kannst du gut sein.›» Dieser Spruch steht seit Jahren auf meinem Schreibtisch. Erst gestern Abend fiel mein Blick darauf, und ich dachte: Ich habe es satt, gut zu sein. Ich habe es so unendlich satt.

Es ist höchste Zeit, den Spruch abzuändern. Wie wäre es damit?

«Weil wir nicht gut sein müssen, können wir frei sein.»

ADAM UND KEYS

Vor ein paar Jahren verkündete Alicia Keys der Welt, sie hätte die Nase voll davon, sich zu schminken. Sie sagte: «Ich will mich nicht mehr verstecken. Mein Gesicht nicht, meinen Geist nicht, meine Seele nicht, meine Gedanken nicht, meine Träume nicht, meine Kämpfe nicht ... Nichts.»

Das ist es!, dachte ich.

Kurze Zeit später las ich ein Interview mit Adam Levine. Er sagte, er hätte bei der Aufzeichnung zu einer gemeinsamen Fernsehshow kurz einen Blick in Alicia Keys' Garderobe geworfen. Sie saß mit dem Rücken zu ihm, beugte sich zum Spiegel vor und war dabei, sich die Lippen anzumalen.

Er sagte lächelnd: «Ach! Ich dachte, Alicia schminkt sich nicht mehr.»

Sie drehte sich zu ihm um, sah ihn an, Lippenstift in der Hand, und sagte: «Ich tue, was zum Teufel ich will!»

Das ist es!

OHREN

Meine Töchter sind sehr unterschiedlich. Bei Tish versuchte ich noch, eine gute Mutter zu sein, doch dann hatte ich es satt. Als Amma meinen Geburtskanal passierte, drückte ich ihr nur noch ein iPad in die Hand und wünschte ihr für ihre Reise viel Glück. *Unabhängig* ist eine Möglichkeit, Amma zu beschreiben. Eine weitere ist *auf sich gestellt*. Dieser Erziehungsansatz (Rückzug?) hat ihr gutgetan. Sie zieht an, was sie will, und sagt, was sie will, und meistens tut sie, was sie will. Amma hat sich selbst erschaffen, und sie ist eine wunderbare Erfindung, mit der sie selbst sehr zufrieden ist.

Als wir neulich um den Küchentisch saßen, sagte Tish, sie hätte das Gefühl, mehr trainieren zu müssen, wenn sie je eine gute Fußballspielerin werden wollte. Wir fragten Amma, ob sie dasselbe auch von sich sagen würde. Amma biss in ihre Pizza und sagte. «Nee. Ich bin schon super.» Sie ist *zwölf*. Oder elf? Ich habe drei Kinder, die alle jedes Jahr ein anderes Alter haben. Ich weiß nur, dass sie sich in der Phase befinden, die nach dem Krabbelalter kommt und vor dem College. Irgendwo an diesem Sweetspot.

Vor Jahren, als ich mitten in dem Entscheidungswirrwarr steckte, ob ich meine Ehe retten oder beenden sollte, bettelten die Mädchen darum, sich Ohrringe stechen lassen zu dürfen. Dankbar für die Ablenkung sagte ich ja. Ich fuhr mit ihnen in die Mall, und sobald das Piercing-Studio in Sicht kam, rannte Amma voraus, sprang auf den Behandlungsstuhl und verkündete der überraschten Piercerin, die irgendwo in ihren Zwanzigern war: «Los geht's!» Als ich endlich aufgeholt hatte, drehte die Frau sich zu mir um und fragte: «Sind Sie die Mutter?»

«Ich versuche es», antwortete ich.

«Okay. Wollen Sie, dass ich beide Ohren auf einmal steche oder eins nach dem anderen?»

Amma sagte: «Beide. Mach schon! LOS jetzt!» Dann kniff sie die Augen zu, biss die Zähne zusammen und spannte sämtliche Muskeln an wie ein Mini-Hulk. Als die Piercerin ihr die Ohrlöcher stach, kamen ihr ein paar Tränen, die sie sofort wegwischte. Ich sah Amma an und dachte: *Sie ist unglaublich. In sechs Jahren ist sie eine Schwerverbrecherin.* Sirrend vor Adrenalin sprang sie vom Stuhl.

Die anwesenden Frauen lachten. «Wow!», sagten sie. «Wie mutig von ihr!»

Tish stand neben mir und beobachtete das Ganze. Sie winkte mich zu sich herunter und flüsterte mir ins Ohr. «Weißt du, Mom, ich hab's mir anders überlegt. Ich will mir heute keine Ohrlöcher stechen lassen.»

«Bist du sicher?», fragte ich.

Sie warf einen scheuen Blick auf Ammas Ohrläppchen: Sie sahen aus wie Kirschtomaten.

Amma sagte: «Komm schon, Tish! Man lebt nur einmal!»

Tish antwortete: «Warum sagt man das eigentlich immer, wenn man was Gefährliches vorhat? Warum sagt man nicht ‹Man lebt nur einmal, besser, man stirbt nicht zu früh›?»

Sie sah mich an und sagte: «Ich bin mir sicher.»

«Du bist dran, Honey», sagte die Piercerin an Tish gewandt.

Ich wartete darauf, dass Tish das Wort ergriff. «Nein, danke», sagte sie. «Ich bin noch nicht bereit dazu.»

«Jetzt komm schon», antwortete die Frau. «Du schaffst das! Trau dich! Schau doch nur, wie mutig deine kleine Schwester war.»

Tish sah mich an, ich drückte ihre Hand, und wir verließen das Studio. Sie war ein bisschen beschämt und ich mehr als nur ein bisschen genervt.

Ich glaube nicht, dass mutig sein die Bedeutung hat, die wir dem Wort normalerweise geben.

Wir bringen unseren Kindern bei, dass Mut *Angst haben und es trotzdem tun* bedeutet, aber ist das wirklich die Definition von Mut, die wir ihnen fürs Leben mitgeben wollen?

Ich stelle mir vor, wenn sie mit siebzehn in einem Auto unterwegs ist, am Steuer ihr halbwüchsiger Kumpel, und zu mir sagt, dass sie ins Kino gehen, obwohl sie in Wirklichkeit unterwegs zu einem Saufgelage sind – wie ich ihr dann nachrufe: «Ciao, Schatz! Sei schön mutig heute Abend! Was ich damit sagen will: Wenn du in eine Situation kommst, die dir Angst macht, und du dich vor dem, zu was deine Freunde dich überreden wollen, in Wirklichkeit fürchtest – dann bitte! Hör bloß nicht auf deine Angst und tu es trotzdem! Lass dein Bauchgefühl am besten ganz weit links liegen!»

Nein. Das ist nicht die Vorstellung von Mut, die ich meinen Kindern mitgeben will. Ich will nicht, dass meine Kinder zu Menschen werden, die sich selbst im Stich lassen, um den anderen zu gefallen.

Mutig sein heißt nicht, Angst zu haben und es trotzdem zu tun.

Mutig sein heißt, von innen nach außen zu leben. Mutig sein heißt, sich in jedem Moment der Unsicherheit nach innen zu wenden, nach dem inneren Wissen zu tasten und es laut zu artikulieren.

Weil das innere Wissen immer individuell ist, persönlich, und sich ständig verändert, gilt dasselbe auch für den Mut. Ob jemand mutig ist oder nicht, kann niemals von außen beurteilt werden. Manchmal heißt mutig sein, die anderen in dem Glauben zu lassen, man wäre feige. Manchmal heißt mutig sein, alle anderen im Stich zu lassen, nur sich selbst nicht. Ammas Mut heißt oft: Laut sein und mit Karacho mittendurch! Tishs Mut heißt oft: Still sein und abwarten. Sie sind beide mutige Mädchen, weil jede sich selbst treu ist. Bei ihnen gibt es keine Diskrepanz zwischen ihrem inneren Fühlen und Wissen und ihrem äußeren Handeln. Sie haben ihr Selbst integriert. Sie sind integer.

Tish hat an jenem Tag enormen Mut bewiesen, weil die Wahrung ihrer Integrität von ihr verlangte, dem Druck von außen zu widerstehen. Sie vertraute ihrer eigenen Stimme mehr als den Stimmen der anderen. Mutig sein heißt nicht, die anderen zu fragen, was Mut ist. Mutig sein heißt, für sich selbst zu entscheiden.

Auf der Rückfahrt sagte ich zu ihr: «Tish, ich weiß, dass die Dame dir heute das Gefühl gegeben hat, feige zu sein. Die Menschen haben verschiedene Vorstellungen davon, was Mut bedeutet. Du bist heute sehr mutig gewesen, denn mutig sein heißt, das zu tun, was dein inneres Wissen dir sagt. Anstatt andere zu fragen, was mutig sein bedeutet, fühlst und weißt du in dir, was mutig ist. Dein Wissen, was du tun sollst, kann manchmal das Gegenteil von dem sein, was andere dir vorschreiben wollen. Es braucht viel Mut, dir treu zu bleiben, wenn die anderen dich unter Druck setzen und von dir erwarten, dass du dich verrätst. Es ist viel einfacher, nachzugeben. Du hast dem Druck der anderen heute nicht nachgegeben. Du bist stark geblieben, du hast zu deinen Gefühlen und deinem inneren Wissen gestanden. In meinen Augen ist das der größte Mut. Das ist echtes Selbstvertrauen, damit meine ich *Loyalität zu dir selbst.* Damit bewegst du dich durch die Welt, Tish: mit wahrem Selbstvertrauen. Ganz egal, was andere in dem Moment für ‹mutig› halten: Du bleibst dir selbst treu.

Wenn es dir gelingt, weiter mit diesem Vertrauen in dich selbst zu leben, wird sich dein Leben exakt so entfalten, wie es dir bestimmt ist. Das heißt nicht, dass es immer angenehm sein wird. Manche werden deinen Mut erkennen; andere nicht. Manche werden dich verstehen und mögen; andere nicht. Aber die Reaktion von anderen Menschen auf dein Selbstvertrauen ist unwichtig. Wichtig ist nur, dass du dir treu bleibst. Auf die Weise wirst du immer wissen, dass die, die dich mögen und lieben, auch wirklich deine Leute sind. Du wirst nie gezwungen sein, dich zu verstecken oder zu schauspielern, um Leute an dich zu binden, wenn du dich von vornherein nicht versteckst und ihnen nichts vormachst, um sie zu kriegen.»

Mutig sein heißt, alle anderen im Stich zu lassen, um sich selbst treu zu bleiben.

So lautet das Gelübde eines Mädchens mit Vertrauen in sich selbst.

BEDINGUNGEN

Ich lernte Liz am Flughafen kennen. Wir waren beide als Rednerinnen auf dieselbe Veranstaltung eingeladen, irgendwo im Westen. Ich flog die ganze Nacht, um ans Ziel zu kommen, und fand mich in einem winzigen Flughafenterminal wieder, außerhalb eines geschlossenen Kreises aus anderen Rednerinnen, die darauf warteten, abgeholt und zum Veranstaltungsort gekarrt zu werden. Ich hasse es, wenn Menschen einen Kreis bilden. Ich wünschte, wir würden uns angewöhnen, stattdessen im Hufeisen herumzustehen, eine Form, die immer auch den scheuen Außenseiterinnen Platz lässt, sich anzuschließen.

Eine Frau kam vom Gepäckband und stellte sich zu mir. Ich lächelte stumm, meine Strategie, um solche Situationen durchzustehen. Sie lächelte zurück, aber ihr Lächeln war anders. Mein Lächeln sagt: *Hallo, ich bin freundlich, höflich und nicht verfügbar.* Mein Lächeln ist ein Punkt. Liz lächelt gemächlich und ganz offen, ihr Lächeln ist ein Fragezeichen.

«Hi. Ich bin Liz.»

«Ich weiß», sagte ich. «Ich liebe Ihre Bücher. Ich bin Glennon.»

«Oh Gott! Ich kenn Sie. Und ich liebe, was Sie tun! Wo kommen Sie her?»

«Ich lebe in Naples, Florida.»

«Wie lebt es sich dort?»

«Sehr langsam. Es ist eine Rentnerstadt. Ich würde sagen, das Durchschnittsalter in meiner Nachbarschaft liegt ungefähr bei achtzig. Das wirklich Coole daran ist, dass ich mir keine Sorgen ums Altwerden machen muss. Die meisten meiner Freundinnen werden langsam vierzig und haben alle Angst, alt auszusehen.

Ich nicht. Ich fühle mich phantastisch. Wie ein junges Küken. Ich gehe ins Fitnessstudio, schaue mir die ganzen Großeltern an und denke: ‹Eigentlich kann ich gleich wieder gehen. Ich sehe super aus!› Alles eine Frage der Perspektive, oder? Ich sage meinen Freundinnen immer, sie sollen ihr Botox-Abo kündigen und einfach nach Naples ziehen.»

«Toll», sagt Liz. «Wie sind Sie da gelandet?»

«Ich habe mich vor ein paar Jahren mit Lyme-Borreliose infiziert. Mein ganzer Körper streikte, ich lag zwei Jahre im Bett und schmiss täglich fünfzig Pillen ein. Dann habe ich eine Freundin in Naples besucht, und mir ging es auf einen Schlag viel besser. Also zog ich vorübergehend nach Naples, konnte die Tabletten absetzen und beschloss zu bleiben. Ich wollte schon immer am Strand leben. Ich glaube, wir Frauen müssen immer erst fast sterben, ehe wir uns die Erlaubnis geben, so zu leben, wie wir wollen.»

Liz legte mir die Hand auf den Arm und sagte: «Moment. Warten Sie kurz. Wow! Können Sie das – das mit dem Fast-sterben-Müssen – bitte noch mal wiederholen?»

Ich sagte: «Nein, tut mir leid. Ich bin ein bisschen nervös. Ich habe keine Ahnung mehr, was ich eben gesagt habe.»

Sie lächelte mich an. «Ich mag Sie!», sagte sie.

«Ich Sie auch!»

Am nächsten Abend hörte ich mir, so wie alle anderen Teilnehmer der Tagung auch, Liz' Vortrag an. Ich kam extra früh und sicherte mir einen Platz weit vorne, etwas am Rand – nah genug, um sie deutlich zu sehen, aber nicht nah genug für sie, um mich deutlich zu sehen. Sie stand in einer schwarzen Bluse mit aufgestelltem weißen Kragen hinter dem Rednerpult wie eine Priesterin auf der Kanzel. Dann fing sie an zu sprechen, und ich hielt den Atem an. Aus ihr sprachen Sanftmut und Autorität. In der ersten Reihe saß ein Mann, der sich mit der Frau neben ihm unterhielt. Liz unterbrach mitten im Satz, wandte sich an ihn und bat ihn, damit aufzuhören. Er tat es. Etwas an der Art, wie sie redete, etwas an ihrem Benehmen, ließ mein Herz schneller schlagen. Sie wirkte bestimmt, entschlossen, frei, entspannt. Sie fügte sich nicht, und sie rebellierte nicht. Sie erschuf etwas vollkommen Neues. Sie war *ursprünglich*. «Kannst du das bitte alles noch mal sagen?», hätte ich sie am liebsten gefragt.

Am nächsten Abend waren sämtliche Rednerinnen zu einem ausgefallenen Festessen in einer Skihütte auf einem Berg eingeladen. Vor den raumhohen Fenstern wirbelten die Schneeflocken, und drinnen wirbelten die Menschen durcheinander in dem Versuch, herauszufinden, wo ihr Platz war und wer wichtig genug war, um als Gesprächspartnerin herzuhalten.

Ich entdeckte Liz in einer Ecke des Raums, umringt von einer Traube Menschen. Meine Methode, um Menschen zu würdigen, die ich bewundere, ist, sie in Ruhe zu lassen. An diesem Abend ignorierte ich meine Methode. Ich ging zu ihr hinüber, und als sie mich sah, lächelte sie. Es war wie ein Neubeginn. Ich trat näher und schloss mich der Traube an. Der ganze Kreis bombardierte Liz mit Fragen und Bitten um Rat, als hätte sie einen Bauchladen dabei. Ich wäre den anderen am liebsten auf die Zehen getreten.

Nach einer Weile trat die Gastgeberin der Veranstaltung zu der Gruppe und sagte zu Liz: «Es wird langsam Zeit, die Plätze einzunehmen. Darf ich Sie an Ihren Tisch begleiten?»

Liz zeigte auf mich und sagte: «Kann ich bei meiner Freundin sitzen?»

Die Frau wirkte nervös und machte ein verlegenes Gesicht. «Es tut mir leid. Wir haben unseren Sponsoren versprochen, dass Sie bei ihnen am Tisch sitzen würden.»

«Okay», sagte sie. Sie wirkte einsam und verlassen. Sie drückte meinen Arm und sagte: «Ich werde dich vermissen.»

Während des Abendessens dachte ich darüber nach, wie sehr ich Liz mochte und wie traurig es war, dass wir keine Freundinnen werden konnten. Der Versuch, Liz' Freundin zu werden, wäre so, als würde ich vorsätzlich einen ungedeckten Scheck ausstellen. Ich bin keine gute Freundin. Ich war nie fähig oder willens, mich zu den Wartungsbedingungen zu verpflichten, welche die Gesetze der Freundschaft erfordern. Ich kann mir keine Geburtstage merken. Ich will mich nicht zum Kaffeetrinken treffen. Ich schmeiße keine Babypartys. Ich antworte nicht auf Nachrichten, weil diese Hin-und-her-Schreiberei nichts weiter ist als ein ewiges Pingpongspiel. Ohne Ende. Es ist unausweichlich, dass ich meine Freundinnen früher oder später enttäusche. Deshalb hatte ich irgendwann die Nase voll und beschloss, keine weiteren Versuche mehr zu unternehmen. Ich will nicht in konstanter Verpflichtung leben. Das ist für mich völlig in Ordnung. Ich habe eine Schwester und Kinder und einen Hund. Man kann nicht alles haben.

Ein paar Wochen nach der Veranstaltung bekam ich eine E-Mail von Liz. Sie fand, wir sollten es mit Freundschaft versuchen. Sie schickte mir folgende Zeilen:

Ich ehre deine Götter,
Ich trinke aus deiner Quelle,
Ich betrete den Ort unserer Zusammenkunft ohne
gepanzertes Herz.
Ich komme frei von Erwartungen,
Ich werde mich nicht selbst zurücknehmen, um etwas
zu erreichen,
Ich lasse mich nicht enttäuschen.

Damit bot Liz mir eine völlig neue Anleitung für das Konzept der Freundschaft an: eine Freundschaft, die frei war von tyrannischen Regeln, von Verpflichtungen oder Erwartungen. Wir würden einander nichts schulden als gegenseitige Bewunderung,

Respekt und Liebe – und das war bereits geschehen. Wir wurden Freundinnen.

Eine Weile später lud ich Liz ein, mich besuchen zu kommen. Ich hatte Abby kurz zuvor kennengelernt und verbrachte meine Tage in einem Zustand der Überwältigung. Ich war zum ersten Mal im Leben wahrhaftig verliebt und hatte außer mit meiner Schwester mit niemandem darüber gesprochen. Am ersten Abend blieben Liz und ich ewig lange wach und sprachen über alles Mögliche, nur nicht über mein verzweifeltes Herz, meinen schmerzenden Körper und meinen völlig benebelten Verstand.

Am nächsten Morgen um 05:30 Uhr klingelte mein Wecker, was nicht weiter schlimm war, ich war sowieso längst wach. Ich stand auf und schlich auf Zehenspitzen in die Küche, um Liz nicht zu wecken. Ich nahm meine Kaffeetasse und ging nach draußen in den Garten. Es war immer noch dunkel und kalt, nur ein rosaroter Streifen am Horizont verkündete den nahenden Sonnenaufgang. Ich stand da, starrte in den Himmel, und wie an jedem einzelnen Tag, seit ich Abby kennengelernt hatte, dachte ich: *Hilf mir. Bitte.*

In dem Moment fiel mir eine Geschichte ein. Es ist die Geschichte einer Frau, die allein auf einem verschneiten Berg strandete. Sie betete verzweifelt darum, von Gott errettet zu werden, ehe sie erfror. Sie schickte Stoßgebete zum Himmel: «Wenn es dich gibt, Gott, dann hilf mir!»

Kurz darauf kreiste ein Hubschrauber über ihr und ließ eine Leiter zu ihr herab.

«Nein!», sagte die Frau. «Ich warte auf Gott.»

Als Nächstes kam ein Ranger vorbei und fragte: «Brauchst du Hilfe, Schwester?»

«Nein! Verschwinde! Ich warte auf Gott!»

Die Frau erfror. Sie erreichte – stocksauer – das Himmelstor und rief: «WARUM, GOTT? Warum hast du mich sterben lassen?»

Gott sagte: «Hör mal, Schätzchen, ich hab dir einen Hubschrauber geschickt. Ich hab dir einen Ranger geschickt. Worauf zur Hölle hast du gewartet?»

Mir kam folgender Gedanke: *Ich hocke hier und erfriere, während Liz Gilbert, live und in Farbe, eine Freundin, die ich bewundere, liebe und der ich vertraue – und die zufällig ganz nebenbei noch eine weltweit anerkannte spirituelle Lehrerin ist – oben in meinem Gästezimmer schläft. Vielleicht ist Liz meine Rangerin.*

Als sie aufwachte, fand Liz mich im Schlafanzug am Fuß der Treppe, verheult, verzweifelt und kleinlaut.

«Ich brauche dich», sagte ich.

«Okay, Honeyhead.»

Wir setzten uns auf meine Couch, und ich ließ alles raus. Ich erzählte ihr, wie Abby und ich uns kennengelernt hatten, wie wir uns im Laufe der letzten Wochen über E-Mails immer mehr ineinander verliebt hatten, dass unsere Briefe sich anfühlten wie Bluttransfusionen. Jede Mail, die ich las oder schrieb, pumpte mir frisches Leben durch die Adern. Ich erzählte ihr, wie lächerlich und unmöglich das alles war. Es war berauschend und erschreckend, diese Worte aus meinem Mund zu hören – als hätte ich endgültig eine rote Linie überschritten, von der es kein Zurück mehr gab. Ich hatte erwartet, dass sie schockiert war. Ich hatte mich getäuscht. Ihre Augen funkelten, liebevoll amüsiert, sanft, lächelnd. Sie wirkte irgendwie erleichtert.

«Das funktioniert nie», sagte ich.

«Kann sein. Vielleicht ist sie nur eine Tür in Abby-Form, die dich einlädt, das hinter dir zu lassen, was nicht mehr stimmt», sagte sie.

Darauf ich: «Das überlebt Craig nicht.»

Und sie: «Befreiung funktioniert nie in nur eine Richtung, Honeyhead.»

Und wieder ich: «Kannst du dir vorstellen, was das für meine

Eltern bedeuten würde, für meine Freunde, für meine Karriere?»

Und darauf sie: «Ja. Das wäre für alle, die du kennst, erstmal ziemlich ungemütlich. Vielleicht sogar ziemlich lange. Was ist besser: die ungemütliche Wahrheit oder ungemütliche Lügen? Wahrheit ist immer ein Akt liebender Güte, auch wenn sie für andere ungemütlich ist. Unwahrheit ist immer ein Akt der Lieblosigkeit, auch wenn sie anderen ein angenehmes Gefühl bereitet.»

Ich sagte: «Ich kenne sie doch kaum.»

Sie sagte: «Aber du kennst dich.»

Ich fragte: «Was, wenn ich ihretwegen gehe und feststelle, dass es falsch war?»

Sie sah mich an. Sie sagte nichts.

Wir saßen zusammen da und schwiegen. Sie hielt meine Hand, sanft, liebevoll.

Ich sagte: «Ich bin richtig. Was ich fühle, was ich will, was ich weiß. Das ist alles richtig.»

«Ja», sagte Liz. «Du bist richtig.»

Eine freie Frau zu kennen, ist ein Segen. Manchmal kommt sie vorbei und hält dir den Spiegel hin. Sie hilft dir dabei, dich daran zu erinnern, wer du bist.

ERIKAS

Kürzlich rief meine Freundin Erika mich auf dem Handy an. Ich werde nie verstehen, weshalb Leute mich unbedingt auf meinem Mobiltelefon anrufen müssen. Es ist ein furchtbar aggressiver Akt: jemanden an*rufen*. Jedes Mal, wenn mein Telefon klingelt, bekomme ich fast einen Herzinfarkt; als hätte meine Tasche Feuer gefangen und eine Minisirene ausgelöst.

Ich würde gerne die Gelegenheit nutzen, mich zum Thema Textnachrichten zu äußern. Schreiben ist besser als anrufen. *Es sei denn.*

Es sei denn, jemand gehört zu den Leuten, die Textnachrichten raushauen wie Schuldscheine. Außer man gehört zu den Leuten, die glauben, mich anstupsen zu können, wann immer ihnen danach ist, mich einfach mal eben anzupingen, Leute, die glauben, jederzeit mit einem schrillen *Hiiiii!* in meinen Tag reingrätschen zu dürfen, und die sich selbstredend dermaßen zu einer Reaktion berechtigt fühlen, dass sie, wenn wir uns das nächste Mal sehen, ein verletztes Gesicht aufsetzen und mir mit flüsternder Stimme zuraunen: «Hey! Wie geht es dir??? Du hast dich gar nicht mehr gemeldet ...» Gerade in diesem Augenblick habe ich 183 unbeantwortete Textnachrichten. Textnachrichten sagen mir definitiv nicht, wo's langgeht, genauso wenig wie ihre Verfasserinnen. Ich habe beschlossen, und zwar ein für alle Mal, dass ich nicht zu einer Antwort verpflichtet bin, nur weil jemand mir eine Textnachricht schreibt. Würde ich das anders sehen, würde ich den ganzen Tag nervös und mit Schuldgefühlen durch die Gegend laufen, würde nur noch reagieren, anstatt zu kreieren.

So. Nun, da wir festgestellt haben, weshalb ich keine Freunde habe, kehren wir wieder zu Erika zurück.

Erika und ich waren zusammen auf dem College. Sie war eine geborene Künstlerin, studierte aber BWL, weil ihre Mutter Managerin war und wollte, dass Erika auch Managerin wird. Erika grollte in jeder einzelnen Minute, die sie in den BWL-Vorlesungen verbrachte. Es ist so gut wie unmöglich, seinen eigenen Weg zu markieren, wenn man den Fußstapfen von jemand anderem folgt.

Wenn Erika in unser Wohnheim zurückkam, erholte sie sich mit Malen von der schrecklichen Langeweile. Sie schloss mit einem BWL-Diplom ab, verliebte sich in einen tollen Typen und suchte sich einen Job im Büro einer Firma, um sein Medizinstudium zu finanzieren. Dann kamen die Kinder, und Erika hängte ihren Job an den Nagel, um zu Hause zu bleiben und sich um sie zu kümmern. Ab und zu hörte sie in sich ein leises Nörgeln, eine Stimme, die sagte, sie sollte wieder anfangen zu malen. Eines Tages erzählte sie mir, sie hätte vor, dieser Sehnsucht endlich Raum zu geben – sich selbst endlich Raum zu geben – und sich an der Kunsthochschule einzuschreiben. Zum ersten Mal seit zehn Jahren hörte ich in ihrer Stimme sprudelnde, feurige Lebendigkeit.

Also ging ich, weil ich mich so für Erikas Entschluss freute, mit folgenden Worten ans Telefon: «Hey! Was macht dein Studium?»

Sie war kurz still. «Ach das», sagte sie. «Das war nur eine alberne Idee. Bret hat so viel zu tun, und die Kinder brauchen mich. Bei näherem Nachdenken kam mir die Kunstschule nur noch egoistisch vor.»

Warum finden wir Frauen es ehrenwert, uns selbst aufzugeben?

Warum kommen wir zu dem Schluss, dass es mit Verantwortung zu tun hat, unsere eigene Sehnsucht zu leugnen?

Warum glauben wir, dass das, was uns begeistert und erfüllt, andere verletzen wird?

Warum misstrauen wir uns selbst dermaßen?

Wir tun es aus folgendem Grund: Weil unsere Kultur auf der Kontrolle über die Frau errichtet wurde und maßgeblich davon profitiert. Die Herrschenden rechtfertigen die Kontrolle über eine Gruppe, indem sie die Massen zu dem Glauben konditionieren, dass dieser Gruppe nicht zu trauen ist. Deshalb beginnt die Kampagne, die uns davon überzeugen soll, Frauen zu misstrauen, früh und kommt von allen Seiten.

Wenn wir kleine Mädchen sind, beharren Familien, Erzieher und Gleichaltrige darauf, dass unsere lauten Stimmen, unsere frechen Ansichten und unsere starken Emotionen «zu viel» sind, zu viel und nicht damenhaft. So lernen wir, unserer Persönlichkeit zu misstrauen.

Kindergeschichten reden uns ein, dass Mädchen, die es wagen, den erlaubten Pfad zu verlassen oder eigene Wege zu gehen, vom großen bösen Wolf angegriffen oder von todbringenden Spindeln gestochen werden. So lernen wir, unserer Neugier zu misstrauen.

Die Schönheitsindustrie überzeugt uns davon, dass unsere Oberschenkel, Naturkrause, Haut, Fingernägel, Lippen, Wimpern, Beinbehaarung und Falten abstoßend sind, dass sie bedeckt und manipuliert werden müssen. So lernen wir, dem Körper, in dem wir wohnen, zu misstrauen.

Die Diätkultur verspricht uns, die Kontrolle über unseren Appetit sei der Schlüssel zu unserem Wert. So lernen wir, unserem Hunger zu misstrauen.

Die Politik besteht darauf, dass unserem Urteil über unseren Körper und unsere Zukunft nicht vertraut werden darf, weshalb unser ureigenes Fortpflanzungssystem von Gesetzgebern kontrolliert werden muss, die wir nicht kennen und die an Orten sitzen, die wir nie gesehen haben.

Das Rechtssystem beweist uns wieder und wieder, dass selbst unseren Erinnerungen und Erfahrungen nicht zu trauen ist. Wenn zwanzig Frauen den Mut finden, auszusagen «Er war es», und er sagt «Nein, ich war es nicht», glaubt man ihm, während man uns jedes Mal wieder ignoriert und verleumdet.

Und die Religion erst, *Jesus Christus*! Die Lehre aus Adam und Eva – die erste prägende Geschichte von Gott und einer Frau, die ich zu hören bekam – lautet folgendermaßen: Wenn eine Frau mehr will, widersetzt sie sich Gott, verrät ihren Partner, verdammt ihre Familie und zerstört die Welt.

Wir sind nicht mit Misstrauen gegen und Angst vor uns selbst zur Welt gekommen. Es war Teil unserer Zähmung. Uns wurde beigebracht zu glauben, dass wir in unserem natürlichen Zustand schlecht und gefährlich sind. Man hat uns die Angst vor uns selbst antrainiert. Deshalb erkennen wir unseren Körper nicht an, nicht unsere Neugier, unseren Hunger, unser Urteilsvermögen, unsere Erfahrung und nicht unseren Ehrgeiz. Stattdessen sperren wir unser wahres Selbst weg. Frauen, die diesen Verschwindezauber besonders gut beherrschen, ernten zur Belohnung das höchste Lob: *Sie ist so selbstlos.*

Ist das zu fassen? Der Inbegriff der Weiblichkeit besteht darin, sich selbst vollkommen zu verleugnen.

Das ist das Endziel jeder patriarchischen Struktur. Denn der effektivste Weg, Frauen zu kontrollieren, ist, sie dazu zu kriegen, sich selbst zu kontrollieren.

Ich habe sehr lange versucht, mich selbst zu kontrollieren.

Ich habe dreißig Jahre lang mein Gesicht mit Tinkturen bedeckt und mit Gift durchtränkt, um meine Haut zu korrigieren. Dann habe ich damit aufgehört. Und meine Haut war gut.

Ich war zwanzig Jahre lang abhängig von Föhn und Glätteisen, um meine Locken zu zähmen. Dann habe ich damit aufgehört. Und meine Haare waren gut.

Ich stopfte mich voll und erbrach mich wieder und hielt jahrzehntelang Diät, um meinen Körper zu kontrollieren. Als ich damit aufhörte, wurde mein Körper so, wie er immer gemeint war. Und auch das war gut.

Ich betäubte mich mit Essen und Alkohol, um meine Wut zu kontrollieren. Als ich damit aufhörte, erkannte ich, dass meine Wut nie bedeutet hatte, dass etwas mit mir nicht stimmte. Meine Wut bedeutete, dass etwas nicht stimmte. *Da draußen.* Und dass es womöglich in meiner Macht stand, das zu ändern. Ich hörte auf, eine stumme Friedenswächterin zu sein, und wurde zur lautstarken Friedensstifterin. Meine Wut war gut.

Ich war betrogen worden. Das Einzige, was jemals tatsächlich nicht mit mir gestimmt hatte, war mein Glaube, mit mir würde etwas nicht stimmen. Ich hörte auf, mein Leben damit zu verbringen, mich selbst zu kontrollieren, und fing stattdessen an, mir zu vertrauen. Wir kontrollieren nur, wenn wir misstrauen. Wir können uns selbst entweder kontrollieren oder lieben, beides geht nicht. Liebe ist das Gegenteil von Kontrolle. Liebe verlangt Vertrauen.

Ich liebe mich jetzt. Selbstliebe bedeutet, dass ich eine Beziehung zu mir habe, die auf Vertrauen und Loyalität basiert. Ich habe das Vertrauen, dass ich mir selbst den Rücken stärke. Meine Loyalität gilt meiner inneren Stimme. Ich werde immer eher die Erwartungen aller anderen in mich links liegenlassen, als dass ich mich selbst links liegenlasse. Ich werde immer eher jeden anderen enttäuschen, als dass ich mich selbst enttäusche. Ich werde immer eher alle anderen im Stich lassen, als dass ich mich selbst im Stich lasse. Ich und mein Selbst: *Bis dass der Tod uns scheide.*

Die Welt braucht mehr Frauen, die sich nicht länger vor

sich selbst fürchten und damit angefangen haben, sich zu vertrauen.

Die Welt braucht Massen von Frauen, die absolut außer Kontrolle sind.

STRANDHÄUSER

Ich habe meiner Blog-Community neulich Folgendes geschrieben: *Tu mit dir selbst, was immer du tun willst*. Jemand antwortete:

Ist es nicht unverantwortlich, uns vorzuschlagen, zu tun, was wir wollen? Wenn ich abends nach Hause komme, will ich mir meistens nur noch eine Flasche Malibu hinter die Binde kippen. Ich glaube nicht, dass ich meinem Verlangen immer nachgeben sollte.

Ich habe eine Freundin, die seit Jahrzehnten ein massives Geldthema hat. Erst neulich hat sie mir erzählt, sie sei *so kurz* davor gewesen, ein sündhaft teures Strandhaus zu mieten, obwohl sie bis über beide Ohren verschuldet ist. Tief in ihrem Inneren wusste sie, dass sie diesem Verlangen nicht trauen durfte, aber sie wünschte sich und ihrer Familie diesen Urlaub so dringend, dass sie bereit war, ihrem Verlangen die Oberhand über ihr inneres Wissen zuzugestehen.

Als ich wissen wollte, warum sie dieses Strandhaus so dringend wollte, senkte sie den Blick auf ihre Hände und sagte: «Ich bin in den sozialen Medien ständig mit diesen Bildern von Familien am Strand konfrontiert. Sie sind glücklich. Sie erholen sich gemeinsam. Sie haben die Scheißtelefone weggelegt und sind einfach nur zusammen. Meine Familie ist im Moment völlig voneinander abgekoppelt. Die Kinder werden so schnell erwachsen. Tom und ich reden kaum noch miteinander. Ich habe das Gefühl, wir verlieren uns. Ich will endlich wieder runterkommen. Ich will wieder mehr mit meinen Kindern und mit meinem Mann sprechen. Ich will wissen, was in ihrem Leben los ist. Ich will, dass wir uns wieder zusammen freuen.»

Anstatt das Strandhaus zu mieten, kaufte meine Freundin einen Zwei-Dollar-Korb und stellte ihn in der Diele auf den Tisch. Sie bat ihren Mann und ihre Teenie-Kinder, an jedem Wochentag ihre Telefone abends für eine Stunde in diesem Korb zu deponieren. Die Familie fing an, das Abendessen gemeinsam vorzubereiten, einzunehmen und hinterher die Küche aufzuräumen. Am Anfang gab es viel Unmut über das neue System, doch danach kam all das, wonach sie sich gesehnt hatte: gemeinsames Lachen, Gespräche und echte Verbindung. Der Korb meiner Freundin entpuppte sich als Zwei-Dollar-Strandhaus.

Also: Was steckt hinter dem allabendlichen Verlangen dieser Frau nach einer Flasche Malibu? Der Wunsch war nur die Oberfläche. Das weiß ich, denn ihr inneres Wissen hat diesem Verlangen misstraut. Oberflächliches Verlangen steht grundsätzlich im Widerspruch mit unserem inneren Wissen. Wenn wir mit oberflächlichem Verlangen konfrontiert sind, müssen wir uns fragen: *Welches Verlangen liegt unter diesem Verlangen? Wonach sehnen wir uns wirklich? Nach Ruhe? Nach Frieden?*

Unsere tiefsten Sehnsüchte sind weise, wahrhaftig, schön, und es handelt sich um Dinge, die wir uns gestatten dürfen, ohne unser inneres Wissen preiszugeben. Unserer tiefen Sehnsucht zu folgen, führt uns immer zurück zur Integrität. Wenn das Verlangen sich falsch anfühlt: Geh tiefer. Du kannst dir selbst vertrauen. Du musst nur tief genug nach unten gehen.

Ich habe die letzten zehn Jahre meines Lebens damit verbracht, Frauen zuzuhören, wenn sie über ihre tiefsten Sehnsüchte sprechen. Das haben diese Frauen mir erzählt:

Ich will Zeit, um aufzuatmen.
Ich will Erholung, Frieden, Leidenschaft.
Ich will gutes Essen und echten, leidenschaftlichen, intimen Sex.
Ich will Beziehungen ohne Lügen.
Ich will mich in meiner Haut wohlfühlen.
Ich will gesehen und geliebt werden.
Ich will Freude und Sicherheit für meine Kinder und für die Kinder von allen anderen.
Ich will Gerechtigkeit für alle.
Ich will Hilfe, Gemeinschaft und Verbindung.
Ich will Vergebung, und ich will endlich selbst vergeben.
Ich will genug Geld und Macht, um endlich keine Angst mehr zu haben.
Ich will in mir meine Bestimmung finden und sie voll und ganz leben.
Ich will in den Nachrichten weniger Leid und mehr Liebe entdecken.
Ich will die Menschen in meinem Leben sehen und dabei wirklich sie sehen und sie lieben.
Ich will in den Spiegel schauen und dabei wirklich mich sehen und mich lieben.
Ich will mich lebendig fühlen.

Die Blaupausen des Himmelreichs sind in die tiefsten Sehnsüchte von Frauen einradiert. Was Frauen wollen, ist gut. Was Frauen wollen, ist schön. Und, was Frauen wollen, *ist* gefährlich, aber nicht für Frauen. Nicht für das Allgemeinwohl. Was Frauen wollen, ist eine Bedrohung für die Ungerechtigkeit des Status quo. Würden wir uns tatsächlich befreien und von der Leine lassen:

Würden unausgewogene Beziehungen ins Gleichgewicht kommen.
Würden Kinder satt werden.
Würden korrupte Regierungen stürzen.
Würden Kriege enden.
Würden Zivilisationen transformiert werden.

Wenn Frauen ihrer Sehnsucht vertrauen und sie für sich einfordern würden, würde die Welt, wie wir sie kennen, einstürzen. Vielleicht ist es notwendig, dass genau das passiert, damit wir an ihrer Stelle wahrhaftigere, schönere Leben, Beziehungen, Familien und Nationen erschaffen können.

Vielleicht war Eva uns niemals zur Warnung gedacht. Vielleicht war sie uns zum Vorbild gedacht.

Gesteh dir dein Verlangen ein.
Iss den Apfel.
Lass es brennen.

TEMPERATUREN

Eines Vormittags rief ich meine Freundin Martha an und zählte ihr sämtliche Gründe auf, weshalb ich unmöglich meine Ehe beenden konnte. Dann fing ich an, die Gründe aufzuzählen, weshalb ich meine Ehe unmöglich aufrechterhalten konnte. Ich redete und redete und redete, beleuchtete das Problem aus allen Blickwinkeln, argumentierte mich in sämtliche Ecken hinein und wieder hinaus, umkreiste es wieder und wieder und wieder.

Irgendwann sagte sie: «Glennon! Stopp! Du bist im Kopf. Die Antworten, die du brauchst, sind da nicht zu finden. Sie sind in deinem Körper. Versuch, dich in deinen Körper fallenzulassen. Jetzt, gleich hier, am Telefon. Lass dich fallen. Tiefer.»

Dieses ständige Sinken und Fallenlassen wurde offensichtlich zum Lebensthema.

Sie fragte: «Und? Bist du schon angekommen?»

«Glaub schon», antwortete ich.

«Okay. Und jetzt befühle die beiden Möglichkeiten. Nimm dich selbst in Besitz und spüre. Fühlt es sich warm an, Abby den Laufpass zu geben?»

«Nein. Es fühlt sich kalt an. Eisig. Es fühlt sich an, als würde ich erfrieren.»

«Und jetzt spür nach, wie es wäre, mit Abby zusammen zu sein. Wie fühlt sich das an?»

«Warm. Weich. Weit.»

«Okay, Glennon. Dein Körper ist Natur, und Natur ist rein. Ich weiß, dass es dir schwerfällt, das zu akzeptieren, weil du so lange mit deinem Körper im Krieg gewesen bist. Du glaubst, dein Körper wäre schlecht, aber das ist nicht wahr. Dein Körper ist weise. Dein Körper sagt dir Sachen, die dein Verstand dir ausreden will. Dein Körper zeigt dir die Richtung, in der das Leben liegt. Versuch, ihm zu vertrauen. Wende dich von allem ab, was sich kalt anfühlt. Wende dich dem zu, was warm ist.»

Wenn ich heute Gefahr wittere, schenke ich der Kälte Glauben und wende mich ab. Wenn ich Freude spüre, schenke ich der Wärme Glauben und bleibe.

Wenn ich heute bei Geschäftsbesprechungen eine Erklärung für eine Entscheidung möchte, die jemand getroffen hat, wissen die Frauen in meinem Team, dass ich nicht auf der Suche nach Rechtfertigungen, Beurteilungen oder Meinungen bin. Ich bin auf der Suche nach innerem Wissen. Deshalb wird die Entscheidungsträgerin mir antworten: «Ich habe recherchiert und mich mit sämtlichen Meinungen eine Weile hingesetzt. Diese Entscheidung hat sich für mich warm angefühlt. Die Alternative fühlte sich kalt an.»

Damit ist die Diskussion beendet. Ich vertraue Frauen, die sich selbst vertrauen.

SPIEGEL

Ich habe sehr lange so getan, als wüsste ich nicht, dass ich in meinem Eheleben einsam bin, obwohl mir klar war, dass ich nur ein Leben habe.

Wenn mein inneres Wissen sich zu erheben drohte, drückte ich es mit Gewalt wieder nach unten. Es hatte keinen Sinn, zuzugeben, dass ich wusste, was ich wusste, weil ich niemals tun würde, was mein inneres Wissen von mir verlangte. Ich würde den Vater meiner Kinder niemals verlassen. Ich würde einfach bis ans Ende aller Tage so tun, als wüsste ich nicht. Ich war eine Mutter. Ich trug Verantwortung.

In der Mittelschule sollten wir uns um ein Ei kümmern und lernten so etwas über das Elternsein. Um den Test zu bestehen, mussten wir der Lehrerin das Ei am Ende der Woche unversehrt zurückbringen. Diejenigen, die ihr Ei zu Hause im Dunkeln hatten liegen lassen, schnitten am besten ab; zwar waren manche Eier verfault, aber das war egal, solange sie keinen Riss aufwiesen.

Ich hatte Tish gehütet wie ein rohes Ei. «Sie ist so sensibel», sagte ich immer, «so zerbrechlich.» Ich machte mir Sorgen um sie und nannte das Liebe. Ich beschützte sie und nannte das Mutterschaft. Wenn ich gekonnt hätte, hätte ich sie für immer zu Hause im Dunkeln versteckt. Sie und ich bewohnten eine Geschichte, die ich geschrieben hatte, und in dieser Geschichte war ich die Heldin. Wenn ich nicht zuließ, dass Tish auch nur einen Riss bekam, würde ich den Elterntest bestehen.

Ich sitze mit einer Tasse auf Tishs Bett und sehe zu, wie sie sich für die Schule fertig macht. Sie bürstet ihr langes Rapunzelhaar.

Ich sehe ihr zu, wie sie sich im Spiegel ansieht und dann mich. Sie sagt. «Meine Haare sind so babymäßig. Darf ich sie mir so kurz schneiden lassen wie deine?»

Ich schaue uns beide im Spiegel an. Hier, direkt vor mir, erkenne ich endlich, dass Tish kein rohes Ei ist. Sie ist ein Mädchen, das zur Frau wird.

Jedes Mal, wenn sie sich selbst ansieht, sieht sie gleichzeitig mich. Und fragt dabei:

Mom, wie trägt eine Frau ihre Haare?
Mom, wie liebt eine Frau, wie wird sie geliebt?
Mom, wie lebt eine Frau?

Tish fragt mich: «Mom, machst du mir einen Pferdeschwanz?»

Ich gehe ins Bad, suche ein Haargummi, komme zurück in ihr Zimmer und stelle mich hinter sie. Ich habe ihr schon tausend Mal die Haare hochgebunden, und plötzlich ist sie zu groß geworden. Ich kann nicht mal mehr ihren Oberkopf sehen. Sie ist über Nacht mindestens zwei Zentimeter gewachsen. Als sie noch ein Baby war, fühlte sich jeder Tag an wie ein Jahr. Und jetzt? Jeden Morgen zwei Zentimeter.

Ich sehe Tish an und denke:
Ich harre für meine Kleine in dieser Ehe aus.
Aber würde ich meiner Kleinen diese Ehe wünschen?

AUGEN

Als Craig und ich nach Naples zogen, erstanden wir irgendwo im Räumungsverkauf einen riesengroßen, silbernen Spiegel. Wir sind nie dazu gekommen, ihn aufzuhängen. Wir stellten den Spiegel einfach im Schlafzimmer an die Wand und hofften, dass es künstlerisch und absichtlich wirkte.

An dem Tag, als meine Therapeutin darauf insistierte, dass meine Gefühle nicht echt wären, beschloss ich, mich von Abby zu verabschieden und in meiner Ehe zu bleiben. Sie war die Expertin. Sie hatte recht. Gute Mütter brechen ihren Kindern nicht das Herz, nur um ihrem eigenen zu folgen.

Ich setzte mich im Schneidersitz auf den Teppich im Schlafzimmer, direkt vor den Spiegel, und sah mir in die Augen.

Es ist wichtig, sich selbst ab und zu gründlich anzusehen. Nicht, wie man sich ansieht, während man sich anzieht oder schminkt. Nicht, wie man seine Oberschenkel oder Pigmentflecken oder die Härchen am Kinn betrachtet. So nicht. Ich meine, man muss sich ab und zu direkt in die Augen sehen – als sein wahres Ich. Man muss sich vergewissern, dass keine Lügen zu finden sind. Man muss sichergehen, dass die Augen im Spiegel die Augen einer Frau sind, die man respektiert.

Als ich mir an dem Tag tief in die Augen sah, war zwischen der Frau im Spiegel und mir die Stunde der Wahrheit gekommen.

Ich fragte mich: *Ist die Entscheidung, dich weiter selbst im Stich zu lassen, wirklich das, was deine Kinder von dir brauchen?*

Seit jeher haben Mütter sich im Namen ihrer Kinder aufgeopfert. Wir haben gelebt, als würde die, die am gründlichsten verschwindet, am meisten lieben. Wir wurden dazu konditioniert, unsere Liebe zu beweisen, indem wir uns selbst langsam, aber sicher auslöschten.

Was für eine grausame Bürde wir unseren Kindern damit zumuten – zu wissen, dass sie der Grund sind, weshalb ihre Mütter aufhörten, lebendig zu sein. Was für eine grausame Bürde wir unseren Töchtern damit zumuten – zu wissen, dass auch sie dieses Schicksal ereilen wird, wenn sie sich dazu entschließen, selbst Mutter zu werden. Denn wenn wir ihnen vorleben, dass die Verwandlung in eine Märtyrerin die höchste Form der Liebe ist, werden auch sie zur Märtyrerin. Schließlich werden sie sich dazu verpflichtet fühlen, genauso gut zu lieben, wie ihre Mütter liebten. Sie werden glauben, sie hätten lediglich die Erlaubnis, nur bis zu dem Maß zu leben, das auch ihre Mütter sich zugestanden.

Wo wird es enden, wenn wir auch in Zukunft das Vermächtnis des Märtyrertums an unsere Töchter weitergeben? Welche Frau wird dann jemals wahrhaftig leben? Und wann beginnt die Todesstrafe? Vor dem Traualtar? Im Kreißsaal? In wessen Kreißsaal – in dem unserer Kinder oder in unserem eigenen? Wenn wir Märtyrertum Liebe nennen, bringen wir unseren Kindern bei, dass das Leben endet, wenn die Liebe beginnt. Das meinte Jung, wenn er sinngemäß sagte, die größte Last, die ein Kind zu tragen hätte, sei das ungelebte Leben eines Elternteils.

Was, wenn Liebe in Wirklichkeit nicht der Prozess ist, für seine Liebsten zu verschwinden, sondern für seine Liebsten sichtbar zu werden? Was, wenn die Verantwortung einer Mutter darin besteht, ihren Kindern beizubringen, dass die Liebe andere niemals einsperrt, sondern befreit? Was, wenn eine verantwortungsvolle Mutter nicht die ist, die ihren Kindern zeigt, wie man langsam stirbt, sondern wie man bis zum letzten Atemzug unbändig lebendig bleibt? Was, wenn der Ruf der Mutterschaft nicht lautet, Märtyrerin zu sein, sondern *Vorbild*?

Direkt da, mitten auf dem Schlafzimmerfußboden, sehe ich mir tief in die Augen. Ich lasse mein inneres Wissen aufsteigen und dränge es nicht wieder weg.
Meine Kinder müssen nicht von mir gerettet werden.
Meine Kinder müssen Zeugen meiner eigenen Rettung werden.
Ich würde aufhören, meine Kinder als Entschuldigung zu missbrauchen, um weiter feige bleiben zu dürfen, und anfangen, sie als meine Chance zu begreifen, mutig zu sein. Ich würde ihren Vater verlassen und für mich eine Liebe aus Freundschaft und Feuer einfordern oder in Zukunft alleine sein. Aber ich würde nie wieder in einer Beziehung einsam sein und so tun, als wäre das Liebe. Ich würde mich nie wieder auf ein Leben oder eine Beziehung einlassen, die weniger schön waren als das, was ich meinem Kind wünschen würde.
Ich würde mich von Craig scheiden lassen. Weil ich Mutter bin. Und als Mutter habe ich Verantwortung.

Ich stand auf und rief Abby an. Wir hatten uns seit dem Abend in Chicago, an dem wir uns kennenlernten, nicht wiedergesehen.
Ich sagte zu ihr: «Ich liebe dich. Ich verlasse Craig. Ich werde es ihm noch heute sagen.»
«Glennon», antwortete sie. «O Gott! Ich liebe dich so sehr. Ich bin so glücklich. Und ich habe Angst um dich. Bist du sicher, dass du dazu bereit bist? Wir haben uns noch nicht mal berührt.»
«Ich weiß», sagte ich. «Aber ich gehe nicht nur deinetwegen. Ich gehe, weil ich, seit ich weiß, dass diese Art von Liebe existiert, nicht mehr so tun kann, als wäre ich ahnungslos. Als würde ich nicht wissen, was ich weiß, und ich kann nicht mehr rückgängig machen, wer ich inzwischen geworden bin. Ich schulde Craig nicht den Rest meines Lebens, aber ich schulde ihm meine Ehrlichkeit. Es wird schwer werden, aber es ist endlich die richtige Art von schwer.»

Noch am selben Nachmittag setzte ich mich mit Craig hin und sagte – voller Zärtlichkeit, aber ohne Rechtfertigung –, dass ich ihn verlassen würde. «Unsere Ehe ist vollendet», sagte ich zu ihm. «Wir waren füreinander die heilenden Partner, zu denen wir bestimmt waren. Unsere Ehe war eine riesengroße Erfolgsgeschichte. Und jetzt ist sie vorbei. Ich habe mich in Abby verliebt. Es war mir sehr wichtig, dich das wissen zu lassen, sobald es mir selbst klargeworden war.»

Er war sehr still, und nach einer langen Weile sagte er: «Vor drei Jahren habe ich durch dich viel mehr Gnade erfahren, als ich je verdient hatte. Jetzt bekommst du sie zurück. Ich will, dass du glücklich bist.»

Natürlich blieb es so nicht zwischen uns. Die folgenden Monate waren eine einzige Achterbahnfahrt. Trotzdem kamen wir immer wieder auf diesen einen Punkt zurück: Gnade für dich. Gnade für mich.

Später, als Craig so weit war, setzten wir uns zusammen und sagten es den Kindern. Ich habe in meinem Leben schon viele Menschen verletzt, die ich liebe, aber das war am schlimmsten. Ich sah meinen geliebten Kindern direkt in die erschrockenen Gesichter und sagte: «Ich werde euch jetzt das Herz brechen. Wir werden unsere Herzen im Lauf der Zeit gemeinsam wieder heilen, und dann sind sie größer und stärker als je zuvor. Aber was jetzt kommt, tut einfach nur weh. Manchmal müssen wir schwere Dinge tun, weil sie wahrhaftig sind. Euer Dad und ich wollen, dass ihr lebt, wie es eurem wahren Wesen entspricht, auch wenn es schwer ist und beängstigend und furchtbar schmerzhaft. Ich kann euch beibringen, wie das geht.»

Sie weinten. Die Nachricht veränderte sie, unmittelbar und unwiederbringlich. Ich konnte dabei zusehen, vor meinen Augen, auf unserem Sofa. Wir hielten einander fest, während wir unglaublich viele Dinge verbrennen ließen. Craig sagte: «Es wird alles gut. Abby ist eine gute Frau. Wir werden eine sehr andere Familie sein, aber wir werden trotzdem immer eine wunderschöne Familie bleiben.»

Er gab unseren Kindern die Erlaubnis, Abby zu lieben, und das war das größte Geschenk, das er mir je gemacht hat. Vielleicht das größte Geschenk, das mir je ein Mensch gemacht hat.

Wir erzählten es unseren Familien.

Wir erzählten es unseren Freunden.

All das passierte im Laufe von zwei Wochen.

Vierzig Jahre, fünf Monate, zwei Wochen.

GÄRTEN

Ich lernte sehr jung, begehrenswert zu sein. Ich lernte, mich den Frauen im Fernsehen anzupassen. Ich lernte, mir Strähnchen zu färben, die Wimpern zu biegen, Jeans zu tragen, die meinem Hintern in die richtige Form brachten, und ich lernte, um jeden Preis dünn zu bleiben. Ich wusste, wie ich mich in eine Reklametafel für mich selbst verwandelte, und wenn ein Junge mich gewählt hatte, wusste ich, was als Nächstes zu tun war. Ich wusste, welche Slips ich tragen musste, wie ich den Rücken richtig nach hinten durchbog, und ich wusste, wann ich welche Töne von mir geben musste. Ich wusste, welche Geräusche und Bewegungen ihn dazu brachten, mich noch mehr zu wollen, und welche ihn glauben ließen, ich würde ihn wollen. Sex war die Bühne und ich die Schauspielerin.

Ich wusste, was ich tun musste, um begehrt zu werden.
Wie man begehrte, wusste ich nicht.
Ich wusste, was ich machen musste, um gewollt zu werden.
Was Wollen war, wusste ich nicht.
Bis ich ihr begegnete.

Nachdem ich mit Craig gesprochen hatte, flog Abby nach L. A., um bei einer Fernsehshow einen Preis entgegenzunehmen. Sie erhielt den Icon Award von ESPN, mit dem ihre Fußballerinnenkarriere und ihr Rücktritt gefeiert werden sollte. Der Augenblick markierte für sie ein Ende. Ich wollte dabei sein – als ihr Neuanfang. «Ich komme», sagte ich.

Wir hatten uns seit jenem Abend auf der Lesung nicht wiedergesehen. Wir waren noch nie zu zweit allein gewesen. Wir hatten einander noch nie berührt, abgesehen von dem Augenblick, als ich ihren Arm angefasst und die Hand sofort wieder zurückgezogen hatte, weil mich ein elektrischer Schlag getroffen hatte. Wir hatten im letzten Monat beide für die Chance, zusammen zu sein, unser Leben niedergebrannt. Genauer gesagt, wir hatten unser jeweiliges Leben in Brand gesteckt für die Chance, die Frauen zu werden, zu denen wir bestimmt waren.

An dem Morgen, als ich nach L.A. flog, wachte ich im Dunkeln auf und packte zwei Taschen: eine zum Aufgeben und eine als Handgepäck. Ins Handgepäck kam mein Schminkzeug, ein Glätteisen, hohe Absätze und ein weißes Kleid. Im Schwebezustand zwischen der alten Version meiner selbst und einer neuen Version, die ich selbst noch nicht kannte, fuhr ich zum Flughafen. Beim Start versuchte ich zu lesen. Dann versuchte ich es mit einem Film, aber mir fehlte zu beidem die Konzentration. Mir ging in Endlosschleife nur ein einziger Gedanke durch den Kopf: *In ein paar Stunden wirst du mit Abby allein sein und hast in deinem ganzen Leben noch nie ein Mädchen geküsst.* Ich weiß noch, dass ich vor dem Blickkontakt die größte Angst hatte. Ich hatte in intimen Momenten noch nie Blickkontakt gehabt. Als ich Abby in einem unserer Telefongespräche davon erzählte, war sie erschrocken und traurig gewesen. Am Ende dieses Gesprächs hatte sie zu mir gesagt: «Sollten wir zwei uns jemals berühren, sorge ich dafür, dass meine Augen deine festhalten. Das kann ich dir jetzt schon sagen.» Ich hatte keine Ahnung, ob ich dazu in der Lage sein würde.

Auf halber Strecke zog ich meine Tasche unter dem Vordersitz heraus und begab mich auf die Flugzeugtoilette. Ich zog die Jogginghose und das Sweatshirt aus, schlüpfte in das weiße Kleid und die hohen Schuhe, schminkte mich und glättete mir die Haare. Als ich mich wieder auf meinen Platz setzte, sagte die Frau neben mir: «Passiert mir das auch, wenn ich auf das Klo gehe?»

Als das Flugzeug in LAX landete, lautete mein erster Gedanke:

O Gott! Endlich in derselben Stadt. Ich nahm ein Taxi zum Hotel. Als es vorfuhr, schrieb ich ihr: «Ich bin da.» «Zimmer 1140», schrieb Abby zurück. Ich steckte das Telefon weg. Ich betrat den Aufzug, drückte den Knopf, und im elften Stock stieg ich aus. Ich ging durch den Flur und blieb vor ihrem Zimmer stehen. An der Tür klebte ein Zettel, auf dem stand: «Komm rein.»

Ich holte tief Luft, zupfte mir die Haare zurecht und schickte ein Stoßgebet nach oben: *Bitte sei bei uns.*

Ich klopfte leise an, dann öffnete ich die Tür.

Abby lehnte am Tisch auf der anderen Seite des Zimmers, den einen Fuß auf den Stuhl gestützt, barfuß. Sie trug ein rabenschwarzes T-Shirt, himmelblaue Jeans und eine Kette mit einem Anhänger, der aussah wie eine Hundemarke.

Mein erster Gedanke: Da ist sie. Das ist mein Mensch.

Sie würde mir später erzählen, dass ihr erster Gedanke war: Da ist sie. Das ist meine Frau.

Sie lächelte. Es war kein oberflächliches Lächeln. Es war ein Lächeln, das sagte: *Da bist du ja, hier sind wir, endlich.* Sie löste sich vom Tisch und kam auf mich zu. Ich ließ die Tür hinter mir ins Schloss fallen. Mein Gepäck stand immer noch draußen auf dem Gang. Sie schloss mich in die Arme. Wir verschmolzen, mein Kopf an ihrer Brust, ihr Herz schlug durch ihr T-Shirt an meiner Haut. Sie zitterte, und ich zitterte, und eine lange, lange Weile standen wir nur da und atmeten einander ein und hielten einander fest und zitterten.

Dann löste sie sich von mir und sah mir in die Augen. Das war der Augenblick, in dem wir ineinander einrasteten.

Dann

Der Kuss.

Die Wand.

Das Bett.

Ein weißes Kleid auf dem Teppich.

Nackt, furchtlos.
Der wahre Plan.
Auf Erden wie im Himmel.
Ich wandte den Blick nicht von ihr ab. Kein einziges Mal.
Je länger wir zusammen sind, desto nackter und furchtloser werde ich. Ich spiele nicht mehr. Ich will nur noch.

GELÜBDE

Als ich vor fünfzehn Jahren mit meinem zweiten Kind schwanger wurde, beschloss ich, mir nicht sagen zu lassen, welches Geschlecht das Baby hatte.

Bei meinem Erstgeborenen wusste ich schon vor seiner Geburt, dass es ein Junge werden würde, aber inzwischen war ich in Sachen Mutterschaft Veteranin, reifer als damals und unendlich disziplinierter. Also lag ich bei der zur Enthüllung gedachten Ultraschalluntersuchung auf der Liege und ließ meinen Blick vom kleinen grünen Bildschirm zum Gesicht der radiologischen Assistentin schweifen und wieder zurück. Beides war für mich nicht zu enträtseln. Als die Frau ging und die Ärztin erschien, musste ich dem vertrauen, was sie mir sagte – dass in mir tatsächlich ein menschliches Wesen heranwuchs und es diesem Wesen allem Anschein nach, mit ihren Worten, «so weit gut» ging.

Ein menschliches Wesen, dem es *so weit gut* geht, war genau das, was ich mir gewünscht hatte. Ein menschliches Wesen, dem es *so weit gut* geht, ist das, was ich mir während meiner ganzen Karriere als Mutter immer gewünscht habe und wünsche.

Mit dieser Information – und nur mit dieser Information – verließ ich die Praxis. Als ich nach Hause kam, setzte ich mich im Wohnzimmer aufs Sofa, starrte die Wand an und dachte darüber nach, wie weit ich mich inzwischen von der kontrollsüchtigen, hysterischen Erstgebärenden entfernt hatte.

Sieh dich an, dachte ich, du *sitzt gelassen da und siehst geduldig zu, wie das Universum sich entfaltet, wie es soll.*

Dann griff ich zum Telefon und rief in der radiologischen Praxis an. Als die Sprechstundenhilfe an den Apparat ging, sagte ich: «Hallo? Hier spricht Glennon. Ich war gerade bei Ihnen.»

«Oh? Haben Sie was vergessen?»

«Ja. Ich habe eine extrem wichtige Information bei Ihnen vergessen. Nehmen wir, rein hypothetisch, an, ich hätte es mir anders überlegt. Könnte ich dann das Geschlecht meines Kindes immer noch erfahren?»

«Bleiben Sie bitte kurz dran», sagte sie.

Ich blieb bitte kurz dran. Sie meldete sich wieder und sagte. «Es ist ein Mädchen. Sie bekommen ein Mädchen.»

Eins meiner Lieblingsworte lautet *Selah*.

Selah findet sich in der hebräischen Bibel vierundsiebzig Mal. Gelehrte gehen davon aus, dass dieses Wort eine Anweisung für den Vortragenden ist; die Anweisung, beim Lesen einen Augenblick innezuhalten und still zu werden, weil die vorhergegangene Idee wichtig ist und kontempliert werden muss. Die Poesie der Heiligen Schrift ist dazu gedacht, zu transformieren, und die Schriftgelehrten wussten, dass Veränderung zwar mit dem Lesen beginnt, aber nur in stiller Kontemplation vollendet werden kann. *Selah* taucht auch in der hebräischen Musik auf. Es gilt als Signal für den Dirigenten, den Chor für eine lange Pause zum Schweigen zu bringen, um den Raum zwischen den Noten zu halten. Denn die Stille ist, natürlich, der Ort, wo die Musik eindringt.

Selah ist die heilige Stille, in der die Empfängerin transformierender Worte, Musik und beiläufig von Sprechstundenhilfen radiologischer Praxen erworbener Informationen lange genug innehält, um für immer transformiert zu werden.

Selah ist das Nichts kurz vor dem Urknall einer Frau, die in ein neues Universum explodiert.

Sie bekommen ein Mädchen. Meine Augen wurden weit wie die Linse einer Kamera, die sich auf grellen Lichteinfall einstellt. Ich saß auf dem Sofa, das Telefon immer noch in der Hand, wortlos, regungslos.

«Danke», sagte ich schließlich zu der Frau. «Danke. Ich liebe Sie. Auf Wiederhören.»

Ich legte auf und rief meine Schwester an.

«Sister, wir kriegen ein Mädchen. Wir kriegen ein *Mädchen*!»

«Moment!», sagte sie. «*Was*? Woher weißt du das? Haben die dir das aus Versehen gesagt?»

«Ja. Nachdem ich aus Versehen gefragt habe.»

Sie sagte: «Heilige Scheiße! Das ist der beste Tag unseres Lebens. Noch eine von uns. Wir sind bald zu dritt. Eine dritte Schwester.»

«Ja! Erzähl Craig bitte nie, dass ich dich zuerst angerufen habe.»

«Sowieso», antwortete sie.

In dem Moment hörte ich, dass Chase, mein zweijähriger Sohn, von seinem Mittagsschlaf aufgewacht war, was er mit seiner üblichen Ansage verlautbarte: «ICH WACH GWENNON!»

Ich legte auf, ging nach oben und öffnete seine Zimmertür. Er saß im Bett und lächelte. Zum allerersten Mal sah ich in ihm den großen Bruder meiner Tochter. Was hat sie für ein Glück, dachte ich. Ich küsste seine seidenweichen Bäckchen, und er folgte mir nach unten, die Hände am Geländer, ein vorsichtiger Schritt nach dem anderen. Ich steckte ihn in eine dicke Jacke, Schal und Mütze und machte mit ihm einen Spaziergang rund um den kleinen Teich in der Nachbarschaft. Ich musste raus ins Freie. Ich brauchte mehr Raum um diese gigantische Nachricht herum. Ich brauchte den weiten Himmel.

Ich weiß noch, dass Chase und ich froren. Ich weiß noch, dass die Luft frisch war und der Himmel klar. Ich weiß noch, dass auf halbem Weg um den Teich, als unser kleines Stadthaus ganz klein geworden war, vor uns eine Gans über den Weg watschelte und Chase zum Lachen brachte. Ich weiß noch, dass die Gans uns ein bisschen zu nahe kam und ich Chase hochhob und den restlichen Weg um den Teich auf dem Arm trug, seine Beine um meine Taille geschlungen, meine Nase in seinem Nacken vergraben. Nach all den Jahren habe ich immer noch den Duft von seinem Nacken in der Nase: Puder und Kleinkinderschweiß. Ich weiß noch, dass ich dachte: *Ich trage meine beiden Kinder. Ganz allein. Der Kopf meines Sohns ruht auf meiner Schulter, das Herz meiner Tochter schlägt in meinem Bauch. Ich habe alles.*

Wir beschlossen, unsere Tochter Patricia zu nennen, nach meiner Mutter. Rufen würden wir sie Tish. Sie würde in dieselbe olivfarbene Haut gehüllt sein, dieselben schwarzen Haare und dieselben japanischen Gesichtszüge haben, die ihr großer Bruder von seinem Dad geerbt hatte. Ich träumte den ganzen Tag von ihr, jeden Tag. Ich konnte Tishs Geburt kaum erwarten. Als ich in der achtunddreißigsten Woche war, legte ich mich tatsächlich in die Badewanne und sagte Craig, ich würde erst wieder rauskommen, wenn es ihm gelungen war, einen Termin für die Einleitung zu organisieren. Es gelang ihm. Ein paar Tage darauf war meine Tochter da. Als die Schwester sie mir in die Arme legte, flüsterte ich: «Hi, Engel» – und sah sie dann gründlich an. Ich war überrascht. Sie war rosarot, hatte helle Haut, helle Haare, helle Augen. Wir passten zusammen, sie und ich.

Mit seinem Aussehen hatte Tishs großer Bruder von seinem Vater auch sein unbekümmertes, entgegenkommendes Temperament geerbt. Ich hatte den Anfängerinnenfehler gemacht, Chases Ausgeglichenheit meiner meisterhaften Erziehung zuzuschreiben. Wenn sich meine Freundinnen über die Härten des Mutterseins beklagten, stimmte ich ihnen äußerlich zu, aber insgeheim dachte ich: *Schwächlinge. Was ist denn daran schon hart?* Dann kam Tish zur Welt, und ich verstand auf einen Schlag, was so hart daran war.

Tish kam *unglücklich* zur Welt. Als Baby weinte sie ununterbrochen. Als Kleinkind war «unzufrieden» ihre Werkseinstellung. In den ersten Jahren ihres Lebens verbrachte ich den ganzen Tag – jeden Tag – mit dem Versuch, sie glücklich zu machen. Als Tish sechs war, gab ich es auf. Jeden Morgen saß ich vor ihrem Zimmer auf dem Fußboden, eine Schreibtafel in der Hand, auf der stand: «Guten Morgen, Tish! Wir werden heute freundlich sein.» Wenn sie mit ihrem Motzgesicht aus dem Zimmer kam, zeigte ich auf die Tafel und erklärte ihr, was «freundlich» bedeutete: Glücklich *spielen*. Nur so tun als ob. So lautet nun mal unser Vertrag zur sozialen Interaktion mit der Welt, liebes Kind: GLÜCKLICH TUN. Leide bitte stumm, so wie der Rest von uns, um Gottes willen.

Tish missachtete meine Anleitung. Sie tat nicht so, als ob. Sie weigerte sich, freundlich zu sein. Eines Tages, als Craig von der Arbeit nach Hause kam, empfing ich ihn weinend an der Haustür. Tish war oben, ebenfalls weinend. «Sie ist unerträglich. Unverbesserlich. Ich kann nicht mit ihr umgehen. WO HAT SIE DIESE DRAMATIK HER?» Zu seiner Ehre muss gesagt werden, dass er mir nicht mit Worten antwortete. Er sah mich, das Häuflein Elend, das heulend vor ihm auf dem Boden hockte, nur an und gab mir den Raum, zu denken: *Oh. Aha. Tish ist wie ich.*

Meine Nachbarin ist Therapeutin und ermahnt mich, meiner Tochter dieses einschränkende, narzisstische Narrativ nicht aufzuzwängen; sie besteht darauf, dass Kinder nicht die Blaupausen ihrer Eltern sind. Dazu kann ich nur sagen: «Okay. Ich sehe, was Sie meinen, Lady. Aber ich kann auch meine Tochter sehen.»

Als mir klarwurde, dass Tish wie ich ist, erinnerte ich mich daran, dass *glücklich tun* mich fast umgebracht hätte. Ich beschloss, es endgültig aufzugeben, Tish glücklich und freundlich zu machen, und ihr stattdessen dabei beizustehen, Tish zu sein.

Tish ist inzwischen vierzehn. Sie ist immer noch auf links gedreht. Was sie in ihrem Inneren denkt und fühlt, hört und sieht die Welt im Außen. Wenn Tish aufgebracht ist, können wir davon ausgehen, dass sie einen guten Grund dazu hat. Also sagen wir: «Ich sehe, dass du aufgebracht bist. Bist du schon bereit für eine Lösung? Oder musst du noch eine Weile bei dem Gefühl bleiben?» Normalerweise muss sie das Gefühl eine Weile halten, weil sie im Werden ist. Wir hetzen sie nicht mehr. Es ist so: Während wir ständig hetzen, durchs Leben, durch den Schmerz, durch Schönheit, verlangsamt Tish sich und zeigt hin. Sie zeigt uns, was wir bemerken, denken und fühlen müssen, um menschlich zu bleiben. Sie ist der gütigste, weiseste und ehrlichste Mensch, den ich kenne. Es gibt niemanden auf Erden, den ich mehr respektiere. Tish ist unser Familiengewissen und unsere Prophetin. Tish ist unser *Selah*.

Als ihr Vater und ich uns trennten, brach für Tish eine Welt zusammen. Tag für Tag, Woche für Woche, Monat für Monat, hielt sie für uns die Wunde offen. Als der Rest von uns längst endlich «drüber weg sein» wollte, den Schmerz wieder wegpacken und glücklich tun wollte, sorgte Tish dafür, dass wir ehrlich blieben. Sie tat nie als ob. Sie weigerte sich, nett zu sein. Wenn Welten zusammenbrechen, muss die Welt eine Zeitlang stehenbleiben. Darauf beharrte sie. Sie ließ nicht zu, dass wir irgendetwas überspielten, und brachte uns dazu, alles zu fühlen. Sie stellte die schwersten Fragen. Sehr lange weinte sie sich jeden Abend in den Schlaf. Sie war unsere Jeanne D'Arc, sie führte uns direkt in die Schlacht, tagein, tagaus.

Für Tish bedeutete Krieg, zwischen zwei Fronten zu stecken. Die erste Front war die Trennung ihrer Eltern. Aber die zweite tiefe Transformation in der Familie erschütterte sie genauso sehr: Mitzuerleben, wie ich mich verliebte. Tish hatte immer gewusst, dass all meine Liebe ihr und ihren Geschwistern galt. Ihr Vater und ich waren Partner – unsere Liebe gehörte der Familie, die wir zusammen gegründet hatten, aber nicht einander. Sie sah ihrer Mutter, die bis jetzt einzig und allein existiert hatte, um ihr zu dienen und sie anzuhimmeln, dabei zu, wie sie sich vor ihren Augen in einen vollständigen Menschen verwandelte. Sie verlor die Mutter, die sie gekannt hatte. Sie wohnte meiner Transformation zu einer vollständigen, lebendigen Frau bei. Sie sah mich komplizierter werden. Eine Ewigkeit waren die Dinge immer so einfach gewesen. Als ich mich in Abby verliebte, hatte Tish das Gefühl, ich würde mich von ihr abwenden.

Eines Abends, die Schlacht war noch in vollem Gange, sagte ich Tish gute Nacht. Da Tish sich ihrer Gefühle sicher ist und sie deutlich und kristallklar artikulieren kann, sah sie mich an und sagte: «Mommy. Ich habe Angst, dass ich dich verliere.»

Ich setzte mich zu ihr ans Bett und sagte: «Oh, Baby. Du wirst mich niemals verlieren. Du wirst mich nie verlieren, Baby!»

«Sag das noch mal», flüsterte sie.

Also sagte ich es noch mal. Und noch mal. Und habe nie wieder aufgehört, ihr das zu sagen. Drei Jahre später ist es noch immer unser allabendliches Ritual.

Licht aus. «Du wirst mich nie verlieren, Baby.»

Das bedeutet, dass ich meiner Prophetentochter jeden Abend aufs Neue eiskalt ins Gesicht lüge. In diesem Leben voller Ungewissheiten gibt es eigentlich nur eines, das ich ganz sicher weiß, und zwar, dass mein Kind mich eines Tages verlieren wird.

Früher habe ich Tish ständig angelogen. Ich habe ihr Sachen versprochen, die sie kurzzeitig ablenkten, besänftigten, beschützten.

Ja, ich bin mir ganz sicher, dass es einen Himmel gibt. Ja, ich glaube an den Weihnachtsmann! Nein, deine Eltern lassen sich niemals scheiden. Ja, das Leben ist gerecht, und es gibt die Guten und die Bösen. Mommy weiß Bescheid. Alles geschieht aus einem Grund. Du bist in Sicherheit, Honey. Bei mir bist du sicher.

Das war damals, als ich noch glaubte, meine Aufgabe bestünde darin, Tish Sicherheit zu geben, anstatt sie Mut zu lehren. Damals, als ich noch glaubte, es wäre wichtig, Tish das Leben leicht zu machen, anstatt ihr die Erlaubnis zu geben, zu lernen, dass sie mit den Härten des Lebens fertigwerden kann. Damals, als ich noch glaubte, es läge mehr Zauber im So-tun-als-ob als in dem, was wahrhaftig ist. Damals, als ich noch glaubte, eine Mutter müsste die Heldin ihrer Tochter sein, anstatt ihrer Tochter zu erlauben, ihre eigene Heldin zu werden.

Ich dachte, meine Rolle bestünde darin, Tish vor Schmerz zu bewahren, und lehrte sie dadurch am Ende, dass die Katastrophe direkt um die nächste Ecke lauerte. Indem ich sie ständig beschützte, lehrte ich sie die Angst. Ich lehrte sie, sich zu verstecken. Ich lehrte sie, dass sie unfähig war, mit den Herausforderungen des Lebens umzugehen. *Vorsicht, Baby, sei vorsichtig, Baby, komm her, Honey. Mommy beschützt dich.*

Und dann, vor vier Jahren, war ausgerechnet ich es, die die Katastrophe ins Haus schleppte und sie ihr direkt in den Schoß warf.

Ich brach das Herz, das mir zum Schutz anvertraut war.

Ich sah Tish trauern, und dann sah ich sie wachsen.

Ich lernte, dass man einem Kind das Herz brechen kann, ohne das Kind zu brechen. Heute, drei Jahre nach der Scheidung, ist Tish nicht mehr ständig in Deckung, konstant auf Ausschau nach der nächsten Gefahr. Das Schlimmste trat ein, und sie hat es überlebt. Sie ist ein kleines Mädchen, das den Flammen des Lebens nicht mehr aus dem Weg gehen muss, weil sie gelernt hat, dass sie feuerfest ist. Dieses Wissen können nur Menschen über sich haben, die im Feuer stehen. Das Einzige, was meine Kinder wirklich über sich selbst wissen müssen, ist: Nichts wird sie zerstören. Ich will sie nicht mehr vor den Flammen des Lebens beschützen. Ich will ihnen den Weg ins Feuer weisen und zu ihnen sagen: «Ich sehe eure Angst, sie ist riesengroß. Und ich sehe euren Mut, und der ist größer als die Angst. Weißt du, Baby, wir können schwere Dinge tun. Wir sind feuerfest.»

Könnte ich noch mal von vorne anfangen, würde ich das Schild rauswerfen, das ich in Tishs Kinderzimmer an die Wand hängte, als sie zur Welt kam: «Alles wird gut.» Ich würde es durch einen Satz von Frederick Buechner ersetzen: «Hier ist die Welt. Wunderschöne und schreckliche Dinge werden geschehen. Fürchte dich nicht.»

Seit ich keinen Sinn mehr darin sehe, Tish anzulügen, habe ich mir das Hirn zermartert, um eine Möglichkeit zu finden, mein allabendliches Gelübde zu erneuern und trotzdem die Wahrheit zu sagen. Zum Beispiel könnte ich sie ja wirklich abends ins Bett bringen, sie anlächeln und sagen: «Licht aus, Honey. Du wirst mich auf alle Fälle verlieren.» Aber das ginge dann wahrscheinlich doch eine Spur zu weit.

Schließlich bin ich bei Folgendem gelandet. Inzwischen lautet mein Versprechen an Tish und hoffentlich auch an mich selbst und uns alle:

«Gute Nacht, Baby. Du wirst *dich* nie verlieren.»

TOUCH TREES

Ich liege auf dem Sofa und fröne meinem liebsten Zeitvertreib, nämlich sehr schlechtem Fernsehen. Ich bin seit achtzehn Jahren trocken und habe in dieser Zeit alle Schmerzbetäuber verloren, die ich mal hatte. Ich trinke nicht mehr, ich nehme keine Drogen mehr, ich fresse und kotze nicht mehr, ich lästere nicht mehr unentwegt, und auch Frustkäufe gehören (meistens) der Vergangenheit an. Aber eins kann ich versprechen: Bravo und HGTV gebe ich nicht her. Die Fernbedienung wird man mir erst aus den kalten, toten Händen reißen.

Ich werde Zeugin einer verstörende Situation. Der Moderator der Sendung ist ein raubeiniger Outdoor-Typ. Er ist allein im Wald unterwegs. Offensichtlich hat er sich absichtlich in diese Lage gebracht, und das allein sagt mir, dass er ziemlich schräg drauf ist. Der Mann verirrt sich im Wald. Ich weiß nicht, warum er dieses Problem nicht vorhergesehen hat, jedenfalls wirkt er überrascht, und ich fange sofort an, mir Sorgen zu machen. Es ist offensichtlich keine Rettung in Sicht. Es scheint überhaupt nichts in Sicht zu sein, abgesehen von diversen Tieren und Pflanzen und Schlamm und anderen Naturzeugs, das vielleicht typisch für Wälder ist. Genau kann ich das nicht sagen, ich war noch nie im Wald, weil Wälder nun mal nicht für Menschen gemacht sind.

Unser Survival-Typ hat seit Tagen nichts gegessen. Außerdem sind seine Wasservorräte alle. Meine Superpower ist Empathie, was zur Folge hat, dass ich oft nicht zwischen dem, was anderen zustößt, und dem, was mir passiert, unterscheiden kann. Als meine Frau ins Wohnzimmer kommt, findet sie mich deshalb unter eine Decke zusammengerollt, während ich langsam, aber sicher an Hunger und Durst zugrunde gehe.

Sie zieht die Augenbrauen hoch. «Alles okay, Liebling?»

«Nein!», sage ich. «Schau doch! Er wird sterben, glaub ich. Er hat sich im Wald verlaufen. Er hat nichts mehr zu essen. Ich weiß beim besten Willen nicht, wie wir aus der Nummer wieder rauskommen sollen.»

«Okay, Babe», sagt meine Frau zu mir. «Weißt du noch, worüber wir gesprochen haben? Wie Reality-TV funktioniert? Um das *hier* sehen zu können, muss es *da drüben* ein Filmteam geben. Was bedeutet, dass es höchstwahrscheinlich auch irgendwo einen Eiweißriegel gibt. Er schafft es ganz bestimmt, Liebling.»

Ich bin ihr dankbar für diese Erinnerung. Sie erlaubt es mir, wieder unter der Decke hervorzukriechen und mir den Rest der Sendung mit etwas mehr Abstand anzusehen. Abstand und Abgrenzung ist genau das, was ich brauche, um mir die Lektion, die der gefakte Survival-Typ mich lehren will, zu merken. Er sagt, wenn man sich im Wald verläuft, lautet das wichtigste Ziel, gefunden zu werden. Die beste Möglichkeit, gefunden zu werden, ist zu bleiben, wo man ist. Nur, dass man, wenn man sich im Wald verlaufen hat, unmöglich an Ort und Stelle bleiben kann, weil man losmuss, Nahrung und anderes Zeug suchen, das man zum Überleben braucht.

Bis jetzt habe ich also Folgendes verstanden. Um zu überleben, muss ein Mensch, der sich verlaufen hat:

1. An Ort und Stelle bleiben und
2. Nicht an Ort und Stelle bleiben.

A-ha. Genau aus dem Grund ist der Wald nicht für den Mensch gemacht, denke ich. Ich höre weiter zu.

Der gefakte Survival-Typ kennt die Lösung. Er sagt, die effektivste Strategie, die eine Person, die sich verlaufen hat, anwenden kann, um die Wahrscheinlichkeit zu maximieren, gefunden zu werden und deshalb zu überleben, sei folgende:

Sie muss sich einen Touch Tree suchen.

Ein Touch Tree ist ein markanter, großer, kräftiger Baum, der der verirrten Person als Home-Base dient. Von dort aus kann sie, so viel sie will, im Wald herumstreifen, solange sie nur immer wieder zu ihrem Touch Tree zurückkehrt. Die fortwährende Rückkehr zum Baum wird sie daran hindern, sich zu sehr zu verlieren.

Ich bin mein Leben lang in Wäldern aus Schmerz, Beziehungen, Glaubenssystemen, Karriere, Leistung, Erfolg und Versagen herumgeirrt. Im Rückblick lässt sich mein Verirren jedes Mal zurückverfolgen bis zu einer Entscheidung, in der ich etwas außerhalb von mir selbst zu meinem Touch Tree gemacht habe. Eine Identität. Einen Glaubenssatz. Eine Institution. Ehrgeizige Ideale. Ein Job. Ein anderer Mensch. Ein Regelwerk. Anerkennung. Eine alte Version meiner selbst.

Wenn mich heute das Gefühl überkommt, mich verirrt zu haben, rufe ich mir ins Gedächtnis, dass ich nicht der Wald bin. Ich bin mein eigener Baum. Also kehre ich zu mir selbst zurück und nehme mich neu in Besitz. Sobald ich das tue, spüre ich, wie mein Kinn sich hebt und mein Körper sich aufrichtet.

Ich grabe meine Wurzeln tief in die satte Erde unter meinen Füßen, in jenen Kompost, der aus jedem Mädchen und jeder Frau entstanden ist, die ich einst war, aus jedem Gesicht, das ich je geliebt habe, aus jeder Liebe, die ich verloren habe, jedem Ort, an dem ich jemals war, aus jedem Gespräch, das ich je führte, jedem Buch, das ich je las, und jedem Lied, das ich je sang. Alles, alles zerfällt und verrottet und vermischt sich unter mir. Nichts geht verloren. Dort, tief unter mir, befindet sich meine gesamte

Vergangenheit, die mich jetzt trägt und stützt und nährt. So tief unten, dass niemand außer mir es sehen kann – allein dazu bestimmt, meine Quelle zu sein. Und dann die andere Richtung: Die Krone, weit, weit oben, hinauf bis in die kleinsten Verästelungen, hinauf bis zu meiner Vorstellungskraft, so hoch oben, dass niemand außer mir sie sehen kann – ich strecke mich, wachse, hinauf in Richtung Licht und Wärme. Dann die Mitte, der Stamm, der einzige Teil von mir, der für die Welt vollkommen sichtbar ist. Innen fleischig und weich, und außen gerade hart genug, um mir Schutz und Stütze zu geben. Freiliegend und sicher. Ich bin so alt wie die Erde, in die ich gepflanzt bin, und so neu wie meine winzigste Blüte. Ich bin mein eigener Touch Tree: stark, einzigartig, lebendig. Immer noch wachsend.

Ich habe alles, was ich brauche, unter mir, über mir, in mir. Ich werde mich nie verlieren.

EIMER

Kurz vor dem Einschlafen hörte ich es eines Abends leise an der Schlafzimmertür klopfen. «Komm rein», sagte ich.

Tish kam ins Zimmer und blieb an meinem Bett stehen, mit feuchten Augen und entschuldigendem Blick. «Was ist los, Baby?»

«Ich habe Angst.»

«Wovor denn?»

«Vor allem. Und nichts. Eigentlich ist alles in Ordnung. Aber – aber ich bin ganz alleine hier drin. In meinem Körper. Ich bin ... ich glaube, ich bin einsam. Tagsüber, wenn ich viel zu tun habe, denke ich nicht dran, aber wenn ich abends allein im Bett liege, fällt es mir wieder ein. Ich bin ganz allein hier drin. Das macht mir Angst.»

Tish schlüpfte zu mir unter die Decke. Wir teilten uns das Kopfkissen und sahen uns in die Augen. Wir fingen an zu forschen, versuchten, uns selbst in der anderen zu finden, versuchten, die Grenzen zwischen uns zu verwischen. Das haben wir versucht, seit die Hebamme mir Tish in die Arme legte und ich «Hi, Engel» zu ihr sagte. Seit ich mich zum ersten Mal über sie beugte und versuchte, sie einzuatmen, sie zu inhalieren. Seit ich zum ersten Mal meinen Mund ganz dicht an ihren legte und versuchte, ihren süßen, warmen Atem einzusaugen und ihn zu meinem zu machen. Seit ich zum ersten Mal den ziehenden Schmerz in meinen Backenzähnen spürte, als ich mit ihren Zehen spielte und plötzlich verstand, weshalb manche Tiere ihre Jungen fressen. Tish und ich haben versucht, die Kluft zu schließen, die sich mit ihrer Geburt zwischen uns aufgetan hat, seit damals, als aus einem Körper zwei geworden sind. Doch unser Getrenntsein wird mit jedem Schritt offensichtlicher, mit jedem Wort, mit jedem Jahr, das vergeht. Wir driften auseinander, immer weiter. *Nimm meine Hand, Honey. Komm rein. Ich habe Angst, Mommy.*

Sanft strich ich ihr eine Strähne aus dem Gesicht und flüsterte: «Ich fühle mich auch einsam in dieser Haut. Weißt du noch, heute am Strand, als wir dem kleinen Mädchen dabei zugesehen haben, wie sie in die Wellen lief und mit ihren Plastikeimerchen Meerwasser holte? Manchmal fühle ich mich wie in einem Eimer voller Meer neben anderen Eimern voller Meer. Ich wünschte, wir könnten irgendwie ineinanderfließen, uns vermischen, damit wir nicht mehr so getrennt sind. Leider haben wir immer diese Eimer zwischen uns.»

Tish hatte schon immer einen guten Zugang zu Metaphern. (Das Ding, das du fühlen, aber nicht sehen kannst, Baby, ist wie das Ding, das du *sehen* kannst.) Sie hörte mir zu, wie ich von Eimern redete, und ihre goldbraunen Augen wurden riesengroß. Sie flüsterte: «Ja. Genauso ist es.»

Ich erzählte ihr, dass wir bei unserer Geburt möglicherweise aus unserer Quelle in diese Körpereimerchen gegossen wurden. Wenn wir sterben, werden wir wieder ausgegossen und kehren zu der großen Quelle und zueinander zurück. Vielleicht ist der Tod nur eine Rückkehr – raus aus den winzigen Behältern zurück, wo wir hingehören. Vielleicht verschwindet dann das schmerzhafte Gefühl von Getrenntheit, das wir in unserem Inneren spüren, weil wir wieder ineinanderfließen. Kein Unterschied mehr zwischen dir und mir. Keine Eimer mehr, keine Haut – nur noch Meer.

«Aber bis dahin», sagte ich ihr, «bist du ein Eimer voller Meer. Deshalb fühlst du dich so groß und so klein.»

Sie lächelte. Und schlief ein. Ich betrachtete sie noch eine Weile und flüsterte ihr ein kleines Gebet ins Ohr: *Du bist nicht der Eimer, du bist das Meer. Bleib flüssig, Baby.*

FLUGBEGLEITERINNEN

Eines Vormittags, mitten im Prozess unserer Trennung, rief ich Liz an, um sie in Erziehungsfragen um Rat zu bitten. Liz hat keine Kinder, weshalb sie genug Zurechnungsfähigkeit besitzt, um das größere Ganze zu sehen.

«Ich weiß, ich weiß, ich *weiß*, dass auf der tiefsten Ebene alles gut und schön ist, und den ganzen Mist», sagte ich. «Ich weiß das alles. Aber heute weiß ich es leider trotzdem nicht. Ich habe Angst, dass ich sie kaputtgemacht habe. Sie sind verstört, und sie haben Angst, und das ist um Himmels willen das Einzige, was ich ihnen niemals antun wollte. Das habe ich mir geschworen.»

«Okay, Glennon», sagte Liz. «Für mich sieht das so aus: Du und deine Familie, ihr sitzt gerade in einem Flugzeug. Du bist die Flugbegleiterin und deine Kinder sind die Passagiere auf ihrem allererstem Flug. Das Flugzeug durchfliegt gerade eine Schlechtwetterfront und wackelt bedrohlich.»

«Ja», sagte ich. «Genauso fühlt es sich an.»

«Okay. Was tun Passagiere, wenn das Flugzeug Turbulenzen durchfliegt? Sie schauen zu den Flugbegleiterinnen. Wenn die Flugbegleiterinnen panisch wirken, werden die Passagiere ebenfalls panisch. Wenn die Flugbegleiterinnen ruhig und gelassen bleiben, fühlen die Passagiere sich sicher und folgen den Anweisungen», sagte sie. «Glennon, du fliegst inzwischen lange genug, um zu wissen, dass Turbulenzen zwar manchmal beängstigend sind, aber kein Flugzeug zum Absturz bringen. Turbulenzen sind nicht tödlich, genauso wenig wie eine Scheidung. Wir überleben es. Deine Kids haben Angst, weil sie das noch nicht wissen können. Sie schauen dir suchend ins Gesicht, um dort Informationen zu finden. Dein Job ist es im Augenblick, ihnen zuzulächeln, ruhig zu bleiben und *einfach weiter die beschissenen Nüsschen zu servieren.*»

Also sagte ich mir während der gesamten Scheidungsphase an jedem einzelnen Tag und seitdem sicher eine Million Mal genau das: *Servier einfach weiter die beschissenen Nüsschen, Glennon.*

Ich erzählte einer Freundin von meinem Kindererziehungsmantra, und sie sagte: «Ja, stimmt. Turbulenzen bringen ein Flugzeug nicht zum Absturz. Aber Flugzeuge stürzen trotzdem ab. Was, wenn das, was deine Familie erschüttert, tatsächlich eine Absturzursache ist? Was, wenn deine Familie *tatsächlich* abstürzt?»

Die Freundin einer Freundin erfuhr vor einem Jahr, dass ihre halbwüchsige Tochter an Krebs stirbt. Das sind keine Turbulenzen. Das ist der echte Absturz, vor dem wir alle Angst haben. Das ist eine Familie, die mit dem Wissen vom Himmel stürzt, dass nicht alle Mitglieder den Absturz überleben werden.

Die Frau fing an zu trinken und sich mit Drogen zu betäuben und hörte nicht wieder damit auf. Ihre Tochter starb, während sie high war. Ihre anderen beiden Töchter sahen ihre Schwester in Abwesenheit ihrer Mama sterben, weil sie von Bord gegangen war. Ich denke jeden Tag an diese Mutter. Ich hege großes Mitgefühl mit ihr. Und ich habe Angst um sie. Ich fürchte, dass sie irgendwann doch still wird und diese Stille dann so voll sein wird mit himmelschreiendem Bedauern, dass es ihr unmöglich sein wird, dazubleiben.

Wir haben die Turbulenzen oder die Tragödien, die unseren Familien widerfahren, nicht unter Kontrolle. Der Handlungsstrang unseres Lebens lässt sich zum größten Teil nicht kontrollieren. Wir bestimmen lediglich die Reaktion der Hauptfigur. Wir entscheiden, ob wir diejenige sind, die von Bord geht, oder die, die bleibt und handelt.

Elternschaft bedeutet, inmitten größter Turbulenzen Nüsschen zu servieren. Wenn uns dann die wahre Katastrophe trifft – wenn das Leben unserer Familie Tod bringt, Scheidung, Bankrott, Krankheit –, bedeutet Elternschaft, in die kleinen Gesichter zu blicken und zu verstehen, dass sie genauso große Angst haben wie wir. Elternschaft ist der Gedanke: *Das ist zu viel. Ich kann sie nicht führen. Aber ich werde trotzdem tun, was ich nicht kann.*

Wir setzen uns zu unseren Kindern. Wir drehen ihre Köpfe in unsere Richtung, bis sie den Blick wenden, ihn vom Chaos abwenden und uns direkt in die Augen sehen. Wir sagen zu ihnen: «Schau mich an. Wir sind hier, du und ich. Ich bin da. Ich bin realer als alles, was da draußen ist. Du und ich. Wir halten uns an den Händen und atmen und lieben uns. Selbst, wenn wir vom Himmel stürzen.»

Familie bedeutet: Ob wir abstürzen oder fliegen, wir passen aufeinander auf, den ganzen beschissenen Flug hindurch.

ANLEITUNGEN

Jede Elterngeneration bekommt beim Verlassen der Geburtsklinik eine Anleitung mit auf den Weg.

Die Anleitung für meine Großmutter lautete: Hier ist Ihr Baby. Nehmen Sie es mit nach Hause und lassen Sie es wachsen. Sprechen darf es nur, wenn es angesprochen wird. Leben Sie Ihr Leben.

Die Anleitung für meine Mutter lautete: Hier ist Ihr Baby. Nehmen Sie es mit nach Hause und treffen Sie sich täglich mit Freundinnen, die auch so Dinger haben. Vor sechzehn Uhr nur Leitungswasser, danach Weinschorle. Außerdem Rauchen und Kartenspielen. Sperren Sie die Kinder ins Freie und lassen Sie sie nur zum Essen und Schlafen ins Haus.

Die Glücklichen!

Die Anleitung für uns lautet: Hier ist Ihr Baby. Auf diesen Moment haben Sie Ihr Leben lang gewartet: der Augenblick, in dem das Loch in Ihrem Herzen gestopft ist und Sie endlich wieder ganz sind. Sollten Sie, nachdem wir Ihnen Ihr Kind in die Arme gelegt haben, etwas anderes spüren als vollkommene Erfüllung, suchen Sie sofort Hilfe. Nach dem Gespräch mit der Beratungsstelle suchen Sie sich jemanden für die Frühförderung. Da wir uns bereits seit drei Minuten unterhalten, ist Ihr Kind jetzt schon im Rückstand. Haben Sie Ihren Nachwuchs schon zum Chinesischunterricht angemeldet? Verstehe. Armes Kind. Hören Sie gut zu: *Eltern* ist kein Substantiv mehr – die Zeiten sind vorbei. *Eltern* ist ein Verb, etwas, das ununterbrochen zu tun ist. Synonyme für das Verb *eltern* lauten *beschützen, behüten, abschirmen, ständig in der Nähe sein, ablenken, bespaßen, wiedergutmachen, verplanen* und *sich zwanghaft hineinsteigern*. Elternsein wird Ihnen alles abverlangen: Bitte eltern Sie ganz, mit Körper, Geist und Seele. Eltern ist Ihre neue Religion, in der Sie Ihr Heil finden werden. Dieses Kind ist Ihr Retter. Konvertieren Sie oder seien Sie verdammt. Wir warten gern, während Sie alle anderen Vorhaben Ihres Lebens annullieren. Danke sehr.

Heute lautet das Ziel von Elternschaft: Halten Sie um jeden Preis sämtliche Schwierigkeiten von Ihrem Kind fern.

Zu diesem Zwecke muss Ihr Kind jeden Wettbewerb, an dem es teilnimmt, gewinnen. (Bitte sehr, hier sind Ihre vierhundert Teilnahmepokale mit der Bitte um entsprechende Verteilung). Es muss das Gefühl haben, immer und überall von allen gemocht und geliebt zu werden und auch, dass alle immer in seiner Nähe sein wollen. Es muss konstant beschäftigt und bespaßt werden; jeder Tag auf Erden muss sich für Ihr Kind anfühlen wie Disneyland, nur besser. (Sollten Sie tatsächlich einen Ausflug nach Disneyland planen, kaufen Sie einen Fast Pass, Ihr Kind sollte niemals gezwungen werden zu warten. Niemals. Auf nichts.) Falls andere Kinder nicht mit Ihrem Kind spielen wollen, rufen Sie unbedingt die Eltern an, finden Sie heraus, woran es liegt, und bestehen Sie darauf, dass das Problem gelöst wird. Gehen Sie in der Öffentlichkeit immer vor Ihrem Kind und schirmen Sie es vor unglücklichen Gesichtern ab, die es traurig machen könnten, sowie vor glücklichen Gesichtern, die ihm das Gefühl geben könnten, ausgeschlossen zu sein. Sollte Ihr Kind in der Schule Probleme haben, rufen Sie die Lehrerin an und stellen Sie klar, dass Ihr Kind niemals Fehler macht. Bestehen Sie darauf, dass die Lehrerin sich für ihre Fehler entschuldigt. Lassen Sie niemals zu, dass auch nur ein einziger Regentropfen den empfindsamen Kopf Ihres Kindes berührt. Ziehen Sie dieses Menschenwesen groß, ohne es auch nur eine einzige unangenehme menschliche Emotion fühlen zu lassen. Bereiten Sie ihm ein Leben, ohne zuzulassen, dass ihm das Leben widerfährt. Kurz gesagt: Ihr Leben ist ab heute vorbei, und in Ihrer neuen Existenz dreht sich alles darum, sicherzustellen, dass das Leben Ihres Kindes niemals beginnt. Viel Erfolg!

Unsere Anleitung ist grauenhaft.

Unsere grauenhafte Anleitung ist der Grund, weshalb wir uns erschöpft fühlen, neurotisch werden und ein permanent schlechtes Gewissen haben.

Außerdem ist unsere grauenhafte Anleitung der Grund, weshalb unsere Kinder so ätzend sind.

Denn Menschen, die nicht ätzend sind, haben versagt, sich den Schmutz abgeklopft und es noch einmal versucht. Menschen, die nicht ätzend sind, wurden verletzt und haben deshalb Mitgefühl mit anderen, die ebenfalls verletzt wurden. Menschen, die nicht ätzend sind, haben aus ihren Fehlern gelernt, indem sie die Konsequenzen daraus getragen haben. Menschen, die nicht ätzend sind, haben gelernt, mit Bescheidenheit zu siegen und in Würde zu verlieren.

Unsere Anleitung hat uns dazu verleitet, unseren Kindern das zu verwehren, was sie zu starken Menschen macht: Mühe.

Unsere grauenhafte Anleitung ist außerdem der Grund, weshalb wir uns im Trivialen verlieren, während die Welt, die unsere Kinder bewohnen werden, zusammenbricht. Wir steigern uns in die Zubereitung der ultimativen Pausensnacks hinein, während sie in der Schule in Anti-Amok-Übungen ihren eigenen Tod erproben. Wir zerfleischen uns mit Collegevorbereitungen, während um sie herum die Erde schmilzt. Ich glaube nicht, dass je eine Generation mehr bemuttert und weniger geschützt wurde.

Eine neue Anleitung für uns:

Hier ist Ihr Kind.

Lieben Sie Ihr Kind, zu Hause, an der Wahlurne, auf der Straße.

Muten Sie ihm alles zu.

Seien Sie da.

GEDICHTE

Als Chase klein war, saß er oft am Küchentisch, zeichnete Weltkarten und erstellte Listen aller Länder der Erde mit ihren Hauptstädten. Er verbrachte ganze Nachmittage damit, eigene Songtexte zu schreiben, und ständig flatterten überall im Haus kleine Gedichte von ihm herum.

Zu seinem dreizehnten Geburtstag bekam Chase ein Handy, weil er sich so dringend eins gewünscht hatte und wir ihn glücklich machen wollten. Wir konnten zusehen, wie er langsam verblasste. Er hörte auf, Karten zu zeichnen, zu lesen und zu schreiben, und Zettelchen mit Gedichten fanden wir auch keine mehr. Wenn er mit uns zusammen war, spürte ich seinen Drang, stattdessen *dort* zu sein. Er war selbst dann abwesend, wenn er nicht an seinem Handy hing. Seine Augen wurden ein bisschen trüber und schwerer. Früher hatte Chase die leuchtendsten Augen, die ich je gesehen hatte, und dann, eines Tages, war das Leuchten plötzlich weg. Chase hatte in seinem Telefon einen Ort gefunden, in dem die Existenz einfacher war als in seiner eigenen Haut.

Das ist deshalb tragisch, weil uns das Jucken unserer Haut dabei hilft, zu entdecken, wer wir sind. Wenn wir uns langweilen, fragen wir uns: Was soll ich mit mir anfangen? Wir werden in Richtung bestimmter Dinge gelenkt: Stift und Papier, eine Gitarre, der Wald hinter dem Haus, ein Fußball, ein Pfannenwender. Der Moment, der auf den Augenblick folgt, in dem wir nicht wissen, was wir mit uns anfangen sollen, ist der Moment, in dem wir uns finden. Im Anschluss an juckende Langeweile folgt Selbstfindung. Doch dazu müssen wir die Langeweile lange genug ohne rettende Ablenkung aushalten.

Eltern machen sich in Bezug auf Kinder und ihre Smartphones unendlich viele Sorgen. Wir haben Angst, dass wir Kinder mit einer kommerzialisierten Sicht auf Sex großziehen, mit einem Mangel an echter Verbindung, mit gefilterten Konzepten darüber, was Menschsein bedeutet. Meine größte Sorge ist jedoch, dass wir unseren Kindern ihre Langeweile stehlen, wenn wir ihnen ein Smartphone in die Hand drücken. Das Ergebnis daraus ist eine Generation Schriftsteller, die nie anfangen werden zu schreiben, Künstler, die nie anfangen werden zu kritzeln, Spitzenköche, die niemals eine Küche in einen Saustall verwandeln, Athleten, die nie einen Ball gegen die Wand kicken werden, Musiker, die niemals zur Gitarre ihrer Tante greifen und anfangen, darauf herumzuklimpern.

Ich unterhielt mich einmal mit einer Managerin aus dem Silicon Valley, die in der Entwicklung und Verbreitung von Handys eine entscheidende Rolle gespielt hatte. Ich fragte sie, wie alt ihre Kinder gewesen waren, als sie ihre ersten Telefone bekamen. Lachend erwiderte sie: «Oh, meine Kinder haben keine Telefone.» «Aha», sagte ich. *Fix deine Kids nie mit deinem eigenen Stoff an.* Die Entwickler von Smartphones sind kreative Menschen, und sie wollen, dass ihre Kinder selbst Kreative werden, nicht nur Konsumenten. Sie wollen nicht, dass ihre Kinder da draußen nach sich suchen; sie wollen, dass ihre Kinder sich im Innen selbst entdecken. Sie wissen, dass Smartphones dazu dienen, uns süchtig nach dem äußeren Leben zu machen, und dass wir, wenn wir uns nie nach innen wenden, niemals die werden, die zu sein wir bestimmt sind.

Abby, Craig und ich sprachen ständig über Chases langsames Verschwinden, aber wir unternahmen nichts dagegen. Mein Bauch sagte mir, dass Chase süchtig nach seinem Telefon wurde und dass dies sein Wachstum und seinen Frieden zerstörte. Aber ich hatte Angst, dass er, wenn ich ihm das Telefon wegnahm, isoliert und abgehängt sein würde. Weil er dann viel zu anders als die anderen sein würde. Ich brauchte zwei weitere Jahre, um mich daran zu erinnern, dass die Angst vor dem Anderssein ein schrecklicher Grund für eine Mutter ist, nicht zu tun, was sie zum Wohle ihres Kindes tun muss.

Als Chase auf die Highschool kam, bat ich ihn, mit mir einen Spaziergang zu machen. Wir gingen unsere Auffahrt hinunter, bogen auf den Bürgersteig ab, ich wandte mich meinem klugen, schönen Sohn zu und sagte: «Ich habe als deine Mutter viele Fehler gemacht. Aber das weiß man immer erst hinterher. Mir fällt keine einzige Entscheidung ein, die zu der Zeit, als ich sie getroffen habe, falsch für dich war. Bis jetzt. Ich weiß, dass ich mich dir gegenüber nicht richtig verhalte, wenn ich zulasse, dass dieses Telefon in deinem Leben bleibt. Ich weiß, dass du wieder zufriedener wärst, wenn ich dir das Telefon wegnehmen würde. Du wärst wieder präsent. Du hättest vielleicht nicht mehr so viel Kontakt zu all deinen Schul- und Sportfreunden, aber dafür wieder mehr echten Kontakt zu deinen richtigen Freunden. Du würdest wahrscheinlich wieder anfangen zu lesen und wärst wieder in deinem wundervollen Gehirn und Herz zu Hause anstatt in der Cyberwelt. Wir würden viel weniger unserer kostbaren gemeinsamen Zeit verschwenden.

All das weiß ich. Ich weiß, was ich für dich tun müsste, aber ich tue es nicht. Ich glaube, es liegt daran, dass deine Freunde Smartphones haben und ich dich nicht zwingen will, anders zu sein. Das berühmte Aber-das-machen-alle-so-Argument. Andererseits weiß ich, dass es fast schon normal ist, dass alle erstmal Sachen machen, die sich später als süchtig machend und potenziell tödlich herausstellen. Rauchen zum Beispiel. Vor ein paar Jahren haben alle noch ständig geraucht.»

Chase blieb eine Weile stumm. Wir gingen weiter. Dann sagte er: «Ich hab irgendwo gelesen, dass Kinder durch ihr Telefon depressiver und gestresster werden. Da stand auch, dass wir nicht mehr so gut miteinander reden können. In letzter Zeit fällt mir manches davon bei mir selber auf. Außerdem habe ich gelesen, Ed Sheeran hätte sich von seinem Handy getrennt.»

«Was glaubst du? Weshalb hat er das getan?»

«Er hat gesagt, er will selber Dinge machen, nicht nur ständig Sachen anschauen, die andere Menschen gemacht haben, und dass er die Welt mit seinen eigenen Augen statt auf einem Bildschirm sehen will. Ich glaube, ich wäre ohne mein Telefon wahrscheinlich glücklicher. Manchmal spüre ich richtig den Drang, draufzuschauen – als hätte das Telefon Macht über mich. Wie ein Job, den ich nicht will oder für den ich kein Geld bekomme oder so was. Es fühlt sich manchmal richtig stressig an.»

«Okay», sagte ich.

Chase und Tish beschlossen, Social Media den Rücken zu kehren und ihre Telefone nur noch für Nachrichten zu benutzen. Wir werden bei Amma bis zur Highschool warten, ehe sie ihr eigenes Telefon bekommt. Wir wollen ihr nicht zu früh einen Job verpassen. Wir wollen ihr das Geschenk der Langeweile machen, damit sie herausfinden kann, wer sie ist, ehe sie lernt, wen die Welt aus ihr machen will. Wir haben entschieden, dass unser Job als ihre Eltern nicht darin besteht, sie glücklich zu machen. Unser Job besteht darin, sie weiter Mensch sein zu lassen.

In dieser Geschichte geht es nicht um Telefone. In dieser Geschichte geht es um das innere Wissen.

Mutiges Elternsein bedeutet, auf das innere Wissen zu hören – auf unseres und das unserer Kinder. Mutiges Elternsein bedeutet, für unser Kind das Wahre und Schöne zu tun, sosehr es auch der gesellschaftlichen Norm zuwiderlaufen mag. Es geht darum, dass wir nicht mehr so tun müssen, als wüssten wir es, wenn wir tatsächlich wissen, was unsere Kinder brauchen.

JUNGEN

Ich habe damit begonnen, meine Töchter zu Feministinnen zu erziehen, als sie noch in meinem Bauch waren. Mir war klar, dass die Erziehung durch die Welt von der Sekunde ihrer Geburt an ihren Lauf nehmen würde, und ich wollte, dass sie bereit waren. Bereit hieß, in der Lage zu sein, auf ein inneres Narrativ zurückzugreifen, was es bedeutet, eine Frau zu sein, das sie dem Narrativ der Welt entgegensetzen konnten. Mir stand als Kind kein alternatives Narrativ zur Verfügung, und als die Welt mir erzählte, ein richtiges Mädchen wäre klein, ruhig, hübsch, zuvorkommend und sympathisch, dachte ich, das wäre die Wahrheit. Ich inhalierte diese Lügen und wurde sehr krank davon. Entweder, Kinder lernen von den Erwachsenen in ihrem Leben, die Käfige zu erkennen und ihnen zu widerstehen, oder sie werden von unserer Kultur darauf trainiert, sich in den Käfig sperren zu lassen. Mädchen, die in eine patriarchale Gesellschaft hineingeboren werden, werden entweder raffiniert oder krank.

Ich wollte meinen Töchtern Folgendes beibringen: Du bist ein Mensch, und es ist dein Geburtsrecht, vollkommen menschlich zu bleiben. Du kannst alles werden: Laut leise frech klug vorsichtig impulsiv kreativ freudvoll groß wütend neugierig gefräßig ambitioniert. Du hast die Erlaubnis, Raum einzunehmen auf dieser Welt, mit deinen Gefühlen, deinen Ideen, mit deinem Körper. Du musst nicht schrumpfen. Du musst keinen Teil von dir verstecken, niemals.

Es ist für eine Frau ein lebenslanger Kampf, ganz und frei zu bleiben in einer Welt, die wild entschlossen ist, sie in einen Käfig zu sperren. Ich möchte meinen beiden Töchtern alles mitgeben, was sie brauchen, um für ihr vollständiges Menschsein zu kämpfen. Die Wahrheit ist die einzige Waffe, die in der Lage ist, die allgegenwärtigen Lügen zu schlagen, die die Welt ihnen immer wieder auftischen will.

Also setzte ich meiner Wassermelone von Bauch abends die Kopfhörer auf und spielte ihnen Hörbücher über mutige, komplizierte Frauen vor. Nach ihrer Geburt wiegte ich meine Töchter mit Geschichten über Frauen in den Schlaf, die aus den Käfigen ihrer Kultur ausgebrochen waren, um ein Leben in Freiheit zu leben und die Welt mit ihren Gaben zu beschenken. Als sie größer wurden, spielten wir beim Spazierengehen Beruferaten über die Frauen, denen wir begegneten: «Die ist bestimmt Ingenieurin, CEO, Olympiasportlerin!» Wenn eine andere Mutter im Spaß die Herrschsucht meiner Tochter erwähnte, sagte ich: «Toll, oder? Sie ist die geborene Führungskraft.» Wenn meine Töchter beim Spielen verloren und wütend wurden, sagte ich: «Es ist okay, wütend zu sein.» Als sie in die Schule kamen und damit in die Versuchung, ihr Licht zu dimmen und sich kleinzuschrumpfen, sagte ich: «Heb weiter die Hand, Honey. Du darfst auch da draußen in der Welt dein freches, wunderbares, kluges Selbst sein. Du kannst selbstsicher sein und trotzdem ein Mädchen.»

Es funktionierte. Als sie größer waren, stellten sie nach der Schule Fragen wie: «Warum heißt es immer der Sieger?» Von ihren Lehrerinnen wollten sie wissen, warum in der Verfassung immer nur von *Er* die Rede war. Sie bestanden darauf, dass wir sie von ihrer christlichen Grundschule nahmen, weil ihre Lehrerin sich gegen die Idee sperrte, von Gott als *Sie* zu sprechen. Als Tish ihr Fußballtrikot mit der Aufschrift «Lady Bruins» bekam, zettelte sie eine Revolte an und verlangte, dass entweder das Wort «Lady» von den Trikots verschwand oder die Jungs Trikots bekamen, auf denen «Gentleman Bruins» stand. Amma trug in der Schule Hosenanzüge und zuckte nur die Achseln, als die anderen Kinder sie Junge nannten. Als ich mich beschwerte, weil ich einen Termin zum Ansatzfärben meiner grauen Haare verpasst hatte, fragte Tish mich: «Warum versuchst du, anders zu sein, als du bist?»

Vor fünf Jahren war ich in der Küche beschäftigt, und im Hintergrund lief CNN. Ich wollte schon umschalten, als mir in der Berichterstattung ein ganz bestimmtes, ziemlich verstörendes Muster auffiel.

Der erste Beitrag handelte von mehreren weißen männlichen Regierungsmitarbeitern, die man überführt hatte, sich durch Lügen und Betrug ihre Macht gesichert zu haben. Der zweite Beitrag beinhaltete Bilder von einem Polizisten, der brutal auf einen unbewaffneten schwarzen Teenager einprügelte. Danach folgten Berichte über:

Einen fünfzehnjährigen Amokläufer, der drei Klassenkameraden erschossen hatte, darunter ein Mädchen, das seine Avancen zurückgewiesen hatte.

Die Mitglieder einer Lacrosse-Mannschaft, die wegen Gruppenvergewaltigung verurteilt worden waren.

Einen Collegeschüler, der bei einem Mobbing-Vorfall ums Leben gekommen war.

Einen schwulen Mittelschüler, der sich erhängt hatte, weil er in der Schule schikaniert worden war.

Einen fünfunddreißig Jahre alten Kriegsveteranen, der «dem Druck seiner posttraumatischen Belastungsstörung nicht standhalten konnte».

Ich starrte mit offenem Mund in den Fernseher und dachte:
O Gott!
So sieht es aus, wenn Jungen versuchen, den Anforderungen unserer Gesellschaft Folge zu leisten.

Auch ihnen ist es verboten, ganz zu sein.
Die Jungen sind auch in Käfige gesperrt.

Jungen, die glauben, dass echte Männer allmächtig sind, werden lügen und betrügen und stehlen, um an die Macht zu kommen und die Macht zu behalten.

Jungen, die glauben, Mädchen existieren, um sie zu bestätigen, werden die Zurückweisung einer Frau als persönlichen Angriff auf ihre Männlichkeit begreifen.

Jungen, die glauben, eine offene, verletzliche Beziehung zwischen Männern sei schändlich, werden schwule Jungen gewaltsam hassen.

Jungen, die glauben, dass Männer nicht weinen, werden zu Männern, die toben.

Jungen, die lernen, dass Schmerz Schwäche ist, sterben, ehe sie um Hilfe bitten.

Ein amerikanischer Junge zu sein, ist eine schreckliche Falle. Wir erziehen Jungen zu dem Glauben, um ein Mann zu werden, müsste man Frauen objektivieren und erobern, müsste man Wohlstand und Macht über alles andere stellen und alle Gefühle außer Konkurrenzdenken und Wut unterdrücken. Und reagieren dann mit Fassungslosigkeit, wenn unsere Söhne genau das werden, wozu wir sie erzogen haben. Unsere Söhne können unsere Vorgaben nicht erfüllen, aber sie betrügen und sterben und töten in dem Bemühen, es zu tun. Alles, was einen Jungen menschlich macht, gilt einem «echten Mann» als schmutziges Geheimnis.

Auch unsere Männer stecken in Käfigen. Die Anteile ihrer selbst, die sie verstecken müssen, um in diese Käfige hineinzupassen, sind jene Anteile ihrer Menschlichkeit, denen unsere Kultur das Etikett «weiblich» verpasst hat – Wesenszüge wie Mitleid, Zärtlichkeit, Weichheit, Ruhe, Freundlichkeit, Bescheidenheit, Unsicherheit, Empathie, Verbundenheit. Wir sagen ihnen: «Das alles darfst du nicht sein, denn das sind weibliche Attribute. Du kannst alles sein, aber nicht weiblich.»

Das Problem ist, dass die Anteile, die wir unseren Söhnen abtrainiert haben, in Wirklichkeit keine weiblichen Wesenszüge sind, sondern menschliche. In Wirklichkeit existiert so etwas wie «weibliche Qualitäten» nicht, weil es so etwas wie Weiblichkeit oder Männlichkeit in Wirklichkeit nicht gibt. «Weiblichkeit» ist lediglich eine Zusammenstellung menschlicher Eigenschaften, die eine Kultur in einen Eimer gießt, den sie mit dem Etikett «weiblich» versieht.

Geschlechter sind nicht ursprünglich, Geschlechter sind festgesetzt. Wenn wir sagen «Mädchen sind fürsorglich, und Jungen sind ehrgeizig. Mädchen sind weich, und Jungen sind hart. Mädchen sind emotional, und Jungen sind stoisch», sagen wir damit nicht die Wahrheit, wir teilen Glaubenssätze – Glaubenssätze, die irgendwann zu Mandaten wurden. Wenn diese Aussagen uns wahr erscheinen, dann deshalb, weil wir alle so vortrefflich programmiert wurden. Menschliche Qualitäten haben kein Geschlecht. Was jedoch den Geschlechtern zugeschrieben wurde, ist die Erlaubnis, bestimmte Wesensmerkmale auszudrücken. Wozu? Wozu muss unsere Kultur sich derart strikten Geschlechterrollen unterwerfen? Und weshalb soll es für unsere Kultur so unglaublich wichtig sein, alles, was mit Zärtlichkeit und Erbarmen zu tun hat, als *weiblich* abzustempeln?

Weil *der Status quo durch das Verbot, diesen Qualitäten Ausdruck zu verleihen, seine Macht erhält.* In einer Kultur, die derart aus dem Gleichgewicht geraten ist wie unsere – in der ein paar wenige Milliarden horten, während andere verhungern, in der Kriege um Öl geführt werden, in der Kinder erschossen werden, während Waffenproduzenten und Politiker das Blutgeld kassieren –, dürfen Erbarmen, Menschlichkeit und Verletzlichkeit nicht toleriert werden. Erbarmen und Mitgefühl sind für eine ungerechte Gesellschaft die größten Bedrohungen.

Und wie genau zermalmt Macht die Ausdrucksformen dieser Wesenszüge? In einer frauenfeindlichen Gesellschaft genügt es, sie als weiblich abzustempeln. Auf diese Weise können wir sie an Frauen für immer geringschätzen und bei Männern für immer mit Scham belegen. Ta-da: Und schon gibt es keine unbequeme, weltverändernde Zärtlichkeit mehr, mit der man sich herumschlagen muss. Wir können unbehelligt weitermachen, ohne dass die von uns gemeinsam empfundene Menschlichkeit den Status quo auf irgendeine Weise bedroht.

Ich stand in der Küche und starrte den Fernseher an. Ich dachte darüber nach, wie ich meine beiden Mädchen vom ersten Tag an darauf vorbereitet hatte, für ihre Menschlichkeit zu kämpfen.

Fuck!

Ich habe auch noch einen Sohn.

Ich kann mich nicht daran erinnern, meinen Sohn mit Geschichten über zärtliche Männer in den Schlaf gewiegt zu haben. Ich kann mich nicht erinnern, dass wir beim Spazierengehen auf Männer gezeigt hätten: «Der da ist bestimmt Dichter, Lehrer, hingebungsvoller Vater.» Wenn ein Erwachsener im Gespräch das Feingefühl meines Sohnes erwähnte, kann ich mich nicht erinnern, etwas gesagt zu haben wie: «Toll, oder? Sein Einfühlungsvermögen ist seine Stärke.» Als er in die Schule kam, sagte ich nicht: «Da draußen in der Welt darfst du still sein, traurig, mitfühlend, klein, verletzbar, liebevoll und freundlich. Du darfst dir deiner selbst unsicher sein und kannst trotzdem ein Junge sein.» Ich habe nicht zu ihm gesagt: «Mädchen sind nicht dazu da, erobert zu werden. Sie existieren nicht, um in den Geschichten von Männern eine Nebenrolle zu spielen. Sie existieren für sich allein.»

Ich will, dass mein Sohn seine Menschlichkeit behält. Ich will, dass er ganz bleibt. Ich will nicht, dass er krank wird; ich will, dass er raffiniert wird. Ich will nicht, dass er sich in einen Käfig sperren lässt, in dem er langsam zugrunde geht oder aus dem er sich seinen Weg heraustötet. Ich will nicht, dass mein Sohn sich auch in einen bewusstlosen Ziegelstein verwandelt, den die Macht benutzt, um sich ihre Festung zu mauern. Ich will, dass er die wahre Geschichte kennt, die da lautet: Er besitzt die Freiheit, ein ganzer Mensch zu sein, und zwar für immer.

Mein Sohn ist ein guter Schüler und Sportler. Er belegt anspruchsvolle Wahlfächer, bleibt nächtelang wach, um zu lernen, und steht dann früh auf, um zu trainieren. Bis vor ein paar Monaten benutzte ich selbst das als Ausrede, um ihm seine Faulheit zu Hause durchgehen zu lassen. Während er in der Schule war, räumte ich in seinem Zimmer auf, ich wusch ihm die Wäsche und beseitigte das Chaos, das er abends im Wohnzimmer hinterlassen hatte.

Eines Abends bat er darum, den Abwasch sausen lassen zu dürfen, um seine Hausaufgaben zu beenden. Ich ließ ihn gehen, und Abby, die Mädchen und ich räumten die Küche auf. Abends im Bett sagte Abby zu mir: «Babe, ich weiß, dass du es aus Liebe tust, aber du lässt Chase ziemlich viel durchgehen, und er nutzt es aus.»

«Das ist lächerlich!», antwortete ich und lag dann da und starrte eine Stunde lang zur Decke rauf.

Am nächsten Tag sah ich im Fernsehen einen Werbespot, in dem es um ein junges Paar ging, das gerade Eltern geworden war. Die junge Mutter ließ das Kind beim Vater, um zum ersten Mal nach der Babypause wieder zur Arbeit zu gehen. Die Kamera folgte dem Vater durchs Haus, während Alexa flötend alle möglichen Anweisungen von sich gab, die die fürsorgliche Mutter am Vorabend programmiert hatte: «Nicht vergessen: um neun Uhr Musikunterricht! Nicht vergessen: um zwölf Uhr das Mittagessen, Fläschchen steht im Kühlschrank! Du machst das super!» Die Zuschauer sollten verzückt reagieren, wie niedlich!

Ich dachte nur: Von welchem Stern ist der denn gekommen? Ist der *neu* hier? Wieso braucht er minutengenaue Anweisungen, um sich um sein Kind zu kümmern? Wie hat sich die Mutter des Kindes auf diesen Tag vorbereitet? Zusätzlich dazu, dass sie sich bereit machte, wieder zur Arbeit zu gehen, verbrachte die Mama den Vorabend damit, sich gedanklich mit jeder einzelnen Minute des Tages ihres *Mannes* auseinanderzusetzen. Sie versetzte sich in all seine Bedürfnisse und die Bedürfnisse des Babys hinein und trainierte dann auch noch Alexa darauf, dem Vater den ganzen Tag die Hand zu halten, damit er überhaupt nicht mehr selbst denken musste. Dabei wirkte der Vater durchaus wie ein Erwachsener, der seinen Sohn liebt. Es gab überhaupt keinen Grund, weshalb er nicht haargenau so gut wie seine Frau dazu in der Lage sein sollte, für seinen Sohn zu sorgen. Sie waren beide eben erst Eltern geworden. Wie hatte einer von ihnen so hilflos werden können?

Oh, dachte ich. OH*!*

Am nächsten Tag bekam Chase von mir eine Liste mit Aufgaben. Er erledigte nicht alles davon. Als ich ihn zur Rede stellte, sagte er: «Es tut mir wirklich leid, Mom, aber ich schreibe morgen Physik.»

«Nein, Chase, *mir tut es leid*», antwortete ich. «Ich habe dir die falschen Signale gesendet. Ich habe dir versehentlich beigebracht, dass es wichtiger ist, da draußen zu bestehen, als hier drinnen die Familie zu unterstützen. Ich habe dir beigebracht, dass bei uns zu Hause der Ort ist, an dem du deine restliche Energie rauslassen kannst, und dass da draußen der Ort ist, wo du dein Bestes gibst. Es ist höchste Zeit für eine Kurskorrektur mit folgendem Fazit: Es ist mir scheißegal, wie viel Respekt du dir draußen in der Welt erarbeitest, solange du den Menschen in deinem Zuhause nicht mit Respekt begegnest. Wenn du das nicht hinkriegst, spielt nichts von dem, was du da draußen tust, eine besonders große Rolle.»

Unsere Jungen kommen mit einem riesigen Potenzial an Fürsorge, Liebe und Hilfsbereitschaft zur Welt. Wir müssen damit aufhören, ihnen das abzuerziehen.

Vor Jahren traf mein Ex-Mann sich mit einem alten Freund zum Abendessen, der gerade Vater geworden war. Es wurde ein langer Abend, und als Craig wieder nach Hause kam, sagte ich: «Ich will alles wissen! Wie heißt das neue Baby?»

«Hm, keine Ahnung», sagte Craig.

«Was? Okay», antwortete ich. «Wie läuft es zu Hause? Sind sie erschöpft? Wie sind die Nächte? Wie kommt Kim mit der neuen Situation zurecht?»

«Hab ich nicht gefragt.»

«Okay. Wie geht es seiner Mutter? Wird der Krebs schlimmer?»

«Hat er nicht erzählt.»

«Moment. Worüber habt ihr eigentlich stundenlang geredet?»

«Keine Ahnung. Über die Arbeit. Über Fußball?»

Ich weiß noch, dass ich Craig ansah und dachte: *Ich würde für kein Geld der Welt mit dir tauschen wollen.* Ich hätte die Anfänge des Elternseins nicht ohne gute Freundinnen überstanden, mit denen ich mich darüber austauschen konnte, wie hart das alles war. Es muss sehr einsam sein, ein Mann zu sein. Es muss schwer sein, all die Dinge allein mit sich herumzuschleppen, deren Last dazu gedacht ist, von allen gemeinsam getragen zu werden.

Ich will nicht, dass mein Sohn darauf dressiert wird, einsam zu sein. Und deshalb drehe ich, wenn ich mal wieder an der Reihe bin, Chase und seine Freunde kreuz und quer über Gottes weites Erdenrund zu kutschieren, das Radio leise und frage:

Was war diese Woche euer allerpeinlichster Augenblick?
Was mögt ihr an Jeff am liebsten? An Juan? An Chase?
He, Jungs: Was glaubt ihr? Wer ist das einsamste Kid bei euch in der Klasse?
Wie fühlt ihr euch, wenn ihr euch bei der Anti-Amok-Übung mit euren Freunden im Wandschrank versteckt?

Ich kann im Rückspiegel sehen, wie sie die Augen verdrehen und sich feixende Blicke zuwerfen. Aber dann fangen sie an zu erzählen, und ich staune immer wieder, wie interessant ihre Gedanken, Gefühle und Ideen sind.

Ich kann mich noch erinnern, dass einer der Jungs einmal etwas besonders Verletzliches sagte und die anderen peinlich berührt kicherten. Ich sagte: «He! Nicht vergessen, wenn ihr über etwas lacht, das jemand anderes gesagt hat, geht es dabei nie um den anderen. Es geht immer um euch. Er hatte den Mut, ehrlich zu sein; jetzt habt ihr den Mut, damit umzugehen. Das Leben ist schwer; es ist wichtig, dass man bei seinen Freunden sicher ist.»

Unsere Söhne sind ebenso menschlich wie unsere Töchter. Sie brauchen die Erlaubnis, die Gelegenheit und einen sicheren Ort, um ihr Menschsein zu teilen. Wir sollten unsere Söhne und ihre Freunde zu echten, verletzlichen Gesprächen ermutigen. Wir sollten ihnen Fragen stellen, zu ihren Gefühlen, Beziehungen, Hoffnungen und Träumen, damit aus ihnen nicht irgendwann Männer mittleren Alters werden, denen es ausschließlich erlaubt ist, sich über Sport, Sex, Politik und das Wetter zu unterhalten. Wir sollten unseren Söhnen dabei helfen, Erwachsene zu werden, die das Leben nicht alleine schultern müssen.

Mein Freund Jason erzählte mir, dass er seine ganze Kindheit hindurch ausschließlich im Bad weinte, weil seine Eltern mit seinen

Tränen nicht umgehen konnten. «Reiß dich zusammen», sagten sie. «Steh deinen Mann.»

Er erzählte mir, dass er und seine Frau Natasha versuchen, ihren Sohn anders zu erziehen. Sie wollen, dass Tyler all seinen Gefühlen auf sichere Weise Ausdruck geben kann, und damit das gelingt, hat Jason ihm Verletzlichkeit vorgelebt, indem er sich vor Frau und Sohn offener gibt. Er erzählte mir aber auch: «Kann sein, dass ich mir das einbilde, aber ich habe das Gefühl, sobald ich mich verletzlich zeige, fühlt Natasha sich unwohl. Sie sagt, sie möchte, dass ich einfühlsam bin, aber die beiden Male, als ich vor ihren Augen geweint und zugegeben habe, dass ich Angst habe, konnte ich spüren, wie sie sich zurückzog.»

Weil Natasha eine sehr gute Freundin von mir ist, habe ich sie direkt darauf angesprochen. Ich erzählte ihr, was Jason gesagt hatte, und sie wirkte überrascht: «Ich fasse es nicht, dass er das tatsächlich gemerkt hat. Er hat recht. Es ist mir unangenehm, wenn er weint. Es ist mir peinlich, aber ich verspüre dann fast eine Art Ekel. Letzten Monat hat er zugegeben, dass er sich Sorgen um Geld macht. Ich sagte ihm, dass wir das gemeinsam durchstehen, aber in Wirklichkeit dachte ich heimlich bei mir: *Steh deinen Mann, Alter!* STEH DEINEN MANN? Ich bin Feministin, Himmel noch mal! Das ist furchtbar. Es ergibt überhaupt keinen Sinn.»

Es ist nicht furchtbar, und es macht absolut Sinn. Wir Frauen sind von den kulturellen Standards der Männlichkeit genauso vergiftet wie die Männer und geraten in Panik, wenn ein Mann sich aus seinem Käfig heraustraut. Und dann beschämt unsere Panik sie so sehr, dass sie sich sofort wieder dorthin zurückziehen. Wir müssen uns also entscheiden, ob wir wollen, dass unsere Partner, unsere Brüder, unsere Söhne stark und allein sind oder frei und getragen.

Vielleicht beinhaltet die Selbstbefreiung einer Frau auch,

außer sich selbst ihren Partner, ihren Vater, ihren Bruder, ihren Sohn zu befreien. Wenn unsere Männer und Söhne weinen, sollten wir ihnen weder mit Worten noch mit unserem Verhalten «Nicht weinen, Liebling» signalisieren. Wir sollten lernen, unseren Männern mit einem guten Gefühl zu erlauben, behutsam und konsequent dem Schmerz Ausdruck zu verleihen, ein Mensch zu sein, damit sie nicht automatisch auf die Option zurückgreifen müssen, den Druck auf brutale Weise abzulassen. Wir sollten unsere eigene Stärke umarmen, damit unsere Männer im Gegenzug weich werden dürfen. Wir alle – Männer, Frauen und alle anderen dazwischen oder auch längst darüber hinaus – sollten uns unser vollständiges Potenzial als Menschen zurückerobern.

GESPRÄCHE

Als Tish neun war, waren wir mal wieder in unserem Lieblingsbuchladen. Tish blieb am Eingang stehen und betrachtete das Zeitschriftenregal – eine Wand aus Cover-Models, eine blonder, dünner und ausdrucksloser als die andere. Lauter Gespenster und Puppen. Tish starrte wortlos die Auslage an.

Wie immer verspürte ich den Drang, sie abzulenken, weiterzuziehen, den irritierenden Stein des Anstoßes hinter uns zu lassen. Doch diese Botschaften lassen sich nicht verdrängen, denn sie sind allgegenwärtig. Entweder, wir lassen unsere Kinder damit allein, sich darauf ihren Reim zu machen, oder wir nehmen das Thema gemeinsam in Angriff.

Ich legte Tish den Arm um die Schultern, und wir betrachteten eine Weile schweigend die glänzenden Cover.

> ICH: Interessant, oder? Was sagen dir diese Bilder darüber, was es heißt, eine Frau zu sein?
>
> TISH: Ich glaube, dass Frauen sehr dünn sind. Und blond. Und sehr helle Haut haben. Und dass sie total stark geschminkt sind und hohe Schuhe tragen. Außerdem haben sie fast nichts an.
>
> ICH: Was hältst du von dieser Geschichte? Schau dich mal in diesem Laden um. Passen die Frauen hier zu der Vorstellung, die diese Zeitschriften uns über Frauen verkaufen wollen?

Tish sah sich um. Eine Buchhändlerin mit grauen Haaren sortierte neben uns ein paar Bücherstapel neu. Am Tisch mit den Memoiren blätterte eine Latina in einem Taschenbuch. Eine hochschwangere Frau mit blauen Igelhaaren zankte sich mit einem Kekse mampfenden Kleinkind.

TISH: Nein, überhaupt nicht.

Als wir wieder zu Hause waren, verschwand Tish in ihrem Zimmer. Eine Viertelstunde später ging oben die Tür auf, und sie schrie zu mir runter: «MOM! WIE SCHREIBT MAN PETITION?»
Ich musste selbst googeln. Schweres Wort.
Kurz darauf kam sie mit einem selbstgebastelten Plakat in die Küche zurück. Sie räusperte sich kurz, dann las sie vor:

HELFT DABEI, DIE MENSCHLICHKEIT ZU RETTEN
Liebe Welt, das ist eine Petition, mit der ich, Tish Melton, auf etwas hinweisen will. Ich finde, Zeitschriften sollten nicht zeigen, dass äußere Schönheit das Wichtigste ist. Das stimmt nicht. Ich finde, Zeitschriften müssen Mädchen zeigen, die stark sind, lieb, mutig, nachdenklich, was Besonderes. Und sie müssen Frauen mit ganz verschiedenen Haaren und Körpern zeigen. ALLE Frauen müssen GLEICH behandelt werden.

Ich fand ihre Idee großartig. Die Gleichstellung zwischen Frauen und Männern war nicht genug; auch zwischen uns Frauen muss Gleichstellung herrschen.
Ich kann unmöglich die Luft meiner Kinder von all den Lügen säubern, die man ihnen darüber auftischen wird, was es heißt, eine richtige Frau oder ein echter Mann zu werden. Aber ich kann ihnen beibringen, Kritik an der Kultur zu äußern, anstatt zu blin-

den Konsumentinnen zu werden. Ich kann meine Kinder darauf trainieren, diese Lügen zu erkennen und wütend zu werden, anstatt sie stumm zu schlucken und daran zu erkranken.

> MEIN ZWÖLFJÄHRIGES ICH: Das ist die Wahrheit über Frauen. Ich passe mich an.
> TISHS ZWÖLFJÄHRIGES ICH: Das ist eine Lüge über Frauen. Ich kämpfe dagegen an.

> TISH: Chase will, dass ich in denselben Verein gehe, in dem er in der Mittelschule war. Ich will aber nicht.
> ICH: Dann tu's nicht.
> TISH: Ich will ihn aber nicht enttäuschen.
> ICH: Hör mir zu. Wenn du vor die Wahl gestellt bist, jemand anderen zu enttäuschen oder dich zu enttäuschen, ist es deine Pflicht, den oder die andere zu enttäuschen. Dein Job, und zwar dein ganzes Leben lang, ist es, so viele Menschen wie nötig zu enttäuschen, um dir selbst treu zu bleiben.
> TISH: Sogar dich?
> ICH: Besonders mich.

> TISHS ACHTJÄHRIGES ICH: Keri mag mich nicht.
> MEIN ACHTUNDDREISSIGJÄHRIGES ICH: Warum denn nicht? Was ist passiert? Was können wir tun, um es zu ändern?

> TISHS ZWÖLFJÄHRIGES ICH: Sara mag mich nicht.
> MEIN ZWEIUNDVIERZIGJÄHRIGES ICH: Okay. Es ist, wie es ist. Kein Problem.
> TISHS ZWÖLFJÄHRIGES ICH: Stimmt.

WÄLDER

Meine Freundin Mimi erzählte mir, sie würde sich Sorgen machen, weil ihr Sohn Stunden hinter verschlossener Zimmertür mit seinem Smartphone zubringt.

«Glaubst du, er sieht sich Pornos an?», fragte ich sie.

«Himmel, nein!», antwortete Mimi. «Ganz bestimmt nicht! Er ist noch ein Kind!»

«Ich habe kürzlich gelesen, dass das Durchschnittsalter von Kindern, die Pornos entdecken, bei elf Jahren liegt.»

«O Gott!» Mimi schüttelte den Kopf. «Ich habe ein schlechtes Gewissen, wenn ich ihm nachspioniere. Ich meine, es ist schließlich sein Telefon.»

«Quatsch. Du zahlst die Rechnung. Technisch betrachtet, ist es dein Telefon. Du leihst es ihm nur.»

«Ich habe Angst davor, was ich finden könnte», sagte Mimi.

«Ich weiß. Ich auch. Jedes Mal», gestand ich ihr. «Aber was, wenn er Pornos schon für sich entdeckt hat? Was, wenn er sich schon in diese Welt verirrt hat? Willst du dann nicht hinterher und ihn wiederfinden?»

«Ich weiß einfach nicht, was ich dann sagen soll.»

«Hör zu. Ich kenne viele Erwachsene, die eine bestimmte Art von Pornographie befreiend finden, aber die Pornos, über die unsere Kids im Internet stolpern, sind frauenfeindliches Gift. Und das müssen wir ihnen erklären, damit sie nicht lernen, dass es bei Sex um Gewalt geht. Ich glaube, überhaupt etwas zu sagen – selbst wenn es uns furchtbar peinlich ist und wir vor Angst stottern und uns verhaspeln und unsere Kinder die Augen an die Decke drehen –, ist besser, als gar nichts zu sagen.

Wie wäre es damit? ‹Sex ist ein aufregender und wundervoller Aspekt des Menschseins. Es ist völlig natürlich, neugierig zu sein, was Sex betrifft, und wenn wir neugierig sind und etwas über eine Sache erfahren wollen, suchen wir im Internet nach Informationen. Leider gibt es ein Problem, wenn wir uns ans Internet wenden, um etwas über Sex zu lernen. Man kennt die Lehrer nicht. Es gibt viele Leute, die dem Sex sämtliche Lebendigkeit geraubt haben, ihn zu kleinen Paketen zusammengeschnürt haben und ihn im Internet verkaufen. Was uns im Internet verkauft wird, hat mit echtem Sex nichts zu tun. Diesem Sex fehlt Zwischenmenschlichkeit, Respekt und Verwundbarkeit, also all das, was Sex erst sexy macht.

Die Leute, die diese Form von Pornographie im Internet verkaufen, sind ein bisschen wie Drogendealer. Ihr Produkt erfüllt die Menschen mit einem Kick, der sich kurze Zeit anfühlt wie Freude, aber schon bald zu einem echten Freudekiller wird. Im Laufe der Zeit wird den Menschen der Drogenkick lieber als richtige Lebensfreude. Viele, die sehr früh damit anfangen, sich Pornos anzuschauen, werden süchtig nach dem Kick. Irgendwann fällt es ihnen dann immer schwerer, noch Freude an echtem Sex mit echten Menschen zu haben.

Der Versuch, durch Pornos etwas über Sex zu lernen, ist das Gleiche, als würde man versuchen, etwas über die Berge zu erfahren, indem man an den Duftbäumchen riecht, die man an der Tankstelle kaufen kann. Wenn man dann irgendwann mal in den echten Bergen ist und die reine, wilde Luft einatmet, reagiert man möglicherweise verwirrt. Dann wünscht man sich vielleicht, es würde riechen wie die künstliche Duftbaumversion aus der Fabrik.

Wir wollen dich nicht von Pornos fernhalten, solange du noch so jung bist, weil Sex etwas Schlimmes wäre. Wir wollen dich von Pornos fernhalten, weil echter Sex – mit Zwischenmenschlichkeit und Verwundbarkeit und Liebe – unbeschreiblich schön ist. Wir wollen nicht, dass künstlicher Sex den echten Sex für dich kaputtmacht.›

Wie wäre es, wenn du etwas in dieser Art zu ihm sagst?», fragte ich Mimi. «Bitte lass deinen wunderbaren kleinen Jungen nicht allein im Wald, nur weil du zu große Angst hast, ihn zurückzuholen.»

Wir müssen für unsere Kinder nicht alle Antworten parat haben; wir müssen lediglich den Mut haben, uns in den Wald zu wagen und uns mit ihnen gemeinsam harte Fragen stellen.

Wir können schwere Dinge tun.

FRISCHKÄSE

Eines Nachmittags öffnete ich mein Mailprogramm und hatte eine E-Mail mit folgendem Betreff im Posteingang: «Du bist dran, Mom!»

Die E-Mail wollte mich darauf hinweisen, dass ich mit dem Frühstücksservice für die Sportgruppe meines Kindes an der Reihe war. Jeden Morgen liefern die Eltern reihum das volle Programm aus Bagles, Frischkäse, Saft und Bananen in die Schule und bereiten das Buffet vor, damit sich die Kinder nach dem Frühsport die Bäuche vollschlagen können.

Am Abend, ehe ich das Frühstück liefern sollte, bekam ich eine Mail von der Mutter einer Mitschülerin. Sie hatte ein Anliegen, das sie mit mir besprechen wollte. Sie war besorgt, dass andere Eltern den Kindern womöglich keine angemessene Auswahl Frischkäse zur Verfügung stellen würden. Letzten Freitag hatte es beispielsweise nur zwei Geschmacksrichtungen gegeben, und weil einige Kinder beide Sorten nicht mochten, waren sie gezwungen gewesen, ihren Bagel ohne Frischkäse zu essen. Die Mutter hatte eine Lösung parat: «In der Nähe der Schule gibt es einen Bagel-Laden, der fünf verschiedene Frischkäsevarianten verkauft. Meinen Sie, Sie könnten dort einfach alle fünf Sorten besorgen?»

Alle. *Fünf Sorten Frischkäse.*

Mit fünf Sorten Frischkäse sorgt man nicht dafür, dass ein Kind sich geliebt fühlt.

Mit fünf Sorten Frischkäse sorgt man dafür, dass ein Kind zum Arschloch mutiert.

Trotzdem bin auch ich eine Frischkäsemama. Wir sind alle

Frischkäsemütter, meine Freundinnen und ich. Zur Frischkäsemutter wird man, wenn man die bei uns gültige Anleitung befolgt: Erfolgreiche Elternschaft bedeutet, *deinem Kind immer nur das Beste zu geben*. Wir sind Frischkäseeltern, weil wir nie innegehalten haben, um uns zu fragen: Kommen auch wirklich die besten Menschen dabei heraus, wenn man als Kind immer von allem nur das Beste bekommt?

Was, wenn wir diese Anleitung umformulieren würden? Was, wenn wir beschließen würden, dass erfolgreiche Elternschaft heißt, sich darum zu bemühen, sicherzustellen, dass alle Kinder genug bekommen, und nicht, dass nur die paar wenigen, für die wir konkret die Verantwortung tragen, alles bekommen? Was, wenn wir unsere Mutterliebe weniger wie einen Laser anwenden würden, mit dem wir Löcher in die Kinder brennen, die uns anvertraut wurden, und mehr wie die Sonne, die ihre Strahlen auf alle Kinder scheinen lässt?

VORAUSSETZUNGEN

Eines Morgens las ich nach dem Aufwachen eine Geschichte, die sich an der Südgrenze unseres Landes abspielte. Vier Monate alte Babys wurden den Armen ihrer asylsuchenden Eltern entrissen, in Transporter verfrachtet und ohne Erklärung in Internierungslager gesteckt. Ich durchsuchte das Netz nach Amerikas Reaktion auf diese Ungeheuerlichkeit, der festen Überzeugung, dass alle so untröstlich, schockiert und empört waren wie ich. Manche ja. Andere dagegen reagierten vollkommen abgebrüht. Wieder und wieder las ich: «Das ist traurig, aber sie hätten nicht kommen dürfen, wenn sie so was nicht riskieren wollten.»

Auf der Sonnenseite zur Welt zu kommen, ist ein Privileg. Ignorante Privilegiertheit bedeutet zu glauben, aus eigenem Antrieb auf der Sonnenseite gelandet zu sein. Boshafte Privilegiertheit bedeutet, sich darüber zu beschweren, dass die, die hungry draußen vor der Tür stehen, nicht geduldig genug auf Einlass warten.

Die Verzweiflung war körperlich spürbar. Mit jedem neuen herzzerreißenden Foto und jeder neuen herzlosen Reaktion spürte ich, wie die Hoffnung aus meinem Körper herausrann. Hoffnung ist Energie. An jenem Vormittag ging mir beides verloren. Um drei Uhr nachmittags klappte ich den Computer zu und schleppte mich ins Bett. Abby deckte mich zu und gab mir einen Kuss auf die Stirn. Draußen auf dem Flur hörte ich meine Tochter fragen: «Geht es Mommy gut?» Abby antwortete. «Bald wieder. Im Moment spürt sie nur. Sie muss diese Gefühle fühlen, damit sie etwas daraus machen kann. Wart's ab. Lass Mom schlafen. Wenn sie wieder aufsteht, passiert was Großes.»

Was, wenn wir uns erlauben würden, tatsächlich alles zu spüren? Was, wenn wir beschließen würden, dass es ein Ausdruck von Stärke ist und nicht von Schwäche, uns vom Schmerz der anderen durchbohren zu lassen? Was, wenn wir unser Leben und die Welt zum Stillstand bringen würden für Dinge, die es wert sind? Was, wenn wir die Hand heben und fragen würden: «Stopp! Moment. Können wir bitte eine Minute dabei bleiben? Ich bin noch nicht bereit, raus in die Pause zu laufen»?

Ich schlief zwölf Stunden am Stück durch. Um drei Uhr morgens war ich wieder wach. Ich stand in Flammen. Als Abby aus dem Schlafzimmer auftauchte, hatte ich unser Esszimmer in eine Kommandozentrale verwandelt. Als meine Frau mein Gesicht sah, die Papierberge und das mit Telefonnummern und Ideen vollgekritzelte Whiteboard auf der Staffelei, war ihr alles klar. Sie sah mich an und sagte: «Okay, Babe. Wir machen das. Aber zuerst gibt's Kaffee.»

Sobald die Sonne aufging, trommelten wir das Together-Rising-Team zusammen: meine Schwester, Allison und Liz. Die eine war im Urlaub, eine andere steckte beruflich mitten in einem riesigen Projekt, die Dritte kümmerte sich gerade um eine kranke Verwandte. Sie brachten ihre Welten zum Stillstand und schlugen ihrerseits Kommandozentralen auf – im gemieteten Strandhaus, im Büro, im Krankenhaus. Wir begannen so, wie wir grundsätzlich auf große humanitäre Krisen reagieren: Wir nahmen Kontakt zu Leuten vor Ort auf, die direkt in die Krise involviert waren und wussten, welche Organisationen mit Weisheit, Effizienz und Integrität darauf reagierten.

Together Rising existiert, um unseren kollektiven Schmerz in effektive Taten zu verwandeln. Dies tun wir, indem wir als Bindeglied zwischen zwei verschiedenen Typen von Kriegerinnen agieren: den Kriegerinnen des Alltags rund um den Globus, die sich – in ihren Küchen und Autos und Büros – weigern, angesichts der Krisen, ob in fernen Ländern oder im eigenen Umfeld, gefühllos zu werden; und jenen Kriegerinnen, die direkt vor Ort sind, die fest verwurzelt dastehen und ihr Leben lebensrettender, weltenheilender Arbeit verschrieben haben. Mit einem durchschnittlichen Spendenbeitrag von nicht mehr als 25 Dollar hat Together Rising inzwischen mehr als 20 Millionen Dollar über die Brücke zwischen Schmerz und Tat gelenkt.

Wir bei Together Rising agieren selbst nicht als Kriegerinnen – wir spüren sie auf. Diese Arbeit ist essenziell, weil die wirklich effektiven Teams oft nicht in den großen, weltbekannten Organisationen zu finden sind, denen die meisten Spendengelder zufließen. Die leidenschaftlichsten Gruppen, mit denen wir zusammenarbeiten, sind eher kleine, nicht besonders straff durchorganisierte, von Frauen geleitete Teams – Teams, denen die von einer Krise betroffenen Gemeinschaften bereits vertrauen und die flexibel genug sind, um in Echtzeit zu reagieren. Unser Job besteht darin, diese Gruppierungen zu finden, sie zu fragen, was sie brauchen, um ihren Kampf fortzuführen, und ihnen dann sehr gut zuzuhören.

Wir formulierten also eine Zustandsbeschreibung der illegalen Grausamkeiten, die unsere Regierung an der Grenze verübte, und erzählten von den Kriegerinnen, die dafür kämpften, dem Grauen ein Ende zu bereiten. Wir posteten die Geschichte in unserer Community, und viele mutige, leidenschaftliche Künstlerinnen halfen uns dabei, sie zu verbreiten. Innerhalb von neun Stunden sammelten wir eine Million Dollar Spendengelder zur Wiedervereinigung von Familien. Innerhalb weniger Wochen hatten wir 4,6 Millionen zusammen. Im Laufe des nächsten Jahres gewährten wir weiteren Organisationen finanzielle Unterstützung und Zusammenarbeit, um die Regierung zur Verantwortung zu ziehen und diesen Kindern die Rückkehr in die Arme ihrer Eltern zu ermöglichen.

Eines Morgens postete ich ein Video meiner Schwester, die den sechsjährigen Ariel nach zehnmonatiger Trennung zu seinen Eltern zurückbegleitete. Ariels Vater war mit ihm an die amerikanisch-mexikanische Grenze gereist, um auf legalem Weg Asyl zu beantragen. Als sie dort ankamen, nahmen amerikanische Grenzschützer Ariel seinem Vater weg. Der Vater flehte die Behörden an, sie beide abzuschieben – er wollte nur seinen Sohn zurückhaben. Die Behörden weigerten sich. Sie schoben ihn ab und steckten Ariel in Haft. Dem Vater blieb nichts anderes übrig, als allein in sein Heimatdorf zurückzukehren – das unter extremer Armut und krimineller Gewalt litt – und seiner Frau zu gestehen, dass er ihren Sohn verloren hatte. Er und Ariels Mutter hatten schon jede Hoffnung verloren, ihren Sohn jemals wiederzusehen, als ein von Together Rising gegründetes Team von Freiwilligen sie in Honduras aufspürte. Einen Monat später standen die Mitglieder des Teams mehr als neun Stunden lang mit Ariels Vater, seiner Mutter und seiner Schwester an der Grenze zwischen den USA und Mexiko, um durchzusetzen, dass die Behörden der Gesetzeslage folgten und der Familie gestatteten, einen Asylantrag zu stellen und in die Staaten einzureisen, um die Herausgabe ihres Sohnes zu verlangen. Eine Woche später überquerte die Familie die Grenze, meine Schwester holte Ariel in Washington, D.C. ab und brachte ihn zum Flughafen, um ihn dort mit seiner Familie zu vereinen. Ariel erzählte ihr, dass er Angst hatte, weil er nicht mehr wusste, wie seine Eltern aussahen. Als meine Schwester das Telefon aus der Tasche holte und ihm ein Foto seiner Familie zeigte, strahlte er vor Freude und Erleichterung. Er hatte sie wiedererkannt. Ein paar Minuten später rannte Ariel seinen Eltern in die Arme – das Ende von zehn Monaten grausamer Trennung. Das Video, das ich gepostet hatte, war verstörend: schön und gleichzeitig zutiefst brutal. Wir wurden überschwemmt mit Reaktionen voller Dankbarkeit und Wut.

Am selben Nachmittag stand ich in der Schule meiner Tochter auf dem Flur. Eine Mutter kam zu mir und sagte: «Können wir reden?» Bei ihrem Tonfall zog sich mir der Magen zusammen. «Klar», sagte ich. Wir gingen vor die Tür.

«Ich folge Ihnen schon seit einer Ewigkeit, aber heute habe ich Sie entfolgt», sagte sie.

«Okay», antwortete ich. «Dann war das offensichtlich der richtige Schritt für Sie.» Ich wandte mich zum Gehen.

Aber sie war noch nicht fertig. «Bei allem Respekt, ich muss Sie wirklich fragen: Warum engagieren Sie sich nicht genauso für den Schutz unseres Landes wie für den Schutz illegaler Einwanderer? Wir befolgen die Gesetze; und das müssen die auch. Wissen Sie was? Ich habe gelesen, dass viele dieser Eltern *wissen*, dass man ihnen möglicherweise ihre Kinder wegnimmt. Sie wissen das und kommen trotzdem! Tut mir leid, aber dann schaue ich meine Tochter an und denke: Ich kann mir nicht mal VORSTELLEN, so was zu tun. Wirklich nicht. UNVORSTELLBAR.»

Ich sah sie an und dachte: *Tatsächlich? Du kannst dir nicht vorstellen, alles aufs Spiel zu setzen – zu tun, was auch immer notwendig ist –, um deinem Kind die Chance auf Sicherheit, Hoffnung und eine Zukunft zu geben? Vielleicht bist du einfach nicht so mutig wie diese Eltern.*

Das Wort *unvorstellbar* kann auf zweierlei Weise gesagt werden.

In der ersten Variante schwingen Demut, Staunen, Weichheit, Dankbarkeit. Dieser Tonfall ist von Stille getragen. Er birgt eine Qualität von *Das hätte genauso gut mich erwischen können*.

Die zweite Variante – der Tonfall, den diese Frau benutzte – hört sich ganz anders an. Darin schwingen Ablehnung und Aburteilung. Dieser Tonfall enthält eine bestimmte Qualität von Endgültigkeit. Eine Qualität von *Also, das würde ich niemals tun!* Wir benutzen diesen Tonfall wie einen Bannspruch, wie einen

Zopf Knoblauchknollen, den wir uns um den Hals hängen, um uns einen bestimmten Schrecken vom Leib zu halten, für den Fall, dass er ansteckend ist. Wir sind auf der Suche nach einem Grund, einem Schuldigen, damit wir uns selbst einreden können, dass uns dieser Schrecken niemals widerfahren kann und wird.

Unser aburteilendes Verhalten dient dem Selbstschutz. Es ist ein Käfig, den wir selbst um uns errichtet haben. Wir hoffen, dass er die Gefahr von uns fernhält, aber in Wirklichkeit hindert dieser Käfig lediglich Qualitäten wie Verletzlichkeit und Mitgefühl daran, zu uns hereinzukommen.

Bei der Begegnung mit dieser Mutter ist mir Folgendes klargeworden: Den ersten Tonfall schlagen Menschen an, weil sie bereits dabei sind, es sich vorzustellen. Sie benutzen ihre Vorstellungskraft als Brücke zwischen der ihnen bereits bekannten Erfahrung und der noch unbekannten Erfahrung der anderen. Sie versetzen sich mit ihrer Vorstellungskraft in die Lage der anderen hinein, und das macht sie weich, weil sie – durch den magischen Gedankensprung – sehen und fühlen können, was die anderen sehen oder fühlen könnten. In dem Augenblick wurde mir klar, dass Vorstellungskraft nicht nur der Katalysator für Kunst ist, sondern auch der Katalysator für Mitgefühl. Unsere Vorstellungskraft ist die kürzestmögliche Entfernung zwischen zwei Menschen, zwei Kulturen, zwei Ideologien, zwei Erfahrungen.

In Ammas Klasse, sie geht in die fünfte, gibt es einen Jungen namens Tommy. Weil Tommy nie Hausaufgaben macht, bekommt seine Klasse nie die versprochene Belohnung, die fällig ist, wenn alle Schülerinnen die Hausaufgaben gemacht haben. Tommy schläft im Unterricht immer wieder ein, dann muss die Lehrerin unterbrechen, um ihn aufzuwecken. Das stört ihren Unterricht und bereitet ihr schlechte Laune.

Amma weiß nicht, was sie von Tommy halten soll.

Eines Tages kam sie aus der Schule nach Hause, pfefferte ihre Schultasche auf den Boden und meckerte los: «Schon wieder! Er hat die Hausaufgaben schon wieder vergessen! Wir werden unsere Pizza-Party nie bekommen! Wieso kann er nicht einfach machen, was ihm gesagt wird?»

Zum Glück fiel mir in dem Augenblick die Macht der Vorstellungskraft wieder ein.

ICH: Das ist frustrierend.
AMMA: Ja, oder?
ICH: Babe, hast du eine Idee, woran es liegen könnte, dass Tommy nie seine Hausaufgaben macht?
AMMA: Er hat einfach kein Verantwortungsgefühl.
ICH: Ah, okay. Findest du dich verantwortungsbewusst?
AMMA: Ja! Natürlich. Ich mache immer meine Hausaufgaben und schlafe nie im Unterricht ein. Das könnte mir NIEMALS passieren.
ICH: Okay. Wie hast du gelernt, immer deine Hausaufgaben zu machen?
AMMA: Du hast mir beigebracht, dass die Hausaufgaben immer gleich nach der Schule erledigt werden. Außerdem erinnerst du mich jeden Tag daran!
ICH: Okay. Glaubst du, Tommy hat auch Eltern, die zu Hause sind und sich mit ihm hinsetzen, um dafür zu sorgen, dass er seine Hausaufgaben macht, so wie du?
AMMA: Bestimmt nicht.
ICH: Und kannst du dir vorstellen, warum Tommy tagsüber immer so müde ist?
AMMA: Er geht sicher viel zu spät ins Bett.
ICH: Wie lange würdest du aufbleiben, wenn wir dich abends nicht ins Bett schicken würden?
AMMA: Bestimmt die ganze Nacht!

ICH: Und wie wäre der nächste Tag für dich?
AMMA: Ich würde immer einschlafen.
ICH: Glaub ich auch. Vielleicht seid ihr gar nicht so verschieden, Tommy und du. Ja, Amma, du hast Verantwortungsgefühl. Aber du hast auch ziemlich gute Voraussetzungen.

Amma ist immer noch genervt von Tommy, aber ihre Vorstellungskraft hilft ihr dabei, weich und offen zu bleiben. Sie kann sich vorstellen, wie es wäre, in seiner Haut zu stecken. Ich weiß nicht, wie wichtig es ist, ob das, was sie sich vorstellt, stimmt. Ich weiß nur, dass das Weichwerden wichtig ist. Sie lernt, ihre Vorstellungskraft zu benutzen, um die Kluft zwischen ihrer Erfahrung und der Erfahrung eines anderen zu überbrücken, und diese Fähigkeit wird ihr selbst, ihren Beziehungen und der Welt zugutekommen. Ich glaube, ein Kind, das übt, sich vorzustellen, warum ein Klassenkamerad ständig seine Hausaufgaben vergisst, kann zu einer Erwachsenen heranreifen, die sich vorstellen kann, warum ein Vater alles aufs Spiel setzt, um eine ganze Wüste zu durchqueren, mit nichts als seinem Kind auf dem Rücken.

INSELN

Liebe Glennon,
meine Tochter hat uns gerade aus dem Internat angerufen, um uns zu sagen, dass sie lesbisch ist. Wir freuen uns für sie. Wir glauben, Liebe ist Liebe. Mein Problem ist folgendes: An Weihnachten kommen meine Eltern zu Besuch. Sie sind Fundamentalisten, und ich weiß, dass sie die ganze Zeit versuchen werden, sie zu beschämen und zu «bekehren». Wie soll ich damit umgehen?
Mit freundlichen Grüßen
M

Liebe M,
als Abby und ich uns verliebten, haben wir am Anfang niemandem davon erzählt. Als wir dann den Entschluss fassten, uns ein gemeinsames Leben aufzubauen, weihten wir auch andere ein: unsere Kinder, unsere Eltern, unsere Freunde, die Welt. Diese Neuigkeiten haben viele Menschen sehr aufgewühlt. Manche Reaktionen machten mir Angst, ich fühlte mich in die Defensive gedrängt, wütend und verletzlich.

Eines Abends sagte Abby, die weiß, dass ich das Leben am besten mit Metaphern begreife, zu mir:

«Glennon, was, wenn wir uns unsere Liebe als Insel vorstellen? Auf unserer Insel gibt es dich, mich, die Kinder – und wahre Liebe. Die Art Liebe, über die Romane geschrieben werden und nach der manche Menschen ihr Leben lang suchen. Der Heilige Gral. Das kostbarste Gut auf Erden. Das Eine. *Wir haben es gefunden.* Es ist noch jung und zart, und wir müssen es beschützen. Stell dir um unsere Insel einen Burggraben voller Alligatoren vor. Auf unserer Insel gibt es nur uns und die Liebe. Alles andere bleibt jenseits des Burggrabens. Dort kann es uns nichts anhaben. Wir lassen die Zugbrücke auf keinen Fall herunter, um der Angst anderer Leute Zugang zu unserer Insel zu gewähren. Wir sind glücklich, hier auf unserer Insel. Lass die da drüben ruhig brüllen, aus Angst oder Hass oder sonst was. Wir hören es gar nicht vor lauter Musik. *Zu uns darf nur die Liebe rein, Babe.*»

Wenn ein Internettroll, Journalist oder irgendein fundamentalistischer Minister wieder mal lautstark sein selbstgerechtes Urteil von sich gab, stellte ich mir sein tomatenrotes Gesicht tonlos brüllend auf der anderen Seite des Burggrabens vor, während Abby, die Kids und ich auf unserer Insel weitertanzten. Wir ließen nichts davon an uns ran. Kompliziert wurde es, als auf der anderen Seite des Burggrabens plötzlich meine Mutter auftauchte, meine beste Freundin, meine Heldin, beide Arme voller Angst, und uns bat, die Zugbrücke herunterzulassen.

Meine Mutter lebt in Virginia und wir in Florida, trotzdem sprechen wir jeden Tag miteinander. Unsere Leben sind eng miteinander verwoben, wir stehen uns sehr nahe. Einmal telefonierten wir abends vor dem Schlafengehen zum Beispiel noch mal, und sie erkundigte sich nach meinen Plänen für den folgenden Tag. Ich erzählte von meinem Friseurtermin und dass ich plante, mir einen Pony schneiden zu lassen. Wir sagten gute Nacht. Am nächsten Morgen um sechs Uhr früh klingelte mein Telefon.

«Es tut mir leid, dass ich so früh anrufe, Liebling, aber ich konnte die ganze Nacht nicht schlafen. Es ist wegen dem Pony, Honey. Das steht dir einfach nicht. Du lässt dir die Haare abschneiden, bereust es, und dann wird eine Riesensache draus. Dein Leben ist auch so schon stressig genug. Sei mir nicht böse, Liebling, ich mache mir einfach Sorgen, dass ein Pony für euch die falsche Entscheidung ist.»

Wenn mein Plan, mir die Haare schneiden zu lassen, meiner Mutter schon den Schlaf raubt, kann man sich ihre Reaktion auf meine Entscheidung vorstellen, mich von meinem Mann scheiden zu lassen und eine Frau zu heiraten. Ihre Angst schwang in jeder einzelnen Frage mit und vor allem in den langen Pausen dazwischen. *Aber was ist mit den Kindern? Was werden die anderen Kinder in der Schule sagen? Menschen können so grausam sein.* Meine Mutter war erschüttert, und das erschütterte mich. Der Tag, an dem sie mir riet, mir keinen Pony schneiden zu lassen? Geschenkt. Ich ließ es sein. Meine Mutter liebt mich sehr, ich habe immer darauf vertraut, dass sie weiß, was gut für mich ist.

Nicht die brutale Kritik irgendwelcher Leute, die uns hassen, treibt uns von unserem inneren Wissen davon, sondern die stumme Sorge der Menschen, die uns lieben. Die Angst meiner Mutter fing an, mich von meinem inneren Wissen wegzuzerren. Ich verlor meinen Seelenfrieden. Ich ging in die Defensive und wurde wütend. Ich hing wochenlang mit ihr am Telefon, versuchte, mich zu erklären, versuchte, sie davon zu überzeugen, dass ich wusste, was ich tat, und dass alles gut sein würde. Eines Abends telefonierte ich mit meiner Schwester, es war ein aufreibendes Gespräch, in dem ich im Grunde Wort für Wort die letzte Unterhaltung mit meiner Mutter wiederholte. Irgendwann fiel meine Schwester mir ins Wort. «Glennon, warum bist du so defensiv? Verteidigung ist für Menschen, die Angst davor haben, dass ihnen das, was sie haben, weggenommen wird. Du bist eine erwachsene Frau. Du kannst haben, was du willst. Niemand kann dir irgendwas wegnehmen. Nicht mal Mom. Es ist deins, Glennon. Abby gehört dir.»

Wir legten auf, und ich dachte: *Meine Mutter liebt mich. Und ist anderer Meinung als ich über das, was gut für mich ist. Ich muss mich entscheiden, wem ich mehr vertraue: meiner Mutter oder mir selbst.* Zum ersten Mal in meinem Leben entschied ich mich, mir zu vertrauen, auch wenn das hieß, mich in direkte Opposition zu meinen Eltern zu bringen. Ich entschied, statt meinen Eltern mir selbst zu gefallen. Ich entschied, die Verantwortung für mein Leben zu übernehmen, für meine Freude, für meine eigene Familie. Und ich entschied, es mit Liebe zu tun.

In diesem Augenblick wurde ich endgültig erwachsen.

Abends sagte ich zu Abby: «Ich werde keine einzige Sekunde mehr damit verschwenden, mich zu erklären oder unsere Beziehung zu rechtfertigen. Wenn man sich erklärt, führt die Angst eine Verteidigungsrede, und wir sind hier nicht vor Gericht. Das, was wir haben, kann uns niemand wegnehmen. Ich kann meine Eltern nicht davon überzeugen, dass alles gut ist, indem ich ihnen ständig vorbete, dass mit uns wirklich alles gut ist. Ich glaube, die einzige Möglichkeit, jemanden davon zu überzeugen, dass es einem gut geht, ist, sich dementsprechend zu verhalten und sie Zeuge werden zu lassen. Ich will unsere Insel nicht mehr verlassen, um andere Menschen zu bekehren. Das ist mir zu anstrengend, und außerdem bin ich jedes Mal, wenn ich die Brücke überquere, um wieder mal anderen Leuten zu erklären, dass es uns gut geht, nicht hier, bei dir – und kann es mir nicht gut gehen lassen. Ich werde auf unserer Insel ein Schild aufstellen. Es zeigt nicht nach draußen in Richtung Welt, sondern nach innen, zu uns. Als Erinnerung. Auf dem Schild steht: ‹Nur Liebe darf raus.›»

Keine Angst rein. Keine Angst raus.

Nur Liebe rein. Nur Liebe raus.

Am nächsten Tag stand ich beim Cross-Country-Lauf meines Sohnes im Schatten eines Baumes und versuchte, bei 37 Grad ein bisschen Erleichterung zu finden. Ich telefonierte wieder mal mit meiner Mutter, und sie fragte, ob sie uns besuchen dürfte, um ihre Enkelkinder zu sehen. Ihre Stimme klang kontrolliert, nervös, zittrig. Sie war immer noch voller Sorge und nannte das Liebe. Ihr fehlte Vertrauen in mein inneres Wissen. Mir nicht. Zum allerersten Mal vertraute ich ganz und gar darauf.

Jetzt kommt der Teil der Geschichte, wo aus einer Mutter und einer Tochter zwei Mütter werden:

Ich sage: «Nein, Mom. Du kannst nicht kommen. Du hast immer noch Angst, und es geht auf keinen Fall, dass du deine Angst zu uns mitbringst, denn unsere Kinder haben keine Angst. Wir haben sie dazu erzogen, Liebe und Ehrlichkeit zu achten und zu ehren – in welcher Form auch immer. Unsere Kinder kennen die Angst, die du in dir trägst, nicht, und ich lasse nicht zu, dass sie diese Angst jetzt durch deine Stimme und aus deinen Augen kennenlernen. Deine Angst, dass die Welt unsere Familie ablehnen wird, bringt die Ablehnung, vor der du solche Angst hast, überhaupt erst in die Welt. Unsere Kinder sind frei von der Last der Angst, die du in dir trägst – aber wenn du sie zu uns mitbringst, werden sie dir helfen, sie zu tragen, weil die Kinder dir vertrauen. Ich möchte nicht, dass du unseren Kindern diese unnötige Bürde auflädst.

Ob der Weg, zu dem wir uns entschieden haben, für mich, für Abby, für Craig, für deine Enkelkinder der einfachste ist? Natürlich nicht. Aber es ist der ehrlichste. Wir kreieren eine wahrhaftige und wunderschöne Familie und ein ebensolches Heim, und ich hoffe von ganzem Herzen, dass du bald in der Lage sein wirst, zu uns zu kommen, um es mit uns zu genießen. Aber wir können dir nicht beibringen, dass es möglich ist, uns zu lieben und zu akzeptieren. Deine Angst ist weder mein Problem noch das Problem von Abby oder den Kindern, so hart das auch klingen mag. Ich als Mutter habe die Pflicht, dafür zu sorgen, dass es auch nie ihr Problem wird. Wir haben kein Problem, Mama. Und ich wünsche mir, dass du zu uns kommst, sobald auch du kein Problem mehr hast.

Das ist heute unser allerletztes Gespräch zum Thema Angst. Ich liebe dich sehr. Komm damit klar, Mama. Wenn du bereit bist, zu uns auf die Insel zu kommen, in deinem Herzen nichts als wilde Akzeptanz und Freude für unsere wahrhaftige, wunderschöne Familie, lassen wir für dich die Zugbrücke runter. Aber keine Sekunde früher.»

Meine Mutter blieb sehr lange still. Dann sagte sie: «Ich habe gehört, was du gesagt hast. Ich werde darüber nachdenken. Ich liebe dich.»

Wir beendeten das Telefonat. Ich trat aus dem Schatten und ging zurück zu meiner Familie.

M, hören Sie mir zu.

Auf Ihrer Insel lebt eine Tochter, die tut, wozu nur sehr wenige Mädchen in ihrem Alter in der Lage sind: Sie orientiert sich an ihrem Touch Tree. Es ist noch ein kleines Bäumchen, nur ein Setzling auf Ihrer Insel. Sie dürfen jetzt auf keinen Fall das Tor öffnen und einen Sturm hereinlassen, der den Touch Tree Ihrer Tochter ausreißt, ehe er Wurzeln schlagen konnte.

Beschützen Sie Ihre Insel, tun Sie es für Ihre Tochter. Sie ist noch nicht alt genug, um Wächterin der Zugbrücke zu sein. Das ist bis auf weiteres Ihre Pflicht. Lassen Sie die Zugbrücke Ihrer Familie niemals herunter, um die Angst auf die Insel zu lassen – auch nicht für Menschen, die Sie und Ihre Tochter lieben. Und erst recht nicht, wenn diese Angst im Namen Gottes präsentiert wird.

Eine Frau wird zur verantwortungsvollen Mutter, wenn sie aufhört, eine gehorsame Tochter zu sein. Wenn sie schließlich begreift, dass sie etwas anderes kreiert als ihre Eltern vor ihr. Wenn sie beginnt, ihre Insel nicht nach den Vorgaben ihrer Eltern zu gestalten, sondern nach ihren eigenen. Wenn sie endlich begreift, dass es nicht ihre Aufgabe ist, jemanden, der auf ihre Insel kommt, egal, wen, davon zu überzeugen, sie und ihre Kinder zu akzeptieren und zu respektieren. Es ist ihre Aufgabe, nur denjenigen den Zutritt zu ihrer Insel zu gestatten, die das *bereits tun* und die ausschließlich in der Rolle als geliebte, respektvolle *Gäste* die Zugbrücke überqueren.

Setzen Sie sich heute Abend mit Ihren Inselmitbewohnern zusammen und entscheiden Sie gemeinsam ernsthaft und voll gegenseitigem Respekt, was Sie auf Ihrer Insel dulden werden und was nicht. Nicht, *wer* auf ihrer Insel nicht verhandelbar ist, sondern *was*. Lassen Sie Ihre Zugbrücke nur für das herunter, was auf Ihrer Insel zugelassen ist, ganz gleich, wer es im Gepäck hat.

Im Augenblick sind Sie vor die Wahl gestellt, weiter die folgsame Tochter zu bleiben oder eine verantwortungsvolle Mutter zu werden.

Entscheiden Sie sich für die Mutter. Ab sofort entscheiden Sie sich jedes Mal für die Mutter. Immer wieder.

Ihre Eltern hatten bereits die Gelegenheit, sich ihre Insel zu bauen.

Jetzt sind Sie dran.

FELSBLÖCKE

*Liebe Glennon,
ich bin gerade mit meiner neugeborenen Tochter aus der Klinik gekommen. Als ich sie in ihrer Trageschale auf dem Boden absetzte, wusste ich auf einmal nicht mehr, wie man atmet. Ich habe keine Ahnung, wie das alles geht. Ich habe solche Angst. Meine Mutter hat mich nicht geliebt. Mindestens einmal am Tag denke ich: Warum war sie nicht in der Lage, mich zu lieben? Was stimmte nicht mit ihr ... oder mit mir? Was, wenn es an mir lag? Wie soll ich jemals wissen, wie ich meiner Tochter eine gute Mutter bin, wenn ich nie Mutterliebe bekommen habe?
H*

Liebe H,
so viel kann ich sagen:

Eltern lieben ihre Kinder. Mir ist noch keine Ausnahme begegnet. Liebe ist ein Fluss, und es gibt Zeiten, wo Hindernisse den Fluss der Liebe blockieren.

Psychische Erkrankungen, Sucht, Scham, Narzissmus, von Religionen und kulturellen Institutionen vererbte Angst – alles Felsblöcke, die den Fluss der Liebe unterbrechen.

Manchmal geschieht ein Wunder, das den Felsbrocken beiseiteschiebt. Es gibt Familien, denen dieses Beseitigungswunder zuteilwird. Viele sogar. Dafür gibt es keinen ersichtlichen Grund. Keine Familie verdient sich dieses Wunder. Heilung ist keine Belohnung für diejenigen, die am meisten oder am besten lieben.

Wenn eine Mutter wieder gesund wird, beginnt ihr Kind, ihre

Liebe zu spüren. Wenn das Hindernis beseitigt wird, kann das Wasser wieder fließen. Das ist das Wesen des Flusses und das Wesen der Liebe einer Mutter.

Die Liebe Ihrer Mutter – Ihrer Schwester, Ihrer Freundin, wer immer Sie nicht richtig lieben konnte – war im Fluss gehindert. Die Liebe selbst war immer da – wirbelnd, brodelnd, wild in ihrer Verzweiflung, befreit zu werden. Sie war da, sie ist da, nur für Sie. Diese Liebe existiert. Sie kam nur nicht an dem Felsblock vorbei.

Das können Sie mir glauben, ich war selbst ein blockierter Fluss. Der Felsbrocken meiner Sucht blockierte meine Liebe, und alles, was meine Familie von mir zu spüren bekam, waren Schmerz und Abwesenheit. Immer wieder fragte mein Vater mich: *Warum, Glennon? Warum lügst du mir ins Gesicht, warum behandelst du uns so schlecht? Liebst du uns eigentlich?*

Ja. Tat ich. Ich spürte die Liebe in mir wirbeln und brodeln, und ich hatte oft das Gefühl, der ganze Druck würde mich umbringen. Aber meine Familie spürte davon nichts. Für sie existierte meine Liebe nicht.

Dann geschah die «Beseitigung», ich wurde abstinent, was gleichzeitig ein spontanes Wunder und unfassbar harte Arbeit war. Irgendwann konnte meine Liebe wieder in Richtung meiner Familie fließen. Weil ich immer der Fluss gewesen war, nie der Felsblock.

Verzweifelte Menschen wenden sich oft mit der Frage an mich: «Wie? Wie sind Sie trocken geworden? Was hat Ihre Familie gemacht?»

Meine Familie hatte alles versucht, und nichts davon hatte irgendwas mit meiner Genesung zu tun. Alle Liebe der Welt vermag nicht, einen Felsblock zu bewegen, weil die Beseitigung nicht zwischen der, deren Fluss behindert ist, und jenen, die sie lieben, geschieht. Die «Beseitigung» geschieht allein zwischen der, deren Fluss behindert ist, und ihrem Gott.

Es tut mir so leid, H.

Sie hätten verdient, dass die Liebe Ihrer Mutter frei zu Ihnen fließen kann. Sie hätten verdient, dass all Ihre Zellen bis ins Mark von der Liebe Ihrer Mutter durchtränkt worden wären, Tag und Nacht.

Und jetzt hören Sie mir bitte ganz genau zu.

Das Wunder der Gnade besteht darin, dass Sie auch geben können, was Sie selbst nie bekommen haben.

Die Fähigkeit zu lieben haben Sie nicht von Ihren Eltern bekommen. Ihre Eltern sind nicht die Quelle. Ihre Quelle ist Gott. Sie sind Ihre eigene Quelle. Ihr Fluss ist mächtig.

Durchtränken Sie Ihr kleines Mädchen bis aufs Mark mit Ihrer Liebe, Tag und Nacht.

Fließen Sie ungehindert.

BLUTBAD

Während meiner Lesereise zu *Love Warrior* kreuz und quer durchs Land erschienen Tausende Leserinnen mit der Erwartung bei den Veranstaltungen, dass ich tat, was ich immer tat: ihnen offen und ehrlich aus meinem Leben zu erzählen. Doch zum ersten Mal seit zehn Jahren kannten sie die Wahrheit über mein Leben noch nicht. Ich hatte zwar darüber gesprochen, dass Craig und ich uns trennen würden, aber nicht, dass ich mich in Abby verliebt hatte.

Ich musste eine Wahl treffen: Entweder, ich machte meine neue Beziehung öffentlich, bevor ich mich bereit fühlte, oder ich stellte mich vor meine Leserinnen und enthielt ihnen das Wichtigste vor, das in meinem Leben gerade passierte. Die erste Möglichkeit fühlte sich beängstigend an, aber auch als einzig gangbarer Weg; der Grund dafür war die Eine Sache. Diese Eine Sache ist für mich meine Abstinenz. Für mich geht es bei Abstinenz nicht nur darum, zu entsagen; es geht darum, sich einem bestimmten Lebenswandel zu verschreiben. Dieser Lebenswandel erfordert von mir Integrität: Immer dafür zu sorgen, dass sowohl mein inneres Selbst als auch mein äußeres Selbst integriert bleiben. Integrität bedeutet, nur ein Selbst zu haben. Sich aufzuspalten – in ein nach außen gezeigtes Selbst und in ein geheimes, verborgenes inneres Selbst –, hieße, kaputt zu sein, und deshalb tue ich, was immer nötig ist, um ganz zu bleiben. Ich passe mich nicht an, um der Welt zu gefallen. Ich bin ich, wo immer ich bin, und sorge dafür, dass die Welt sich mir anpasst.

Ich verspreche nie, so und so zu sein. Ich verspreche nur, mich so zu zeigen, wie ich bin, wo auch immer ich sein mag. Punkt.

Die Menschen mögen mich, oder sie mögen mich nicht, aber gemocht zu werden, ist für mich nicht die Eine Sache. Sondern Integrität. Deshalb muss ich meine Wahrheit aussprechen. Immer. Die Leute kommen weiter zu meinen Lesungen, oder sie kommen nicht mehr. Für mich ist beides in Ordnung. Alles, ob Dinge oder Menschen, das ich eventuell verliere, weil ich meine Wahrheit ausspreche, ist von vornherein nicht meins gewesen. Ich bin bereit, mich von allem zu verabschieden, das mir abverlangt, auch nur einen Teil meiner selbst zu verstecken.

Ich beschloss, der Öffentlichkeit mitzuteilen, dass Abby und ich ein Liebespaar sind. An dem Abend, ehe ich meine Ankündigung machen wollte, sagte eine meiner Teamkolleginnen: «Jetzt ist es so weit. Morgen gibt's ein Blutbad.» Ich konnte ihre Beklemmung nachvollziehen. Mir war klar, dass die Leute überrascht sein und jede Menge Fragen haben würden. Von ihren Gefühlen ganz zu schweigen.

Manche würden voller Bewunderung sagen: «Hut ab! Ich bewundere Sie unendlich. Woher nehmen Sie den Mut, so was zu tun?» Andere würden mit Geringschätzung reagieren. «Ich habe Sie immer unendlich bewundert. Woher nehmen Sie das Recht, so was zu tun?»

Meine Antwort würde immer dieselbe sein:

Ich habe aus demselben Grund meinen Mann verlassen, um mir mit Abby ein Leben aufzubauen, aus dem ich damals vor achtzehn Jahren dem Alkohol den Rücken kehrte, um Mutter zu werden. Weil ich mir auf einmal eine wahrhaftigere und schönere Existenz für mich vorstellen konnte als das Leben, das ich führte. Meine Art zu leben besteht darin, mir das wahrhaftigste, schönste Leben, die wahrhaftigste, schönste Familie und die wahrhaftigste, schönste Welt vorzustellen – und dann sämtlichen Mut zusammenzunehmen, um die Vision in meiner Vorstellung Wirklichkeit werden zu lassen.

In meinen Dreißigern lernte ich, dass es eine Form von Schmerz gibt, den ich spüren will. Es ist der unvermeidliche, unerträgliche, notwendige Schmerz, Schönes zu verlieren: Vertrauen, Träume, Gesundheit, Tiere, Beziehungen, Menschen. Diese Form von Schmerz ist der Preis der Liebe, der Preis dafür, ein mutiges Leben mit offenem Herzen zu führen – und ich bin bereit, diesen Preis zu bezahlen.

Es gibt noch eine andere Form von Schmerz, der nicht daher rührt, Schönes zu verlieren, sondern daher, gar nicht erst versucht zu haben, es zu erreichen.

Ich kenne diesen Schmerz aus persönlicher Erfahrung. Ich erkenne ihn in den Gesichtern anderer Menschen. Ich sehe die Sehnsucht in den Augen einer Frau, die neben ihrem Geliebten sitzt und sich trotzdem vollkommen allein fühlt. Ich sehe die Wut in den Augen einer Frau, die unglücklich ist und trotzdem lächelt. Ich sehe die Resignation in den Augen einer Frau, die für ihre Kinder langsam stirbt, anstatt für sie zu leben. Und ich kann diesen Schmerz hören. Ich höre ihn in der Bitterkeit einer Frau, die erzählt, wie sie es vortäuscht, damit sie endlich aufstehen und mit der Wäsche weitermachen kann. Ich höre ihn im verzweifelten Tonfall einer Frau, die etwas zu sagen hat und es nie ausgesprochen hat. Im Zynismus einer Frau, die die Ungerechtigkeit akzeptiert hat, zu deren Veränderung sie beitragen könnte, wenn sie den Mut dazu hätte. Es ist der Schmerz einer Frau, die sich langsam im Stich gelassen hat.

Ich bin jetzt vierundvierzig Jahre alt, und ich will verdammt sein, wenn ich mich jemals wieder für diese Form von Schmerz entscheide.

Ich habe meinen Mann verlassen und baue mir mit Abby ein neues Leben auf, weil ich eine erwachsene Frau bin und verdammt noch mal tue, was ich will! Ich meine das mit allem Respekt und voller Liebe – und mit dem tief empfundenen Wunsch, dass auch Sie verdammt noch mal tun, was Sie mit Ihrem einen, wertvollen Leben machen wollen.

Es spielt, ehrlich gesagt, keine Rolle, was Sie von meinem Leben halten – aber es ist über alle Maßen wichtig, welche Meinung Sie von Ihrem eigenen Leben haben.

Verurteilung ist auch nur ein Käfig, in dem wir freiwillig leben, damit wir nicht fühlen, nicht wissen und unsere Vorstellungskraft nicht bemühen müssen. Wer über andere urteilt, lässt sich selbst im Stich. Sie sind nicht hier, um Ihre Zeit mit einem Urteil darüber zu verschwenden, ob mein Leben für Sie nun wahrhaftig und schön genug ist. Sie sind hier, um herauszufinden, ob Ihr Leben, Ihre Beziehungen und Ihre Welt wahrhaftig und schön genug für Sie sind. Und wenn dem nicht so ist und Sie es wagen, sich das einzugestehen, müssen Sie entscheiden, ob Sie den Mut haben und das Recht – vielleicht sogar die Pflicht –, alles, was nicht wahrhaftig und schön genug ist, bis auf die Grundmauern niederzubrennen und anzufangen, das Wahre und Schöne zu errichten.

Hierfür möchte ich ab sofort als Vorbild dienen, weil es das ist, was ich für uns alle will. Ich will, dass wir alle mit unseren Gefühlen so vertraut sind, mit unserem inneren Wissen, mit unserer Vorstellungskraft, dass wir uns unserer Freude, unserer Freiheit und Integrität mehr verpflichtet fühlen als dem Bedürfnis, die Meinung, die andere von uns haben, manipulieren zu müssen. Ich will, dass wir uns weigern, uns selbst zu betrügen. Denn was die Welt jetzt braucht, um sich weiterzuentwickeln, ist, Zeuge zu werden, wie eine Frau nach der anderen ihr ganz individuelles, wahrhaftigstes und schönstes Leben lebt, ohne andere um Erlaubnis zu fragen oder sich dafür erklären zu müssen.

Am nächsten Morgen wachte ich auf, schenkte mir Kaffee ein, klappte den Computer auf und holte tief Luft. Dann postete ich

– für eine Million Menschen – ein Foto von Abby und mir kuschelnd auf der Schaukel meiner Veranda, sie auf einer Gitarre klimpernd, unsere Blicke direkt in die Kamera gerichtet. Wir wirkten selbstbewusst. Zufrieden. Angekommen. Erleichtert. Ich schrieb, dass Abby und ich uns lieben und ein gemeinsames Leben planen, zusammen mit den Kindern und ihrem Vater. Viel mehr schrieb ich nicht. Ich achtete darauf, mich nicht zu entschuldigen, nichts zu erklären und mich nicht zu rechtfertigen. Ich ließ mein Statement für sich stehen. Dann klappte ich den Computer zu und rief mir in Erinnerung, dass ich zwar dafür verantwortlich war, die Wahrheit zu sagen, aber nicht für sämtliche Reaktionen darauf. Ich hatte meinen Teil getan.

Eine Stunde später rief meine Schwester an. Ihre Stimme zitterte. «Sissy», sagte sie. «Du hast keine Ahnung, was da abgeht. Bitte setz dich hin und lies, was unsere Leute dazu sagen. Wie sie reagieren. Sieh dir bitte an, wie diese Community sich für dich und Abby einsetzt.»

Ich loggte mich ein und stieß auf Tausende hinreißende, nette, liebenswürdige, intelligente, großzügige, einfühlsame, differenzierte Kommentare. Sie stammten von einer Gemeinschaft aus Menschen, denen klar war, dass sie mich nicht verstehen mussten, um mich zu lieben. Das war kein Blutbad. Es war eine Taufe. Meine Leute wollten mir offensichtlich sagen: «Willkommen auf der Welt, Glennon. Wir sind da.»

An dem Abend rief mich eine Freundin an und sagte: «Weißt du, was ich den ganzen Tag gedacht habe, Glennon? Du hast diese Community für andere Frauen ins Leben gerufen. Aber vielleicht war sie in Wirklichkeit immer für dich bestimmt. Du hast die ganze Zeit an dem Netz gewebt, das du eines Tages brauchen würdest, um dich fallenzulassen.»

Mögen wir alle in Gemeinschaften leben, wo das wahrste Selbst einer jeden geborgen und gleichzeitig frei ist.

RASSISTEN

Ich war elf, als ich mich wegen meiner Bulimie in Behandlung begab. Damals war der Umgang der Medizin mit Essstörungen noch ein anderer als heute. Wenn ein Kind krank wurde, ging man davon aus, dass es gestört war. Wir hatten noch nicht verstanden, dass viele kranke Kinder nur Kanarienvögel im Kohlebergwerk sind, die die toxische Luft im Umfeld ihrer Familie oder ihrer Kultur oder auch beidem einatmen. Also wurde ich abgesondert und zu Therapeuten und Ärzten verfrachtet, die versuchten, meine Störung zu beseitigen, anstatt die Luft, die ich einatmete, vom Gift zu befreien.

Ich ging schon auf die Highschool, als zum ersten Mal eine Therapeutin auch meine Familie mit dazubat. Kurz nach Beginn der gemeinsamen Sitzung wandte sie sich an meinen Vater und fragte ihn: «Können Sie sich vorstellen, welchen unbewussten Anteil Sie an Glennons Krankheit haben könnten?»

Mein Vater reagierte ausgesprochen wütend. Er stand auf und ging. Ich konnte ihn verstehen. Für ihn bestand die oberste Priorität darin, ein guter Vater zu sein. Er klammerte sich so fest an die Identität des guten Vaters, dass er es nicht wagte, sich vorzustellen, er hätte seinem kleinen Mädchen womöglich auf irgendeine Weise geschadet. In seiner Vorstellung haben gute Väter mit dysfunktionalen Elementen in der Familie nichts zu tun. Was natürlich nicht stimmt, sie tragen ständig dazu bei, weil auch gute Väter nur Menschen sind. Im Rückblick betrachtet, ist mir klar, dass es für uns alle gesund gewesen wäre, die in unserer Familie vorherrschenden Vorstellungen von Essen, Kontrolle und Körperbildern auszugraben, ans Licht zu zerren und mit ihnen aufzuräumen. Die Weigerung meines Vaters, nach innen zu schauen, bedeutete für mich, dass ich sehr lang auf mich allein gestellt blieb. Bis auf mich gab es bei uns in der Familie niemanden, die oder der sein Innerstes nach außen stülpte.

Schnellvorlauf. Jahrzehnte nach jenem Tag bei der Therapeutin. Donald Trump wurde soeben zum Präsidenten gewählt. Eine Freundin rief mich an und sagte: «Das ist die Apokalypse. Das ist das Ende unseres Landes, wie wir es kennen.»

Ich antwortete: «Hoffentlich. Apokalypse bedeutet Enthüllung. Ehe wir gesunden können, müssen wir die faulen Wurzeln enthüllen.»

Sie sagte: «O Gott, verschon mich mit Genesungsreden. Nicht heute!»

«Nein, hör mir zu. Für mich fühlt es sich so an, als wären wir endlich am absoluten Tiefpunkt angekommen! Vielleicht bedeutet das nichts anderes, als dass wir endlich reif sind, die richtigen Schritte zu tun. Vielleicht geben wir endlich zu, dass unser Land endgültig unbeherrschbar geworden ist. Vielleicht machen wir jetzt moralische Inventur und sehen endlich unserem Familiengeheimnis ins Gesicht, das schon immer offensichtlich war: dass diese Nation – begründet auf «Freiheit und Gerechtigkeit für alle» – auf der Ermordung, Versklavung, Vergewaltigung und Unterdrückung von Millionen erbaut wurde. Vielleicht geben wir endlich zu, dass Freiheit und Gerechtigkeit für alle in Wirklichkeit immer nur Freiheit für weiße, heterosexuelle, wohlhabende Männer bedeutete. Und vielleicht versammeln wir dann endlich die ganze Familie um einen Tisch – die Frauen, die Schwulen, die Schwarzen, die Braunen und die Mächtigen –, um uns an die langwierige, harte Arbeit der Wiedergutmachung zu machen. Ich habe selbst erlebt, wie dieser Prozess Menschen und Familien heilt. Vielleicht kann unser Land auf diese Weise ebenfalls heilen.»

Ich war unerschütterlich, beseelt von meiner eigenen Rechtschaffenheit. Aber eines hatte ich dabei vergessen: dass kranke Systeme aus kranken Menschen bestehen. Menschen wie mir. Um wieder zu genesen, müssen alle in ihren Zimmern bleiben und ihr Innerstes nach außen kehren. Keine Familie kann gesunden, ehe jedes einzelne Familienmitglied wieder gesund geworden ist.

Kurz nach diesem Gespräch setzte ich mich in unserem Wohnzimmer aufs Sofa und bat meine Töchter zu mir, indem ich rechts und links aufs Polster klopfte. Sie setzten sich neben mich und schauten mich erwartungsvoll an. Dann erzählte ich ihnen, dass, während sie geschlafen hatten, ein Mann mit weißer Hautfarbe mit einem Gewehr in eine Kirche gelaufen war und neun Menschen mit schwarzer Hautfarbe erschossen hatte.

Ich erzählte meinen Töchtern von einem schwarzen Jungen namens Trayvon, so alt wie ihr großer Bruder, der auf dem Heimweg verfolgt und ermordet worden war. Ich erzählte ihnen, dass der Mörder sagte, er hätte gedacht, der Junge hätte eine Waffe in der Hand, obwohl sein Opfer in Wirklichkeit nur eine Tüte Skittles bei sich hatte. Amma fragte: «Warum dachte der Mann denn, dass Trayvons Süßigkeiten eine Waffe sind?» «Ich glaube nicht, dass er das wirklich dachte», antwortete ich. «Ich glaube, er brauchte nur eine Ausrede, um ihn umzubringen.»

Wir saßen lange zusammen auf dem Sofa und redeten. Meine Töchter stellten Fragen, ich tat mein Bestes. Irgendwann beschloss ich, dass wir genug über Verbrecher gesprochen hatten. Es wurde Zeit, über Helden zu sprechen.

Ich ging in mein Arbeitszimmer, um ein bestimmtes Buch zu holen. Ich nahm das Buch aus dem Regal, ging ins Wohnzimmer zurück und setzte mich wieder zwischen meine zwei Töchter auf die Couch. Ich schlug das Buch auf, und wir lasen Geschichten über Martin Luther King, Rosa Parks, John Lewis, Fannie Lou Hamer, Diane Nash und Daisy Bates. Wir schauten uns Bilder der Protestmärsche von Bürgerrechtlern an und sprachen darüber, weshalb Menschen auf die Straße gehen. «Jemand hat mal gesagt, auf einem Protestmarsch zu laufen, ist ein mit Füßen gesprochenes Gebet», sagte ich.

Amma zeigte auf eine weiße Frau mit einem Schild, die in einem Meer aus schwarzen und braunen Gesichtern mitlief. Sie machte große Augen und sagte: «Schau mal, Mama! Wären wir da auch mitgelaufen? So wie sie?»

Ich wollte gerade «Natürlich! Klar wären wir da mitgelaufen, Baby», sagen, aber noch ehe ich den Mund aufmachen konnte, sagte Tish: «Nein, Amma. Wir wären damals nicht mit den Schwarzen marschiert. Jetzt marschieren wir ja auch nicht mit ihnen.»

Ich starrte meine Töchter an, sie sahen zu mir hoch. Ich musste an meinen Vater denken, damals, vor all den Jahren, im Sprechzimmer meiner Therapeutin. Es war, als hätten meine Töchter sich zu mir gedreht und mich gefragt: «Mama, kannst du dir vorstellen, welchen unbewussten Anteil wir an der Krankheit unseres Landes haben könnten?»

Eine Woche später las ich Martin Luther Kings berühmten Essay «Brief aus dem Gefängnis von Birmingham» und stieß dabei auf folgenden Absatz:

Ich muss gestehen, die gemäßigten Weißen haben mich in den letzten Jahren zutiefst enttäuscht. Ich stehe kurz vor dem bedauerlichen Fazit, dass der größte Stolperstein des Schwarzen auf seinem Marsch in Richtung Frieden weder das Mitglied des White Citizen Council noch der Ku-Klux-Klaner ist, sondern der gemäßigte Weiße, der sich mehr der «öffentlichen Ordnung» als der Gerechtigkeit verpflichtet fühlt; der einen negativen Frieden, welcher sich lediglich durch die Abwesenheit von Spannungen auszeichnet, einem positiven Frieden vorzieht, welcher sich durch das Vorhandensein von Gerechtigkeit auszeichnet; der ständig sagt: «Ich teile die Ziele deiner Bemühungen durchaus, aber deine konkreten Methoden kann ich nicht gutheißen.»

Ich wurde zum ersten Mal mit einer Sprache konfrontiert, die jemanden wie mich definiert. Ich bin eine Weiße, die von sich behauptet, auf der Seite der Bürgerrechte zu stehen, weil ich ein guter Mensch bin und der festen Überzeugung, dass Gleichheit das richtige Prinzip ist. Die weiße Frau, die Amma auf dem Bild entdeckt hatte, war allerdings nicht zu Hause geblieben und hatte sich dort ihrer Überzeugung erfreut. Sie bekannte sich öffentlich zu ihrer Überzeugung. Ich sah mir ihr Gesicht genauer an. Diese Frau wirkte nicht *nett*. Sie wirkte radikal. Wütend. Mutig. Angstvoll. Erschöpft. Leidenschaftlich. Entschlossen. Majestätisch. Und ein bisschen angsteinflößend.

Ich stellte mir vor, ich wäre damals eine Weiße gewesen, die an der Seite von Dr. King gestanden hätte, weil ich ihn *heute* so sehr schätze. Heute stimmen knapp neunzig Prozent der weißen Amerikaner mit Dr. King überein. Damals jedoch, zu seinen Zeiten, als er Veränderungen einforderte, betrug die Zustimmung der weißen Amerikaner gerade mal dreißig Prozent – derselbe Prozentsatz weißer Amerikaner, die heute hinter Colin Kaepernick stehen.

Wenn ich wissen will, wie ich damals zu Martin Luther King gestanden hätte, darf ich mich nicht fragen, wie ich ihn heute sehe. Ich muss mir die Frage stellen, wie ich heute zu Kaepernick stehe. Wenn ich wissen will, wie ich damals zu den Freedom Riders gestanden hätte, darf ich mich nicht fragen, wie ich heute zu der Widerstandsbewegung stehe. Ich muss mir die Frage stellen, wie ich heute zu Black Lives Matter stehe.

Wenn ich wissen will, ob ich in der letzten Bürgerrechtsära unseres Landes Flagge gezeigt hätte, muss ich mir die Frage stellen: Auf welche Weise zeige ich heute Flagge, in der aktuellen Bürgerrechtsbewegung, die jetzt gerade vor sich geht, direkt vor unseren Haustüren?

Ich beschloss, jedes Buch über Rassen in Amerika zu lesen, das ich in die Finger bekam. Ich füllte meine Social-Media-Feeds mit Beiträgen von und über Autorinnen und Aktivistinnen of Color. Mir wurde sehr schnell sehr klar, wie stark meine Weltsicht von meinen Social-Media-Feeds geformt war. Ein Feed, der voll ist mit weißen Stimmen, mit Gesichtern, die aussehen wie meins, und mit Beiträgen, die Erfahrungen reflektieren, die meinen eigenen gleichen, macht es leicht zu glauben, dass im Großen und Ganzen alles okay ist. Sobald ich mich dazu entschieden hatte, jeden Tag mit der Lektüre von Perspektiven schwarzer und brauner Menschen zu beginnen, wurde mir klar, dass alles immer schon alles andere als okay gewesen war und ist. Ich wurde mit brutaler Polizeiwillkür konfrontiert, lernte die «Preschool-to-Prison-Pipeline» kennen, erfuhr, welch menschenunwürdige Zustände in den Hafteinrichtungen für Migranten herrschen, erfuhr von der Ausbeutung von Grund und Boden der amerikanischen Ureinwohner. Ich fing an, meinen Horizont zu weiten. Ich verlernte die weißgewaschene Version der amerikanischen Geschichte, die mir eingetrichtert worden war. Ich entdeckte, dass ich nicht die war, die ich zu sein geglaubt hatte. Ich erfuhr, dass mein Land nicht das Land war, das man mich glauben gemacht hatte.

Diese Erfahrung von Lernen und Verlernen erinnerte mich an den Prozess des Trockenwerdens. Als ich damit begann, mir die Erfahrungen von People of Color und anderen marginalisierten Bevölkerungsgruppen in unserem Land tatsächlich anzuhören und darüber nachzudenken, überkam mich dasselbe Gefühl wie damals, als ich mit dem Trinken aufhörte: ein stetig wachsendes Unbehagen, während die Wahrheit mich aus meiner ach so bequemen Betäubung weckte. Mich überkam Scham, als mir bewusst wurde, wie oft und auf wie vielfältige Weise ich mit meiner Ignoranz und meinem Schweigen andere Menschen verletzt hatte. Ich empfand Erschöpfung, weil es noch so viel zu verlernen gab, so viel Wiedergutmachung zu leisten, so viel Arbeit zu verrichten. Jetzt, in den frühen Tagen der Bewusstwerdung meiner weißen Überlegenheit fühlte ich mich genauso wie damals in den frühen Tagen meiner Abstinenz vom Alkohol. Zittrig, nervös und aufgewühlt verabschiedete ich mich Stück für Stück vom Privileg der Ignoranz. Es war ein schmerzhafter Prozess von Verlernen und Neulernen.

Irgendwann war die Zeit gekommen, den Mund aufzumachen. Ich fing an, die Beiträge, die ich las, zu teilen und mich offen gegen den Rassismus von Amerikas Vergangenheit und die Bigotterie und die strategischen Spaltungsbestrebungen der aktuellen Regierung zu positionieren. Auf jeden meiner Posts reagierten viele Menschen stocksauer. Ich hatte damit kein Problem, weil ich das Gefühl hatte, dass ich den richtigen Leuten auf die Zehen stieg.

Später dann wurde ich von einer von Women of Color geführten Aktivistinnengruppe zur Mitarbeit eingeladen. Eine der schwarzen Anführerinnen bat mich und eine weitere Weiße, ein Online-Webinar für andere weiße Frauen zum Thema Rassengerechtigkeit zu konzipieren. Unsere Mission hatte zwei Ziele: Weiße Frauen aufzuklären und Spendengelder zu akquirieren, um Kautionen und Strafzahlungen für schwarze Frauen zu finanzieren, die sich Tag für Tag ins Kreuzfeuer stellten.

Wir nahmen den Auftrag an. Bei den Vorbereitungsgesprächen für das Webinar entschieden wir, dass meine Mitstreiterin sich auf die Geschichte der Mitschuld konzentrieren sollte und ich mich auf meine persönlichen Erfahrungen mit meinem Bewusstwerdungsprozess als weiße Frau hinsichtlich weißer Überlegenheit. Ich dachte, wenn es mir gelang, weißen Frauen klarzumachen, dass die Verwirrung, die Scham und die Angst, die sie zu Beginn ihres eigenen rassistischen Ausnüchterungsweges unweigerlich erleben würden, vorhersehbare Bestandteile des Prozesses waren, würde die Wahrscheinlichkeit zunehmen, dass sie in Sachen Anti-Rassismus bei der Stange blieben. Außerdem hätten sie besseres Rüstzeug an der Hand, um sich mit ihrem eigenen Rassismus im Privaten auseinanderzusetzen, anstatt dem verbreiteten Irrglauben zu folgen, sie müssten ihre Gefühle öffentlich teilen. Das erschien mir deswegen wichtig, weil schwarze Anführerinnen mir erzählten, dass die Ignoranz, die Emotionalität und die Ich-Bezogenheit wohlmeinender weißer Frauen einen riesigen Stolperstein auf dem Weg zu Gerechtigkeit darstellte.

Ich wusste, was sie damit meinten. Es passierte ständig. Wenn wir als weiße Frauen nicht lernen, dass die Erfahrungen, die wir am Anfang unserer Bewusstwerdung in diesem Feld machen, vorhersehbar sind, halten wir unsere Reaktionen für einzigartig. Wir beteiligen uns viel zu früh an Rassismusdebatten und überlassen unseren Gefühlen und Meinungen und unserer Verunsicherung die Führung. Damit stellen wir uns selbst in den Mittelpunkt und werden von dort unweigerlich an unseren Platz in dieser Debatte zurückverwiesen, nämlich an den Rand. Darauf reagieren wir noch aufgewühlter. Wir sind es gewohnt, dass Menschen dankbar für unsere Gegenwart sind, und reagieren verletzt darauf, nicht gewürdigt oder verkannt zu werden. Also legen wir nach. Wir sagen Dinge wie: «Zumindest versuche ich es. Wie undankbar. Jetzt werde ich auch noch angegriffen.» Das wiederum sorgt für weiteren Unmut, weil «Ich werde angegriffen» nicht wirklich zutreffend beschreibt, was passiert. Die Leute sagen uns lediglich zum ersten Mal die Wahrheit. Diese Wahrheit fühlt sich wie ein

Angriff an, weil wir so lange von bequemen Lügen davor bewahrt wurden.

Wir sind sprachlos. Wir haben das Gefühl, wir würden ständig das Falsche sagen, und dass sich alle permanent über uns aufregen. Ich glaube allerdings nicht, dass sich die Leute nur aufregen, weil wir die falschen Dinge sagen. Ich glaube, die Leute sind aufgebracht – und wir verletzt und frustriert und abwehrend –, weil wir in die Falle getappt sind zu glauben, bei der Bewusstwerdung von Rassismus ginge es darum, das Richtige zu sagen, anstatt richtig zu *werden*; wir glauben, Flagge zu zeigen, würde auf Handlungen basieren statt auf Transformation. Die Art und Weise, wie wir Flagge zeigen, verrät, dass wir unsere Hausaufgaben noch nicht gemacht haben. Wir müssen lernen und zuhören, um richtig zu *werden*, ehe wir versuchen, das Richtige zu sagen.

Wir sind bis zum Rand gefüllte Tassen, an die ständig jemand rempelt. Sind wir mit Kaffee gefüllt, schwappt Kaffee über. Sind wir mit Tee gefüllt, schwappt Tee über. Angerempelt zu werden, ist unvermeidlich. Wenn wir das, was aus uns herausschwappt, verändern wollen, müssen wir daran arbeiten, das zu ändern, was in uns ist.

«Wie führe ich ein Gespräch über Rassismus?» ist zu Beginn der Bewusstwerdung über meinen eigenen Rassismus die falsche Frage. Es geht weniger um Gespräche, an denen wir uns öffentlich beteiligen, als vielmehr um ein Gespräch, dem wir uns im Privaten hingeben. Ob wir uns mit dem Thema auseinandersetzen, um zu agieren oder uns tatsächlich zu transformieren, wird an dem Raum offensichtlich, den wir dabei einnehmen. Wenn eine weiße Frau, die sich ernsthaft mit dem Thema Rassismus auseinandersetzt, sich öffentlich zu Wort meldet, dann bescheiden und respektvoll, also in einer Weise, die leise, ruhig und nachhaltig ist. Keinesfalls jedoch in einer händeringenden Haltung von Scham, denn Selbstgeißelung ist auch nur eine Strategie, um

Aufmerksamkeit zu bekommen. Eine weiße Frau, die sich ernsthaft mit dem Thema Rassismus auseinandersetzt, hat natürlich Gefühle, aber anstatt andere damit zu belasten, setzt sie sich im Stillen damit auseinander, weil sie ein tiefes Verständnis dafür hat, dass ihre Gefühle überhaupt keine Rolle spielen, wenn Menschen sterben.

All das wollte ich in dem Webinar vermitteln. Ich hatte gehofft, die Teilnehmerinnen damit für die Anfangsphasen der Bewusstwerdung ihres eigenen Rassismus zu sensibilisieren, und dass diese Vorbereitung hilfreich für die übergeordneten Bemühungen unseres Aktionsbündnisses in Bezug auf soziale Gerechtigkeit sein könnte. Wir schickten das Konzept an die Leiterinnen unserer Gruppe, um Feedback und die Freigabe zu bekommen. Wir arbeiteten die Änderungsvorschläge ein, dann machten wir das Seminar online bekannt. Tausende meldeten sich an. Ich ging ins Bett.

Am nächsten Morgen las ich beim Aufwachen die Textnachricht einer Freundin: «Hallo, G, will nur kurz wissen, wie's dir geht. Hab mitgekriegt, was online los ist. Bitte gib kurz Laut, damit ich weiß, dass du okay bist.»

Mit zitternden Fingern öffnete ich meinen Instagram-Account. Es gab Hunderte – nein, Tausende – Kommentare, und viele stammten von Leuten, die mich als Rassistin beschimpften.

Was ich damals noch nicht wusste: Es gibt verschiedene legitime, einander widersprechende Ansätze darüber, wie weiße Frauen sich in der Rassismusdebatte zu Wort melden sollten. Die eine Sichtweise: Weiße Frauen – vorausgesetzt, wir agieren unter der Führung von Women of Color und sind ihnen somit Rechenschaft schuldig – sollten ihre Stimme und ihre Plattformen dazu nutzen, um andere weiße Frauen zur Anti-Rassismus-Arbeit aufzurufen. Eine andere Sichtweise lautet: Weiße Frauen sollten ihre

Stimme und ihre Plattformen nutzen, um auf People of Color aufmerksam zu machen, die diese Arbeit bereits tun. Die Anhängerinnen letzterer Philosophie schäumten vor Wut über mich und das geplante Webinar.

Du spielst dich als Lehrerin auf, anstatt auf Women of Color aufmerksam zu machen, die diese Arbeit längst tun! Wieso spielst du dich auf und beanspruchst Platz in einer Bewegung, in der unzählige Women of Color schon ewig arbeiten? Du bietest ein Gratis-Webinar an und ziehst den schwarzen Anbietern damit das Geld aus der Tasche! Ein «sicherer Ort», wo weiße Frauen über Rassismus sprechen können, ist völliger Quatsch – weiße Frauen brauchen keinen sicheren Ort; weiße Frauen müssen geschult werden. Ich lösche dich. Du bist eine Rassistin. Du bist eine Rassistin, Glennon. Du bist auch nur eine Rassistin. Rassistin, Rassistin, Rassistin.

Ich war völlig vor den Kopf gestoßen.

Ich bin Kritik gewohnt. Ich bin eine Frau, die ihre Liebe zu einer Frau mitten auf einer landesweiten christlichen Lesereise öffentlich gemacht hat. Ich wurde von ganzen Religionsgemeinschaften öffentlich verhöhnt und exkommuniziert. Ich bin es gewohnt, von der «anderen Seite» gehasst zu werden. Ich trage solche Reaktionen wie einen Orden. Aber von der eigenen Seite ins Kreuzfeuer genommen zu werden, war neu und unerträglich für mich. Ich fühlte mich idiotisch und fürchterlich beschämt. Und ich war absolut eifersüchtig auf alle, die in der Lage waren, so was einfach auszusitzen. Ich musste an diesen Spruch denken: «Es ist besser, die Klappe zu halten und für eine Idiotin gehalten zu werden, als den Mund aufzumachen und es zu beweisen.» Ich fühlte mich in die Ecke gedrängt, verletzt, frustriert und verängstigt. Ich konnte mir nichts vorstellen, vor dem ich mehr Angst gehabt hätte, als Rassistin genannt zu werden. Das war definitiv der absolute Tiefpunkt.

Zum Glück bin ich eine Frau, die immer wieder erleben durfte, dass sich der absolute Tiefpunkt zwar anfühlt wie das Ende – aber in Wirklichkeit immer der Anfang von etwas Neuem ist. Mir war klar, dass ich in diesem Augenblick entweder rückfällig werden und mir ein paar Kurze aus Selbstmitleid und Resignation hinter die Binde kippen konnte oder meine eigene Bewusstwerdung in Sachen Rassismus beschleunigen und einfach weitermachen konnte. Atme!, befahl ich mir. Atme. Keine Panik. Bleib hier. Hau nicht ab. Lass dich sinken. Fühle alles. Sei still. Bemühe deine Vorstellungskraft. Lass es brennen.

Und plötzlich fing ich an, mich zu erinnern.

Als ich noch ein Kind war, saßen wir jeden Abend auf der Couch und schauten zusammen die Abendnachrichten. Es war die Zeit des Kriegs gegen Drogen. Wir lebten in der Vorstadt, aber in den großen Städten herrschten fürchterliche Zustände. Die Nachrichten suggerierten uns, dass Crack überall war, genau wie die sogenannten Crackbabys und als «Welfare Queens» bezeichnete Sozialschmarotzerinnen. Jeden Abend sahen wir zu, wie junge Schwarze zu Boden gestoßen, umzingelt und in Streifenwagen verfrachtet wurden. Nach den Nachrichten wurde eine Fernsehserie mit dem Titel *Cops* ausgestrahlt. Jeden Abend sah ich zu, wie meistens weiße Polizisten meistens schwarze Männer verhafteten. Zur Unterhaltung. Wir sahen zu und aßen dabei Popcorn.

Dreißig Jahre später herrschte nach dem Anschlag von Charleston in der Kleinstadt meiner Eltern in Virginia helle Aufregung, weil man sich darüber klarzuwerden versuchte, wie man auf die Rassenthematik reagieren sollte, die das amerikanische Bewusstsein aufwühlte. Eine örtliche Kirchengemeinde lud die Nachbarschaft ein, zusammenzukommen und offen darüber zu sprechen. Meine Eltern entschlossen sich zur Teilnahme.

Sie saßen mit etwas hundert weiteren Weißen in einem großen Saal versammelt. Eine Frau erhob sich und eröffnete die Zusammenkunft. Sie verkündete, sie hätte gemeinsam mit ein paar anderen Frauen beschlossen, zu reagieren, indem sie für die hauptsächlich von Schwarzen besuchte Schule am anderen Ende der Stadt kleine Care-Pakete packten. Sie machte den Vorschlag, die Versammelten in Kleingruppen zur Sammlung entsprechender Zutaten aufzuteilen. Der ganze Saal atmete erleichtert auf: Ja! Eine Aktion im Außen! Taten statt Wandel! Unser Innerstes bleibt in Sicherheit!

Mein Vater war verwirrt und frustriert. Er hob die Hand. Die Frau erteilte ihm das Wort.

Mein Vater stand auf und sagte: «Ich bin nicht hergekommen, um Päckchen zu packen. Ich bin gekommen, um zu reden. Ich bin in einer rassistischen Stadt im Süden aufgewachsen. Ich habe jede Menge Dinge über Schwarze gelernt, die ich jahrzehntelang in meinem Kopf und meinem Herzen mit mir rumgeschleppt habe. Ich fange allmählich an zu begreifen, dass das nicht einfach nur Lügen sind, sondern tödliche Lügen. Ich will dieses Gift nicht an die Generation meiner Enkelkinder weitergeben. Ich will das Zeug aus mir rauskriegen und weiß nicht wie. Ich glaube, was ich damit sagen will: Ich habe Rassismus in mir, und ich will ihn verlernen.»

Mein Vater hat seine ganze berufliche Laufbahn an Schulen verbracht, wo er Kinder unterstützte, die anders aussahen als ich. Er hat uns jeden Tag aufs Neue erklärt, dass Rassismus böse ist. Und plötzlich hatte mein Vater erkannt, dass ein Mensch gut sein kann und gleichzeitig krank. Er hatte erkannt, dass es in Amerika so etwas wie absolut funktionstüchtige Rassisten gibt. Er war demütig genug geworden, um zu erkennen, dass wir in unserem Herzen und unseren Köpfen gute, freundliche, gerechtigkeitsliebende Menschen sein können – und dass wir trotzdem, weil wir in Amerika leben, vergiftet sind von der rassistischen Luft, die wir atmen. Er hatte gewagt, sich vorzustellen, dass auch er in unserer dysfunktionalen Familie der amerikanischen Nation eine Rolle spielte. Er war bereit, seine heißgeliebte Identität als «guter weißer Mann» in Flammen aufgehen zu lassen. Er war bereit, dazubleiben und sein Innerstes nach außen zu kehren.

Ich bin Feministin, aber ich bin in einer sexistischen Kultur aufgewachsen. Ich wuchs in einer Welt auf, die mich mit Hilfe von Medien, religiösen Organisationen, von Geschichtsbüchern und der Schönheitsindustrie davon überzeugen wollte, dass weibliche Körper weniger wert sind als männliche Körper und dass bestimmte weibliche Körper (dünn, groß, jung) mehr wert sind als solche mit anderen Formen.

Die Bilder von zum Verkauf stehenden Frauenkörpern, die Angriffe durch ausgemergelte Frauenkörper, die uns als Gipfel weiblicher Leistung entgegengeschleudert werden, und die allgegenwärtige Botschaft, dass Frauen dazu da sind, den Männern zu gefallen, ist die Luft, die ich atmete. Ich lebte in einem Bergwerk, in dem das Gift die Frauenfeindlichkeit war. Auch ich erkrankte daran. Nicht, weil ich ein schlechter, sexistischer Mensch bin, sondern weil ich mein Leben lang frauenfeindliche Luft einatmete.

Ich wurde bulimisch und habe ein ganzes Leben gebraucht, um davon zu genesen. Selbsthass ist ungleich schwerer zu verlernen, als zu erlernen. Es ist schwer für eine Frau, in einer Gesellschaft gesund zu bleiben, die immer noch so krank ist. Einen Weg zu finden, sich selbst und andere Frauen zu lieben, ist für eine Frau, die in einer Welt lebt, die darauf besteht, dass sie dazu kein Recht hat, der ultimative Sieg. Aus diesem Grund arbeite ich jeden Tag hart für Gesundheit und Ganzheit. Ich bin eine Verfechterin der Gleichheit der Frau, weil ich, tief unten in meinen Wurzeln, die

Wahrheit kenne. Ich weiß, wozu mein Körper da ist. Er ist kein Gebrauchsgegenstand für Männer. Er ist nicht dazu da, um Dinge zu verkaufen. Er ist zum Lieben da, zum Lernen, zum Ausruhen und für den Kampf für Gerechtigkeit. Ich weiß, dass jeder Körper auf Erden den gleichen, unübertrefflichen Wert besitzt.

Und trotzdem.

Ich habe das Gift immer noch in mir. In mir sind noch immer all jene Neigungen lebendig, die mir jahrzehntelang eingeträufelt wurden. Ich kämpfe immer noch tagtäglich darum, meinen Körper zu lieben. Die Hälfte meiner täglichen Gedanken hat mit meinem Körper zu tun. Ich stelle mich immer noch auf die Waage, um meinen Selbstwert zu überprüfen. Mit großer Wahrscheinlichkeit billige ich unterbewusst einer jüngeren, dünneren Frau immer noch mehr Wert zu als einer älteren, dickeren. Ich weiß, dass meine reflexhaften Reaktionen immer noch meiner Zähmung entspringen, nicht meiner Wildheit. Ich kann das erste, fehlgeleitete Urteil zwar korrigieren, aber es kostet mich bewusste Anstrengung. Wir werden zu der Luft, die wir atmen.

Als mich mit fünfunddreißig die Falten auf meiner Stirn zu stören begannen, fuhr ich zum Arzt, um mir für Hunderte von Dollars unter Schmerzen giftiges Botox in die Stirn spritzen zu lassen, damit mein Gesicht weiter denselben Wert hatte wie die jüngeren, glatteren Gesichter im Fernsehen. Obwohl ich es im wahrsten Sinne des Wortes besser wusste. Ich ja. Mein Unterbewusstsein aber nicht. Mein Unterbewusstsein hatte meinen Verstand und mein Herz noch nicht eingeholt, weil es (immer noch) vergiftet war. Es bedurfte der bewusst getroffenen Entscheidung, mich nicht länger zu vergiften. Um damit aufzuhören, dafür zu bezahlen, mir die Frauenfeindlichkeit unter die Haut spritzen zu lassen. Ich bin eine glühende, ewige Feministin. Und trotzdem fließen Sexismus und Frauenfeindlichkeit auch durch meine Adern. Man kann bewusst das eine sein und unbewusst trotzdem das andere.

Ich erzähle anderen Frauen ständig, wie tief die von unserer Kultur in die Luft geblasene Frauenfeindlichkeit uns alle beeinflusst. Wie sie unsere Vorstellungen über uns selbst verdirbt und Frauen gegeneinander aufhetzt. Wie dieses Gift uns krank und gemein macht. Wie hart wir alle gemeinsam daran arbeiten müssen, zu entgiften, um uns und andere Frauen nicht immer weiter zu verletzen. Bei meinen Vorträgen sitzen Frauen weinend da und nicken und sagen: «Ja, ja, genau, ich auch. Ich trage die Frauenfeindlichkeit auch in mir, ich will sie loswerden!» Keine dieser Frauen scheut sich davor, ihre verinnerlichte Frauenfeindlichkeit sich selbst und anderen gegenüber einzugestehen, weil dieses Eingeständnis nicht an Moral gebunden ist. Keine kommt zu dem Schluss, der Einfluss der Frauenfeindlichkeit, unter dem sie steht, würde sie zu einem schlechteren Menschen machen. Wenn eine Frau sagt, sie möchte daran arbeiten, sich vom Gift der Frauenfeindlichkeit zu befreien, wird sie nicht als Frauenfeindin abgestempelt. Es ist klar, dass es zwischen einem Frauenfeind und einer von Frauenfeindlichkeit beeinflussten Person, die aktiv an ihrer Entgiftung arbeitet, einen Unterschied gibt. Beide tragen die vom System einprogrammierte Frauenfeindlichkeit in sich, aber während Ersterer sie dazu benutzt, Macht auszuüben und Menschen zu verletzen, arbeitet Letztere daran, sich von der Macht zu befreien, damit sie aufhören kann, andere zu verletzen.

Sobald ich jedoch das Thema Rassismus auf den Tisch bringe, sagen dieselben Frauen: «Ich bin doch keine Rassistin! Ich habe keine Vorurteile. Ich wurde so nicht erzogen.»

Wir werden den Rassismus nicht aus uns herausbekommen, wenn wir nicht anfangen, über Rassismus auf die gleiche Weise nachzudenken wie über Frauenfeindlichkeit. Wir müssen anfangen, Rassismus nicht mehr nur als eine persönliche moralische Verfehlung zu betrachten, sondern als die Luft, die wir atmen. Wie viele Bilder von auf den Boden gezwungenen Schwarzen habe ich in mich aufgenommen? Wie viele Fotos von Gefängnissen voller Schwarzer habe ich gesehen? Wie viele rassistische Witze habe ich stumm geschluckt? Wir werden überschwemmt mit Bildern und Geschichten, die uns davon überzeugen sollen, dass schwarze Männer gefährlich sind, schwarze Frauen entbehrlich und Schwarze weniger wert als Weiße. Diese Botschaften durchdringen die Luft, und eben gerade haben wir wieder eingeatmet. Wir müssen zu dem Schluss kommen, dass es keine moralische Verfehlung ist, zuzugeben, von Rassismus vergiftet zu sein – zu leugnen, dass wir dieses Gift in uns tragen, ist es dagegen sehr wohl.

Die Offenlegung muss vor der Revolution kommen. Ausnüchterung – ob von Alkohol, dem Patriarchat oder weißer Überlegenheit – ist ein bisschen so, wie die blaue Pille zu schlucken und langsam dabei zuzusehen, wie die unsichtbare, für uns programmierte Matrix, in der wir bis jetzt gelebt haben, sichtbar wird. Für mich beinhaltete der Prozess der Entgiftung vom Alkohol das Bewusstwerden der Matrix der Konsumkultur, die mich per Hirnwäsche davon überzeugt hatte, dass mein Schmerz durch Konsum betäubt werden musste. Von meiner Essstörung zu entgiften, hieß, das Gitternetz des Patriarchats zu erkennen, das mir die Selbstüberzeugung antrainiert hatte, niemals hungrig sein zu dürfen oder auf Erden Raum für mich selbst zu beanspruchen. Und von Rassismus zu entgiften, verlangt von mir, den Blick für das kunstvoll ausgearbeitete Netz weißer Überlegenheit zu öffnen, das existiert, um mich davon zu überzeugen, dass ich ein besserer Mensch bin als People of Color.

Es ist nicht wahr, dass es in Amerika zwei Sorten Menschen gibt, Rassisten und Nicht-Rassisten. Es gibt drei Sorten: die, die von Rassismus vergiftet sind und sich entschieden haben, sich aktiv an der Weiterverbreitung zu beteiligen. Die, die von Rassismus vergiftet sind und sich aktiv bemühen, zu entgiften. Und es gibt die, die von Rassismus vergiftet sind und die leugnen, dass in ihnen Rassismus existiert.

Ich bin zu dem Schluss gekommen, dass diejenigen, die mich als Rassistin bezeichnet haben, recht haben.

Und gleichzeitig auch nicht.

Ich gehöre zur zweiten Sorte Menschen. Ich bin eine weiße Frau, die zu dem Ergebnis gekommen ist, dass Leute mich deshalb Rassistin nennen, wenn ich aufstehe, um über Rassismus zu sprechen, weil ich mich als mich selbst zeige und ich den Rassismus nun mal in mir trage. Durch das, was ich sage und nicht sage, und dadurch, wie ich es sage, sind die Menschen in der Lage, im Außen den mir innewohnenden Rassismus zu erkennen. Was sie sehen und worauf sie hinweisen, stimmt.

Jede Weiße, die aufsteht und die Wahrheit sagt – weil es ihre Pflicht als Mitglied unserer Menschenfamilie ist –, wird ihren Rassismus benannt finden. Sie wird akzeptieren müssen, dass andere mit der Art und Weise, wie sie sich äußert, nicht einverstanden sind und dass sie dazu alles Recht haben. Sie wird lernen müssen, den Zorn anderer Menschen auszuhalten, in dem Wissen, dass viel davon echt ist und wahr und notwendig. Sie wird akzeptieren müssen, dass auch ihr emotionaler Komfort zu den Privilegien gehört, die sie in Flammen aufgehen lassen muss. Sie wird sich immer wieder selbst erinnern müssen, dass es nicht wirklich schlimm ist, als Rassistin bezeichnet zu werden. Wirklich schlimm ist es, ihren Rassismus zu verstecken, um in Sicherheit zu bleiben, weiter gemocht zu werden und es bequem zu haben, während andere leiden und sterben. Es gibt Schlimmeres, als kritisiert zu werden – zum Beispiel, ein Feigling zu sein.

Ich scheue mich davor, diese Gedanken in einem Buch zu Papier zu bringen, das erst in einem Jahr erscheinen wird. Ich weiß, dass ich dieses Kapitel später lesen und den Rassismus darin sehen werde, den ich jetzt noch nicht erkennen kann. Aber dann fallen mir die Worte der Bürgerrechtlerin Maya Angelou ein: «Mach es, so gut du kannst, bis du es besser weißt. Wenn du es besser weißt, mach es besser.» Jetzt unser Bestes zu geben, ist ein fließender Prozess, und dasselbe gilt dafür, es besser zu wissen. Wir handeln nicht und warten dann drauf, es wie durch Zauberhand plötzlich besser zu wissen. Wir handeln, und wenn wir korrigiert werden, machen wir weiter. Wir hören zu, damit wir künftig besser handeln können. Wir suchen uns Lehrerinnen, damit wir es künftig besser wissen können. Wir stecken unsere Vorstellung davon, wie gut und wohlmeinend wir sind, in Brand, damit wir künftig besser sein können. Zu lernen, es besser zu wissen, ist eine Selbstverpflichtung. Wir werden es nur dann besser wissen, wenn wir bereit sind, niemals diejenige zu bleiben, die wir geworden sind.

Deshalb verpflichte ich mich dazu, mit einem Höchstmaß an Bescheidenheit und Demut in Aktion zu treten und mein Bestes zu geben. Ich weiß, dass ich auch in Zukunft immer wieder danebenliegen werde, und näher kann ich ans Richtigliegen nicht rankommen. Wenn ich korrigiert werde, bleibe ich offen und lerne. Nicht, weil ich die wachste Erwachte sein will, die jemals erwachte. Sondern, weil die Kinder von Leuten an Rassismus sterben und weil es so was wie die Kinder anderer Leute nicht gibt. Versteckter Rassismus zerstört und beendet Leben. Versteckter Rassismus bringt Polizisten dazu, schwarze Männer dreimal häufiger zu töten als weiße Männer. Er bringt die Gesetzgeber dazu, die Finanzierung von sauberem Trinkwasser zu begrenzen und Kinder zu vergiften. Er bringt Ärzte dazu, schwarze Frauen während oder nach der Geburt viermal häufiger sterben zu lassen als weiße Frauen. Er bringt Schulleitungen dazu, schwarze Schülerinnen dreimal häufiger vom Unterricht auszuschließen und von der Schule zu werfen als weiße Schülerinnen. Er bringt Gerichte dazu, schwarze Drogenkonsumentinnen beinahe sechsmal so häufig zu inhaftieren wie weiße Drogenkonsumentinnen. Und – aufgrund meiner Mittäterschaft in diesem System, das andere entmenschlicht – er entmenschlicht auch mich. Die Tatsache, dass unsere Atemluft systematisch mit dem Gift des Rassismus verseucht wurde, mag nicht unsere Schuld sein, trotzdem liegt es verdammt noch mal in unserer Verantwortung, dieses Gift wieder aus unserem System herauszubekommen.

Wenn der Augenblick gekommen ist – ob es um meine Familie geht, meine Gemeinschaft oder mein Land –, in dem sich die Energie zu mir hin verlagert und sich mir die Frage stellt: «Kannst du dir vorstellen, welchen unbewussten Anteil du an unserer Krankheit haben könntest?», werde ich nicht abhauen, sondern dableiben. Ich will fühlen, meine Vorstellungskraft bemühen, ich will zuhören, ich will arbeiten. Ich will mein Innerstes nach außen kehren, um dabei zu helfen, unsere Luft wieder rein zu machen.

FRAGEN

Vor kurzem hatte ich einen Auftritt irgendwo im mittleren Westen. Im Publikum saßen tausend Frauen, ein paar vereinzelte Männer, ein paar glucksende Babys. Als wir die Veranstaltung für Fragen öffneten, bemerkte ich hinten im Saal eine Hand, die sich zögernd reckte. Eine Helferin eilte nach hinten, zwängte sich in die Stuhlreihe und bat die Eigentümerin der Hand, sich zu erheben. Eine Frau mit kurzen, grauen Haaren und einem sanften, ernsten Gesicht mit tiefen Falten stand langsam auf. Sie trug ein Sweatshirt mit der amerikanischen Flagge und dem Wort GRAMMA in dicken Buchstaben. Als sie das Mikrophon nahm, zitterte ihre Hand ein wenig. Ich schloss sie augenblicklich in mein Herz. Sie sagte:

«Hi, Glennon. Ich verfolge Ihre Arbeit seit zehn Jahren und bin heute hier, weil ich Ihnen eine Frage stellen will. Ich traue mich nicht, sie irgendjemand anderem zu stellen. Ich ... ich kenne mich nicht mehr aus. Mein Neffe ist jetzt meine Nichte. Ich bete ihn an ... Entschuldigung, sie. Meine Enkeltochter ist letztes Jahr mit einem Jungen zum Homecoming-Ball gegangen und dieses Jahr mit einem Mädchen. Und jetzt ... sind Sie auf einmal auch noch lesbisch? Das soll wirklich kein Angriff sein, aber: Warum werden plötzlich alle Leute homosexuell?»

Stille im Saal. Niemand rührte sich. Das Gesichtermeer, das sich der Fragenstellerin zugedreht hatte, drehte sich langsam zurück zu mir. Ein Meer aus riesengroßen Augen. Ich konnte den kollektiven Stress im Raum spüren. Ihretwegen, meinetwegen, wegen uns allen. (O Gott! War das verletzend? Zu direkt? Darf man so was überhaupt fragen? Ist Glennon jetzt sauer? Aber stimmt ja auch: Warum sind plötzlich alle schwul oder lesbisch?) Mein Publikum hatte Angst, dass wir gerade eine Bruchlandung hingelegt hatten und in Flammen aufgingen. Ich wusste, dass wir gerade abgehoben hatten. Gesegnet seien die, die den Mut haben, uns Unangenehmes zuzumuten, denn sie wecken uns auf und treiben uns vorwärts.

Ich sagte: «Vielen Dank für eine Frage, die sich nur wenige zu stellen trauen würden. Aus ungestellten Fragen werden Vorurteile. Ihre Nichte und Ihre Enkeltochter dürfen sich glücklich schätzen, Sie zu haben. Verraten Sie mir Ihren Namen?»

«Joanne.»

«Okay. Ich weiß genau, warum plötzlich alle homosexuell sind. Daran ist nur die verfluchte Gentechnik schuld, Joanne.»

Gelächter brandete auf, eine Woge der Erleichterung schwappte durch die Kirche. Manche Damen lachten so sehr, dass ihnen die Tränen übers Gesicht liefen, während wir uns kollektiv der Erlösung hingaben. Als das Gelächter verebbte, schlug ich vor, gemeinsam tief Luft zu holen. Es ist ein wunderbares Gefühl, zusammen zu lachen und dann gemeinsam zu atmen. Man muss nicht immer vor allem Angst haben. Das ist das Leben, nichts weiter, und wir sind nur Menschen, die versuchen, einander zu verstehen. Versuchen, uns selbst zu verstehen. Nach unserem gemeinsamen tiefen Atemzug antwortete ich ihr sinngemäß Folgendes:

Zwischen menschlichen Wesen wirken wilde, geheimnisvolle Kräfte, die schon immer unbegreiflich waren. Kräfte wie Glaube. Liebe. Sexualität. Unsere Unfähigkeit, diese Geheimnisse zu begreifen oder zu kontrollieren, ist sehr unbehaglich.

Aus diesem Unbehagen heraus haben wir den wilden Glauben genommen – diesen geheimnisvollen, undefinierbaren, sich ständig wandelnden Fluss zwischen den Menschen und dem Göttlichen – und ihn in Religionen verpackt.

Wir haben unsere wilde Sexualität genommen – diesen geheimnisvollen, undefinierbaren, sich ständig wandelnden Fluss zwischen menschlichen Wesen – und sie in sexuelle Identitäten verpackt.

Wir sind wie Wasser in einem Glas.

Glaube ist Wasser. Religion ist das Glas.

Sexualität ist Wasser. Sexuelle Identität ist das Glas.

Wir haben diese Gefäße selbst geschaffen in dem Versuch, unkontrollierbare Kräfte zu kontrollieren.

Und dann sagten wir zu den Menschen: Hier, such dir ein Glas aus – Hetero oder Homo.

(*Nur am Rande: Wer sich das Homo-Glas aussucht, darf nicht auf den Schutz des Gesetzes oder seiner Gemeinschaft bauen und wird von Gott verbannt. Wähle also weise.*)

Also schenkten die Menschen ihr weites, flüssiges, saftiges Selbst in winzige, willkürlich gewählte Gläser, weil es von ihnen erwartet wurde. Viele von ihnen lebten ein Leben in stiller Verzweiflung und erstickten langsam daran, weil sie immer die Luft anhalten mussten, um in ihr Glas zu passen.

Irgendwo, irgendwann – aus welchem geheimnisvollen, mutigen Grund auch immer – sah eine schließlich ihrem Drachen ins Gesicht. Sie beschloss, ihren Gefühlen zu glauben, ihrem inneren Wissen zu vertrauen, und wagte es, sich eine unsichtbare Ordnung vorzustellen, in der sie frei sein konnte. Sie weigerte sich, sich noch länger auf ihr Glas zu beschränken. Sie beschloss, ihrem Inneren im Außen eine Stimme zu geben und alles in Brand zu stecken. Sie meldete sich zu Wort und sagte: «Diese Etiketten fühlen sich für mich nicht richtig an. Ich will mich nicht mehr in ein Glas quetschen müssen. Für mich stimmt das nicht. Ich bin mir zwar nicht sicher, was es ist – aber das ist es jedenfalls nicht.»

Ein anderer hörte die Erste, Mutige reden und fühlte elektrisierende Hoffnung durch seine Adern fließen. Er dachte: *Moment.*

Vielleicht bin ich gar nicht allein? Vielleicht bin ich gar nicht defekt? Vielleicht ist das System mit den Gläsern defekt? Er spürte, wie sich seine Hand und seine Stimme erhoben, mit einem vernehmlichen «Ich auch!». Dann ging noch eine Hand in die Höhe und noch eine und noch eine, bis ein Meer aus Händen zu sehen war, einige zitternd, einige zu Fäusten geballt – eine Kettenreaktion aus Wahrheit, Hoffnung, Freiheit.

Ich glaube nicht, dass Homosexualität ansteckend ist. Aber Freiheit ganz bestimmt.

Also erfanden wir im Namen der Freiheit neue Gläser. Wir sagten: «Okay, ich verstehe dich. Die anderen Gläser passen nicht zu dir. Hier, wie wär's mit Bisexuell für dich? Und du? Für dich vielleicht das pansexuelle Glas?» Wir klebten weiter fleißig Etiketten auf Gläser, bis wir alle Buchstaben von LGBTQ durchhatten. Irgendwann fühlte es sich an, als hätten wir das ganze Alphabet verklebt. Das war besser. Aber noch nicht wirklich gut, weil immer noch viele Gläser mit sehr wenig Rechten und großen Bürden verbunden waren. Und weil manche Menschen, so wie ich, immer noch kein Glas finden konnten, das wirklich zu ihnen passte.

Ich vermute ja, dass wir schon immer alle Farben des Regenbogens in uns getragen haben. Ich frage mich, ob wir, anstatt immer neue Gläser zu etikettieren, nicht endlich aufhören sollten, Menschen in Gläser quetschen zu wollen. Vielleicht gelingt es uns irgendwann, uns vollkommen von unserem Gläsersystem zu verabschieden. Glaube, Sexualität und Geschlechter sind fließend. Keine Gläser – nur Meer.

Es kann verstörend und verwirrend sein, veraltete Strukturen in Flammen aufgehen zu lassen. Das Donnergrollen der Freiheit macht Angst, weil es sich am Anfang wie Chaos anfühlt. Pronomen und öffentliche Toiletten und Mädchen, die mit Mädchen zum Ball gehen, oje! Aber «Entwicklung» ist nichts anderes als die ununterbrochene Auflösung nicht länger stimmiger Systeme, um neue zu erschaffen, die besser zu den Menschen passen, *so wie sie sind*. Die Menschen selbst verändern sich nicht. Aber es gibt zum ersten Mal genug Freiheit, um den Menschen zu erlauben, endlich aufzuhören, zu verändern, wer oder was sie wirklich sind. Entwicklung ist die Anerkennung dessen, was ist und was immer schon war. Entwicklung ist immer eine Rückkehr nach Hause.

Vielleicht können wir aufhören, das wunderbare Geheimnis der Sexualität verstehen zu müssen. Stattdessen können wir uns selbst und einander einfach nur zuhören, mit Offenheit, Neugier und Liebe und ohne Angst. Wir können die Menschen lassen, wie sie sind, und wir können darauf vertrauen, dass wir zusammen umso besser sind, je freier der einzelne Mensch sein darf. Vielleicht kann unser Verständnis von Sexualität so fließend werden wie die Sexualität selbst. Wir können uns erinnern: Egal, wie unbequem es für uns sein mag, den Menschen zu erlauben, ihre Gläser zu verlassen und frei zu fließen, es lohnt sich. Unsere Bereitschaft, verwirrt zu sein, offen und großherzig, wird Menschenleben retten.

Vielleicht heißt Mut nicht nur die Weigerung, Angst vor uns selbst zu haben, sondern auch die Weigerung, vor anderen Angst zu haben. Vielleicht können wir aufhören, ständig zu versuchen, einen gemeinsamen Nenner zu finden, und allen erlauben, das Meer zu sein. Sie sind es sowieso schon. Lasst sie sein.

SONDERGENEHMIGUNGEN

Eine christlich-fundamentalistische Organisation verkündete kürzlich, ich sei von der «Evangelical Church» exkommuniziert. Die Nachricht löste bei mir große Erheiterung aus. Ich kam mir vor wie Kramer bei *Seinfield*, als sein Boss versucht, ihn zu feuern, obwohl er den Job nie hatte. «Sie können mich nicht feuern», sagt Kramer so verblüfft wie trotzig. «Ich arbeite eigentlich gar nicht hier.»

Ich unterhielt mich mit einer Freundin über die Geschichte. «Wie schrecklich!», sagte sie. «Wieso können sie nicht akzeptieren, dass *du so geboren wurdest*? Du kannst doch nichts dafür! Es ist grausam, dich für etwas zu bestrafen, das du nicht ändern kannst.»

Hmmmmm, dachte ich. *Das ist nicht wirklich der Punkt.*

Manchmal halten wir die Dinge, die wir sagen, für liebevoll, dabei enthüllen sie in Wirklichkeit lediglich unsere Konditionierungen.

Dinge, die man nicht ändern *kann*, sind Dinge, die man ändern *würde*, wenn man könnte. Ich würd den Teufel tun, könnte ich meine Sexualität ändern. Jesus Christus! Ich liebe es, mein Leben mit einer Frau zu teilen. Ich liebe das tiefe Bedürfnis von uns beiden, einander zu verstehen, und die Tatsache, dass keine von uns abhaut, ehe wir es wirklich tun. Ich liebe die Tatsache, dass wir einander schon deshalb gut verstehen, weil wir zwei Frauen sind, die versuchen, sich aus den gleichen Käfigen zu befreien. Ich liebe es, dass unser Zusammenleben ein einziges, niemals endendes Gespräch ist, das lediglich zum Schlafen unterbrochen wird.

Ich liebe Sex mit meiner Frau. Ich liebe diese Berührungen, die immer Angebote sind, und ich liebe den Moment, wo wir uns in die Augen sehen und es wissen. Ich liebe das beidseitige, tiefe Verständnis für den Körper der anderen, und ich liebe ihre samtweiche Haut. Ich liebe die Weichheit, die Intensität, die Geduld und die Großzügigkeit während des Akts, und ich liebe unser Danach – die Zeit außerhalb der Zeit –, wenn wir einander schweigend in den Armen liegen und befreit und dankbar hinauf an die Decke lächeln. Ich liebe es, wie eine von uns beiden irgendwann unweigerlich anfängt zu kichern und fragt: *Ist das wirklich unser Leben?*

Ich kenne beides, die gemischtgeschlechtliche Ehe und die gleichgeschlechtliche Ehe. Die gleichgeschlechtliche Ehe fühlt sich für mich unendlich natürlicher an, weil die permanente Anstrengung fehlt, die Kluft zwischen zwei Geschlechtern zu überbrücken, die von unserer Kultur dazu gedrillt wurden, derart unterschiedlich zu lieben und zu leben. Meine Frau und ich befinden uns von Haus aus auf derselben Seite der Brücke. Mit Abby verheiratet zu sein, ist die Heimkehr nach einer langen, kalten, anstrengenden Reise. Abby ist der knisternde Kamin, der weiche Teppich, das Sofa, in das ich sinke, die Kuscheldecke und der sanfte Jazz im Hintergrund, der mir unter meiner Decke leise Schauer über den Körper jagt.

Was ich damit sagen will: Was, wenn ich *nicht* so geboren wurde? Was, wenn ich Abby nicht nur geheiratet habe, weil ich lesbisch bin, sondern weil ich *klug* bin? Was, wenn ich meine Sexualität und meine Ehe tatsächlich selbst gewählt habe und beides schlicht und ergreifend die wahrhaftigsten, weisesten, schönsten, loyalsten und göttlichsten Entscheidungen sind, die ich in meinem ganzen Leben je getroffen habe? Was, wenn ich in der gleichgeschlechtlichen Liebe schlicht eine absolut stimmige Wahl sehe – schlicht eine ganz und gar *geniale* Idee? Etwas, das ich *absolut empfehlen* kann?

Und was, wenn ich diese Freiheit nicht für mich reklamiere, weil ich «so geboren wurde» und «nichts dafür kann», sondern weil ich mit meiner Liebe und meinem Körper machen kann, was immer ich will, von Jahr zu Jahr, von Moment zu Moment – weil ich eine erwachsene Frau bin, die keine Entschuldigungen braucht, um zu leben, wie immer ich leben will, und zu lieben, wen immer ich lieben will?

Was, wenn ich von euch keine Sondergenehmigung brauche, weil ich bereits frei bin?

ZUGESTÄNDNISSE

Neulich lagen Abby, die Kids und ich auf dem Sofa und schauten uns unsere Lieblingsfamilienserie an. In einer ziemlich intensiven Szene wurde klar, dass die Teenie-Tochter ihren Eltern gleich sagen würde, dass sie queer war. Sie und die Eltern standen um die Kücheninsel versammelt, und sie sagte: «Ich muss euch was sagen. Ich mag Mädchen.»

Darauf folgte eine Pause, in der wir alle, die Fernseheltern und wir fünf auf dem Sofa, kollektiv die Luft anhielten.

Die Mutter ergriff die Hand ihrer Tochter und sagte: «Wir lieben dich ...»

«Sag es nicht! Sag es nicht! Bitte, bitte, sag es nicht!», flüsterte ich.

«... egal, was ist.»

Verdammt. Sie hatte es doch gesagt.

Mir ist klar, dass die Serie versuchte, sich progressiv zu geben, zu zeigen, dass diese Eltern die Homosexualität ihrer Tochter genauso umarmten, wie sie ihre Heterosexualität umarmen würden. Allerdings stellte ich mir die Frage, ob die Mutter auch mit «Wir lieben dich, egal, was ist» reagiert hätte, wenn das Mädchen seinen Eltern erzählt hätte, dass es Jungs mag. Hätte sie natürlich nicht. «Egal, was ist» sagen wir immer dann, wenn jemand unsere Erwartungen enttäuscht hat.

Würde mein Sohn bei einer Schulaufgabe beim Spicken erwischt, würde ich mir Konsequenzen aus den Fingern saugen und ihm dann versichern, dass ich ihn liebe, egal, was ist. Würde meine Tochter mir erzählen, sie hätte gerade eine Bank ausgeraubt, würde ich ihre Hand halten und ihr sagen, dass ich sie liebe, egal, was ist. Dieses «egal, was ist» würde heißen, dass die Liebe zu meinem Kind, obwohl es gerade etwas getan hat, das meinen Erwartungen nicht entspricht, stark genug ist, um trotzdem an seiner Seite zu bleiben.

Ich will, wenn es darum geht, wer meine Kinder wirklich sind, auf keinen Fall eine Mutter mit bestimmten Erwartungen sein. Ich will nicht, dass meine Kinder danach streben, eine willkürliche Liste vorgefasster Ziele abzuarbeiten, die ich für sie erstellt habe. Ich will eine Mutter von Schatzsucherinnen sein. Ich will meine Kinder dazu ermutigen, ihr Leben mit Schürfen und Graben zu verbringen, mit Ausgrabungen, bei denen sie mehr und mehr von dem entdecken, was sie bereits sind. Und ich wünsche mir, dass sie ihre Entdeckungen dann mit jenen teilen, die das Glück haben, ihr Vertrauen zu genießen. Wenn mein Kind in sich einen Diamanten entdeckt und ihn ans Licht holt, um ihn mir zu zeigen, will ich mit großen Augen staunen, atemlos nach Luft schnappen und applaudieren. Mit anderen Worten: Wenn meine Tochter mir sagen würde, dass sie lesbisch ist, würde ich sie nicht trotzdem lieben. Sondern gerade dafür.

Was, wenn es beim Elternsein weniger darum ginge, unseren Kindern zu erzählen, wer sie sein sollen, und mehr darum, sie wieder und wieder und immer wieder zu fragen, wer sie bereits sind? Wenn sie es uns dann erzählen, würden wir feiern, anstatt Zugeständnisse zu machen.

Nicht: Ich liebe dich, ganz egal, welche meiner Erwartungen du erfüllst und welche nicht.

Sondern: Meine einzige Erwartung besteht darin, dass du tatsächlich du selbst wirst. Je besser ich dich kennenlernen darf, desto schöner wirst du für mich.

Wenn Menschen dir erzählen, wer sie wirklich sind, dann begreife, wie glücklich du dich schätzen darfst, mit diesem Geschenk gesegnet zu sein.

Reagiere weder mit einer Räumungsklage noch mit einer Sondergenehmigung oder gar einer staatsmännischen Rede, in der du großmütig deine Niederlage einräumst.

Komm von deinem Thron herunter.

Sei atemlos vor Staunen, mache große Augen und applaudiere begeistert.

KNOTEN

Für Abby

Heute Abend sind wir zwei, du und ich, irgendwo in Texas im Hinterzimmer einer Kirche. Bald trete ich auf, und wir unterhalten uns noch ein bisschen mit der Pastorin, ehe ich nach vorne gehe, um zu der wartenden Menge zu sprechen. Du magst diese von Türmen gekrönten, hallenden Kirchenschiffe eigentlich nicht. Du kommst trotzdem mit. Dann sitzt du in der ersten Reihe und hörst zu, wenn ich über Gott spreche und über die Vermutungen, die ich in Bezug auf Sie habe.

Du glaubst, ich liege falsch mit meinem Glauben an Gott. Dabei liebst und brauchst du mich genau deswegen. Du leihst dir meinen Glauben, wie wir uns das WiFi-Netz unserer Nachbarn leihen.

Durch ihre Art vermittelt dir diese Pastorin ein Gefühl der Sicherheit. Den Blick auf deine Hände gesenkt, sagst du: «Ich fühle mich in Kirchen unwohl. Ich wusste schon als kleines Mädchen, dass ich lesbisch bin. Ich musste mich entscheiden, für die Kirche, meine Mom und Gott. Oder für mich selbst. Ich habe mich für mich entschieden.»

«Verdammt richtig!», sagt die Pastorin und räuspert sich. Ich lächle sie an. Aber «verdammt richtig» trifft es eigentlich nicht genau.

Ich drehe mich zu dir. Berühre deine Hand. Sage: «Moment mal, Babe! Ja, genau. Als du ein kleines Mädchen warst, wandte sich dein Herz von der Kirche ab, um dich zu schützen. Du bist ganz geblieben, weil du nicht zugelassen hast, dass sie dich zerreißen. Du hast an dem festgehalten, zu dem du geboren warst, anstatt dich kleinzumachen und in eine Form pressen zu lassen, in der sie dich sehen wollten. Du bist dir selbst treu geblieben, anstatt dich im Stich zu lassen.

Doch als du der Kirche dein Herz verschlossen hast, *hast du Gott in dir beschützt.* Du hast es getan, um das Wilde in dir zu bewahren. Und hast geglaubt, diese Entscheidung hätte dich zu einem schlechten Menschen gemacht. Aber in Wirklichkeit hat diese Entscheidung dich heilig gemacht.

Was ich dir damit sagen will, Abby: Du hast dich als kleines Mädchen nicht für dich und gegen Gott und die Kirche entschieden. *Du hast dich gegen die Kirche, aber für dich und Gott entschieden.* Wenn du dich für dich selbst entscheidest, entscheidest du dich immer für Gott. Als du der Kirche den Rücken gekehrt hast, hast du Gott mitgenommen. Gott ist in dir.

Und heute Abend statten wir – du, ich und Gott – der Kirche einen Besuch ab. Wir drei sind zu Besuch gekommen, um den Leuten hier Hoffnung zu geben, indem wir ihnen Geschichten über mutige Frauen wie dich erzählen, die ihr ganzes Leben dafür kämpfen, so ganz und frei zu bleiben, wie Gott sie geschaffen hat. Wenn wir heute Abend hier fertig sind, verlassen wir die Kirche wieder, und Gott kommt mit.»

Ich habe geglaubt, ich würde inzwischen alle deine Blicke kennen. Aber das jetzt? So, wie du mich jetzt gerade ansiehst, hier im Pfarrbüro, das ist neu. Die Augen weit. Feucht und gerötet. Als du mich so ansiehst, verlässt die Pastorin den Raum. Jetzt sind wir nur noch zu dritt, du, ich und Gott.

«Wow!», sagst du.

So wie damals, als sich deine Kette verknotet hatte.

Du standest da, vor dem Bett, grummeltest entnervt vor dich hin.

Drohtest damit, die Kette wegzuwerfen.

Ich bat dich um die Kette. Hielt sie in meiner Hand.

Fast unsichtbar – zartes Weißgold, unmöglich.

Du gingst aus dem Zimmer.

Ich hielt die Kette eine Weile in der Hand.

Beeindruckte mich selbst mit meiner Geduld.

Und dann – ein Ziehen an der richtigen Stelle – löste sich der Knoten.

Du kamst ins Schlafzimmer zurück.

Ich hielt die Kette hoch, stolz.

«Wow!», sagtest du.

Du beugtest dich über mich, und ich legte dir die Halskette mit dem «G» wieder an.

Ich gab dir einen Kuss auf die Wange.

Mögen wir unseren Kindern noch ganz andere elegante Ideen um den Hals hängen.

ABZIEHBILDER

Als ich eine junge Mutter war, erschöpft, isoliert und ständig mit einem Kind auf der Hüfte, bekam ich von einer örtlichen Kirchengemeinde eine Postkarte mit dem Angebot eines kostenlosen Babysitterservices während des Gottesdienstes. Am darauffolgenden Sonntag gingen mein damaliger Ehemann und ich also in die Kirche und trafen dort auf Kaffee, Frühstück, Musik, ein Wickelzimmer, inspirierende Redner und jede Menge nette Ehepaare. Die Gemeinde hatte sämtliche Probleme im Leben junger Familien erkannt und für eine Stunde gelöst. Es fühlte sich an wie im Himmel. Anfangs.

Eines Sonntags dann fing der Priester an, über die «Sünden» von Homosexualität und Abtreibung zu predigen, als wären das die Säulen, auf denen diese Kirche errichtet worden war. In mir fing es an zu brodeln. Nach dem Gottesdienst suchte ich Kontakt zu dem Priester und bat um einen Termin. Ich fragte ihn: «Wenn Ihre Kirche sich auf jenen Jesus beruft, der ständig von Waisen und Witwen, von Entmilitarisierung, Einwanderern, Kranken, Ausgestoßenen und Armen sprach – wieso machen Sie dann ausgerechnet Homosexualität und Abtreibung zu den Pfeilern Ihrer Botschaft?»

Nachdem wir uns mit unseren Argumenten eine gefühlte Ewigkeit im Kreis gedreht hatten, sah er mich an, seufzte und lächelte. «Sie sind eine kluge Frau. Was Sie sagen, ergibt durchaus Sinn – von der weltlichen Warte betrachtet. Aber die Warte Gottes ist nicht unsere Warte. Sie dürfen sich nicht auf Ihr eigenes Verständnis stützen. Sie haben offenbar ein gutes Herz; aber das Herz ist wankelmütig. Im Glauben geht es um Vertrauen.»

Denke nicht. Fühle nicht. Wisse nicht. Misstraue deinem Herzen, misstraue deinem Verstand, und vertraue uns. Das ist Glaube.
Er wollte mir einreden, dass ihm zu vertrauen dasselbe war, wie Gott zu vertrauen. Aber er war nicht meine Verbindung zu Gott. Mein Herz und mein Verstand waren meine Verbindung zu Gott. Mich davon abzuschneiden, hieße, den Männern zu vertrauen, die diese Kirche führten, *anstatt Gott zu vertrauen*. Damit würde ich mich auf *deren* Verständnis verlassen.

Was mich immer verlässlich dazu bringt, nachzudenken und zu hinterfragen, ist ein Anführer, der mich davor warnt, zu denken oder zu hinterfragen. Ich werde weder meinen Glauben noch den Glauben meiner Kinder passiv an andere ausgliedern. Ich bin Mutter, und ich trage Verantwortung. Allen Kindern gegenüber, nicht nur meinen eigenen.

Wenn in unseren religiösen Institutionen Hass oder Spaltung verbreitet werden, haben wir drei Möglichkeiten:

1. Den Mund halten, was meistens Zustimmung bedeutet.
2. Lautstark die an der Macht herausfordern und Himmel und Hölle in Bewegung setzen, um Veränderungen zu bewirken.
3. Unsere Familie bei der Hand nehmen und gehen.

Auf keinen Fall jedoch bleiben wir stumm in Widerspruch, während von der Kanzel Gift gepredigt wird und unseren Kindern unter die Haut sickert.

Es sind schon viele Eltern zu mir gekommen und haben gesagt: «Meine Tochter hat mir gerade gesagt, dass sie lesbisch ist. Wir besuchen seit zehn Jahren die Gottesdienste dieser Kirchengemeinde. Wie muss sie sich gefühlt haben, wenn sie hörte, was unsere Kirchenführer von ihr denken, und dabei davon ausgehen musste, dass ihre Mutter dem zustimmt? Wie kann ich ungeschehen machen, was meine Tochter dort ertragen musste? Wie kann ich ihr klarmachen, dass ich niemals mit dem übereinstimmte, was dort gepredigt wurde, und dass sie vollkommen ist, so wie sie ist?»

Die Anleitungen zu Gott, die wir in unserer Kindheit ausgehändigt bekommen, sind uns ins Herz gemeißelt. Sie wieder herauszuschleifen, ist höllisch schwer.

Wir alle sind es uns selbst, unseren Leuten und der Welt schuldig, das, was man uns zu glauben lehrt, genau zu untersuchen, vor allem, wenn wir uns für Überzeugungen entscheiden, die andere verdammen. Wir müssen uns Fragen stellen, wie zum Beispiel: «Wer profitiert davon, dass ich diesen Glauben teile?»

Als der Priester von mir verlangte, das Denken aufzugeben, dachte ich noch gründlicher nach. Ich fing an zu recherchieren. Es stellte sich raus, dass die Anleitung, die er mir aufdrücken wollte – «Eine gute Christin gründet ihren Glauben auf die Ablehnung von Homosexuellen und Abtreibung» –, vor gerade mal vierzig Jahren formuliert worden war. In den siebziger Jahren kam unter ein paar reichen, mächtigen, weißen, (nach außen hin) heterosexuellen Männern die Befürchtung auf, das Recht zu verlieren, ihre privaten christlichen Schulen weiter nach Rassen getrennt führen zu dürfen und ihren steuerlichen Sonderstatus zu verlieren. Diese Männer sahen ihr Geld und ihre Macht plötzlich durch die Bürgerrechtsbewegung bedroht. Um die Kontrolle wiederzuerlangen, brauchten sie ein Thema, das emotional und elektrisierend genug war, um all ihre evangelikalen Anhänger hinter sich zu vereinen und sie zum ersten Mal politisch zu motivieren.

Sie beschlossen, sich auf das Thema Abtreibung zu konzentrieren. Davor – ganze sechs Jahre nach dem berühmten Grundsatzurteil *Roe gegen Wade* des Obersten Gerichtshofs, welches Schwangerschaftsabbrüche unter das Recht auf Privatsphäre stellte – lautete die vorherrschende evangelikale Position, dass das Leben mit dem ersten Atemzug des Kindes begann, also mit der Geburt. Die meisten evangelikalen Kirchenführer standen der Entscheidung des Gerichtes zugunsten von Jane Roe indifferent gegenüber, manche wurden auch als Unterstützer des Urteils zitiert. Alles vorbei. Sie verfassten eine neue Anleitung unter der Verwendung frisch geheuchelter Empörung und dem rhetorischen Ruf nach «einem heiligen Krieg ... um die Nation zurückzuführen zu jener moralischen Haltung, auf der einst die Größe Amerikas fußte». Sie finanzierten eine Versammlung von 15 000 Pastoren – genannt der Runde Tisch der Religion –, um ihnen beizubringen, wie sie ihre Gemeindemitglieder dazu kriegen konnten, für Antiabtreibungs- und antihomosexuelle Kandidaten zu stimmen. Auf diese Weise verteilten sie diese Anleitung an evangelikale Pastoren, die sie ihrerseits von Kanzeln im ganzen Land herunterpredigten. Die Anleitung lautete: *Um mit Jesus verbunden zu sein, zur Ehrung von Familienwerten und zur Aufrechthaltung der Moral muss man gegen Abtreibung und Homosexuelle sein und für politische Kandidaten stimmen, die diese Haltung vertreten.*

Präsidentschaftskandidat Ronald Reagan – der als Gouverneur von Kalifornien noch eins der liberalsten Abtreibungsgesetze des Landes unterschrieben hatte – fing an, die Rhetorik der neuen Anleitung zu verwenden. Evangelikale warfen sich für ihn in den Ring und wählten zum ersten Mal im Block, um Präsident Reagan ins Amt zu heben. Die religiöse Rechte war geboren. Das Gesicht der Bewegung war die «Pro Leben und pro Familienwerte»-Haltung von Millionen, doch das Blut, das durch die Adern der Bewegung floss, waren der Rassismus und die Gier von ein paar wenigen.

Die weißen Evangelikalen wurden auf diese Weise zum mächtigsten und einflussreichsten Wählerblock in den Vereinigten Staaten und zum Treibstoff, der den amerikanischen Motor weißer Überlegenheit am Laufen hielt. Aus diesem Grund kommen evangelikale Kirchenführer mit der unfassbaren Scheinheiligkeit durch, weiter an Geld, Rassismus, Frauenfeindlichkeit, Klassendenken, Nationalismus, Waffen, Krieg und Korruption festzuhalten, obwohl sie gleichzeitig behaupten, im Namen eines Mannes zu handeln, der sein Leben dem Ende von Kriegen gewidmet hatte, dem Dienst an Witwen und Waisen, dem Heilen der Kranken, dem Willkommenheißen von Einwanderern, der Wertschätzung von Frauen und Kindern und der Weitergabe von Macht und Geld an die Armen. Und aus diesem Grund muss ein politischer Kandidat, um sich der Loyalität des evangelikalen Wählerblocks zu versichern, nur gegen Homosexuelle und Abtreibung wettern – auch wenn dieser Kandidat ein Mann ist, der Frauen hasst und missbraucht, der Geld scheffelt und Immigranten zurückweist, der Rassismus, Bigotterie und Spaltung befeuert, der also in jeder nur erdenklichen Weise in krasser Antithese zu den Lehren Jesu steht. Jesus, das Kreuz und die Identität «Pro Leben» sind nichts weiter als glitzernde Abziehbilder, mit denen evangelikale Kirchenführer ihre eigenen Interessen bekleben. Sie tun das alles, um ihre Anleitung weiter voranzutreiben: «Denke nicht. Fühle nicht. Wisse nicht. Sei einfach gegen Abtreibung und Homos und mach dein Kreuzchen. So lebst du im Einklang mit Jesus.» Alles, was der Teufel braucht, um zu siegen, ist, den Menschen davon zu überzeugen, dass er Gott ist.

Meine evangelikalen Freundinnen bestehen darauf, dass ihre Abneigung gegen Abtreibung und Homosexualität ihnen angeboren ist. Sie klingen aufrichtig und fest überzeugt. Ich wundere mich trotzdem. Wir glauben alle, unsere religiösen Überzeugungen stünden uns ins Herz und in die Sterne geschrieben. Halten wir jemals inne, um darüber nachzudenken, dass die meisten Anleitungen, nach denen wir leben, in Wirklichkeit von höchst motivierten Männern geschrieben wurden?

Ich kann nicht sagen, ob ich mich noch als gläubige Christin bezeichne. Dieses Etikett suggeriert Gewissheit, und die habe ich nicht. Es suggeriert den Wunsch, andere zu bekehren, und das ist das Letzte, was ich will. Es suggeriert exklusive Zugehörigkeit, und ich weiß nicht, ob ich noch irgendwo zugehörig bin. Ein Teil in mir möchte sich dieses Etikett endgültig vom Leib ziehen, es beiseitelegen und stattdessen versuchen, jedem Menschen direkt zu begegnen, von Seele zu Seele, ohne trennende Schichten zwischen uns.

Ich bin trotzdem nicht in der Lage, ganz loszulassen, denn mich von der Jesus-Geschichte reinzuwaschen, hieße, geldgierigen Kidnappern etwas Wunderschönes zu überlassen. Es wäre dasselbe, wie das Konzept von Schönheit der Modeindustrie zu überlassen oder den Zauber der Sexualität den Pornodealern im Internet. Ich will Schönheit, ich will Sex, ich will Glauben. Ich will nur nicht die kommodifizierten, vergifteten Versionen der Kidnapper. Genauso wenig, wie ich mich mit den Entführern identifizieren will.

Für mich gilt also Folgendes: Ich fühle mich der Jesus-Geschichte weiterhin verpflichtet. Nicht im Sinne von wissenschaftlicher Historie, die uns erklären soll, was vor langer Zeit passiert ist, sondern im Sinne von Poesie, die dazu da ist, eine revolutionäre Idee zu beleuchten, die genug Kraft hat, um die Menschheit im Hier und Jetzt zu heilen und zu befreien.

Es gab eine Zeit auf Erden, als – wie in jeder anderen Zeit auf Erden auch – sich die Menschheit gegen sich selbst gewendet hatte. Ein paar wenige horteten unfassbare Reichtümer, während Kinder verhungerten. Die Leute vergewaltigten und beraubten und versklavten einander und bekriegten einander um Macht und um Geld.

Es gab ein paar wenige Weise (ein paar wenige gibt es immer), die klug genug waren, diese Ordnung der Dinge als ungerecht, unwahr und unschön zu erkennen. Sie erkannten, dass es absurd ist, einander wegen Geld umzubringen, weil das, was jeder Mensch in sich trägt, wertvoller ist als Gold. Sie erkannten, dass Sklaverei und Hierarchien böse sind, weil niemand mit einem größeren Recht auf Freiheit und Macht geboren wird als andere. Sie erkannten, dass Gewalt und Gier die Mächtigen ebenso zerstören wie deren Opfer: weil, wer die Menschlichkeit seines Gegenübers entehrt, damit auch seine eigene Menschlichkeit zu Grabe trägt.

Sie erkannten, dass die einzige Hoffnung auf Rettung der Menschlichkeit eine wahrhaftigere, schönere Ordnung der Dinge war.

Sie fragten sich:

Welche Geschichte könnte den Menschen dabei helfen, die Lüge zu durchschauen, die ihnen weismacht, dass manche mehr wert sind und andere weniger? Welche Geschichte könnte den Menschen dabei helfen, zu ihrem wilden Ursprung zurückzukehren – zu dem, was sie über die Liebe wussten, ehe sie darauf abgerichtet wurden, einander mit Furcht zu begegnen?

Welche Geschichte könnte die Menschen dazu inspirieren, gegen den religiös dominierten, hierarchischen Apparat aufzubegehren, der sie tötete, und schließlich darüber hinauszuwachsen?

Ihre Idee war folgende:

Wir müssen die Geschichten, die wir über Gott erzählt haben, überdenken. Wir müssen es wagen, uns vorzustellen, dass Gott den mächtigen Männern, die über die Welt herrschen, nicht allzu sehr gleicht. Stellen wir uns vor, Gott wäre so wie der Mensch, den diese Herrscher gerade umgebracht haben. Stellen wir uns vor, Gott wäre ein wehrloses Kind, geboren von einer armen, unverheirateten Frau, mitten hinein in eine von der religiösen und herrschenden Elite verabscheuten Gruppe. Er war damals der Geringste unter ihnen. Sie zeigten auf ihn. Gott ist in ihm, sagten sie.

Hätten diese weisen Geschichtenerzähler im modernen Amerika gelebt, sie hätten womöglich auf eine arme, schwarze, trans Frau oder auf ein asylsuchendes Kleinkind in einem Internierungslager gezeigt und gesagt: Gott ist in diesem einen Menschen.

Dieser eine Mensch – der eine Mensch auf der untersten Sprosse aller Rangfolgen der Wertigkeit von Menschen, die wir uns jemals ausdachten. Dieser eine Mensch – der eine Mensch, der am allerweitesten entfernt steht von denen, die wir in den Mittelpunkt gestellt haben.

Dieser eine Mensch ist aus demselben Fleisch und Blut und Geist gemacht wie wir.

Wenn wir diesen einen Menschen verletzen, verletzen wir unsere eigene Haut.

Diese Eine ist eine von uns.

Diese Eine ist wie wir.

Diese Eine ist wir.

Wir müssen sie beschützen. Bringen wir ihr Geschenke dar und knien wir vor ihr nieder. Kämpfen wir dafür, dass sie und ihre Familie all das Gute bekommen, das wir uns auch für uns und unsere Familie wünschen. Lieben wir diese Eine, wie wir uns selber lieben.

Es ging in dieser Geschichte nie darum, dass diese Eine *mehr* Gott war als wir. Es ging immer darum: Wenn wir das Gute in denen finden, die uns als die Bösen verkauft worden sind, wenn wir den Wert in denen finden können, die als wertlos zu sehen wir konditioniert wurden, wenn wir uns in denen wiederfinden können, die wir als die andern zu sehen geschult wurden, werden wir nicht mehr in der Lage sein, sie zu verletzen. Wenn wir aufhören, sie zu verletzen, hören wir auf, uns selbst weh zu tun. Wenn wir aufhören, uns selbst weh zu tun, beginnt die Heilung.

Die Idee von Jesus lautet, dass die Gerechtigkeit ein Netz auswirft, das groß genug ist, um auch die Letzte von uns noch in sich aufzunehmen. Dann gibt es keine anderen mehr – es gibt nur uns. Wenn wir alle in einem Netz sind, sind wir frei von unseren Käfigen aus Angst und Hass und stattdessen alle miteinander verbunden. Die revolutionäre Idee, dass wir alle bis zum letzten Glied geborgen und gleichzeitig frei sind: Das ist unsere Rettung.

GÖTTINNEN

Glennon, du beziehst dich auf ‹sie›, wenn du von Gott sprichst – weshalb glaubst du, Gott wäre weiblich?»
Tue ich nicht. Ich finde es lächerlich, mir Gott als etwas vorzustellen, das man irgendwie in ein Geschlecht pressen könnte. Solange jedoch die Bezeichnung von Gott als weiblich für viele unvorstellbar bleibt, während die Bezeichnung von Gott als männlich völlig normal und akzeptabel ist – und solange Frauen hier auf Erden weiter abgewertet und missbraucht und kontrolliert werden –, werde ich weiter von «ihr» sprechen.

KONFLIKTE

Neulich bekam ich eine E-Mail von einer alten Bekannten aus der Kirchengemeinde, aus der ich ausgetreten war.

Sie schrieb: «Ich würde dich gern etwas fragen. Ich weiß, dass ihr euch sehr liebt, Abby und du. Das ist wirklich etwas ganz Besonderes. Aber ich finde immer noch, dass Homosexualität falsch ist. Ich möchte dich so gern bedingungslos lieben – aber dazu müsste ich meine Überzeugungen aufgeben. Wie soll ich umgehen mit diesem ... *Gotteskonflikt?*»

Ich hatte Mitgefühl mit ihr. Eigentlich sagte sie mit ihrer Mail: «Ich möchte gerne die Freiheit haben, dich zu lieben, aber ich bin im Käfig meiner Überzeugungen gefangen.»

Meine Antwort darauf lautete ungefähr so.

Erstens: Danke dafür, dass dir bewusst ist, eine Wahl zu haben. Danke dafür, dass du dich nicht mit *Ich liebe dich, aber ...* rausredest. Wir wissen beide, dass Liebe kein Aber kennt. Wenn du mich verändern willst, liebst du mich nicht. Wenn du warme Gefühle für mich hegst und gleichzeitig glaubst, dass ich in der Hölle schmoren werde, liebst du mich nicht. Wenn du mir nur das Beste wünschst, aber bei der nächsten Wahl dagegen stimmst, dass meine Familie unter dem Schutz des Gesetzes leben kann, liebst du mich nicht. Danke dafür, dass du verstehst, dass mich wirklich zu lieben bedeutet, mir und meiner Familie all das Gute zu wünschen, was du auch für dich und deine Familie willst. Alles, was dahinter zurückbleibt, bleibt hinter der Liebe zurück.

Also: Ja. Ich stimme dir zu, dass du dich entscheiden musst. Du musst die Wahl treffen zwischen deiner Liebe zu mir und dem

Festhalten an deinen Überzeugungen. Danke, dass du in dieser Hinsicht intellektuell aufrichtig bist.

Zweitens: Ich verstehe den Konflikt, in dem du dich befindest, denn ich habe ihn selbst erlebt. Ich erlebe ihn immer noch. Eine Zeitlang machte mir das Angst, weil ich dachte, der Gotteskonflikt hieße, ich würde Gott in Frage stellen. Inzwischen weiß ich, dass es Gott in mir war, die die Religion in Frage stellte. Es war mein wahres Ich, das aufwachte und sagte: *Moment mal. Das, was ich über Gott, über mich, über andere zu denken gelernt habe, passt überhaupt nicht zu dem, was meine Wurzeln mir über die Liebe erzählen. Was tue ich hier? Negiere ich, was ich in meinem Innersten weiß oder das, was man mich glauben gemacht hat?*

Ich kann dir nur das sagen, was ich für mich erkannt habe.

Die Rückkehr zu unserem Selbst ist am Anfang verwirrend. Es ist nicht damit getan, unseren inneren Stimmen zu lauschen. Weil die Stimmen, die wir in uns hören, und von denen wir glauben, sie würden die Wahrheit verkünden, in Wirklichkeit nur die Stimmen anderer Menschen sind, die uns gesagt haben, was wir glauben sollen. Oft ist die innere Stimme, die uns erzählt, wer Gott ist und was Gott gefällt, nicht die Stimme Gottes, sondern die Stimme unserer Indoktrinierung. Ein Echo der Stimme eines Lehrers, unserer Eltern, eines Predigers – ein Echo der Stimme von jemandem, der von sich behauptet hat, Gott zu repräsentieren. Viele dieser Menschen haben es gut mit uns gemeint, andere haben nur versucht, uns unter Kontrolle zu bekommen. Wie dem auch sei, niemand von ihnen war je von Gott zum Sprecher berufen. Niemand von denen trägt mehr Gott in sich als du. Es gibt keine Kirche, in deren Besitz Gott sich befindet. Es gibt keine Religion, in deren Besitz Gott sich befindet. Und es gibt keine Torwächter. Das ist alles nicht so einfach. Du kannst deinen Glauben nicht auslagern. Es gibt nur dich und Gott.

Zu den schwierigsten und wichtigsten Aufgaben im Leben

gehört es zu lernen, die Stimmen von Lehrern von Weisheit zu unterscheiden, Propaganda von Wahrheit, Angst von Liebe und in diesem Fall: die Stimmen von Gottes selbsternannten Stellvertretern von Gottes Stimme selbst.

Wenn du zwischen dem, was du weißt, und dem, was andere Menschen dich zu glauben gelehrt haben, die Wahl treffen musst, dann entscheide dich für das, was du weißt. Um mit Walt Whitman zu sprechen: «Überprüfe alles, was du in Schule und Kirche oder aus irgendeinem Buch gelernt hast, und verwirf, was auch immer deine Seele beleidigt.»

Den Mut aufzubringen, das zu verwerfen, was deine Seele beleidigt, ist eine Frage von Leben und Tod. Wenn die, die von sich behaupten, für Gott oder die Wahrheit zu sprechen, dich davon überzeugen können, *zu glauben, statt zu wissen*, nach ihren Regeln zu leben anstatt nach deinen Wurzeln, auf die Stimmen von Mittelsmännern zu hören anstatt auf die leise, kleine Stimme in dir – dann haben sie dich unter Kontrolle. Wenn sie dich dazu bringen, dir selbst zu misstrauen – nicht mehr zu fühlen, dein inneres Wissen zu leugnen, dir nichts mehr vorzustellen – und dich stattdessen nur noch auf sie zu verlassen, können sie dich dazu bringen, gegen deine eigene Seele zu *handeln*. Wenn das geschieht, bringen sie dich dazu, ihnen zu folgen, mit ihnen zu wählen, für sie zu verdammen, sogar, für sie zu töten – und all das im Namen Gottes, in Ihrem Namen, die dir unentwegt ins Ohr flüstert: *Das ist es nicht.*

Vielleicht geht es in dem Gotteskonflikt nicht nur um Gott. Vielleicht *ist* der Gotteskonflikt Gott. Hör noch einmal genau hin.

FLÜSSE

Gute Kunst entspringt nicht dem Wunsch, eine Show abzuziehen, sondern dem Bedürfnis, sich zu zeigen. Gute Kunst entspringt immer unserem verzweifelten Wunsch, zu atmen, gesehen zu werden, geliebt zu werden. Im Alltag sind wir es eher gewohnt, nur die glänzenden Hüllen von Leuten zu sehen. Kunst macht uns weniger einsam, weil sie immer dem verzweifelten Kern der Künstlerin entspringt – und wir haben alle einen verzweifelten Kern. Deshalb wirkt gute Kunst so erleichternd.

Leute erzählen mir oft, für sie wäre mein Schreiben eine Erleichterung. Als Nächstes verspüren sie den Wunsch, auf mein Angebot einzugehen und mir ihre Geschichte zu erzählen. Jahrelang blieb ich nach meinen Vorträgen noch stundenlang da, während eine Frau nach der anderen meinen Arm berührte und sagte: «Ich muss Ihnen nur schnell was erzählen ...»

Irgendwann richtete ich mir ein Postfach ein und versprach den Leuten, alle Geschichten zu lesen, die sie für mich aufschreiben würden. Woche für Woche erreichen mich Briefe. In meinem Schlafzimmer und in meinem Arbeitszimmer stapeln sich Kisten mit Briefen. Ich glaube, ich werde mit Lesen beschäftigt sein, bis ich neunzig bin. Ein paar Mal jede Woche lege ich das Telefon weg, schalte die Nachrichten aus, mache es mir im Bett gemütlich und lese Briefe. Es ist auch für mich jedes Mal unglaublich erleichternd. *Ah, ja!* So sind die Menschen. Wir sind alle so abgefuckt und gleichzeitig so magisch. Das Leben ist brutal und wunderschön. *Brutiful* quasi. Für uns alle. Ich weiß das inzwischen. Wer abstumpfen und sich betäuben will, sieht sich die Nachrichten an. Wer menschlich bleiben will, liest Briefe. Wer versuchen will, das Wesen der Menschen zu begreifen, sollte sich an Erzählungen aus erster Hand halten.

Eines Abends saßen meine Schwester und ich da, umgeben von Briefen, die wir stundenlang gelesen hatten, schauten den riesigen Briefeberg an und dachten: Viele dieser Menschen haben mehr als genug. Viele haben nicht genug. Alle von ihnen sind hungrig nach Verbindung und danach, ihrem Leben Bedeutung zu geben. Wie wäre es, wenn wir die Brücke sind, die sie verbindet? Wir beschlossen, *Together Rising* ins Leben zu rufen. Auf diese Weise wurde ich das, was man eine Menschenfreundin nennt.

Seit wir *Together Rising* vor acht Jahren gegründet haben, verbringt unser fünfköpfiger Vorstand zusammen mit unfassbar engagierten Freiwilligen Tag und Nacht damit, wie von Sinnen Menschen in Not an jede einzelne Ressource anzukoppeln, die wir zwischen die Finger kriegen können: Geld, Unterstützung, Schwesternschaft, Hoffnung. Weil wir grundsätzlich zu jeder Person, die wir unterstützen, den persönlichen Kontakt pflegen, wissen wir aus erster Hand, dass die Menschen immer versuchen, es hinzukriegen, so gut sie können. Und trotzdem gelingt es so vielen nicht, Essen auf den Tisch zu bringen oder medizinische Unterstützung für ihre kranke Mutter zu bekommen oder die Heizung am Laufen zu halten oder einen sicheren Ort zu schaffen, an dem sie ihre Kinder großziehen können. Dabei gingen wir jeden Abend mit derselben Frage ins Bett: Wieso? Wieso geht es diesen Menschen so schlecht, obwohl sie versuchen, ihr Bestes zu geben?

Und dann las ich eines Tages dies:

*Irgendwann kommt der Punkt, wo wir aufhören
müssen, die Menschen nur aus dem Fluss zu ziehen.
Wir müssen flussaufwärts gehen und herausfinden,
warum sie hineinfallen.*

Erzbischof Desmond Tutu

Als ich begann, flussaufwärts zu blicken, wurde mir klar, dass dort, wo großes Leid ist, oft auch großer Profit zu finden ist. Wenn ich heute einer Frau begegne, die kämpft, um sich über Wasser zu halten, weiß ich, dass die erste Frage lauten muss: «Wie kann ich dir jetzt konkret helfen?» Und wenn sie wieder warm, trocken und in Sicherheit ist, muss die nächste Frage lauten: «Welche Institution oder Person profitiert von deinem Leid?»

Jede Menschenfreundin wird, wenn sie nicht die Augen verschließt, irgendwann zur Aktivistin. Wenn wir das nicht tun, laufen wir Gefahr, Co-Abhängige der Macht zu werden – wir retten die Opfer des Systems, während das System die Profite einstreicht und uns zum Dank für unsere Dienste den Kopf tätschelt. Wir werden zu Fußsoldatinnen der Ungerechtigkeit.

Um zu vermeiden, eine Mitschuld an dem zu tragen, was flussaufwärts passiert, müssen wir die Leute des Sowohl-als-auch werden. Wir müssen uns dazu verpflichten, unsere Brüder und Schwestern aus dem Wasser zu ziehen und gleichzeitig dazu, stromaufwärts zu gehen und diejenigen, die sie hineinstoßen, zu identifizieren, konfrontieren und zur Verantwortung zu ziehen.

Wir helfen Eltern, ihre Kinder zu begraben, die Opfer von Waffengewalt wurden. Und wir ziehen flussaufwärts, um gegen die Waffenproduzenten und Politiker vorzugehen, die vom Tod ihrer Kinder profitieren.

Wir springen in die Lücke, um Mütter zu unterstützen, die Kinder großziehen, deren Väter inhaftiert sind. Und wir ziehen flussaufwärts, um die Ungerechtigkeit von rassistisch motivierter Masseninhaftierung aufzudecken.

Wir finanzieren Entzugsprogramme für Menschen, die unter Opioidabhängigkeit leiden. Und wir ziehen flussaufwärts, um ein System anzuprangern, das dafür sorgt, dass es bei der Pharmaindustrie und bei korrupten Ärzten jedes Mal in der Kasse klingelt, wenn das nächste Kind am Stoff hängt.

Wir stellen Unterkünfte und Beratung für obdachlose LGBTQ-Kids bereit. Und wir ziehen flussaufwärts, um uns gegen die religiöse Bigotterie zu stellen, gegen die Ablehnung in den Familien und gegen homophobe Strategien, die dafür sorgen, dass LGBTQ-Kids doppelt so häufig wie ihre heterosexuellen oder cis Altersgenossinnen Gefahr laufen, in der Obdachlosigkeit zu landen.

Wir helfen traumatisierten Kriegsveteraninnen dabei, die Therapieplätze zu bekommen, die sie brauchen und verdient haben, und wir ziehen flussaufwärts, um den militärindustriellen Komplex zu konfrontieren, der so unglaublich erpicht darauf ist, unsere Soldatinnen in den Krieg zu schicken, und sie so bereitwillig im Stich lässt, wenn sie wieder zurückkommen.

Wenn wir eine wahrhaftigere, schönere Welt erschaffen wollen, müssen wir uns den Leuten des Sowohl-als-auch anschließen. Lasst uns bis ans Ende aller Tage Menschen aus dem Fluss ziehen. Und lasst uns bitte jeden einzelnen Tag flussaufwärts ziehen und denen, die sie ins Wasser stoßen, die Hölle heißmachen.

LÜGEN

Ich liege mit einer Freundin zu Hause auf dem Sofa, und wir staunen und lachen und weinen über alles, was wir in den letzten Jahren unseres Lebens in Flammen aufgehen ließen und neu kreierten. Als ich sage: «Und dann habe ich meine Familie verlassen», hört sie auf zu lachen.

«Sag das nicht!», widerspricht sie. «Sag niemals Dinge über dich, die nicht wahr sind. Du hast deine Familie weder verlassen noch im Stich gelassen. Keine einzige Sekunde lang. Du hast nicht mal deinen Mann verlassen, Himmel noch mal! Du hast dich aus deiner Ehe verabschiedet. Das ist alles. Sonst nichts. Und aus der musstest du raus, um deine wahre Familie zu erschaffen. Ich will nie wieder von dir hören, du hättest deine Familie verlassen. Pass auf, welche Geschichten du über dich erzählst.»

PÄCKCHEN

Ich bin eine sensible, introvertierte Frau, das heißt, ich liebe die Menschheit, aber echte menschliche Wesen sind für mich ein bisschen schwierig. Ich liebe Menschen, aber nicht *persönlich*. Ich würde zum Beispiel für euch sterben, aber eher nicht … mit euch Kaffeetrinken gehen. Ich wurde Schriftstellerin, damit ich zu Hause bleiben kann, allein, um im Schlafanzug über die Bedeutung von zwischenmenschlicher Verbindung und Gemeinschaft zu lesen und zu schreiben. Es ist eine fast perfekte Existenz. Leider passiert ab und zu, während ich so vor mich hindenke, meine Worte schreibe, mich an meinem Lieblingsplatz befinde – nämlich ganz tief innen in meinem Kopf –, etwas Unfassbares: Ein sirenenartiges Geräusch durchdringt mein stilles Zuhause. Ich erstarre.

Dann brauche ich eine geschlagene Minute, um zu kapieren: Die Sirene ist in Wirklichkeit die Haustürglocke. *Ein Mensch* klingelt an der Haustür. Ich renne aus dem Arbeitszimmer und treffe im Flur auf meine Kinder, die genauso fassungslos und gelähmt sind wie ich und auf Anweisungen warten, wie mit der drohenden Invasion in unser Zuhause umzugehen ist. Wir starren uns an, zählen durch und durchlaufen kollektiv die fünf Stadien der Türglockentrauer:

1. Leugnen: Das kann nicht sein. ALLE, DIE EINE GENEHMIGUNG ZUM AUFENTHALT IN DIESEN VIER WÄNDEN HABEN, SIND BEREITS ANWESEND. Vielleicht war es der Fernseher? IST DER FERNSEHER AN?

2. Wut: WER WAR DAS? WAS FÜR EIN ALLE PERSÖNLICHE GRENZEN IGNORIERENDER AGGRESSOR KLINGELT BEI STRAHLENDEM SONNENSCHEIN AN DER HAUSTÜR WILDFREMDER LEUTE?
3. Verhandeln: Nur nicht bewegen, nur nicht atmen – vielleicht geht er wieder weg.
4. Depression: Warum? Warum wir? Warum überhaupt? Warum ist das Leben so gemein?
5. Akzeptanz: Verdammter Mist. Du – ja, du da, die Kleinste –, du darfst freiwillig gehen. Zieh dir eine Hose an, tu ganz normal und mach die Haustür auf.

So dramatisch es ist, am Ende wird immer die Haustür geöffnet. Wenn die Kinder nicht zu Hause sind, mache ich selbst auf. Tue ich das, weil ich mich daran erinnere, dass zum Erwachsensein auch gehört, die Haustür aufzumachen? Natürlich nicht. Ich mache die Haustür auf, weil es in meinem Herzen einen Silberstreifen Hoffnung gibt, dass ich vielleicht ein Päckchen bekomme, wenn ich die Tür aufmache. Ein Päckchen!

Als ich trocken wurde, lernte ich, dass schwer auszuhaltende Gefühle dasselbe sind wie das Klingeln einer Türglocke; sie stören mich, versetzen mich in Panik, aber dann drücken sie mir ein spannendes Päckchen in die Hand. Abstinenz ist die Entscheidung, schwer zu ertragende Gefühle nicht länger zu betäuben und zu verdrängen und stattdessen damit anzufangen, die Haustür aufzumachen. Als ich mit dem Trinken aufhörte, fing ich an, meinen Gefühlen die Erlaubnis zu geben, mich zu stören. Das machte mir Angst, denn ich hatte immer geglaubt, meine Gefühle wären so groß und mächtig, dass sie nie wieder weggehen und mich am Ende umbringen würden. Stattdessen kamen und gingen sie, und hinterher blieb etwas bei mir, das ich vorher nicht gehabt hatte. Und zwar *Selbsterkenntnis*.

Schwer auszuhaltende Gefühle klingelten an meiner Tür und ließen ein Päckchen da, das randvoll war mit völlig neuen Informationen über mich selbst. Es war immer *genau* das, was ich über mich wissen musste, um mit Selbstvertrauen und Kreativität den nächsten Schritt in meinem Leben zu tun. Es stellte sich heraus, dass sich das, was ich am dringendsten brauchte, ausgerechnet an dem Ort befand, vor dem ich mein Leben lang weggelaufen war: im Schmerz. Das, was ich *als Nächstes* wissen musste, war im Unbehagen des *jetzigen Augenblicks* zu finden.

Als ich übte, meinen unangenehmen Gefühlen die Erlaubnis zu geben, zu mir zu kommen und so lange wie nötig zu bleiben, lernte ich mich selbst kennen. Die Belohnung dafür, unangenehme Gefühle auszuhalten, bestand darin, mein Potenzial, meine Bestimmung und meine Leute zu finden. Dafür bin ich sehr dankbar. Ich kann mir keine größere Tragödie vorstellen, als mir selbst für immer fremd zu bleiben. Das wäre die ultimative Selbstverleugnung. Also habe ich gelernt, vor meinen Gefühlen keine Angst mehr zu haben. Wenn heute unangenehme Gefühle bei mir klingeln, ziehe ich mir die lange Hose an und mache die Tür auf.

WUT

Nachdem ich von der Untreue meines Ex-Mannes erfahren hatte, raste ich jahrelang vor Wut.

Er hat absolut alles unternommen, was man von jemandem, der einen anderen Menschen verletzt hat, verlangen kann. Er hat aufrichtig um Verzeihung gebeten, sich in Therapie begeben, und er blieb in seiner Geduld unerschütterlich. Auch ich habe alles richtig gemacht. Ich habe mich in Therapie begeben, gebetet, mich zu dem aufrichtigen Versuch verpflichtet, ihm zu verzeihen. Manchmal, wenn ich ihn mit den Kindern erlebte, verblasste meine Wut, ich war erleichtert und sah etwas hoffnungsvoller in die Zukunft. Doch sobald ich versuchte, mich ihm körperlich oder emotional zu öffnen und damit verletzlich zu machen, flutete die Wut meinen Körper. Erst schlug ich um mich, dann machte ich dicht und zog mich in mich selbst zurück. Dieses Reaktionsmuster war für uns beide anstrengend und deprimierend, aber ich wusste nicht, was ich anderes hätte tun sollen, als darauf zu warten, dass irgendwann die ultimative Vergebung vom Himmel fiel wie eine göttliche Belohnung für mein unerschütterliches Leiden. Ich dachte, ihm zu verzeihen, wäre eine Frage der Zeit.

Eines Abends saßen Craig und ich in entgegengesetzten Ecken gemeinsam auf der Couch im Wohnzimmer. Craig sah glücklich fern, während ich stumm vor mich hin schäumte. Aus irgendeinem Grund war es mir plötzlich möglich, die Perspektive zu verändern und uns beide von oben zu betrachten. Da war ich, kochend vor Wut, und da war Craig, unberührt und offensichtlich völlig ahnungslos, dass es mir schlecht ging. Das Feuer loderte allein *in mir*. Nichts davon in ihm. Ich dachte: *Wie kann es sein, dass sich diese Wut gegen ihn richtet? Er merkt ja nicht mal was davon.* Ich wurde, was meine Wut betraf, plötzlich besitzergreifend und beschützend. Ich dachte: *Die Wut geschieht in meinem Körper. Wenn diese Wut in mir ist, ist sie vermutlich für mich bestimmt.* Ich beschloss, aufzuhören, mich für meine Wut zu schämen und mich davor zu fürchten. Ich beschloss, aufzuhören, mich für mich zu schämen und mich vor mir zu fürchten.

Von da an übte ich, offen und neugierig zu sein, wenn meine Wut sich zeigte. Ich saß mit ihr. Ich ließ sie da sein. Wir setzten uns gemeinsam hin, meine Wut und ich, und hörten einander zu. Ich stellte meiner Wut Fragen. «Was versuchst du mir zu sagen? Nicht über ihn, sondern über mich?» Ich fing an, sehr genau auf die Muster in meinem Körper zu achten, weil mein Körper mir oft

Dinge klarmacht, die mein Verstand nicht akzeptieren kann, weil er zu verdreht denkt oder zu große Erwartungen hat. Der Körper lügt nicht, auch wenn wir ihn anflehen, uns zu belügen. Mir fiel auf, dass die Wut meinen Körper flutete, sobald ich mich Craig emotional oder körperlich öffnete. Meine Wut verschwand hingegen vollkommen, wenn ich ihn mit den Kindern erlebte. Ehe ich anfing, noch genauer hinzuspüren, dachte ich, ich wäre unausgeglichen. Aber im Laufe der Zeit fing ich an, zu verstehen, dass meine Wut nicht willkürlich agierte, sondern unfassbar konkret. Meine Wut wiederholte ständig wieder nur das eine: «Glennon, vertrauter Umgang mit Craig im Familienkontext ist für dich sicher. Körperliche und emotionale Intimität sind es nicht.»

Ich wusste das. Mein Körper wusste das. Aber ich hatte, was ich wusste, ignoriert. Deshalb die Wut: *Ich war auf mich selbst wütend.* Ja, Craig hatte mich betrogen, aber ich war diejenige, die sich Tag für Tag aufs Neue entschied, mit ihm verheiratet zu bleiben, verletzt und wütend. Ich ignorierte, was ich wusste, und bestrafte ihn, weil er mich zwang, hinzusehen. Er konnte nichts tun, um zu ändern, was ich wusste. Vielleicht lautete die Frage nicht mehr «Wie konnte er mir das antun?», sondern: «Wie kann ich mir selbst das weiter antun?» Vielleicht musste ich mir, statt gebetsmühlenartig die Frage zu wiederholen «Wie konnte er mich nur hintergehen?», vielmehr die Frage stellen: «Wieso hintergehe ich mich selbst immer weiter?»

Schließlich beschloss ich, mich nicht länger im Stich zu lassen – sondern würdigte endlich meine Wut. Ich musste niemandem beweisen, dass es richtig oder falsch war zu gehen. Ich musste meine Wut nicht länger rechtfertigen. Was ich tun musste, war, dem Vater meiner Kinder zu verzeihen. Das wurde möglich, als ich beschloss, mich von ihm scheiden zu lassen.

Nach einer Mediationssitzung im Zuge unserer Trennung fuhren Craig und ich zusammen im Aufzug nach unten und sahen den Nummern beim Aufleuchten zu. Ich sah ihn an, und zum ersten Mal seit Jahren empfand ich für Craig echte Empathie, Zärtlichkeit und Wärme. Ich war wieder in der Lage, in ihm einen guten Mann zu sehen, einen Mann, mit dem ich gern befreundet wäre. Ich spürte aufrichtige Vergebung in mir. Das lag daran, dass ich mich zum ersten Mal seit Jahren wirklich sicher fühlte. Ich hatte meine eigenen Grenzen wieder instand gesetzt. Ich hatte begonnen, mir zu vertrauen, weil ich eine Frau geworden war, die sich weigerte, sich zugunsten eines falschen Friedens selbst im Stich zu lassen.

Ich habe Freundinnen, die nach einem Treuebruch innerhalb ihrer Ehe Sicherheit und anhaltende Vergebung gefunden haben. Auf einen geschehenen Betrug dürfen niemals Bemühen, Verzerren oder Leiden folgen, nur um einer willkürlichen Vorstellung von richtig oder falsch zu genügen. Was als Nächstes folgen muss, ist eine Würdigung von uns selbst. Wir müssen jegliches *Sollte* im Außen ignorieren und uns dem zuwenden, was im Innen real ist. Wenn innen andauernde Wut real ist, müssen wir uns der Wut zuwenden – sowohl um unserer selbst willen als auch für unser Gegenüber. Weil es weder gut noch gütig ist, die, denen wir nicht verzeihen können, an uns zu binden und bis in alle Ewigkeit zu bestrafen. Wenn wir nicht in der Lage sind, zu verzeihen und uns weiterzubewegen, müssen wir uns vielleicht zuerst weiterbewegen, dann wird die Vergebung folgen. Seinem Gegenüber zu vergeben, bedeutet nicht automatisch, ihm neuen Zugang zu uns zu gewähren. Wir können unserem Gegenüber das Geschenk der Vergebung machen und uns das Geschenk von Sicherheit und Freiheit. Wenn beide ohne Angst und ohne Strafe sein dürfen, ist das ein guter Abschied. Die Befreiung von unserer Wut ist nichts, was uns von oben geschenkt wird; oft müssen wir diese Befreiung selbst in die Hand nehmen.

Wut liefert uns wertvolle Informationen darüber, wo genau eine unserer Grenzen überschritten wurde. Wenn wir die Tür aufmachen und das Päckchen entgegennehmen, beginnen wir, uns selbst besser kennenzulernen. Indem wir die verletzte Grenze wieder instand setzen, erkennen wir uns selbst an. Wenn wir uns selbst anerkennen und würdigen, leben wir in Integrität, Frieden und voller Kraft – weil uns klargeworden ist, dass wir zu den Frauen gehören, die weise und tapfer genug sind, um für sich selbst zu sorgen. Und das ist gut.

Außerdem ist das noch nicht alles. Es wird noch besser, wenn wir tiefer gehen. Wenn wir uns fragen: «Okay, das ist meine Grenze. Das habe ich jetzt verstanden. Aber was *ist* eine Grenze eigentlich?»

Eine innere Grenze ist der Rand einer unserer Grundüberzeugungen über uns und die Welt.

Wir sind wie Computer, und unsere Überzeugungen sind die Software, mit der wir programmiert wurden. Oft werden uns unsere Überzeugungen ohne unser Wissen von unserer Kultur, Gemeinschaft, Religion und Familie einprogrammiert. Obwohl wir diese unbewusst ablaufenden Programme nicht aktiv ansteuern, steuern sie unser Leben. Sie kontrollieren unsere Entscheidungen, Blickwinkel, Gefühle und Interaktionen und bestimmen somit unser Schicksal. Wir werden, was wir glauben. Es gibt keine wichtigere Arbeit, als das ans Licht zu holen, was wir über uns und die Welt für wahr halten – und nichts bringt schneller ans Licht, was wir wirklich sind, als das, was uns ankotzt.

Meine Wut auf meinen Ex-Mann hatte ununterbrochen den Finger auf der Türklingel, um zu versuchen, Alarm zu schlagen, weil eine meiner Hauptgrenzen verletzt worden war. Meine Grenze war der Rand folgender Grundüberzeugung: *Die wichtigsten Werte in einer Ehe sind Ehrlichkeit, Loyalität und Treue, und wenn die fehlen, bin ich in dieser Ehe nicht mehr sicher.*

Diese innere Überzeugung war weder richtig noch falsch.

Überzeugungen haben nichts mit irgendeiner objektiven, universell gültigen Moral zu tun und alles mit der individuellen, konkreten Moral eines bestimmten Individuums. In diesem Fall beschloss ich, an meiner Grundüberzeugung über Ehe und Loyalität festzuhalten, weil sie mir gute Dienste leistete, mir ein Gefühl der Sicherheit gab und sich für mich wahr anfühlte. Ich nahm das Päckchen dankend an und nahm es in meine zweite Ehe mit.

Manchmal jedoch liefert meine Wut mir eine Grundüberzeugung an die Haustür, die ich nicht behalten will.

Abby arbeitet viel und ruht sich viel aus. Oft legt sie sich mitten unter der Woche tagsüber aufs Sofa und zieht sich Zombiefernsehen rein. Wenn sie sich so verhält, wird in mir alles eng. Ich werde erst sauer und dann wütend, weil sie *vor mir entspannt*. Ich fange dann laut und sehr aggressiv an, aufzuräumen, am liebsten in unmittelbarer Nachbarschaft des Sofas. Sie bekommt meine gewaltsame Putzaktion natürlich mit und fragt: «Was ist los?» «Nichts!», sage ich, und mein Unterton beweist das Gegenteil. Dieser Tanz vollzieht sich wieder und wieder. Abby entspannt auf dem Sofa, ich werde deswegen wütend, und Abby wird wütend, weil ich wütend werde.

Wir sprechen darüber, wieder und wieder. Wer noch nie dem immerwährenden Gespräch zwischen zwei miteinander verheirateten Frauen beigewohnt hat, die beide introvertierte, spirituelle Suchende sind und außerdem niemals trinken, um sich abzulenken, weiß nicht, was «Sprechen» heißt. Wir beten einander an. Keine hat je die Absicht, die andere zu verletzen. Wir wollen einander und uns selbst verstehen und den Dingen deshalb wirklich immer auf den Grund gehen. Also reden wir und reden und reden und kommen immer wieder zu demselben Schluss: Abby ist eine erwachsene Frau und ihre eigene Chefin. Glennon sollte endlich aufhören, auf Abbys Entscheidungen wütend zu sein.

Ich bin mit dieser Schlussfolgerung ausnahmslos einverstanden. Zumindest ist mein Verstand damit einverstanden. Aber wie soll ich diese neue Anleitung in meinen Körper kriegen? Was fange ich mit *sollte* an? *Sollte* hilft niemals weiter, ich muss mich mit dem auseinandersetzen, was *ist*. Auf ein Gefühl auch noch eine Beurteilung obendrauf zu packen, ändert nichts an dem Gefühl. Wie gelingt es mir, nicht wütend zu werden? Wie kann ich die Aktivierung meiner Wut verhindern?

Eines Tages kam ich ins Wohnzimmer und sah, wie Abby vom Sofa sprang und mir zuliebe anfing, die Kissen zu ordnen und sehr beschäftigt auszusehen. Ich blieb wie angewurzelt stehen und starrte sie an, während eine Kindheitserinnerung in mein Bewusstsein trat. Als ich klein war, lag ich oft auf dem Sofa rum, und sobald ich das Auto meiner Eltern in der Auffahrt hörte, sprang ich panisch hoch und versuchte, möglichst beschäftigt auszusehen, ehe die Haustür aufging. Genau das, was ich eben an Abby beobachtet hatte.

In dem Moment hörte ich endlich auf, mich bei ihrem Anblick *Was sagt mir meine Wut über sie?* zu fragen und stellte mir stattdessen die Frage: *Was sagt mir meine Wut über mich?* Meine Wut hatte mir wieder mal ein Päckchen geliefert, in dem eine meiner Grundüberzeugungen steckte – eine Überzeugung, die mir während meiner Kindheit einprogrammiert worden war: *Wer sich ausruht, ist faul, und auf der faulen Haut zu liegen, ist respektlos. Wert und Tugend verdient man sich allein mit Arbeit.*

Indem Abby sich direkt vor meinen Augen ausruhte – *außerhalb der von der Familie festgelegten und genehmigten Ruhezeiten* –, rüttelte sie an den Festen dieser Grundüberzeugung. Sie aktivierte sie, grub sie aus der Erde und brachte sie ans Licht, wo ich sie sehen konnte. Doch anders als meine Grundüberzeugung über Ehrlichkeit und Treue fand ich an diesem Glaubenssatz keinen Gefallen. Es fühlte sich für mich nicht stimmig an. Wenn ich ehrlich zu mir war, fühlte sich die Wut, wenn ich Abby beim Entspannen zusah, fast an wie *bitteres Verlangen*.

Muss schön sein.

Muss schön sein, sich am helllichten Tag einfach mal auszuruhen.

Muss schön sein, das Gefühl zu haben, den Raum, den man auf Erden einnimmt, wert zu sein, ohne den ganzen Tag zu schuften, um es sich zu verdienen.

Muss schön sein, auszuruhen und sich trotzdem wertvoll zu fühlen.

Ich will auch ausruhen dürfen und mich trotzdem wertvoll fühlen.

Ich wollte nicht Abby verändern. Ich wollte meine Grundüberzeugung von Werthaftigkeit verändern.

Die Wut klingelt an der Tür und liefert uns eine unserer Grundüberzeugungen. Das ist eine wertvolle Information, aber was jetzt kommt, ist nicht nur informativ, sondern transformativ: Sämtliche Überzeugungen, die unsere Wut uns liefert, sind mit einem Rücksendeschein versehen.

Auf dem Päckchen klebt ein Aufkleber: «Hier bekommst du eine deiner Grundüberzeugungen! Du kannst sie behalten, zurückschicken oder umtauschen.»

Ich sah mir die Grundüberzeugung über Werthaftigkeit genauer an, die meine Wut auf Abby mir an die Tür geliefert hatte, und dachte: *Nein. Die will ich nicht behalten. Das ist keine Eigenkreation, das wurde mir vererbt. Ich bin inzwischen darüber hinausgewachsen. Dies ist nicht mehr meine wahrhaftigste, schönste Überzeugung über Werthaftigkeit. Ich weiß es inzwischen besser. Diese Überzeugung ist zu streng, und sie schadet mir und meiner Ehe. Ich will sie nicht an meine Kinder weitergeben. Aber zurückgeben will ich sie auch nicht. Ich will sie gegen eine angemessenere Überzeugung eintauschen:*

Viel zu arbeiten, ist wichtig. Spiel und Unproduktivität ebenfalls. Mein Wert ist nicht an meine Produktivität geknüpft, sondern an meine Existenz. Ich bin es wert, mich auszuruhen.

Meine veränderte Grundüberzeugung über Werthaftigkeit hat tatsächlich mein Leben verändert. Ich schlafe jetzt morgens etwas länger. Ich plane Zeit zum Lesen, für Spaziergänge und Yoga ein und manchmal (am Wochenende), liege ich sogar am helllichten Tag vor dem Fernseher. Es ist himmlisch. Außerdem ist es ein fortwährender Prozess: Die reflexhafte Reaktion, wenn ich sehe, dass Abby sich ausruht, ist immer noch Ärger. Aber dann reiße ich mich zusammen und denke nach: *Was triggert mich hier eigentlich gerade? Ach ja, meine alte Überzeugung. Ach, egal. Nicht schlimm. Die hab ich ja umgetauscht.* Und wenn Abby «Was ist los?» fragt, kann ich «Gar nichts, Honey» sagen und meine es auch so. Meistens jedenfalls.

Unsere Wut liefert uns unsere Grenzen an die Tür. Unsere Grenzen haben unsere Überzeugungen im Gepäck. Unsere Überzeugungen bestimmen, wie wir die Welt erleben. Es wäre also weise, die Tür aufzumachen, auch wenn es manchmal beängstigend ist.

HERZSCHMERZ

Ich höre mir seit zehn Jahren an, was Frauen zu erzählen haben, und bin überzeugt davon, dass unsere tiefsten Ängste dieselben sind:

1. Zu leben, ohne jemals unsere Bestimmung gefunden zu haben.
2. Zu sterben, ohne jemals wahre Zugehörigkeit erfahren zu haben.

Immer wieder fragen Frauen mich: «Wie finde ich meine Bestimmung im Leben? Wie finde ich meine Leute?»

Mein Rat lautet: Wenn der Herzschmerz klingelt, mach die Tür auf.

So klingt es, wenn wir uns weigern, die Tür aufzumachen:
Ich würde wirklich gern mehr über diesen Missstand erfahren ... Ich würde meine kranke Freundin wirklich gern besuchen ... Ich würde mich wirklich gern damit befassen ... Ich würde diesen Artikel wirklich gern lesen ... Ich würde mich wirklich gern um diese Familie kümmern ... aber ich kann leider nicht, weil es mir das Herz brechen würde.

Als würden wir tatsächlich glauben, unsere Herzen wären dazu bestimmt, versteckt zu bleiben, in Watte gepackt und sicher unter Verschluss. Als ginge es im Leben darum, *sich nicht berühren zu lassen.* Im Gegenteil. Wenn wir uns berühren lassen, entdecken wir, was uns berührt. Herzschmerz ist nichts, was man vermeiden muss: Dem Herzschmerz gilt es nachzuspüren. Herzschmerz gehört zu den größten Schlüsseln unseres Lebens.

Das Wunder von Herzschmerz lautet, dass die Türglocke bei jedem Menschen als Antwort auf etwas Bestimmtes zu läuten beginnt. Was bringt deine Glocke zum Läuten? Rassismus? Mobbing? Tierquälerei? Hunger? Krieg? Unsere Umwelt? Krebskranke Kinder? Was genau berührt dich so tief, dass du das Bedürfnis hast, zuzumachen, sobald du damit konfrontiert wirst? Suche dort. Wo auf der Welt ist der Schmerz, den du nicht ertragen kannst? Bleib dort stehen. Du wurdest dazu geboren, zu helfen, um genau das zu heilen, was dir das Herz bricht. Die Arbeit derer, die die Welt verändern, hat immer mit einem gebrochenen Herzen begonnen.

In Iowa traf ich mich mit einer Gruppe Frauen, von denen jede ihr Kind durch eine Totgeburt oder den plötzlichen Kindstod verloren hatte. Sie haben sich zu einer Schwesternschaft zusammengefunden und gemeinsam, mit Hilfe von Fortbildung und anderen Unterstützungsmaßnahmen, dazu beigetragen, die Rate der Totgeburten in ihrem Bundesstaat so signifikant zu senken, dass Ärzte sich nur noch ungläubig und dankbar den Kopf kratzen. Anstatt sich von ihrem Leid zurückzuziehen oder abzukoppeln, sind sie direkt darauf zugegangen. Der geteilte Schmerz wurde ihr Band und ihr Treibstoff. Und jetzt bewahren diese Frauen andere vor genau dem Herzschmerz, der sie einst zusammenführte.

Dein Herzschmerz liefert dir deine Bestimmung. Wenn du den Mut hast, diese Lieferung entgegenzunehmen und dich auf die Suche nach den Menschen zu machen, die genau diese weltverändernde Arbeit verrichten, findest du deine Leute. Es gibt kein Band wie die Verbindung zwischen Menschen, die sich in derselben die Welt heilenden Arbeit vereint haben.

Die Verzweiflung spricht: «Der Herzschmerz ist zu überwältigend. Ich bin zu traurig und zu klein, und die Welt ist viel zu groß. Ich kann nicht alles schaffen, also fange ich gar nicht erst an.»

Der Mut spricht: «Ich werde mich durch die Tatsache, dass ich nicht alles schaffen kann, nicht davon abhalten lassen, zu tun, was ich kann.»

Wir sehnen uns alle nach einer Aufgabe und nach Gemeinschaft.

Sag mir, was dir das Herz bricht, und ich zeige dir, wo du beides finden kannst.

TRAUER

Vor vierzehn Jahren saß ich im Schlafzimmer meiner Schwester, im Zuhause von ihr und ihrem damaligen Mann. Tish war erst ein paar Monate alt und lag in ihrer Babyschale auf dem Fußboden, saugte an ihren Fingern und gluckste vor sich hin. Sister und ich waren still. Sie und ihr Mann hatten massive Eheprobleme, die Situation war schwierig und ziemlich verworren.

Als wir so dasaßen, meldete sich ihr Telefon mit einer E-Mail, sie nahm es in die Hand und las. Dann ließ sie das Telefon fallen und rutschte vom Stuhl auf den Fußboden. Ich hob das Telefon auf und sah, dass ihr Mann ihr soeben geschrieben hatte, dass es aus war. Ich schaute vom Telefon zu meiner Schwester hinunter. Sie wirkte völlig leblos, als wäre alle Luft, die sie noch über Wasser gehalten hatte, aus ihr entwichen wie aus einem defekten Wasserball. Dann fing sie an zu heulen. Ich kenne meine Schwester quasi seit ihrem ersten Atemzug, aber so ein Geräusch hatte ich noch nie von ihr gehört. Ihr Heulen war animalisch, und es machte mir Angst. Ich fasste sie an, aber sie reagierte nicht. Wir waren zwar noch zu dritt in diesem Zimmer, aber wir waren nicht mehr zusammen. Der Schmerz hatte meine Schwester weggeholt und an einen anderen Ort mitgenommen. Tish war absolut still geworden, die Augen riesengroß und feucht, erstarrt von der Lautstärke und der Intensität des Geheuls. Ich weiß noch, dass ich mich fragte, was es wohl mit einem Baby macht, wenn es so früh in seinem Leben derart rohem Schmerz ausgesetzt wird.

Während der Rest der Welt sich weiterdrehte, wurden meine Schwester, Tish und ich zu einem kleinen Stoßtrupp, der versuchte, sich gemeinsam durch den Schlamm der Trauer zu pflügen. Manchmal glaube ich, dass dieses erste Jahr für Tishs Tiefgründigkeit und ihre Zärtlichkeit prägend war. Sie wird in der Gegenwart vom Schmerz eines anderen Menschen immer noch still, mit riesengroßen, feuchten Augen.

Meine Schwester zog aus dem Zuhause, das sie für ihre zukünftige Familie so liebevoll gestaltet hatte, zu mir in den Keller in ein kleines Gästezimmer. Ich wollte das Zimmer für sie dekorieren, wollte es ihr gemütlich machen, aber sie wehrte sich dagegen. Sie wollte sich nicht in meinem Keller einrichten, in ihrem Schmerz. Sie wollte klarmachen, dass sie an diesem Ort nur zu Besuch war. Das Einzige, was sie sich an die Wand hängte, war ein kleines Kreuz mit einer Inschrift, das ich ihr geschenkt hatte. Auf dem Kreuz stand: «Ich aber kenne die Pläne, die ich für dich habe. Pläne, die dir Hoffnung schenken und eine Zukunft.»

Jeden Abend kam sie von der Arbeit, aß mit uns zu Abend und gab sich alle Mühe zu lächeln und mit den Kindern zu spielen. Dann zog sie sich nach unten in ihr Zimmer zurück. Eines Abends ging ich ihr nach und stand vor ihrer Tür. Ich wollte gerade anklopfen, als ich sie leise weinen hörte. In dem Moment wurde mir klar, dass ich an den Ort, wo sie war, nicht gehen konnte. Trauer ist ein einsames Kellergästezimmer. Dort kann einen niemand besuchen, nicht mal die eigene Schwester.

Ich setzte mich im Flur auf den Boden, den Rücken an ihre Zimmertür gelehnt. Ich nahm alles, was ich hatte, meinen Körper und meine ganze Präsenz, um Wache zu halten, ihr Raum zu geben, ihren Prozess zu beschützen, mich zwischen sie und alles zu stellen, das sie hätte stören oder verletzen können. Ich blieb stundenlang so sitzen. Und kam sehr lange Zeit jeden Tag wieder, um vor ihrer Tür Nachtwache zu halten.

Ein Jahr später verließ meine Schwester das Zimmer, lief die Treppe hoch und zur Haustür hinaus. Kurz darauf kündigte sie ihren Job als Firmenanwältin und ging nach Ruanda, um dabei zu helfen, pädophile Sexualstraftäter zu verfolgen und Witwen ihr gestohlenes Land zurückzugeben. Ich sah ihr voller Angst und Ehrfurcht nach. Und ich sah sie wieder zurückkehren und einen Mann heiraten, der sie schätzt und liebt und mit dem sie sich ihre wahrhaftige und schöne Familie erschaffen wird.

In den darauffolgenden Jahren ging ich ab und zu in den Keller, stellte mich vor die Tür des Gästezimmers und dachte: *Ich glaube, in Wirklichkeit ist dieser kleine, dunkle Raum ein Kokon. Sie war die ganze Zeit da drin und durchlief eine vollkommene Metamorphose.*

Die Trauer ist ein Kokon, aus dem wir neu emporsteigen.

Letztes Jahr erkrankte Liz' geliebte Lebensgefährtin schwer und begann zu sterben. Weil wir so weit voneinander entfernt lebten, schickte ich ihr Textnachrichten. «Ich sitze vor deiner Tür», schrieb ich ihr.

Eines Tages rief meine Mutter an und fragte: «Wie geht es Liz?»

Ich dachte einen Augenblick nach, wie ich darauf antworten sollte. Dann wurde mir klar, dass ich es nicht konnte, weil sie die falsche Frage gestellt hatte.

«Mama», sagte ich, «ich glaube, die Frage ist nicht: ‹Wie geht es Liz?›, sondern: ‹Wer ist Liz? Wer wird Liz sein, wenn sie aus ihrer Trauer wieder emporsteigt?›»

Trauer zerschmettert uns.

Wenn man sich zerschmettern lässt und sich dann Stückchen für Stückchen wieder zusammensetzt, wacht man eines Tages auf und stellt fest, dass man völlig neu gebaut ist. Man ist wieder ganz und auch stark, aber man besitzt plötzlich eine andere Form, eine andere Größe. Die Veränderung, die mit Menschen vorgeht, die sich ihrem Schmerz ganz und gar hingeben – ob es nun ein kleiner Stachel aus Neid ist, dessen Stich nur eine Stunde anhält, oder ein tiefes Tal der Trauer, das Jahrzehnte währt –, ist bahnbrechend. Wenn diese Art von Transformation stattfindet, ist es unmöglich, sich hinterher wieder in seine alten Unterhaltungen oder Beziehungen oder Muster oder Gedanken oder in sein altes Leben einzufügen – wie eine Schlange, die versucht, in ihre alte, abgelegte Haut zurückzukriechen, oder ein Schmetterling, der versucht, zurück in seinen Kokon zu schlüpfen. Man schaut sich um und sieht alles ganz frisch, mit den neuen Augen, die der Prozess einem geschenkt hat. Es gibt kein Zurück mehr.

Das Einzige, das Trauer vielleicht ein bisschen leichter macht, ist vollkommene Hingabe, ist, dem Drang zu widerstehen, sich auch nur an einen einzigen Teil des alten Selbst klammern zu wollen, das existierte, ehe die Trauer an der Tür klingelte. Manchmal müssen wir, um neu zu leben, vorher vollkommen sterben. Wir müssen uns absolut und ganz und gar neu werden lassen.

Wenn die Trauer an der Haustür klingelt: Gib dich hin. Abgesehen davon gibt es nichts zu tun. In diesem Päckchen steckt die vollständige Transformation.

INVASOREN

Zu Beginn meines Genesungsprozesses dachte ich, mein Problem bestünde darin, dass ich zu viel aß, zu viel trank und zu viele Drogen nahm. Dann lernte ich, dass Esssucht, Alkoholsucht und Drogensucht in Wirklichkeit keine Probleme sind, sondern unwirksame Lösungen. Meine tatsächlichen Probleme sind Depression und Angststörungen. Depressiv zu sein und gleichzeitig Ängste zu haben, ist in etwa so, als wäre man I-Aah und Tigger in einer Person. Man lebt immer ein bisschen zu weit unten und ein bisschen zu weit oben. Es kostet permanente Anstrengung, sich auf dem Level zu halten, wo das Leben selbst stattfindet, nämlich im Hier und Jetzt.

Depression und Ängste sind keine Gefühle. Gefühle bringen mich zu mir zurück. Depression und Ängste sind Körperdiebe, die mich aus mir raussaugen. Ich sehe dann zwar so aus, als wäre ich da, aber in Wirklichkeit bin ich verschwunden. Die anderen können mich zwar noch sehen, aber niemand kann mich mehr *spüren* – inklusive meiner selbst. Für mich besteht die Tragödie einer psychischen Erkrankung nicht darin, dass ich traurig bin, sondern darin, dass ich gar nicht mehr bin. Meine psychischen Erkrankungen sorgen dafür, dass ich mein eigenes Leben verpasse.

Für mich ist die Depression ein Vergessen, ein Verlöschen, ein langsames Verschwinden ins Nichts. Es ist, als würde die Glennon in mir langsam verblassen, bis nur noch die Panik übrig bleibt, dass ich dieses Mal für immer verloren bleibe. Die Depression nimmt meine lebendigen Farben und verrührt sie so lange, bis nur noch Grau übrig ist, Grau, Grau, Grau. Irgendwann bin ich so weit unten, dass ich nicht mehr funktioniere, auch wenn ich am Anfang des Verschwindens noch zu kleinen Verrichtungen in der Lage bin: die Spülmaschine ausräumen, die Kids zur Schule fahren, lächeln, wenn es angebracht zu sein scheint. Nur, dass das alles erzwungen ist. Ich spiele, anstatt zu reagieren, weil ich den dahinterliegenden Sinn vergessen habe. Vielleicht werden so viele Depressive Schauspielerinnen, um sich die Kraft für die Antwort auf die Frage *Was hat es für einen Sinn?* zurückzuerobern. Wir kratzen mit Stift und Papier auf dem Boden herum und versinken im Treibsand.

Wenn Depression sich wie im Erdboden versinken anfühlt, dann sind Ängste das zittrige Schweben über dem Erdboden. Während der Arbeit an diesem Kapitel befinde ich mich inmitten einer Angstphase, die bereits seit einigen Wochen anhält. Ich weiß, dass ich in Angst abdrifte, wenn ich anfange, mich in Dinge hineinzusteigern. Dann drehen sich meine Gedanken wie verrückt um meinen nächsten Vortrag, die Kids, das Haus, meine Ehe, meinen Körper, meine Frisur. Ängste zu haben, bedeutet, sich vor dem Mangel an Kontrolle zu fürchten, in jeder Beziehung, und das Reinsteigern ist mein Gegengift. Ich klammere mich mit Schreiben am Boden fest, wenn ich zu tief nach unten sinke, und mit Reinsteigern, wenn ich zu hoch oben schwebe.

Ich dachte, man würde mir meine Ängste nicht anmerken, bis meine Frau mich am Arm berührte und sagte: «Ich vermisse dich. Du bist schon ganz schön lange weg.» Dabei sind wir räumlich so gut wie nie voneinander getrennt, wir sind sprichwörtlich nonstop Seite an Seite. Aber mit Ängsten zu leben – im Alarmzustand zu leben –, macht es unmöglich, im Augenblick zu sein, wirklich in meinem Körper anzukommen und *da zu sein*. Ich kann nicht im Augenblick sein, weil ich zu viel Angst vor dem habe, was der nächste Augenblick mir bringen wird. Ich muss immer darauf gefasst sein.

Neulich beschrieb eine Freundin ihren Besuch beim Zahnarzt. Sie hatte ein Loch im Zahn. «Die Schmerzen sind nicht das Schlimmste», sagte sie. «Am meisten hasse ich das Vorgefühl von Schmerzen. Mir bricht Schweiß aus, ich habe Panik und warte nur darauf, dass es jeden Moment fürchterlich weh tut. Dabei tut es nie weh, aber es fühlt sich trotzdem an, als würde es jeden Moment der Fall sein.» «Ja», antwortete ich. «So geht es mir ständig.»

Wenn jemand im Zustand konstanter Wachsamkeit lebt, und dann tatsächlich etwas schiefgeht: Alles vorbei. Volle Panik. Von null auf hundert in zwei Sekunden.

Die Kinder verspäten sich um zwei Minuten?

Alle tot.

Sister hat nach dreißig Sekunden immer noch nicht geantwortet?

Definitiv tot.

Der Hund hustet?

So gut wie tot.

Abbys Flug hat Verspätung?

Klar. War zu schön, um wahr zu sein. Mein Leben gönnt mir kein Glück. Nichts als Tod.

Die gute Nachricht lautet, ich habe inzwischen viele Strategien, um den Körperdieben ein Schnippchen zu schlagen. Beweise für meine Expertise auf diesem Gebiet? Bitte sehr: Ich bin eine Motivationsrednerin mit diagnostizierter Depression. Ich bin eine Frau mit diagnostizierter Angststörung, deren Hauptaufgabe darin besteht, anderen zu erzählen, dass alles okay ist. Wohlgemerkt: Wenn mir das möglich ist, dann ist allen alles möglich.

FÜNF PROFITIPPS FÜR LEUTE, DIE ZU WEIT NACH UNTEN SINKEN UND ZU WEIT NACH OBEN SCHWEBEN

1. *Nimm die verdammten Medikamente*
Ich nehme Lexapro und bin überzeugt davon, dass es – zusammen mit dem ganzen Trara von wegen persönlichem Wachstum und so – der Grund dafür ist, dass ich keine Selbstmedikation aus Wein und Süßkram mehr brauche.

Mein Lieblingslied geht so: «Jesus loves me, this I know, for he gave me Lexapro.»

Irgendwann, bei irgendeinem Familienspiel, las Chase meinem damaligen Ehemann folgende Frage vor: «Welchen Menschen würdest du mitnehmen, wenn du auf eine einsame Insel ziehen müsstest?»

«Deine Mom», antwortete Craig.

Chase fragte weiter: «Okay. Welchen Gegenstand würdest du mitnehmen?»

«Ihre Medikamente», antwortete Craig.

Ich glaube nicht, dass uns nach unserem Tod jemand eine Medaille überreicht, weil wir so bravourös gelitten haben. Falls eine solche Medaille tatsächlich existiert, vielen Dank, ich will sie nicht. Sollte es in deinem Leben Menschen geben – Eltern, Geschwister, Freundinnen, Schriftstellerinnen, spirituelle «Gurus» –, die dich verurteilen, weil du Antidepressiva nimmst, lass dir bitte ihre Approbation zeigen. Falls sie eine vorweisen können und zufällig außerdem für deine Behandlung zuständig sind, kannst du darüber nachdenken, den Rat zu befolgen. Wenn nicht, bitte sie freundlichst, sich gefälligst zu verpissen. Sie sind Menschen auf zwei Beinen, die eine Prothese Krücke nennen. Sie können dich nicht in die Dunkelheit begleiten. Kümmere du dich um deinen eigenen Kram, der darin besteht, weniger zu leiden, damit du mehr leben kannst.

2. Setz die verdammten Medikamente nicht ab

Nachdem du deine Medikamente eine Zeitlang genommen hast, wird es dir vermutlich besser gehen. Eines Morgens wachst du auf, schaust die Pillen an und denkst: *Was hab ich mir dabei gedacht? Mir geht's doch super, ich bin ein ganz normaler Mensch! Ich brauche das Zeug nicht mehr!*

Die Medikamente abzusetzen, weil es dir besser geht, ist wie in einem sintflutartigen Regenguss zu stehen, in der Hand einen super Regenschirm, der dafür sorgt, dass du trocken bleibst, und zu denken: *Mensch! Ich bin ja total trocken! Ich glaube, es wird Zeit, den dämlichen Regenschirm loszuwerden.*

Bleib trocken, bleib lebendig.

3. Mach dir unbedingt Notizen

Es läuft ungefähr so ab: Wir sind zu Hause, und wir merken, dass es uns schlechter geht. Wir versinken, tief, tiefer, immer weiter runter, oder wir schweben nach oben, hoch, höher, immer höher. Wir verschwinden, wir flippen aus. Unser Zustand ist schrecklich. Es geht uns sehr schlecht. Also rufen wir in unserer Arztpraxis an, um Hilfe zu bekommen. Wir bekommen erst in einigen Tagen einen Termin. Wir warten.

Langsam fühlen wir uns wieder besser, jeden Tag geht es ein Stückchen nach oben (oder nach unten). Am Tag des Arzttermins duschen wir, ziehen uns ordentlich an, steigen ins Auto und fahren los. Wir können uns gar nicht mehr erinnern, wer wir vor drei Tagen noch waren oder wie wir uns fühlten. Also sehen wir die Ärztin an und denken: *Wie soll ich mein depressives Ich beschreiben? Das ist unmöglich. Ich kann mich ja kaum an sie erinnern. War das überhaupt real?* Und am Ende sagen wir etwas in der Richtung, «Ich weiß nicht. Ich werde irgendwie so traurig. Ich glaube, das geht allen mal so. Aber jetzt geht es mir wieder gut, glaube ich.» Und dann gehen wir wieder, ohne Hilfe.

Ein paar Tage später sind wir wieder zu Hause. Und fangen wieder an, zu tief zu sinken oder zu weit oben zu schweben. Und immer so weiter.

Wenn du anfängst, im Grau zu versinken, nimm dir dein Telefon oder ein Notizbuch und lass dein depressives Ich ein paar Sätze an dein ausgeglichenes Ich verfassen. Schreib auf, wie es dir im Augenblick geht. Das muss kein Roman werden, nur ein paar Notizen. Hier ein Brief von meinem depressiven Ich an mich:

Alles ist grau.
Ich kann nicht fühlen.
Ich bin vollkommen allein.
Niemand kennt mich.
Ich bin zu müde, um weiterzuschreiben.

Verwahre deine Nachricht an einem sicheren Ort und dann ruf in der Praxis an und vereinbare einen Termin. Wenn du den Termin wahrnimmst, nimm die Nachricht von deinem depressiven Ich mit. Wenn du vor der Ärztin sitzt, musst du dich weder erinnern, noch musst du übersetzen. Du musst nur sagen: «Hallo, ich bin's, frisch geduscht und ausgeglichen. Für diese Version von mir brauche ich keine Hilfe. Ich brauche Hilfe für *diese* Version.» Hol den Zettel raus und gib ihn ihr. Auf diese Weise kümmerst du dich um dein depressives Ich. Es ist eine gute Möglichkeit, ihre Freundin und ihre Fürsprecherin zu werden.

Wenn du wieder da bist im Sinne von wieder ausgeglichen, setz dich hin und schreib dir noch eine Nachricht.

Ich habe vor vielen Monaten meinen Regenschirm weggeworfen, weil ich trocken war. Zwei Wochen später war ich gerade damit fertig, meine Kinder zum zigtausendsten Mal anzubrüllen, und meine Leute warfen mir verstörte Seitenblicke zu. Ich tat mechanisch, was zu tun war, Mittagessen kochen, Worte schreiben.

Ich hatte vergessen, was diese Handlungen für einen Sinn hatten. Mir wurde klar, dass ich mich wieder verloren hatte. Gleichzeitig war ich verwirrt. *Vielleicht ist das mein wahres Ich. Ich kann mich nicht mehr erinnern.*

Ich ging zu meiner Schmuckschachtel und holte die Nachricht heraus, die mein ausgeglichenes Ich an mich geschrieben hatte:

Hallo, G,
du liebst dein Leben (meistens).
Der Duft von Tishs Haaren bringt dich zum Schmelzen.
Sonnenuntergänge rauben dir den Verstand. Jedes Mal aufs Neue.
Du lachst mindestens zwanzig Mal am Tag.
Du siehst mehr Magie als die durchschnittliche Bärin.
Du fühlst dich geliebt. Du wirst geliebt. Du hast ein wunderschönes Leben, für das du hart gekämpft hast.
G.

Ich rief meine Ärztin an, ließ mir die Tabletten wieder verschreiben und gab mich mir selbst zurück.

Kümmere dich um all deine inneren Anteile. Kämpfe wie eine Löwin darum, bei dir zu bleiben, und wenn du dich doch einmal verlierst, tue alles, was nötig ist, um dich dir selbst zurückzugeben.

4. Kenne die Knöpfe

Bei meiner Selbstverpflichtung zur Abstinenz geht es darum, bei mir zu bleiben. Ich will mich nie wieder im Stich lassen. Zumindest nicht für länger.

Kann sich jemand noch an die Staples-Werbung mit dem «Easy Button» erinnern? Eine gestresste Gruppe Leute in einem unaufgeräumten Großraumbüro, und plötzlich taucht aus dem

Nichts ein runder, roter Knopf auf, der «Easy Button». Jemand drückt den Knopf, und zack: alles aufgeräumt, kein Stress mehr, das ganze Großraumbüro eine einzige schmerzfreie Zone.

«Easy Buttons», das sind die Dinge, die plötzlich vor uns auftauchen und die wir unbedingt haben wollen, weil sie uns vorübergehend von Schmerz und Stress befreien. Allerdings funktionieren diese Knöpfe auf lange Sicht leider nicht, weil sie uns in Wirklichkeit nur darin unterstützen, uns selbst im Stich zu lassen. Easy Buttons transportieren uns in den Fake-Himmel. Der Fake-Himmel entpuppt sich am Ende immer als Hölle. Man weiß, dass man einen Easy Button gedrückt hat, wenn man hinterher noch tiefer im Gestrüpp steckt als vorher. Ich habe mehr als vierzig Jahre gebraucht, um endgültig zu der Entscheidung zu kommen, dass ich, wenn ich mich schlecht fühle, etwas tun will, das dafür sorgt, dass es mir besser geht und nicht am Ende noch schlechter.

In meinem Arbeitszimmer hängt ein handgeschriebenes Plakat mit der Überschrift «Easy Buttons und Reset Buttons».

Links stehen sämtliche Strategien, mit denen ich mich selbst im Stich lasse.

Rechts daneben sind meine «Reset Buttons», also die Strategien, mit deren Hilfe es mir etwas leichter gelingt, bei mir zu bleiben.

EASY BUTTONS	RESET BUTTONS
Alkohol trinken	Ein Glas Wasser trinken
Fressanfälle	Einen Spaziergang machen
Kaufrausch	Ein Bad nehmen
Lästern	Yoga machen
Vergleichen	Meditieren

Gemeine Kritiken lesen	An den Strand gehen und den Wellen zusehen
Berge von Zucker inhalieren und in Ohnmacht fallen	Mit meinem Hund spielen Meine Frau umarmen Meine Kinder in den Arm nehmen Das Telefon verstecken.

Meine Reset Buttons sind Kleinigkeiten. Groß-Denken ist das Kryptonit für unsereins, die ständig zu tief unten und zu weit oben leben. Wenn mal wieder alles schrecklich ist und ich mein Leben hasse und davon überzeugt bin, dass ich einen neuen Job brauche, eine neue Religion, ein neues Haus, ein neues Leben, werfe ich einen Blick auf meine Liste und erinnere mich daran, dass ich wahrscheinlich nur ein Glas Wasser brauche.

5. Vergiss nie, dass wir die Besten sind

Weil ich Künstlerin und Aktivistin bin, habe ich einen Freundeskreis, in dem im Grunde alle mehr oder weniger mit dem zu kämpfen haben, was unsere Kultur als psychische Erkrankungen definiert hat. Diese Leute sind die lebendigsten, leidenschaftlichsten, freundlichsten, faszinierendsten und intelligentesten Menschen auf Erden. Die meisten führen ein Leben, das sich sehr von der Art zu leben unterscheidet, die anzustreben uns beigebracht wurde. Viele meiner Freundinnen führen ein Leben, das beinhaltet, tagelang im Dunkeln zu tasten, ohne das Haus zu verlassen, und sich um des nackten Überlebens willen in letzter Hoffnung an Worte und Strategien und Pinsel zu klammern. So ein Leben ist nie leicht, dafür aber oft tiefgründig, wahrhaftig, bedeutungsvoll und schön. In letzter Zeit fällt mir auf, dass ich Menschen, die nicht wenigstens einen kleinen Hau haben, eigentlich nicht besonders mag. Natürlich wünsche ich Leuten ohne wenigstens ein paar Ängsten oder Depressionen nichts Böses, ich finde sie nur einfach nicht besonders interessant. Ich bin zu dem Schluss gekommen, dass wir «Irren» die beste Sorte Menschen sind.

Ich glaube, das ist auch der Grund, warum sich so viele von uns dagegen sträuben, ihre Medikamente zu nehmen. Weil wir tief in uns davon überzeugt sind, dass in Wirklichkeit wir die Gesunden sind. Wir Geisteskranken sind die einzigen «Kranken», die glauben, dass unser Zauber in unserer Krankheit verborgen liegt. Mir jedenfalls ging es immer so. Daran hat sich im Grunde nichts geändert. Wenn jemand mir «Gute Besserung» wünschte, hörte ich: *Ich wünsche dir, dass du dich besserst und wirst wie alle anderen.* Mir war klar, dass von mir erwartet wurde, den Kopf hängen zu lassen und zuzugeben, dass meine Art zu sein gefährlich und falsch war und die von allen anderen viel besser und richtig. Von mir wurde erwartet, mich korrigieren zu lassen, mich dem Heer anzuschließen, zurück in die Reihe zu treten. Manchmal wünschte ich mir verzweifelt genau das, weil meine Art zu sein so schwer war. Manchmal brachte ich mich dazu, zu akzeptieren, dass mein Unvermögen, mich in der Welt, in die ich hineingeboren war, leicht und unbeschwert zu bewegen, chemischer Natur war und ich Hilfe brauchte, mich zu integrieren, so wie alle anderen auch. Ab und zu musste ich laut «Ich kapituliere!» sagen und zugeben: *Es liegt nicht an dir, Welt – es liegt an mir. Ich suche mir Hilfe. Ich brauche eine gute Besserung. Ich brauche deine Medizin.*

Aber es gibt auch andere Zeiten. Wenn ich die Nachrichten einschalte oder sehr genau hinsehe, wie die Menschen einander behandeln, denke ich mit hochgezogenen Augenbrauen: *Nein. Eigentlich liegt es nicht an mir. Vielleicht liegt es doch an dir, Welt. Vielleicht stimmt es doch nicht, dass ich Schwierigkeiten habe, mich an die Welt anzupassen, weil ich krank bin, sondern weil ich zu genau hinsehe. Vielleicht ist es gar nicht verrückt, die Welt, wie sie ist, abzulehnen. Vielleicht ist das Heucheln, bei uns sei alles in bester Ordnung, gar kein Ehrenabzeichen, das ich mir anstecken will. Vielleicht ist es absolut gerechtfertigt, ein bisschen verrückt zu sein. Vielleicht lautet die Wahrheit: Du brauchst dringend meine Poesie, Welt.*

Ich leide also unter diesen Zuständen – Ängste, Depression, Sucht –, und sie hätten mich beinahe umgebracht. *Aber gleichzeitig sind sie meine Superkräfte.* Die Sensibilität, die mich in die Sucht getrieben hat, ist dieselbe Sensibilität, die mich zu einer wirklich guten Künstlerin macht. Die Ängste, die es mir schwer machen, in meiner Haut zu leben, machen es mir gleichzeitig schwer, in einer Welt zu leben, wo so viele Menschen unter derart unfassbarem Schmerz leiden – und das macht mich zu einer unermüdlichen Aktivistin. Das Feuer, das mich in der ersten Hälfte meines Lebens aufgefressen hat, ist dasselbe Feuer, mit dem ich jetzt die Welt in Brand stecke.

Eines dürfen wir nie vergessen: Wir brauchen ihre Medizin, weil sie unsere Poesie brauchen. Wir müssen weder angenehmer, normaler noch bequemer sein, wir müssen nur wir selbst sein. Wir müssen uns retten, weil wir die Welt retten müssen.

KOMFORTZONEN

Früher verharrte ich in meinem Herzschmerz, als wäre ich dazu bestimmt und gemacht. Als würde die Welt den Schmerz von mir fordern und als könnte ich, indem ich in Schmerz und Trauer verharrte, in Sicherheit bleiben. Ich sicherte mir mit Selbstverleugnung meinen Wert, mein Gutsein, meine Existenzberechtigung. Leiden war meine Komfortzone. Als ich vierzig war, beschloss ich, es auf anderem Weg zu versuchen.

Ich entschied mich für Abby. Ich entschied mich für die Freude. Ich entschied mich zu glauben – wie Mary Oliver es versprochen hatte –, dass ich gar nicht gut sein muss, dass ich das kleine weiche Tier meines Körpers lieben lassen darf, was es liebt.

Ich traf diese Wahl aus Liebe zu mir und zu Abby, aber auch aus Neugier. Ich wollte wissen, ob die Freude mir eine ebenso gute Lehrmeisterin sein kann wie der Schmerz. Falls ja, wollte ich unbedingt von ihr lernen.

Ich weiß noch nicht, was der Weg der Freude mich auf lange Sicht lehren wird. Für mich ist es neu, der Freude zu folgen. Aber eines weiß ich jetzt schon: Es ist schön, glücklich zu sein. Ich fühle mich leichter und stärker und lebendiger. Bis jetzt habe ich noch keinen Rückschlag erlebt. Was mich wirklich überrascht hat: Je glücklicher ich werde, desto glücklicher werden offensichtlich auch meine Kinder. Ich verlerne momentan sämtliche Überzeugungen, die man mir bezüglich Mutterschaft und Märtyrertum einprogrammiert hat. Mein Sohn hat uns das hier ins Hochzeitsbuch geschrieben: «Abby: Ehe du kamst, hat Mom die Lautstärke nie über 11 aufgedreht. Danke.» Ich hoffe, meine neue Überzeugung, dass Liebe einem das Gefühl geben muss, geborgen und gleichzeitig frei zu sein, gehört zu denen, die meine Kinder von mir übernehmen werden.

Noch etwas habe ich jetzt schon gelernt: Während meine Entscheidung, der Freude zu folgen, es mir leichter macht, mich und mein Leben zu lieben, macht meine Wahl es der Welt offensichtlich schwerer, mich zu lieben.

Neulich meldete sich bei einem meiner Vorträge eine Frau aus dem Publikum zu Wort. «Glennon», sagte sie, «ich mochte immer sehr, was Sie schreiben. Was Sie von Ihrem Schmerz erzählt haben und darüber, wie hart das Leben für Sie ist, hat mich immer unglaublich getröstet. Aber in letzter Zeit wirken Sie so verändert, Sie führen ein völlig neues Leben. Ich muss ehrlich sagen, es fällt mir zunehmend schwer, mit Ihnen mitzufühlen.»

«Ja», sagte ich, «dafür habe ich Verständnis. Ich bin glücklicher geworden. Meine Selbstzweifel werden kleiner, und weil mir das Zuversicht und Stärke gibt, leide ich weniger. Mir ist aufgefallen, dass es der Welt offensichtlich leichter fällt, eine leidende Frau zu lieben als eine Frau, die fröhlich und voller Zuversicht ist.»

Ich nehme mich selbst nicht davon aus.

Tishs Team absolvierte ein Fußballspiel. Im gegnerischen Team spielte ein Mädchen, das mir absolut gegen den Strich ging. Körpersprache und Augenrollen entlang der Seitenlinie sagten mir, dass ich damit nicht allein war. Das Mädchen eckte auch bei den anderen Socker Moms ziemlich an. Ich beobachtete sie genauer und versuchte, herauszufinden, welche Knöpfe genau sie bei uns drückte. Mir fiel auf, dass sie mit hoch erhobenem Kopf und ziemlich stolz über den Rasen lief. Sie war gut, und das wusste sie. Sie kämpfte oft und hart um den Ball – wie eine, die ihre Stärken und ihr Talent sehr gut einschätzen kann. Sie lächelte die ganze Zeit, als wäre das alles für sie ein Kinderspiel, als hätte sie den Spaß ihres Lebens. Und genau das nervte mich tierisch.

Sie war *zwölf.*

Ich gab meinen Gefühlen Raum und stellte fest: Meine reflexartige Reaktion auf dieses Mädchen ist ein direktes Resultat meiner Dressur. Ich wurde darauf konditioniert, starken, selbstbewussten, glücklichen Mädchen und Frauen zu misstrauen und ihnen mit Ablehnung zu begegnen. Das gilt für uns alle. Studien beweisen: Je mächtiger, erfolgreicher und glücklicher ein Mann wird, desto mehr Menschen vertrauen ihm und mögen ihn. Je mächtiger und glücklicher eine Frau jedoch wird, desto weniger Menschen vertrauen ihr und mögen sie. Wir verkünden zwar laut: *Frauen haben das Recht, den ihnen zustehenden Platz einzunehmen!* Aber wenn eine Frau dann genau das tut, lautet unsere erste Reaktion darauf: *Sie ist so ... anspruchsvoll.* Und plötzlich sagen ausgerechnet wir über selbstbewusste Frauen: «Ich weiß auch nicht, ich kann es nicht genau sagen – es ist was an ihrer Art. Ich mag sie einfach nicht. Ich kann nicht festmachen, woran genau es liegt.»

Ich kann genau festmachen, woran das liegt: Es liegt daran, dass unsere Dressur aus dem Unbewussten an die Oberfläche dringt. Starke, glückliche, selbstbewusste Mädchen und Frauen brechen das unausgesprochene Gesetz unserer Kultur, dass Mädchen voller Selbstzweifel zu sein haben, zurückhaltend, schüchtern und defensiv. Mädchen, die die Dreistigkeit besitzen, diese Regeln zu brechen, *ärgern* uns. Ihr unverschämter Trotz und ihre Weigerung, den Anweisungen Folge zu leisten, wecken in uns den Wunsch, sie umgehend zurück in ihren Käfig zu stecken.

Mädchen und Frauen spüren das. Wir wollen gemocht werden. Wir wollen, dass uns Vertrauen entgegengebracht wird. Also spielen wir unsere Stärken herunter, um niemanden zu bedrohen und ja keine Verachtung zu provozieren. Wir sprechen nicht über unsere Leistungen. Wir mögen keine Komplimente. Wir zügeln, relativieren und ignorieren unsere Meinung. Wir gehen ohne

Stolz, und wir lassen anderen immer den Vorrang. Wir treten beiseite. Wir sagen «Ich hätte eventuell Lust» anstatt «Ich will». Wir fragen uns und andere, ob unsere Ideen sinnvoll sind, anstatt genau das vorauszusetzen. Wir entschuldigen uns für ... *alles*. Gespräche zwischen herausragenden Frauen entwickeln sich häufig zu Wettbewerben um den Preis, wer den größten Mist gebaut hat. Wir wollen respektiert werden, aber noch dringender wollen wir geliebt und akzeptiert werden.

Ich saß mal bei Oprah Winfrey am Küchentisch, und sie fragte mich, worauf ich in meinem Leben als Aktivistin, Schriftstellerin, Mutter besonders stolz sei. Ich wurde nervös und fing an zu stammeln. Ich murmelte irgendwas in der Richtung, «Ach, ich bin nicht stolz, ich bin dankbar. Das bin nicht ich. Ich habe tolle Menschen um mich herum. Ich hatte einfach nur riesengroßes Glück, ich ...»

Sie legte ihre Hand auf meine und sagte: «Tu das nicht. Sei nicht bescheiden. Wie Dr. Maya Angelou sagte: ‹Bescheidenheit ist anerzogene Heuchelei. Du willst keine Bescheidenheit, du willst Demut. Demut kommt von innen.›»

Ich denke jeden Tag an ihre Worte. Sie sagte damit Folgendes: Wenn wir uns dumm, schwach und kleinmachen, erweisen wir uns und der Welt einen Bärendienst. Jedes Mal, wenn wir so tun, als wären wir weniger, als wir sind, stehlen wir damit anderen Frauen die Erlaubnis, voll und ganz zu existieren. Man darf Bescheidenheit niemals mit Demut verwechseln. Bescheidenheit ist eine oberflächliche Lüge. Ein Akt. Eine Maske. Falsches Spiel. Für so was fehlt uns die Zeit.

Das lateinische Wort für Demut lautet *humilitas*, was «Humus, Erde, Boden» bedeutet. Demütig zu sein, heißt, tief in dem Wissen geerdet zu sein, wer man ist. Demut beinhaltet die Verantwortung, zu werden, wozu man bestimmt ist – zu wachsen, sich zu strecken und zu blühen, so hoch und so stark und so leuchtend, wie es für uns vorgesehen ist. Es ist für einen Baum nicht ehrenhaft, zu verwelken, zu schrumpfen, zu verschwinden. Dasselbe gilt für eine Frau.

Ich habe nie behauptet, stärker zu sein, als ich bin, und ich werde den Teufel tun, so zu tun, als wäre ich schwächer, als ich bin. Und ich höre endgültig damit auf, von anderen Frauen Bescheidenheit zu verlangen. Ich möchte keinen Trost im Schmerz und in der Schwäche anderer Frauen finden. Ich möchte mich von der Freude und dem Erfolg anderer Frauen inspirieren lassen. Weil mich das glücklicher macht und weil wir keine starken Frauen mehr haben werden, wenn wir damit fortfahren, starke Frauen abzulehnen und sie zu Fall zu bringen, anstatt sie zu lieben, sie zu unterstützen und sie zu wählen.

Wenn ich eine fröhliche, selbstbewusste Frau sehe, die sich mit Stolz durch die Welt bewegt, werde ich mir meine erste Reaktion in Zukunft verzeihen, weil ich weiß, dass es nicht mein Fehler ist, sondern nur meine Konditionierung.

Erste Reaktion: *Wer zum Teufel glaubt sie, dass sie ist?*

Zweite Reaktion: *Sie weiß, dass sie eine gottverdammte Gepardin ist. Halle-Fucking-luja!*

ELMER'S

Ich habe die Obsession meiner Generation in Bezug auf die sportlichen Aktivitäten ihrer Kinder immer sehr harsch verurteilt. Ich habe die Eltern bemitleidet, deren Wochenenden und Gehaltsschecks dafür draufgehen, ihre Kinder kreuz und quer durchs Land zu karren, um ihnen dabei zuzusehen, wie sie Bälle schießen oder Handstandüberschläge absolvieren. Wenn eine Freundin mir von dem Stipendium erzählt, das ihr Kind fürs College bekommen hat, sage ich zwar «Wie wunderbar!», aber gleichzeitig denke ich: *Moment, du hast doch mindestens dieselbe Summe in Trikots und Schienbeinschoner und Hotels investiert, oder nicht?* Mein athletisches Ziel für meine Kinder war sehr lange die Mittelmäßigkeit. Ich wollte, dass sie im Sportunterricht so gut waren, dass sie sich beim Turnen nicht blamierten, aber bitte nicht gut genug, um mir meine Wochenenden zu versauen.

Als die Mädchen klein waren, wollten sie Gymnastik ausprobieren, also gingen wir einmal pro Woche in die örtliche Turnhalle, und während sie auf dem Boden rumkullerten und ihre Zehenspitzen streckten, saß ich lesend daneben und hob ab und zu den Kopf, um «Toll, Honey!» zu rufen. Ein perfektes Szenario, bis mich eines Tages nach der Stunde die Trainerin ansprach. «Ihre Mädchen haben echtes Talent. Es wird Zeit, sie dreimal wöchentlich trainieren zu lassen.» Ich sah sie an, lächelte, bedankte mich und dachte: *Höchste Zeit für eine neue Sportart!* In der nächsten Woche traten wir dem Fußballclub der Schule bei. Die Mädchen hatten Spaß, und weil es null Druck oder echten Unterricht gab, war ich zuversichtlich, hier weiter in Ruhe an unserem Ziel der Mittelmäßigkeit arbeiten zu können.

Nach der Scheidung fing Tish an zu verblassen. Ich sah mit an, wie sie langsam immer öfter Trost im Essen suchte und immer mehr Zeit allein in ihrem Zimmer verbrachte. Mir war klar, dass sie sich dringend mehr bewegen musste, aber aus persönlicher Erfahrung wusste ich auch, dass ein entsprechender Vorschlag nur nach hinten losgehen kann. Tish war zehn. Ich wurde mit zehn zur Bulimikerin. Meine Kleine wirkte, als würde sie schwanken – sie war kurz vor dem Fall. Ich hatte Angst.

Eines Abends saß ich mit Abby auf dem Sofa. «Ich glaube, wir müssen sie wieder in Therapie schicken», sagte ich zu ihr.

«Das sehe ich anders», antwortete sie. «Ich glaube, sie muss dringend raus aus ihrem Kopf und nicht noch tiefer hinein. Ich habe viel darüber nachgedacht. Ich möchte, dass Tish sich für die Aufnahme in ein Auswahl-Turnierteam bewirbt.»

> ICH: Verzeihung? Was hast du eben gesagt? Hast du dir Tish mal angeschaut? Dieses Kind würde nicht mal rennen, wenn das Haus in Flammen steht. Diese Turniermädels spielen seit ihrer Geburt Fußball. Nein, danke. Wir versuchen, ihr zu *helfen*, nicht sie zu demütigen.
>
> ABBY: Ich hab da so ein Gefühl. Sie ist eine geborene Anführerin. Wenn wir über Fußball reden, fangen ihre Augen an zu leuchten. Ich könnte mir vorstellen, dass es ihr gefällt.
>
> ICH: Keine Chance. Sie ist im Augenblick viel zu labil. Was, wenn sie es nicht schafft und daran kaputtgeht?
>
> ABBY: Was, wenn sie es *schafft* und es sie *heil* macht?

Abby schloss sich hinter meinem Rücken mit Craig kurz, der schon sein ganzes Leben Fußball spielt, und daraus wurde sehr schnell zwei gegen eins. Der Plan war, sich mit Tish hinzusetzen und sie zu fragen, ob sie Lust hätte, sich um die Aufnahme in ein

Elite Travel Soccer Team zu bewerben, gegen meinen Willen und mein besseres Mama-Wissen.

Eines Tages nach der Schule setzten wir drei uns also mit Tish zusammen.

Sie erstarrte und schaute uns misstrauisch an. Nach einer Scheidung sind Kinder noch sehr lang im Kampf-oder-Flucht-Modus. «Was ist passiert?», fragte sie. «Gibt es schon wieder schlechte Nachrichten?»

«Nein, nein», antwortete Craig. «Keine schlechten Nachrichten. Wir wollten dich fragen, ob du Lust hättest, dich bei einem Fußball-Turnierteam zu bewerben.»

Tish fing an zu lachen. Weil niemand mitlachte, hörte sie wieder auf. Sie sah erst Craig an, dann mich. Schließlich lenkte sie den Blick auf Abby.

TISH: Ist das euer Ernst?
ABBY: Ja.
TISH: Glaubt ihr echt, ich könnte es in die Auswahl schaffen?

Ich machte den Mund auf, um zu sagen: «Weißt du, Honey, es ist ja so, dass die Mädchen schon viel länger Fußball spielen als du, und bitte vergiss nicht, dass es schon ganz, ganz toll ist, es überhaupt zu probieren, und dass es uns nicht auf das Ergebnis ankommt, sondern nur auf ...»

Aber bevor ich auch nur ein Wort rausbrachte, schaute Abby Tish bereits tief in die Augen und sagte: «Ja. Ich glaube, du könntest es schaffen. Du hast Potenzial und die nötige Leidenschaft. Irgendjemand schafft es auf alle Fälle in die Auswahl. Wieso also *nicht* du?»

Oh mein Gott!, dachte ich. *Wie waghalsig! Sie hat keine Ahnung, was sie da tut, verdammt noch mal!*

Ohne Abby aus den Augen zu lassen, sagte Tish: «Okay. Ich versuch's.»

«Super!», sagte Craig.

«Cool!», sagte Abby.

GEFAHR VORAUS!, dachte ich.

Wir lächelten Tish an.

Bis zu den nächsten Auswahltests blieben vier Wochen. Tish, Abby und Craig verbrachten diese Wochen auf dem Grundschulsportplatz beim Schusstraining und bei uns im Wohnzimmer bei der Analyse vergangener Spiele der Frauennationalmannschaft. Abby und Craig tauschten sich per Textnachricht und E-Mail über Trainingsstrategien aus. Tish und Abby sprachen dermaßen ohne Punkt und Komma über das Spiel, dass Fußball bei uns zur zweiten Amtssprache wurde. Und sie gingen Tag für Tag zusammen laufen, was kein einziges Mal glattging. Tish maulte und weinte die ganze Strecke. Eines Nachmittags kamen sie zusammen zurück ins Haus, schwitzend und keuchend. Tish lief direkt weiter, die Treppe hoch, trampelnd und stampfend. Ehe sie ihre Zimmertür zuknallte, schrie sie: «ICH KANN NICHT MEHR! ICH HASSE ES! ICH KANN DAS NICHT!»

Ich erstarrte und fing sofort an zu überlegen, welche Medikation wir Tish verabreichen könnten, nachdem dieses gefährliche Experiment endlich gescheitert war und wir offiziell ihr Leben zerstört hatten. Wieder mal.

Abby nahm mich bei den Schultern, drehte mich zu sich um und sah mir tief in die Augen. «Es ist okay», sagte sie. Sie zeigte nach oben. «Das? Das ist genau so, wie es sein muss. Geh da jetzt nicht rauf. Sie kommt von selbst nach unten.»

Nach einer Weile kam Tish die Treppe runter, mit geröteten Augen und still. Sie setzte sich zwischen Abby und mich aufs Sofa. Wir sahen eine Weile schweigend fern, und in einer Werbepause sagte Abby, ohne die Augen vom Fernseher zu nehmen:

«Ich habe Laufen immer gehasst, jeden einzelnen Tag meiner ganzen Karriere. Ich habe ständig geweint. Ich bin gelaufen, weil mir klar war, dass ich nicht gut sein konnte, wenn ich nicht fit war, aber es war trotzdem zum Kotzen.»

Tish nickte und sagte: «Wann gehen wir morgen laufen?»

Die Wochen vergehen, und jetzt fahren wir mit Tish zum ersten Tag ihrer Auswahltests. Meine Hände umklammern die ganze Fahrt über eine Riesentasse randvoll mit Anti-Stress-Tee. Dann sind wir da. Die anderen Mädchen tragen glänzende Travel-Sets, Tish trägt ein Summer-Camp-T-Shirt und schwarze Turnshorts. Außerdem ist sie mindestens dreißig Zentimeter kleiner als alle anderen Mädchen. Als ich Abby darauf hinweise, sagt sie: «Was? Nein, ist sie nicht! Babe, was Tish betrifft, hast du offensichtlich eine Art projizierte Dysmorphophobie. Schau doch mal genau hin. Sie ist genauso groß wie der Rest.» Ich kneife die Augen zusammen und sage: «Hm. Aber *innen* ist sie kleiner.»

«Nein, ist sie nicht, Glennon», sagt Abby. «Nein. Das ist sie nicht.»

Tish, Abby, Craig und ich bilden einen Kreis. Tish sieht mich an, ihre Augen sind feucht. Ich halte den Atem an. Abby sieht mich an und reißt die Augen auf. «Baby», will ich am liebsten sagen, «komm, wir vergessen die ganze Sache. Deine Mommy ist bei dir. Wir steigen jetzt wieder ins Auto und kaufen uns irgendwo ein Eis.» Stattdessen sage ich: «Ich glaub an dich, Tish. Das hier ist wirklich schwer. Wir können schwere Dinge tun.»

Sie wendet sich von uns ab und bewegt sich langsam auf das Spielfeld zu. Ich sehe ihr nach, wie sie von mir weggeht, direkt auf das megaschwere Ding zu, und ich habe den größten Kloß meines Lebens im Hals. Sie sieht so klein aus, und der Himmel, das Spielfeld und die Aufgabe, die vor ihr liegt, so riesengroß. Aber Tish geht weiter, immer weiter weg von uns, auf die Bank an der

Seitenlinie zu, wo schon die anderen Mädchen sitzen. Sobald sie an der Bank angekommen ist, merkt sie, und wir merken es auch: Oh Gott! Oh Gott – die Bank ist voll besetzt, es gibt keinen Platz mehr für sie. Unsicher bleibt sie daneben stehen. Sie weiß nicht, was sie mit ihren Händen machen soll. Sie steht am Rand. Sie ist außerhalb vom Goldenen Kreis. Sie gehört nicht dazu. Sie ist keine von ihnen.

Abby nimmt meine Hand. «Geht's dir gut?»

ICH: Das ist ein Fehler.
ABBY: Das ist kein Fehler.

Ich ziehe meine Hand zurück und fange an zu beten: *Bitte, Gott, wenn es dich gibt, bitte mach, dass sie nett zu meiner Tochter sind. Mach, dass sie sie in ihren Kreis aufnehmen. Mach, dass der Ball jedes Mal ins Tor geht, wenn sie ihn berührt hat, oder wirke irgendein anderes Fußballwunder, damit sie es irgendwie in dieses Team schafft. Wenn gar nichts anderes geht, schick ein Erdbeben. Bitte, Gott, lass es schnell vorbei sein. Mein Herz erträgt das nicht.*

Dann fängt der Auswahltest an. Tish weiß offensichtlich nicht, was sie tut. Sie verliert ständig den Ball. Sie ist nicht so schnell wie die anderen Mädchen. Sie sieht immer wieder zu Abby rüber, und Abby lächelt und nickt ihr zu. Tish versucht es weiter. Sie hat ein paar gute Momente. Ihr gelingt ein Pass, und Abby behauptet, sie hätte einen guten Überblick über das Spielfeld und ein Verständnis fürs Spiel, das den anderen Mädchen fehlt. Trotzdem ist die Stunde hart für sie. Für mich auch. Als es endlich vorbei ist, gehen wir zusammen zum Auto. Tish sagt die ganze Rückfahrt über kein Wort. Nach einer Weile drehe ich mich zu ihr um und sage: «Baby?»

Abby legt ihre Hand auf meine und schüttelt den Kopf. Ich

drehe mich zurück nach vorne und für den Rest der Fahrt bleibe ich ebenfalls stumm.

Am nächsten Tag fahren wir wieder hin. Und am übernächsten. Eine Woche lang fahren wir jeden Abend zu den Auswahltests. Freitagabend bekommen wir eine Mail von der Trainerin: «Sie muss noch viel lernen», steht da. «Aber sie hat das gewisse Etwas, außerdem hat sie Biss und kann gut führen. Genau das brauchen wir. Wir möchten Tish einen Platz in unserem Team anbieten.»

Ich halte mir die Hand vor den Mund und lese die E-Mail noch zwei Mal, um sicherzugehen, dass ich richtig verstanden habe. Abby steht hinter mir und tut schweigend dasselbe. Ich drehe mich zu ihr um. «Heilige *Scheiße*! Woher hast du das gewusst?»

Abby hat Tränen in den Augen. «Hab ich nicht», sagt sie. «Ich habe seit drei Wochen nicht mehr durchgeschlafen.»

Craig, Abby und ich setzen uns mit Tish zusammen und sagen es ihr gemeinsam.

«Du hast's geschafft», sagen wir. «Du bist im Team.»

Seit den Auswahltests sind ein paar Jahre vergangen, und wir sind jetzt Eltern, die unsere Wochenenden damit verbringen, unser Kind kreuz und quer durchs Land zu karren, und unser Geld für Benzin und Hotels und Turniere und Stollenschuhe ausgeben.

Tish ist inzwischen stark und gefestigt, nicht, weil sie ein Vorbild sein will, sondern weil sie die beste Sportlerin und die beste Team-Kameradin sein will, die sie sein kann. Je stärker sie ist, desto mehr kann ihr Team auf sie zählen. Tish benutzt ihren Körper nicht zum Selbstzweck, sondern als Mittel zum Zweck. Sie setzt ihren Körper als Werkzeug ein, das ihr dabei hilft, ein Ziel zu erreichen, das sich ihr Geist und ihr Herz gemeinsam gesetzt haben: *Zusammen mit meinen Freundinnen Spiele gewinnen.*

Tish ist eine Anführerin geworden. Sie hat gelernt, dass es großartige Sportlerinnen gibt und großartige Team-Kameradinnen und dass das nicht zwingend immer dieselben Menschen sind. Sie beobachtet ihre Mitspielerinnen und weiß genau, was jede einzelne braucht. Sie weiß, wer leidet und wer Ermutigung braucht. Nach jedem Spiel, ob Sieg oder Niederlage, sitzt sie im Auto auf der Rückbank und schickt ihren Team-Kolleginnen Textnachrichten: «Es ist okay, Livvie. Den Ball hätte niemand halten können. Nächstes Mal kriegen wir sie. Wir lieben dich!» Die Eltern der Mädchen schreiben mir E-Mails: «Ich möchte mich bei Tish bedanken, sagen Sie ihr das. Sie war die Einzige, die meine Tochter trösten konnte.»

Tish ist eine Sportlerin geworden. Wenn an ihrer Schule wieder mal ein Drama geschieht, erschüttert sie das nicht besonders, weil Tish sich nicht mit der Schule identifiziert. Sie braucht in ihrem Leben kein falsches Drama zu erzeugen, weil sie das echte Drama kennt – die Euphorie des Sieges und die Qualen der Niederlage auf dem Spielfeld. Neulich hörte ich sie zu einem von Chases Freunden sagen: «Quatsch, ich bin nicht beliebt. Ich bin Fußballerin.»

Der Fußball hat meine Tochter gerettet.

Die Tatsache, dass ich meine Tochter nicht vor dem Fußball gerettet habe, hat meine Tochter gerettet.

Neulich saßen Craig, Abby und ich im eiskalten strömenden Regen an der Seitenlinie und sahen dem Spiel von Tishs Team zu. Die Mädchen waren klitschnass und durchgefroren, aber man sah ihnen beides nicht an. Ich beobachtete Tish sehr genau, so wie immer. Beine und Gesicht waren wie gemeißelt. Ihr pinkfarbenes Haarband hielt die Strähnen ihres für sie typischen Pferdeschwanzes zurück. Das gegnerische Team hatte gerade ein Tor geschossen, und sie versuchte, wieder zu Atem und zurück auf ihre Position zu kommen. Im Laufen rief sie zu ihren Verteidigerinnen nach hinten: «Los jetzt! Wir schaffen das!» Das Spiel ging weiter. Der Ball kam zu Tish. Sie stoppte ihn und passte ihn nach vorne zu Anais weiter. Anais machte das Tor.

Die Mädchen rannten auf Anais zu, rannten aufeinander zu. In der Spielfeldmitte trafen sie aufeinander, ein Haufen Mädchen zwischen zehn und zwölf, die aneinander hochsprangen, einander umarmten und feierten, sich, ihr Team, ihren Schweiß. Wir Eltern jubelten ebenfalls, aber die Mädchen hörten uns nicht. In diesem Moment gab es auf der ganzen Welt nur sie. Was wir fühlten, spielte keine Rolle. Wichtig war nur, was sie fühlten. Für sie war das keine Vorstellung. Es war echt.

Nach dem Spielende gingen Abby, Craig und ich zu unseren nebeneinander geparkten Autos. Wir stiegen schnell ein, um endlich ins Trockene zu kommen. Nach einer letzten kurzen Team-Umarmung kam Tish mit ihrer Freundin Syd zu uns gelaufen. Sie hatten es nicht eilig, weil sie nicht spürten, wie kalt es war. Bei den Autos angekommen, umarmten die Mädchen sich, und Syd ging mit ihrer Mutter davon. Tish stellte sich vor Abbys Fenster, um sich von uns zu verabschieden, weil sie mit Craig nach Hause fuhr. Das ständige Hin und Her zwischen zwei Wohnungen ist immer noch hart. Mit einer Scheidung zurechtzukommen, ist schwer – es ist generell schwer, mit seiner Familie zurechtzukommen –, doch Tish weiß, dass sie schwere Dinge tun kann.

Um sie herum regnete es immer noch, aber Tishs Gesicht war ein vom Autofenster eingerahmter Scheinwerfer.

«Trainerin Mel hat mir heute einen Spitznamen verpasst», sagte sie. «Sie sagt, ab jetzt nennt sie mich Elmer's, weil der Ball an mir kleben bleibt wie an Bastelkleber. Als sich mich heute von der Bank gerufen hat, hat sie geschrien: ‹Elmer's – du spielst!›»

Craig hatte das Fenster runtergekurbelt und die Geschichte

mitbekommen. Er grinste zu uns rüber. Wir grinsten zurück. Tish stand einfach nur da, mitten zwischen uns – unser strahlender Superkleber.

GLÜCKSPILZE

Als Abby und ich uns verliebten, trennten uns Hunderte von Meilen und eine Million Hindernisse. Die Fakten, die vor uns ausgebreitet lagen, ließen eine gemeinsame Zukunft unmöglich erscheinen. Deshalb erzählten wir uns immer wieder gegenseitig von der wahrhaftigen, schönen, unsichtbaren Ordnung, die wir in uns ans Licht drängen spürten. Unsere Phantasiereisen hatten immer mit uns beiden und mit Wasser zu tun.

Eines Abends vor dem Einschlafen schickte Abby mir diese Geschichte von einer Küste zur anderen:

«Es ist frühmorgens, und ich sitze auf unserem Steg und sehe mir den Sonnenaufgang an. Ich hebe den Blick und sehe dich. Du bist noch im Pyjama, ganz verschlafen, und läufst auf mich zu, in den Händen zwei Kaffeetassen. Wir sitzen einfach nur da, auf unserem Steg, mein Rücken an den Pfahl gelehnt, dein Rücken an meiner Brust, und sehen dabei zu, wie die Fische springen und die Sonne aufgeht. Wir müssen nirgendwo sein. Nur zusammen.»

Je schwieriger die Dinge wurden, desto öfter kehrten wir zu dem Morgen zurück, den Abby für uns imaginiert hatte. Der Steg, sie, ich, zwei dampfende Tassen Kaffee: Dieses Bild wurde zu unserer unsichtbaren Ordnung, es führte uns. Ihm vertrauten wir uns an.

Ein Jahr später bekochte Abby uns sechs: die Kinder, Craig, sie und ich. Wir setzten uns zum Essen auf die Veranda unseres Hauses am Golf von Mexiko, das Abby und ich gemeinsam gekauft hatten. Es war ein herrlicher Abend, der Himmel in sämtliche Violett- und Orangetöne getaucht, in der Luft eine sanfte, warme Brise. Craig verließ uns irgendwann zu seinem sonntäglichen

Fußballspiel, die Kinder räumten Tisch und Küche auf und setzten sich vor den Fernseher. Honey, unsere Bulldogge, kuschelte sich in Ammas Arm, und Abby spazierte nach draußen auf unseren Steg, den Doyle-Melton-Wambach-Steg. Ich sah ihr durchs Fenster zu, wie sie sich mit dem Rücken an den Pfahl lehnte und auf den Kanal sah. Ich schenkte uns zwei Tassen Tee ein und ging zu ihr nach draußen. Sie sah zu mir hoch, und ihr Lächeln sagte mir, dass sie sich erinnerte. Wir saßen zusammen auf unserem Steg, mein Rücken an ihre Brust gelehnt, und sahen zu, wie die Fische sprangen, während die Sonne unterging und den Himmel in immer dramatischeres Violett tauchte.

Ehe wir wieder ins Haus gingen, machte ich ein Selfie von uns, wir beide lächelnd, hinter uns der Sonnenuntergang, und postete es später. Irgendjemand kommentierte: «Ach, ihr zwei seid solche Glückspilze, dass ihr euch habt und so ein Leben!»

Ich antwortete: «Das ist wahr. Wir haben unglaubliches Glück. Und wahr ist auch, dass wir uns dieses Leben vorstellten, ehe es existierte, und dann beide alles aufgegeben haben für die unfassbare Chance, es vielleicht gemeinsam neu erschaffen zu können. Wir sind nicht in die Welt, die wir jetzt haben, hineingesegelt. Wir haben sie gemacht. Ich sag dir eins: *Je mutiger ich bin, desto mehr Glück habe ich im Leben.*»

SCHMETTERLINGE

Früher habe ich Liebesfilme gehasst. Wenn im Fernsehen ein Liebesfilm lief, spürte ich Sehnsucht und Neid in mir, als würde ich mir Fotos von einer Party anschauen, zu der ich nicht eingeladen war. Ich redete mir ein, dass romantische Liebe nichts als Disney-Kacke sei, und spürte in mir trotzdem immer ein sehnsüchtiges Ziehen, bevor ich den Sender wechselte.

Es ist dasselbe Sehnen, das Abby, die Agnostikerin, spürt, wenn sie einen Kirchenchor mit langen Roben und tiefen Stimmen und glänzenden Augen sieht.

Ich hatte, wenn es um göttliche Liebe geht, schon immer glänzende Augen; ich bin eine Glaubende. Abby hatte, wenn es um romantische Liebe geht, schon immer glänzende Augen; auch sie ist eine Glaubende.

Abbys Lieblingsfilme sind *Romeo & Julia* und *Wie ein einziger Tag*, auf Englisch *The Notebook* – Das NOTIZBUCH! Als ich zu ihr sage, «Ich kann nicht glauben, dass wir beiden uns gefunden haben», sagt sie: «Ich schon. Ich wusste immer, dass du irgendwo da draußen bist.»

Ich nicht. Ich wusste nichts über romantische Liebe, weil ich mich, ehe ich vierzig Jahre alt war, noch nie verliebt hatte. Ich spazierte nichtsahnend die Straße meines Lebens entlang und fiel plötzlich in ein Kaninchenloch. Deswegen heißt «sich verlieben» auf Englisch «in die Liebe fallen» – weil man plötzlich keinen festen Boden mehr unter den Füßen hat.

Als ich mich verliebte, fühlte ich mich sehr an den Zustand erinnert, als ich auf dem College mit ein paar Freundinnen halluzinogene Pilze geschmissen hatte. Als die Zauberpilze anfingen zu wirken, fielen wir zusammen in das Kaninchenloch. Plötzlich fühlte ich mich den Leuten, die zusammen mit mir halluzinierten, absolut verbunden und von allen, die nüchtern waren, vollkommen abgetrennt. Meine Freunde und ich schwebten in einer Blase aus Liebe, und kein Außenstehender konnte uns erreichen oder verstehen. Die nüchternen Leute taten mir leid. Sie wussten nicht, was wir wussten, fühlten nicht, was wir fühlten, und liebten nicht, was wir liebten. Wir nannten sie die Normalen. «Vorsicht!», flüsterten wir einander zu, wenn jemand auf uns zukam. «Sie ist normal.»

Als ich frisch verliebt war, ging es mir lange mit allen so, die nicht ich und Abby waren. Ich schaute die Leute auf der Straße an und dachte: *Die haben keine Ahnung. Wir sind was ganz Besonderes, und die sind so ... normal.* Der einzige normale Mensch, mit dem ich mich in jenen ersten Tagen überhaupt unterhalten konnte, war meine Schwester. Und sie sprach genauso mit mir, wie sie mit mir geredet hatte, als ich noch Alkoholikerin war. Sie legte den Kopf schief und sagte so Sachen wie: «Pass auf, Sissy. Du weißt im Augenblick nicht, was du tust.»

Und ich dachte: *Krass! Sie glaubt, das ist eine Phase. Sie kapiert nicht, dass ich die Liebe gefunden habe und jetzt für immer verändert bin und besonders. Das ist es, was mir immer gefehlt hat. Deshalb war das Leben so hart für mich: weil mir das hier fehlte. Endlich geht es mir gut. Das bin ich jetzt. Ich bin Abbyundich.*

Eines Abends lagen Abby und ich auf dem Sofa, eng umschlungen, schmusten und redeten übers Abhauen.

Abby sagte: «Wir müssen vernünftig vorgehen. Momentan leuchten unsere Gehirne wie Weihnachtsbäume.»

Ich machte mich von ihr los. Ich war verwirrt. Als hätte mich eine meiner Rauschpilzfreundinnen mitten im Trip gefragt, ob ich ihr bei der Steuererklärung helfen kann. Ich fühlte mich abgetrennt. Als hätte Abby mich im Stich gelassen und wäre ohne mich wieder normal geworden. Ich war beleidigt. Als hätte sie behauptet, unsere Liebe sei nichts Persönliches, sondern bloß Chemie. Kein Zauber, nur reine Wissenschaft. Ich dachte, unsere Liebe wäre das Gegenteil von den Drogen, die wir jahrzehntelang geschluckt hatten, um unsere Hirne zum Leuchten zu bringen und der Realität zu entfliehen. Ich dachte, wir würden uns gegenseitig heilen und nicht, dass wir uns gegenseitig unter Drogen setzten. Ich hielt uns für Julia und Julia, nicht für Syd und Nancy.

Abby sagte: «Ich habe Angst vor dem Moment, wenn diese Anfangsphase für dich vorbeigeht.»

«Was meinst du damit?»

«Du warst noch nie verliebt. Du warst noch nie in diesem Zustand. Ich schon. Das bleibt nicht so, es verändert sich. Ich will diese Veränderung. Ich will den nächsten Part erleben. Den hatte ich nämlich noch nie. Die erste Phase, in der wir jetzt sind, ist nicht der wahrhaftigste Teil. Danach kommt die Phase, in der wir nicht mehr zusammen immer tiefer fallen, sondern Seite an Seite landen. Das ist der echte Part. Und er wird kommen. Ich will ihn, aber gleichzeitig habe ich Angst, dass du enttäuscht bist und in Panik gerätst, wenn wir beide landen.»

«Was willst du mir damit sagen? Das klingt, als würden wir unter einem Zauberbann stehen, der bald nachlässt, und dann lieben wir uns nicht mehr so wie jetzt.»

«Nein. Ich will damit sagen, dass der Zauberbann bald nachlässt, und wenn es so weit ist, ist es wichtig, dass wir uns noch mehr lieben, als wir es jetzt schon tun.»

Nach ein paar Monaten merkte ich, dass die Wirkung unserer Liebeszauberpilze langsam nachließ. Ich fing an, Abby als von mir getrenntes Wesen wahrzunehmen, und ich spürte mich selbst langsam wieder normal werden. Für mich war das eine Tragödie, weil ich geglaubt hatte, Abby wäre für mich die endgültige Rettung vor mir selbst gewesen. Ich hatte gedacht, ich könnte für immer *wir* bleiben. Sie hatte recht. Ich geriet in Panik. Eines Abends schrieb ich ihr dieses Gedicht:

Farben

Vor zwei Jahren
warst du Perlweiß
und ich Nachtblau.
Wir beide wurden Himmelblau.
Keine Perle mehr und keine Nacht
ein einziges Himmelblau.
Aber jetzt, ab und zu
löst du dich von mir und gehst.
Ein Meeting, eine Freundin, ein Gutachten, eine Show.
Wenn du gehst
bin ich wieder mit mir allein.
Deine Perle nimmst du mit. Und ich spüre wieder
meine Nacht.
So soll es sein, das ist mir klar.
Die Nacht ist mein Metier.
Ich dachte einfach, nur ganz kurz,
ich sei verschwunden.
Ich vermisse das Verschwundensein.
Das Ende unseres Anfangs heißt
wieder ich zu sein.
Wir werden schön sein und stark, Seite an Seite,
du und ich.
Aber zwischen dir und mir (zwischen Perle und Nacht)
war mir das Himmelblau lieber.

Wenn ich dieses Gedicht heute noch einmal lese, denke ich: *Glennon, du bist immer verzweifelt auf der Suche nach dir und gleich-*

zeitig bereit, dich jederzeit im Stich zu lassen. Du willst dringend gesehen werden und genauso dringend verschwinden. Du hast immer schon aus vollem Halse «HIER BIN ICH» gebrüllt und wolltest gleichzeitig nichts lieber tun, als dich aufzulösen.

Abby und ich sind schon seit einigen Jahren normale Menschen. Wir befinden uns inzwischen mitten im nächsten Part. Die Schmetterlinge sind zwar verschwunden, aber wir sind manchmal trotzdem wieder Himmelblau. Doch das ist kein permanenter Zustand mehr; es kommt in flüchtigen Momenten. Es passiert, wenn wir uns lieben, in der Küche einen flüchtigen Kuss tauschen, unsere Blicke sich kreuzen, weil eines der Kinder was Unfassbares sagt oder tut. Aber meistens sind wir zwei verschiedene Farben. Das ist wunderbar, weil wir uns dadurch tatsächlich sehen können.

Ich habe entschieden, dass ich einen Menschen lieben will und kein Gefühl. Ich will in der Liebe gefunden werden, anstatt mich darin zu verlieren. Ich will lieber existieren als verschwinden. Ich werde für immer Nacht sein. Das ist perfekt.

SANDBURGEN

Frag eine Frau, wer sie ist, und sie sagt dir, wen sie liebt, wem sie dient und was sie tut. *Ich bin Mutter, Ehefrau, Schwester, Freundin, Karrierefrau.* Die Tatsache, dass wir uns über unsere Rollen definieren, sorgt dafür, dass die Welt sich weiterdreht. Gleichzeitig macht es uns Angst. Wenn eine Frau sich als Ehefrau definiert, was geschieht mit ihr, wenn ihr Mann sie verlässt? Wenn eine Frau sich als Mutter definiert, was geschieht, wenn die Kinder aufs College gehen? Wenn eine Frau sich über ihre Karriere definiert, was geschieht, wenn die Firma dichtmacht? Weil uns, *wer wir sind*, permanent genommen wird, leben wir ständig in Angst statt in Frieden. Wir klammern zu sehr, verschließen die Augen vor dem, was wir dringend sehen müssten, vermeiden Fragen, die gestellt werden müssen, und haben eine Million Strategien, um unseren Freundinnen, Partnern und Kindern unmissverständlich klarzumachen, dass ihr Daseinszweck darin besteht, uns zu definieren. Wir bauen Sandburgen und versuchen dann, darin zu leben, in ständiger Angst vor der unausweichlichen Flut.

Die Frage *Wen liebe ich?* reicht nicht aus. Wir müssen ein eigenständiges Leben führen, das darüber hinausgeht. Um ein eigenständiges Leben führen zu können, muss eine Frau auch folgende Fragen für sich beantworten: *Was liebe ich? Was macht mich lebendig? Was bedeutet Schönheit für mich, und wann nehme ich mir Zeit, mich damit anzufüllen? Wer ist die Seele hinter all diesen Rollen?* Jede Frau muss sich diese Fragen jetzt beantworten, sofort, ehe die Flut kommt. Sandburgen sind wunderschön, aber wir können nicht in ihnen leben. Weil die Flut steigt. Das ist das Wesen der Flut. Wir dürfen nie vergessen: Ich bin die Architektin, nicht die Burg. Ich bin getrennt und ganz, stehe hier, die Augen auf den Horizont gerichtet, die Sonne auf meinen Schultern und heiße die Flut willkommen. Bauen. Wieder aufbauen. Spielerisch. Leicht. Immer gleich. Immer in Veränderung.

GITARREN

Es ist später Nachmittag, und ich mache nach einem Neunstundenarbeitstag langsam Schluss. Abby streckt den Kopf zur Tür rein und sagt: «Babe! Weißt du was? Ich fange mit Eishockey an! Ich habe einen Verein gefunden, bei dem montagabends gespielt wird. Ich gehe mir jetzt meine Ausrüstung kaufen. Ich bin total aufgeregt!»

ICH: Warte! Was? Du spielst *Eishockey*?
ABBY: Nein, aber früher mal, als ich klein war. Meine Brüder haben mich ins Tor gesteckt. Ich stand einfach nur da und ließ die Pucks von mir abprallen. Macht total Spaß!

Spaß.
Ich kann mit dem Konzept «Spaß» nichts anfangen. Abby fragt ständig: «Was machst du zum Spaß?» Ich finde die Frage aggressiv. Was ist Spaß? Bei mir gibt es keinen «Spaß». Ich bin erwachsen. Bei mir gibt es Familie, Arbeit und Trash-TV. In Endlosschleife.

Aber da wir immer noch Frischvermählte sind, bin ich immer noch lieb. «Das ist ja toll, Honey», sage ich.

Abby lächelt, kommt zu mir ins Zimmer, gibt mir einen Kuss auf die Wange und spaziert zur Haustür raus. Ich starre meinen Computer an. Ich habe jede Menge Fragen.

Wieso muss sie unbedingt Spaß haben? Wer hat die Zeit und das Geld, um *Spaß* zu haben? Ich weiß genau, wer: Jede in dieser Familie außer mir. Craig hat den Fußball und Chase seine Fotografie und die Mädchen haben ... alles. *Jede* in dieser Familie hat irgendwas, nur ich nicht. Muss wirklich schön sein, Zeit für *irgendwas* zu haben.

Ich sitze da und denke nach, und mir fällt eine Sache ein, die ich immer schon sein wollte: Rockstar. Ich bin unfassbar eifersüchtig auf Rockstars. Wenn ich nur ein einziges Talent haben dürfte, das ich nicht habe, dann wäre es Singen. Als ich klein war, stand ich immer mit einer Haarbürste vor dem Spiegel und verwandelte mich in Madonna im Stadion. Inzwischen ist es P!nk. Wenn ich in meinem Auto allein bin, bin ich P!nk. Ich bin mehr P!nk als P!nk. Ich bin nicht P!nk, ich bin Dunkelmagenta.

Mir wird klar, dass meine Frau, Madonna und P!nk gemeinsam an meiner Haustür geklingelt und mir ein Päckchen vorbeigebracht haben. Ich bin absolut neidisch auf alle drei, und dieser Neid ist der blinkende rote Neonpfeil, der mir die Richtung weist, was als Nächstes zu tun ist. Also tippe ich «Gitarrenunterricht, Naples Florida» in die Suchzeile des Browsers auf meinem Telefon. Ich folge den Links. Ich stoße auf eine Gitarrenlehrerin, die in einem winzigen Musikgeschäft nur ein paar Meilen weiter Gitarrenunterricht für Kids an der Highschool anbietet. Ich rufe sie an. Ich verabrede mich zu meiner ersten Stunde.

Als Abby wieder durch die Haustür spaziert, passe ich sie in der Diele ab, aufgeregt und hüpfend.

ICH: Hi! Kannst du dich ab jetzt freitags nach der Schule um die Kinder kümmern?
ABBY: Klar. Warum?
ICH: Ich nehme Gitarrenunterricht. Ich wollte schon mein Leben lang Rockstar sein, und jetzt fange ich endlich damit an. Ich lerne Gitarrespielen, und dann schreibe ich meine eigenen Songs, und wenn wir auf einer Party sind, hole ich die Gitarre raus, und alle sitzen zusammen im Kreis und singen zu meiner Musik. Das macht sie glück-

lich, weil sie vorher alle getrennt und einsam waren, bis meine Musik sie zusammenbrachte. Und alle werden denken: *Die ist so cool!* Und dann werde ich entdeckt, und irgendwann sitze ich dann auf einer Bühne und singe für Tausende. Ich weiß genau, was du jetzt denkst. Ich kann nicht singen. Aber genau das ist der Punkt! Ich werde keine von denen sein, die die Leute inspiriert, weil sie so gut singen kann. Ich werde eine Sängerin, die die Leute inspiriert, weil sie so schlecht ist! Ungefähr so, weißt du? Die Leute hören mich auf der Bühne singen, und anstatt zu denken: *Ich wünschte, ich könnte singen wie sie,* werden sie denken: *Also, wenn die da oben singen kann, bin ich zu allem fähig.*

ABBY: Okay, Babe. Ich weiß nicht, ob ich alles verstanden habe. Du nimmst ab jetzt Gitarrenunterricht. Das ist toll! Und sexy. Moment. Hab ich eben richtig gehört? Hast du gesagt, dass wir in Zukunft auf *Partys* gehen?
ICH: Nein.

Ich liebe es, Gitarre zu lernen. Es ist schwer, aber es eröffnet mir den Zugang zu einem neuen Teil von mir, ein Teil, der mir das Gefühl gibt, menschlicher zu sein. Ich glaube, das Wort für diese Erfahrung könnte *Spaß* lauten. Aber um diesen Spaß erleben zu können, musste ich vorher vom Mount Martyrium heruntersteigen. Ich musste mir selbst erlauben, auf etwas zu verzichten, über das ich mich beklagen konnte. Ich musste um Hilfe bitten. Ich musste einen Teil meiner moralischen Überlegenheit opfern und womöglich sogar ein paar Punkte im Wettbewerb um die größte Leidensfähigkeit. Ich glaube, unsere Verbitterung über die Freude anderer Menschen verhält sich direkt proportional zu unserer Entschiedenheit, die eigene Freude mit allen Mitteln von uns fernzuhalten. Je öfter ich Dinge tue, die ich tun will, desto weniger verbittert reagiere ich auf Menschen, die ihrerseits tun, was sie wollen.

Ich habe neulich auf Instagram mein Rockstar-Debüt gegeben. Ich habe «Every Rose Has Its Thorn» gespielt, und es haben dreimal mehr Menschen zugesehen, als der Madison Square Garden Plätze hat. Ich sage nur: Dunkelmagenta.

ZÖPFE

Mein Ex-Mann hat eine Freundin. Vor ein paar Monaten beschlossen wir, dass es an der Zeit war, einander kennenzulernen. Wir verabredeten uns zu dritt zum Frühstücken in einem Lokal in der Nähe. Ich war als Erste da, setzte mich auf eine Bank, spielte mit meinem Telefon rum und wartete. Irgendwann sah ich die beiden kommen und stand auf. Sie lächelte mir zu, und als wir uns umarmten, duftete ihr Haar nach einer Blume, die ich nicht benennen konnte.

Wir baten den Kellner um einen Tisch. Craig und sie nahmen auf einer Seite Platz, ich gegenüber. Meine Handtasche stellte ich auf den Stuhl neben mir. Als der Kellner kam, bestellte ich Tee. Er brachte den Tee in einer kleinen weißen Teekanne an den Tisch. Weil ich nicht wusste, was ich sonst sagen sollte, fing ich an, über die Teekanne zu sprechen.

«Schaut euch das an!», sagte ich. «Wie niedlich. Meine eigene Teekanne!»

In der darauffolgenden Woche war ein Päckchen in der Post. In dem Päckchen waren zwei kleine weiße Teekannen – von ihr für mich.

Wenn meine Töchter bei ihrem Vater sind, ist sie auch da. Sie spielt mit ihren Haaren und flechtet sie zu kunstvollen Zöpfen. Ich konnte das noch nie, Zöpfe flechten. Ich versuche es immer wieder, aber es sieht immer irgendwie unordentlich und peinlich aus. Wir halten uns lieber an Pferdeschwänze.

Wenn ich ein kleines Mädchen mit einem kompliziert geflochtenen Zopf sehe, denke ich immer: *Sie sieht geliebt aus. Sie sieht umsorgt aus. Sie sieht aus wie ein kleines Mädchen, deren Mutter weiß, was sie tut. Eine Mutter, die selbst mal ein Teenagermädchen war, die wusste, was sie tat, die auf der Highschool jede Menge Freundinnen hatte, die alle zusammensaßen und sich gegenseitig kichernd die Haare flochten. Eine Mutter, die golden war.*

Wenn Craig und seine Freundin die Kinder bei uns abliefern, stehen wir in der Diele zusammen und sind freundlich und befangen. Ich mache zu viele Witze und lache zu oft und zu laut. Wir tun alle, was wir können. Manchmal, wenn wir so dastehen, zieht sie eine meiner Töchter zu sich heran, legt die Arme um sie und spielt mit ihrem Haar. Dann nimmt Abby meine Hand und drückt sie sanft. Wenn Craig und seine Freundin gegangen sind, nehme ich meine Töchter wieder zu mir. Sie sehen umsorgt aus und duften nach einer Blume, die ich nicht benennen kann.

An Thanksgiving standen Abby, die Kids und ich früh auf, stiegen ins Auto und fuhren in die Stadt zum Truthahnlauf. Auf der Fahrt las Chase uns ein Internet-Meme vor: «Meine größte Angst ist, in eine Familie einzuheiraten, die an Thanksgiving beim Truthahnlauf mitmacht.»

Wir waren dort mit Craig und seiner Freundin verabredet. An der Startlinie angekommen, verteilten wir uns. Craig und Chase drängten sich ganz nach vorne durch: Ihr Ziel war ganz klar zu gewinnen. Craigs Freundin, meine Töchter und ich suchten uns einen Platz am Ende der Menge; unser Ziel war, überhaupt ins Ziel zu kommen. Abby platzierte sich irgendwo mittendrin. Ihr Ziel war es, dass alle ihr gestecktes Ziel erreichten.

Das Rennen begann. Wir blieben eine Weile zusammen, dann zog sich unser kleines Feld auseinander. Nach etwa der Hälfte der Strecke sah ich Craigs Freundin wieder, sie lief ein ganzes Stück vor mir. Ich spürte, wie meine Füße plötzlich wie von selbst in einen höheren Gang schalteten. Ich dachte immer, «jemanden abhängen» wäre nur ein Spruch, aber ich merkte, dass ich genau das wollte: Ich wollte sie abhängen, sie alt aussehen lassen. Ich fing an zu rennen, statt zu joggen. Ich rannte verbissen. So verbissen, dass ich anfing zu keuchen und zu schwitzen. Ich fing an zu sprinten. Als ich mit Craigs Freundin auf einer Höhe war, wich ich nach links aus, damit sie nicht sah, wie ich an ihr vorbeizog. Dann kam Tish in Sicht. Sie lief allein, aber ich behielt mein Tempo bei. Ich hängte auch Tish ab. Dann fing mein Knie an zu schmerzen, aber auch für mein Knie wurde ich nicht langsamer. Ich kam weit vor Craigs Freundin ins Ziel. Ich hatte sie geschlagen. Um Längen.

Immer noch völlig außer Atem, schnappte ich mir eine Wasserflasche und ging zurück an die Ziellinie, um auf meine Mädels zu warten. Ich musterte das Feld der Läufer und sah, wie Abby, Tish, Amma und Craigs Freundin gemeinsam die Ziellinie überquerten. Abby war schon viel früher fertig gewesen und hatte noch einmal umgedreht, um ihre Schäfchen zusammenzutreiben und dafür zu sorgen, dass alle gemeinsam ins Ziel kamen. Sie lachten und wirkten glücklich. Abby auf der einen Seite, Craigs Freundin auf der anderen und Tish und Amma in der Mitte. Niemand schien mein Fehlen bemerkt zu haben, genauso wenig wie meinen Sieg.

Ein paar Tage später stand ich bei uns zu Hause in der Auffahrt und telefonierte mit Craig.

«Sie sagt Tish, sie hat sie lieb», sagte ich. «Findest du nicht, das geht ein bisschen zu weit? Sie ist deine Freundin, nicht ihre Mutter. Wir brauchen alle unsere Grenzen. Du musst ihr dabei helfen, ihre zu setzen. Was, wenn sie dich verlässt und unseren Kindern weh tut?»

In Wirklichkeit habe ich viel größere Angst davor, dass sie bleibt und unsere Kinder liebt. An Weihnachten aßen wir alle gemeinsam zu Abend. Ich bat Craig, den traditionellen Apfelkuchen mitzubringen. Stattdessen brachten er und seine Freundin eine Erdbeernachspeise mit. Als Tish wissen wollte, wo der Apfelkuchen war, zuckte ich die Achseln und machte «Pst!». Nach dem

Essen kam das traditionelle Familienfoto: wir alle zusammen und der Hund. Als es fertig war, sagte Craigs Freundin: «Okay! Und jetzt noch ein Quatschbild.» *Was soll das? Was sollen diese ganzen Ideen? Bei uns gibt es keine Quatschbilder.* Die Kinder waren sich einig, dass das Quatschfoto das beste war. Dann setzten wir uns hin und aßen die Erdbeernachspeise. Die Kinder waren sich einig, dass dies der beste Weihnachtsnachtisch war, den es bei uns je gegeben hatte.

Am nächsten Tag postete Craigs Freundin unser Quatschbild im Internet. Sie schrieb: «Dankbar. Ich habe eine Liebe gefunden, die großherzig und freundlich ist, fröhlich und unvoreingenommen, eine Liebe, die keine Grenzen setzen muss.»

Eines Tages werde ich sie bitten, mir beizubringen, wie ich meinen Töchtern die Haare flechte.

Eines Tages werde ich lernen, meine Kinder gemeinsam mit ihr und mit Abby zu umsorgen, drei Strähnen, ein Zopf.

PROFIS

Manchmal, wenn sich zwischen Abby und mir ein hitziger Streit entzündet, hören wir auf zu reden, holen tief Luft und sagen zueinander: «Okay, Kein Anfängerinnenstreit. Lass uns wie zwei Profis streiten.»

Was wir damit sagen wollen: Lass uns nicht wieder auf Autopilot schalten. Lass uns nutzen, was wir schon gelernt haben. Lass uns behutsam sein und weise und unsere Egos beiseitestellen und uns bitte daran erinnern, dass wir im gleichen Team spielen. Wir wissen es inzwischen besser, wir sollten es auch besser machen.

In meiner ersten Ehe hätte ich mich als spirituelle Regisseurin beschrieben. Ich hatte die dramaturgische Vision, und Craig hat's verkackt. Inzwischen ist mir klargeworden, dass nicht einer das Drehbuch für alle schreiben kann, weil jeder Mensch sein eigenes Drehbuch hat. Niemand kann im Handlungsstrang der Geschichte eines anderen eine Nebenrolle spielen. Man kann zwar so tun, als ob, aber es wird immer eigene Handlungsstränge geben, die entweder im Verborgenen heimlich gären oder sich im Außen entfalten.

Ich bin sehr kontrollierend. Ich will alles kontrollieren. Das hat mit meiner Angst zu tun. Es fühlt sich alles ständig so unwägbar an. Als ich jung war, sorgte ich für ein Gefühl der Sicherheit, indem ich mein Essverhalten und meinen Körper kontrollierte. Das geht mir bis heute so. Als ich älter wurde, als ich dann Ehefrau und Mutter war, fand ich eine andere Möglichkeit, meine Umgebung zu kontrollieren und damit ein Gefühl der Sicherheit zu kreieren: Ich kontrollierte meine Leute. Die Tatsache, dass das Leben gefährlich und unwägbar ist, brachte mich zu der Überzeugung, es sei eine Frage der Verantwortung, die Menschen, die ich liebe, zu kontrollieren.

Allerdings gibt es neben dem Faktor Angst noch etwas, das mich dazu bringt, alles und jede kontrollieren zu wollen, und zwar meine feste Überzeugung, außerordentlich klug und kreativ zu sein. Ich glaube tatsächlich, dass ich wunderbare Ideen habe und alle anderen am besten fahren, wenn sie auf meinen Zug aufspringen. Diese Art von Kontrolle nennt sich *Menschenführung*.

Ich habe die Menschen, die mir am nächsten stehen, sehr lange kontrolliert und geführt und das Liebe genannt. Ich «liebte» meine Leute zu Brei. Meine selbstdefinierte Rolle im Leben von allen, die ich liebe, ließ sich oft so beschreiben: *Ich existiere, um deine Hoffnungen und Träume wahr werden zu lassen. Ich zeig dir jetzt mal die umfassende Liste von Hoffnungen und Träumen, die ich für dich zusammengestellt habe. Ich habe dich sehr genau beobachtet, du kannst mir vertrauen: Ich SEHE dich, und ich kenne dich besser als du dich selbst. Du kannst alles, was ich mir in den Kopf gesetzt habe! Los! An die Arbeit!*

Dabei können wir für andere weder das Fühlen noch das Wissen oder das Vorstellen übernehmen. Diese Tatsache versuche ich zu begreifen. Meine Frau ist in dieser Beziehung für mich die beste Lehrerin. Meine Frau ist unkontrollierbar.

Ich liebe meine Frau so unbändig, wie ich in meinem ganzen Leben noch nie einen erwachsenen Menschen geliebt habe. Ehe ich ihr begegnete, hatte ich keine besonders große Angst vor dem Tod. Jetzt versetzt mich der Gedanke daran täglich in Panik. Nicht der Tod an sich macht mir solche Angst, sondern die Vorstellung, nicht mehr mit ihr zusammen zu sein. Jetzt bedeutet Tod für mich die Angst, Abby zu vermissen.

Weil ich Abby am meisten liebe, folgt daraus logischerweise, dass ich über sie die größte Kontrolle ausüben muss. Ich will, dass alle Träume, die ich für Abby habe, in Erfüllung gehen. Ich will mein Allerbestes für sie. Zu diesem Zwecke habe ich jede Menge wunderbare Ideen, was sie tun und anziehen und essen sollte, wie sie arbeiten, schlafen, lesen und zuhören sollte. Doch jedes Mal, wenn ich versuche, ihr meine wunderbaren Ideen mitzuteilen – ob offen oder verdeckt –, merkt sie, was ich tue, stellt mich augenblicklich zur Rede und lehnt all meine Bemühungen kategorisch ab. Dabei ist sie sehr lieb. Sie sagt Dinge wie: «Ich merke, was du da machst, Babe. Ich liebe dich dafür, aber nein danke. Mir geht es gut.»

Im ersten Jahr unserer Ehe glaubte ich noch, das wäre nur eine neue, aufregende Herausforderung für mich. Ich dachte, es sei meine Aufgabe, neue Wege zu finden, mit meinen Anliegen an sie heranzutreten. Hier ein Gespräch mit meiner Schwester im ersten Jahr meiner zweiten Ehe zu der Problematik, dass Abby immer noch darauf bestand, ihr eigener Boss zu sein:

> ICH: Okay, hab's verstanden, aber was mache ich, wenn ich nun mal weiß, dass meine Idee für sie tatsächlich besser ist als ihre? Soll ich etwa einfach lächelnd zusehen, wie sie ihre Idee ausprobiert, nur um dann am Ende doch meinen Vorschlag umzusetzen, nachdem ihrer nicht funktioniert hat? Und wie lange soll ich deiner Meinung nach diese Zeitverschwendung von Theater mitspielen?
> SCHWESTER: Mein Gott. Okay. Wenn du die Sache tatsächlich so siehst, Glennon, dann ja. Ja, versuch das. Tu einfach so als ob.

Also folgte ich ihrem Rat. Ich lächelte stumm und tat so, als ob. Ich überließ Abby die Führung, aber nur, weil das meine heimliche Führungsstrategie war. Ich entschied, die Dinge eine Weile nach ihrer Vorstellung laufen zu lassen, bis wir beide schließlich erkannten, was *wirklich* richtig war. Ein ganzes Jahr lang waren wir spontan, wenn ich lieber einen Plan gehabt hätte. Wir vertrauten Leuten, bei denen ich eher skeptisch war. Wir gingen riesengroße Risiken ein, obwohl mir meine Kalkulation bereits gesagt hatte, dass die Chancen schlecht für uns standen. Wir erlaubten den Kids, Sachen auszuprobieren, obwohl ich überzeugt war, dass sie versagen und uns deshalb auf ewig hassen würden.

Eine Zeitlang lebten wir, als wäre das Leben weniger unwägbar, als es ist, als wären die Menschen besser, als sie sind, als wären unsere Kids robuster, als ich dachte, und als würden «die Dinge sich generell von selbst lösen». Ich benahm mich leichtsinnig und lächerlich und unverantwortlich. Die Dinge lösen sich nicht von selbst. Ich löse die Dinge. ICH LÖSE DIE DINGE, und wenn ich es nicht tue, löst sich gar nichts. Dann herrscht nur Chaos.

Ich nahm jede Menge tiefe Atemzüge, ich fing an, jeden Tag Yoga zu machen, um mit meiner Angst klarzukommen, und wartete jeden Tag darauf, dass alles zusammenbrach, damit ich uns retten konnte.

Und wartete weiter.

Tatsache ist, die meisten Dinge «lösten» sich wirklich *von selbst*. Tatsache ist, ich fing an, mich glücklicher zu fühlen. Tatsache ist, unsere Kinder wurden wirklich mutiger, großherziger, entspannter. Tatsache ist, unser Leben wurde schöner. Ehrlich gesagt, es nervte höllisch.

Ich glaube tatsächlich, Abby hat möglicherweise doch ganz gute Ideen.

Ich beginne, zu verlernen, was ich über Kontrolle und Liebe zu wissen glaubte. Inzwischen glaube ich, dass Kontrolle vielleicht doch keine Liebe ist. Ich glaube, in Wirklichkeit ist Kontrolle womöglich sogar das Gegenteil von Liebe, weil Kontrolle keinen Raum für Vertrauen lässt – und möglicherweise ist Liebe ohne Vertrauen gar keine Liebe. Ich fange an, mit der Idee zu spielen, dass Liebe bedeutet, auch anderen Menschen Fühlen, Wissen und Vorstellungskraft zuzutrauen. Vielleicht bedeutet Liebe den Respekt für das, was meine Leute fühlen, das Vertrauen, dass auch sie *wissen,* und den Glauben daran, dass sie ihre eigene unsichtbare Ordnung für ihr Leben haben, die durch ihre Haut ans Licht drängt.

Vielleicht besteht meine Rolle für die Menschen, die ich liebe, gar nicht darin, mir das wahrhaftigste, schönste Leben für sie auszudenken und sie dann in die richtige Richtung zu zerren. Vielleicht ist es lediglich meine Aufgabe, sie zu fragen, was sie fühlen und wissen und sich vorstellen. Und sie dann zu fragen, was ich tun kann, um *ihre Vision* zu unterstützen, mag sich ihre unsichtbare Ordnung auch noch so sehr von meiner unterscheiden.

Menschen zu vertrauen, ist beängstigend. Aber wenn Liebe nicht immer auch ein bisschen beängstigend ist und sich unserer Kontrolle entzieht, ist es vielleicht gar keine Liebe.

Es ist ziemlich wild, andere wild sein zu lassen.

IDEEN

Eines Abends saßen Abby, Craig, meine Schwester, ihr Mann John und ich nach dem Essen noch stundenlang am Küchentisch. Im Hintergrund lief Musik, die Kinder jagten Honey durchs Wohnzimmer, und wir tranken Tee und Wein und lachten, bis uns die Tränen kamen.

Ich zog Honey zu mir auf den Schoß, sah Craig an und sagte: «Ich möchte dir etwas sagen.»

Es wurde still um den Tisch.

«Kannst du dich an damals erinnern, vor achtzehn Jahren, als wir bei mir zu Hause auf der Veranda saßen? Mir war schlecht, weil ich schwanger war, und dir war schlecht vom Schock, und wir versuchten, rauszufinden, was wir machen sollten.

Weißt du noch, was du schließlich gesagt hast, in die Stille hinein? ‹Ich habe nachgedacht›, hast du gesagt. ‹Was, wenn wir nicht heiraten? Was wenn wir getrennt wohnen bleiben und das Kind Seite an Seite großziehen?›

Du wusstest es.

Eine Woche, ehe ich rausfand, dass ich schwanger war, fragte mich eine Freundin, wie es mit dir lief, und ich sagte zu ihr: ‹Wir müssen uns trennen. Es gibt keine Verbindung zwischen uns. Weder körperlich noch emotional. Sie ist einfach nicht vorhanden.›

Ich wusste es.

Aber ich hatte diese Vorstellung im Kopf – die Vision, wie eine Familie auszusehen hatte, was du zu wollen hattest, wer du werden solltest. Meine Vorstellungskraft wurde in dem Moment gefährlich, als wir zuließen, dass sie unser inneres Wissen überstrahlte.

Wir waren damals noch so jung und voller Angst. Wir hatten noch nicht gelernt, dass das innere Wissen niemals verschwindet. Es bleibt in uns, verlässlich und regungslos. Es ist da und wartet, bis die Schneeflocken sich gesetzt haben, egal, wie lange es dauert.

Es tut mir leid, dass ich unser beider inneres Wissen ignorierte. Wir haben nie zusammengepasst. Wir haben es versucht, weil es das Richtige war, weil wir dachten, wir müssten. Weil *ich* dachte, wir müssten. Aber ‹richtig› ist nicht real, und ‹müssten› ist ein Käfig. Wild ist nur das, was *ist*.

Unser inneres Wissen hatte von Anfang an recht. Was ist, ist geblieben. Heute sind wir hier und leben deine Idee. Zwei Menschen, die nicht füreinander gemacht sind, haben ein Mega-Team gebildet, das Seite an Seite seine Kinder großzieht.

Ich hoffe, dass alles, was du in Zukunft tust, aus dir geboren ist und dir nicht aufgezwungen wird. Ich hoffe, der Rest deines Lebens ist deine Idee. Ich hoffe, du vertraust dir. Du weißt, was du weißt. Ich finde, du hast gute Ideen, Craig.»

SEITENLINIEN

Meine Frau und mein Ex-Mann kicken mittwochabends in derselben Fußballmannschaft. Nach dem Essen packen wir Hocker und Snacks ins Auto, und dann sitzen die Kids und ich an der Seitenlinie und sehen dabei zu, wir ihr Dad und ihre Bonus-Mom zusammenarbeiten, um Tore zu schießen.

Vor ein paar Wochen saßen wir mal wieder an der Seitenlinie und schauten zu, als sich ein älteres Paar zu uns setzte. Die Frau zeigte auf meine Töchter und fragte: «Sind das Ihre Töchter?»

«Ja», antwortete ich.

«Und ihr Dad spielt?»

«Ja. Der da drüben.» Ich zeigte auf Craig.

«Wo wohnen Sie?»

«Direkt hier, in Naples, aber wir leben getrennt. Wir sind inzwischen geschieden.»

«Wow! Wie wunderbar, dass Sie trotzdem noch kommen, um ihn spielen zu sehen.»

«Ja. Wir lieben es, ihn spielen zu sehen. Die Mutter der Mädchen spielt auch in der Mannschaft. Wir schauen beiden zu.»

Die Frau wirkte sichtlich verwirrt. «Oh!», sagte sie. «Ich dachte, Sie sind ihre Mutter.»

«Bin ich auch! Das da drüben ist ihre andere Mutter.»

Ich zeigte auf Abby. Die Frau musterte sie genau. «Meine Güte!», sagte sie. «Die Frau sieht aus wie Abby Wambach.»

«Das ist Abby Wambach», sagte ich.

«Wow!», machte sie. «Ihr Ex-Mann ist mit Abby Wambach verheiratet?»

«Fast. *Ich* bin mit Abby Wambach verheiratet.»

Sie brauchte eine Minute. Eine ganze Minute Schweigen. *Selah*. Alte Vorstellungen verbrannten in ihr zu Asche, eine neue Ordnung der Dinge wurde geboren.

Dann lächelte sie. «Oh! Wow!», sagte sie.

Tishs erstes Wort war «Wow». An einem Morgen Anfang Dezember in Virginia nahm ich sie aus ihrem Bettchen und ging mit ihr ans Kinderzimmerfenster. Ich öffnete die Jalousien, und wir sahen, dass im Garten alles weiß war. Es war ihr erster Schnee. Tishs Augen wurden groß, sie streckte die Hand aus, um die kalte Fensterscheibe zu berühren, und sagte: «Wow.»

Wenn Leute unsere Familie kennenlernen, werden ihre Augen groß, und sie sagen «Wow» – in welchem Tonfall auch immer –, weil sie eine Familie wie unsere noch nie erlebt haben. Unsere Familie ist besonders, weil wir besondere Menschen sind. Wir haben keine von irgendjemand anderem erschaffene Schablone genommen und uns krummgebogen, um alle darin unterzubringen. Wir kreieren unsere Familie immer wieder neu – und zwar aus dem Inneren jeder und jedes Einzelnen heraus. Wir werden niemals damit aufhören, damit jede und jeder von uns immer genug Raum haben wird, zu wachsen und weiter zu wachsen und trotzdem dazuzugehören. Genau das bedeutet Familie für mich: ein Ort, an dem wir geborgen und gleichzeitig frei sind.

EBENEN

Vor acht Jahren fand ich mich im Sprechzimmer einer Therapeutin wieder und bat um Strategien zur Bewältigung von untreueinduzierter Wut. Die Therapeutin sagte: «Sie werden von Ihrer Angst kontrolliert, das bedeutet, Sie verlieren sich in Ihrem Kopf. Sie wissen nicht, was Sie wollen. Sie sind zu sehr von sich getrennt. Sie brauchen einen Weg, wie Sie zurück in Ihren Körper kommen.»

Sie machte mir den Vorschlag, es mit Yoga zu versuchen.

Am nächsten Morgen auf dem Weg ins Studio frage ich mich: *Warum habe ich meinen Körper verlassen, um in meinem Verstand zu leben, wenn es da so gefährlich ist?* Ich setze mich in einem rechtwinkligen Raum auf meine Yogamatte, und sofort weiß ich wieder, warum.

Sobald ich still werde, setzen sich die Schneeflocken, und ich sinke nach unten in meinen Körper. Es fängt augenblicklich an zu jucken, ich werde genervt und aggressiv. *Genau das ist der Grund!* Weil ich in Haut gehüllte Scham und Angst bin. Ich will meinen Körper nicht mal besuchen, geschweige denn, in ihm zu Hause sein! Aber jetzt bin ich gefangen: Der Umfang der Yogamatte ist meine ganze Welt. Die anderen Frauen schweigen. Die Wände sind nackt, nirgendwo etwas zu lesen. Ich kann nicht entkommen. *Wo ist mein Telefon? Da ist die Tür. Ich könnte gehen. Ich schulde niemandem eine Erklärung.*

Die Yogalehrerin betritt den Raum, ich ignoriere sie und plane weiter meine Flucht, bis sie sagt: «Sei still und wisse.» Schon wieder dieser Satz. Ich will so dringend wissen. Was immer es auch sein mag, das ich nicht kapiere, was immer es auch sein mag, das andere Menschen wissen, was immer es auch sein mag, das ihnen dabei hilft, zurechtzukommen, einfach ihr Leben zu *leben*: Ich will es wissen!

Also harrte ich so lange auf der gottverdammten Matte aus, bis ich es wusste.

So, wie ich in meinen Süchten ausharrte, bis ich es wusste.

So, wie ich in meiner Ehe ausharrte, bis ich es wusste.

So, wie ich in meiner Religion ausharrte, bis ich es wusste.

So, wie ich in meinem Schmerz und meiner Scham ausharrte, bis ich es wusste.

Jetzt weiß ich es.

Ich sitze zwischen zwei Freundinnen auf meinem Sofa und trinke Kaffee. Der Hund schläft auf Saskias Schoß. Ashley erzählt uns von ihrem Erlebnis im Hot-Yoga-Raum, als ihr so schlecht wurde. Schließlich sagt sie: «Ich meine, es war nicht mal abgesperrt.» Wir verstummen. Ashley hat etwas Bedeutendes gesagt. Saskia krault den Hund. Karyn blinzelt. Ich denke:

Die Wahrheit meiner Dreißiger lautete: *Bleib auf deiner Matte, Glennon. Du kannst nur werden, wenn du dableibst.*

Die Wahrheit meiner Vierziger lautet: *Ich bin geworden.*

Ich werde nie wieder bleiben – weder in einem Raum noch in einem Gespräch, in einer Beziehung oder Institution, die von mir verlangt, mich selbst im Stich zu lassen. Wenn mein Körper mir die Wahrheit sagt, glaube ich ihm. Ich vertraue mir, deshalb werde ich nicht mehr freiwillig oder stumm oder lange leiden. Ich werde die Frauen links und rechts von mir betrachten, die dableiben müssen, weil für sie noch die Zeit des Bleibens ist. Sie müssen erst lernen, was Liebe und Gott und Freiheit *nicht* sind, ehe sie wissen können, was Liebe und Gott und Freiheit *sind*. Denn auch sie wollen es wissen. Weil sie Kriegerinnen sind. Ich schicke ihnen all meine Kraft und meine Solidarität, um ihnen durch diesen Teil hindurchzuhelfen. Und dann stehe ich auf, rolle meine Matte zusammen und verlasse den Raum – langsam, bewusst und mit leichten Schritten.

Weil mir eben wieder eingefallen ist, dass draußen die Sonne scheint, eine sanfte Brise weht und dass diese Türen nicht mal abgeschlossen sind.

EPILOG

MENSCHSEIN

In einem meiner spirituellen Lieblingstexte steht ein Gedicht über eine Gruppe Menschen, die verzweifelt versuchen, Gott zu verstehen und zu definieren.

Sie fragen: *Was bist du?*
Gott sagt: *Ich bin.*
Sie fragen nach: *Was ... bist du?*
Gott sagt: *Ich bin.*

Was bist du, Glennon?
Bist du glücklich?
Bist du traurig?
Bist du Christin?
Bist du Ketzerin?
Bist du Glaubende?
Bist du Zweiflerin?
Bist du jung?
Bist du alt?
Bist du gut?
Bist du böse?
Bist du dunkel?
Bist du hell?
Bist du richtig?
Bist du falsch?
Bist du tiefsinnig?
Bist du oberflächlich?

Bist du mutig?
Bist du schwach?
Bist du gebrochen?
Bist du ganz?
Bist du weise?
Bist du dumm?
Bist du krank?
Bist du geheilt?
Bist du verloren?
Bist du gefunden?
Bist du lesbisch?
Bist du hetero?
Bist du verrückt?
Bist du genial?
Bist du gefangen?
Bist du wild?
Bist du menschlich?
Bist du lebendig?
Bist du sicher?

Ich bin.
Ich bin.
Ich bin.

DANK

Dieses Buch existiert (ich existiere) dank der Menschen, die hier aufgelistet sind und die meiner Kunst – und mir – Tag für Tag Leben einhauchen. Danke.

ABBY: Bist du ein Vogel, bin ich ein Vogel.

CHASE: Du bist das Wissen unserer Familie.

TISH: Du bist das Fühlen unserer Familie.

AMMA: Du bist die Vorstellungskraft unserer Familie.

CRAIG: Dafür, dass du unsere Kinder so meisterhaft liebst, dafür, dass du mir vertraust, unsere neue Familie zur Kunst zu erheben, für deinen Humor, deine Versöhnlichkeit, dein unermüdliches Gutsein.

MOM, DAD: Für euren geduldigen Mut, der mir geholfen hat, mich und die Liebe meines Lebens zu finden und zu behalten. Dafür, dass ihr mir vertraut habt, als ich lernte, mir selbst zu vertrauen. Ich gelobe, euren Enkelkindern dasselbe Geschenk zu machen, das ihr mir gemacht habt: Geborgen und gleichzeitig frei zu sein.

AMANDA: Das größte Glück meines Lebens besteht darin, dass ich die großherzigste, mutigste, genialste Frau auf Erden Schwester nennen darf. Alles Gute in meinem Leben wurde aus diesem Glück geboren. Meine Abstinenz, meine Familie, meine Karriere, mein Engagement, meine Freude, mein Frieden: All das existiert, weil du vor und neben und hinter mir gehst. Ich *bin* wegen dir.

ALLISON: Dein künstlerisches Genie ist in jedes einzelne Wort gewoben, das hier geschrieben steht und da draußen gesprochen wird. All das ist *unser*. Ich danke dir dafür, dass du dein Talent, deine Hingabe, deine Loyalität und deine Freundschaft in meine Richtung lenkst. Du bist pures Gold.

DYNNA: Ich danke dir für dein Hirn und für dein Herz, für deine unerschütterliche Hingabe an unsere Mission und Schwesternschaft und dafür, dass du uns zum Mond schickst.

LIZ B.: Das Leben unzähliger Frauen und Kinder hat sich verändert, weil du sie siehst, an sie glaubst und dich unermüdlich für sie einsetzt. Ich kenne keine, die ihr eines Leben mit größerer Schönheit und Wirksamkeit einsetzt als du. Du bist der Herzschlag von Together Rising, und dafür danke ich dir.

UNSERE TOGETHER-RISING-FREIWILLIGEN UND -KRIEGERINNEN: Katherine, Gloria, Jessica, Tamara, Karen, Nicol, Natalie, Meghan, Erin, Christine, Ashley, Lori, Kristin, Rhonda, Amanda, Meredith und Grace – für die unermüdliche Instandhaltung der Brücke zwischen Herzschmerz und Handeln. Außerdem Kristen B., Marie F. und Liz G. – dafür, dass ihr euer Geld in unsere Arbeit steckt.

WHITNEY FRICK: Dafür, dass du seit zehn Jahren Verfechterin, Fürsprecherin und Botschafterin meiner Arbeit bist. Dafür, dass du an unsichtbare Ideen glaubst und dich unermüdlich dafür einsetzt, sie in die Realität umzusetzen.

MARGARET RILEY KING: Für deine Hartnäckigkeit, deinen Weitblick, deinen Humor, deine Weisheit und deine Freundschaft.

JENNIFER RUDOLPH WALSH: Für dein Vertrauen in unsere unsichtbare Ordnung, ehe sie landesweit zur Tanzparty wurde.

KATY NISHIMOTO: Für deine Liebe und Loyalität und dafür, dass du das stille Genie hinter so vielen wahrhaftigen und schönen Dingen bist.

ONKEL KEITH.

ALLE BEI THE DIAL PRESS UND RANDOM HOUSE: Dafür, dass ihr euch mit eurem Talent und eurer Leidenschaft voll und ganz für *Untamed* eingesetzt habt, vor allem Gina Centrello, Avideh Bashirrad, Debbie Aroff, Michelle Jasmine, Sharon Propson, Rose Fox, Robert Siek, Christopher Brand und die verstorbene, legendäre Susan Kamil. Und Scott Sherratt, der aus unserem Hörbuch reinste Magie gemacht hat. Ich bin begeistert, mit euch allen in einem Team zu sein.

LIZ G.: Du bist die Heilige Schutzpatronin von *Untamed* und eine gottverdammte Gepardin, und ich danke dir dafür, dass du an Magie, an Freiheit, an Frauen und an mich glaubst.

KARYN, JESSICA, ASHLEY: Dafür, dass ihr mich als Freundin bezeichnet, obwohl ich nie das Haus verlasse und nie zurückschreibe.

KAT, EMMA: Dafür, dass ihr mir zeigt, wie es aussieht, wenn man niemals gezähmt wurde.

An Die Ungezähmten:
Mögen wir sie erkennen.
Mögen wir sie großziehen.
Mögen wir sie lieben.
Mögen wir sie lesen.
Mögen wir sie wählen.
Mögen wir sie sein.

ÜBER TOGETHER RISING

2012 von Glennon Doyle gegründet, dient die Organisation Together Rising dem Zweck, unseren kollektiven Herzschmerz in effektives Handeln umzusetzen. Ob es nun darum geht, vor den Flüchtlingslagern auf den griechischen Inseln Kinder aus dem Meer zu retten, einer alleinerziehenden Mutter den Zugang zu Brustkrebstherapie zu ermöglichen oder Familien wieder zusammenzuführen, die an der amerikanischen Außengrenze getrennt wurden – Together Rising identifiziert Dinge, die Herzschmerz verursachen, und verknüpft die Großzügigkeit der Spenderinnen mit Menschen und Organisationen, die fähig sind, der betreffenden Krise auf effektive Weise zu begegnen.

Together Rising hat mit dem häufigsten Spendenbetrag von 25 Dollar inzwischen mehr als zwanzig Millionen Dollar für Menschen in Not gesammelt und damit bewiesen, dass kleine Geschenke die Welt auf revolutionäre Weise verändern können.

Dank der großzügigen Unterstützung einiger treu ergebener Wohltäterinnen, welche für sämtliche Verwaltungskosten aufkommen, geht jede empfangene Spende zu einhundert Prozent direkt an die betroffene Person, Familie oder Krisenregion. Unterstützen Sie das Team Love von Together Rising mit einer monatlichen (in den USA) steuerlich absetzbaren Spende von 5 Dollar, 10 Dollar oder 25 Dollar. Diese Spenden ermöglichen es Together Rising, in Krisenzeiten so schnell wie nötig lebensrettende Unterstützung zu leisten.

www.togetherrising.org
Instagram: @Together.Rising

Twitter: @TogetherRising
Facebook.com/TogetherRising

QUELLENHINWEISE

Dank an M. Peck Scott (*Der wunderbare Weg*) und William James (*Die Vielfalt religiöser Erfahrung*) für ihre Darstellung der «unsichtbaren Ordnung der Dinge».

Weiterer Dank und Anerkennung gilt Professor Randal Balmer für dessen 2014 in *Politico* erschienenen Aufsatz: «The Real Origins of the Religious Right – Die wahren Wurzeln der religiösen Rechten», der dem Kapitel «Abziehbilder» als Informationsgrundlage und zur Inspiration diente.

Wir danken folgenden Rechteinhabern für die Erlaubnis zum Abdruck bereits veröffentlichten Materials:
Daniel Ladinsky: «Dropping Keys», eine Bearbeitung des Gedichtes von Hafiz durch Daniel Ladinsky, erschienen in *The Gift: Poems inspired by Hafiz* von Daniel Ladinsky, Copyright © 1999 Daniel Ladinsky. Deutsch: *Die leuchtenden Worte meines Geliebten*, Ü: Chandravali D. Schang, Kamphausen Media, Bielefeld.

W. W. Norton & Company, Inc: Fünf Zeilen des Gedichts «A Secret Life» aus *Landscape at the End of the Century* von Stephen Dunn, Copyright © 1991 Stephen Dunn. Abdruck mit freundlicher Genehmigung von W. W. Norton & Company Inc. Deutsch von Sabine Längsfeld.

Writers House LLC: Auszug von «Letter from a Birmingham Jail» von Dr. Martin Luther King Jr., veröffentlicht in TheAtlantic.com. Dieser Artikel ist Bestandteil der MLK-Sonderausgabe mit dem

Titel «Letter From Birmingham Jail» und wurde 1963 in der Augustausgabe von *The Atlantic* als «The Negro Is Your Brother» veröffentlicht. Copyright © 1963 Dr. Martin Luther King Jr., erneuert 1991 von Coretta Scott King. Abdruck mit Genehmigung durch The Heirs to the Estate of Martin Luther King Jr. c/o Writers House als Agentur der Rechte-Inhaber New York, NY.